KB124780

소녀가
사라지던 밤
2

〈나비사냥〉 SEASON 3

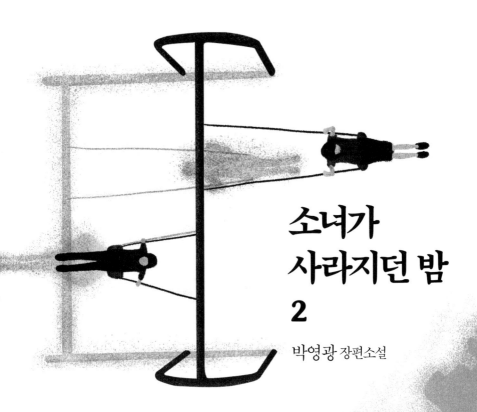

소녀가
사라지던 밤
2

박영광 장편소설

매드픽션

차례

| 2권 |

함정

COLD CASE 11

일시 및 장소
2017. 2. 16. 01:30경 인천시 석현동 스마일 단란주점

실종자
한영미(31세, 여, 유흥접객원)

용의자
오은상(27세, 남자친구, 전과 없음)

개요
전 남자친구와 헤어진 후 현재 남자친구와 동거를 시작한 실종자가 주점에서 새벽 시간 집에 가겠다고 가게를 나간 후 다음날 가게에 나오지 않자 업주가 신고한 것임. 남자친구 오은상은 전 남자친구 문제로 자주 다투어 가출한 것 같다고 진술

특이점
실종자가 전에도 가출전력 3회 있음. 오은상 외에도 남자친구 다수

종결
2017. 5월 단순가출로 종결. 실종아동등 프로파일링 시스템 등록(여청계 관리)

담당경찰서 및 검찰청
인천남부경찰서, 인천지검

"성적 취향이 같은 건 아닐까요? 동영상을 돌려보는."

"최 변호사가?"

차 안에서 최우석에 대한 이야기가 계속되고 있었다. 어느새 그는 임춘석의 사건에 핵심 인물이 돼 있었다.

"사회적으로 명망 있고 경제적으로도 최상위에 있는 사람이지만 속은 어떤지 모르죠. 그런 사람들이 변태가 더 많대요. 예전에 어떤 기업 대표가 그런 걸로 직원 성희롱하고 폭행까지 해서 구속되었잖아요. 사람 겉으로 보이는 거하고 성적 취향하고는 다르다니까요. 누가 그러던데 남자 아랫도리 밑은 모르는 거라고."

"그런 말도 알아? 은하가 화가 많이 났네."

"그렇잖아요. 그런 미친놈을 왜 변호를 해. 그리고 또 그 사람이 죽으니까 이제는 상대방 변호를 하고. 일부러 처벌을 높이려고 변론하는 거 아니에요? 자기 애인 죽였다고?"

"애인? 너무 많이 나간 거 아니야. 은하도 상상력이 대단해. 그렇잖아요, 형님?"

"글쎄, 사람 속이라는 게 겉보기와 다른 사람들이 많아서…… 나도 잘 모르겠다."

"은하 말대로 동영상을 돌려보는 사이라면 아이들 영상도 가지고 있는 거 아니에요?"

최 변호사를 만났을 때 그는 김동수의 죽음에 객관적 증거를 찾기를 간절히 바라는 사람으로 보였다. 더구나 딸을 잃고 사재를 털어 협회를 만들어 사람들에게 도움을 주고 있는 것에 대해서는 존경심까지 들었다. 그런데, 김동수를 변호했었다는 말에 그의 말을 신뢰하기 힘들었다. 창밖엔 찬바람이 세게 불고 있었다. 어느새 11월에 들어서고 있었다. 낙엽은 거의 다 떨어졌고 가을비가 오려는 듯 하늘은 우울했다.

차는 유미를 만났던 커피숍 앞에 섰다. 노랗게 붙어 있던 은행잎들은 모두 사라졌고 앙상한 가지들만 바람에 흔들리고 있었다. 커피숍 안에 사람은 없었다. 들어오고 얼마 되지 않아 비가 내리기 시작했다. 차창을 빗줄기가 간간히 때리며 우두둑 소리를 냈다. 골목 안에서 유미가 우산을 쓰고 나타났다. 여전히 표정이 밝지 않았다. 어느 것도 지금의 유미를 위로할 수 있는 것은 없는 듯했다.

"유미씨, 이쪽이에요."

은하가 손을 흔들었고 유미는 고개를 숙여 인사했다.

"비가 오니까 날씨가 춥다. 건강은 괜찮지?"

"네."

"요즘 일은 하니? 아니면 쉬고 있니?"

"저 아래 큰길에 커피숍이 생긴데요. 직원을 구한다고 해서 다음 주부터 일하기로 했어요."

"잘되었네."

태석은 간단한 인사를 건넸다. 그사이 진동벨이 울리자 은하가 일어나 커피와 라테를 접시에 담아 가지고 왔다.

"오늘은 왜……?"

오신 거죠, 라는 말이 입에서 막히고 맴돌았다.

"유미가 라일락에 있기 전에, 그러니까 작년에 모나코에 있었다고 했지? 거기에서 김동수를 만났다고 했고."

"네, 그때 죽었으면 아저씨가 그렇게 되지 않았을 거예요."

"그걸 물으려고 한 건 아니야. 자, 여기 사진 좀 봐줄래? 이중에 그때 같이 온 사람이 있니?"

태석은 출력해온 남자 사진 여러 장을 유미에게 보여주고 찾아보게 했다. 유미는 사진을 한 장씩 펼쳐가며 살폈다. 그러고는 사진 한 장을 들어 태석에게 밀었다.

"이 사람요."

"이 사람이 확실하니?"

"네, 확실해요. 한 명이 더 있었는데 여기에는 없어요."

"그 사람은 아직 누구인지 몰라."

유미가 지목한 사진은 최우석 변호사였다. 다시 여러 장의 최우석 사진을 모두 보여주자 유미는 더욱 확신을 했다. 김동수와 동행한 사람은 최우석 변호사라고.

"그럼 그때 나눴던 대화가 뭐였는지 기억나니? 아니면 두 사람이 어떤 관계인지?"

"저는 처음에만 있었어요. 너무 떨려서 숨을 가다듬고 가방을 가지러 대기실에 갔다가 돌아갔을 때 김동수는 이미 떠나고 없었어요."

"그럼, 그때 이야기를 좀 들려줄 수 있겠니?"

유미는 라테를 한 모금 삼키고 숨을 깊이 들이쉬었다.

*

클럽의 외부는 그렇게 화려하지 않았다. 일부러 그렇게 디자인을 해 놓은 거라고 했다. 그러나 현관을 통해 안으로 들어오면 중앙에 고급스러운 조명에 넓은 홀이 있었고, 그 뒤로 복도가 거미줄처럼 뻗어 양쪽으로 룸이 있었다. 웨이터들이 양주병을 들고 분주히 룸으로 들어갔고 아가씨들은 옆자리에서 시중을 들었다. 자정이 안 된 시간이었다. 세 사람은 술에 취해 안으로 들어왔다. 그들은 친한 듯 친해 보이지 않았다. 김동수가 오겠다는 전화에 매니저는 입구에서부터 그를 기다렸다. 리무진 택시가 클럽 앞에 서자 웨이터가 달려가 문을 열어주고 허리를 기역자로 구부려 인사를 했다.

"어서 오십시오, 회장님."

"됐어, 새끼야. 그게 인사야?"

웨이터는 허리를 더 구부려 다시 인사를 했다. 김동수는 그의 뒤통수를 때리고 안으로 들어갔고 두 사람은 뒤를 따랐다. 웨이터는 그들을 앞질러 가장 안쪽에 위치한 VVIP룸으로 안내했다. 복도 끝에 VVIP만을 위한 비밀의 공간이 있었고 바로 밖으로 통하는 문도 따로 마련이 되어 있었다. 복도를 지나갈 때 유미는 처음으로 김동수와 마주쳤다. 심장이 살갗을 뚫고 나와 터져버릴 듯 요동쳤고 달아오른 얼굴에 눈물이 흘러내렸다. 걸어가던 김동수가 뒤돌아 유미의 뒷모습을 흘깃 바라보았다.

"앉아, 앉아."

"이제 늦었으니까 그만 가자."

"야! 내 말이 말 같지가 않아?"

김동수가 버럭 소리를 지르자 남자가 깜짝 놀라 입을 막았다.

"그런 뜻이 아니고."

"그럼 뭐야? 나하고 술 먹는 게 지저분하냐? 이제 같이 못 먹겠어!"

"알았어, 알았다고."

두 사람은 어쩔 수 없이 따를 수밖에 없었다. 김동수는 소파 가운데 앉았고 최 변호사는 우측에, 다른 남자는 좌측에 앉았다. 마담이 들어와 눈치를 살폈다.

"회장님, 어떻게 할까요?"

"제일 좋은 걸로. 내 취향 알잖아. 조금 전에 복도에서 본 애 있지? 걔 괜찮던데."

"네, 바로 준비하겠습니다."

마담은 나갔고 그 자리에 유미와 아가씨 두 명이 더 들어왔다. 그녀들은 수지와 지우라는 예명을 썼다. 유미가 들어오자 김동수는 자기 옆으로 오라고 손가락을 까딱거렸다. 김동수의 손이 유미의 허벅지에 놓였다. 그곳에 손을 올리고 두 사람에게 말을 건넸다.

"야, 이게 얼마 만이냐. 몇 달은 된 거 같애. 안 그러냐?"

"너는 일 있을 때만 우리를 찾잖아. 1년은 넘은 것 같은데."

"그건 또 무슨 말이야? 1년이라니. 몇 달인 것 같은데. 내가 그것도 모르겠냐."

"그래, 그럼 몇 달로 해두자."

남자는 김동수의 말에 의미 없이 동의를 해주었다.

"친구 좋다는 게 뭐냐. 힘들고 어려울 때 돕는 거. 나는 그렇게 생각을 하는데."

"글쎄, 니가 우리를 친구로 생각을 하는지 그건 잘 모르겠지만. 쥐약을 알고도 먹어야 한다는 게 좀 그렇다."

"뭐 인마! 쥐약? 좆같은 새끼! 확! 디질래?"

김동수는 속이 꼬여 목소리를 높였고 두 사람은 긴장했다. 잠시 침묵이 흘렀다.

"소리 질렀다고 또 긴장하기는. 긴장 풀어. 긴장 풀으라고!"

"알았어."

두 사람은 김동수의 말투에 감정이 왔다갔다하고 있었다.

"내 거는 어떻게 돼가고 있냐?"

"잘 마무리될 거야."

"마무리가 된다는 말이 무슨 말이야? 설명 좆같이 할래?"

"말 그대로 끝나는 거라고. 니 사건은 종결되었다는 말이야."

"잘하네. 맞아, 그렇게 하는 거야. 내가 너를 스폰하는 것도 그 이유고. 내가 카드 하나 새로 만들었어. 한도를 더 높여서. 전에 것은 그냥 버려. 우석이 너는 애 땜에 돈 들어갈 데도 많을 텐데."

김동수는 카드를 두 사람에게 건네며 의기양양한 말투로 거만을 떨었다.

"이러지 말라고 했잖아."

"받어 인마. 안 받으면 너 죽어, 새끼야. 죽고 싶어? 매장당해볼래?"

화를 내던 그때도 놈은 유미의 허벅지에서 손을 빼지 않았다. 그의 손이 움직일 때마다 유미는 속이 매슥거렸고, 한순간 구역감이 쏠려와 화장실로 뛰어가려 일어났다. 그놈은 유미의 엉덩이를 두드리며 빨리 오라고 했다. 그래, 내가 빨리 와서 죽여줄게. 매슥거림을 토해내고 대기실로 갔다. 가방 안에 칼을 확인하고 룸으로 돌아갔을 때 테이블이 엎어져 있었고, 술병과 술잔도 널브러져 있었다.

"언니, 다 어디 갔어요?"

"시발, 지들끼리 싸우다 갔어."

밖으로 뛰어나갔지만 이미 그들은 모두 떠나고 없었다.

*

"팀장님, 유미가 일했던 클럽이 6개월 전에 불이 났습니다. 뉴스에도 났을 정도로 크게 났던 불이더라구요. 안에서 잠을 자던 직원 한 명도 사망을 했고 화재보험에도 가입이 되어 있지 않아서 영업장은 완전히 폐쇄가 되었답니다. 지금은 식당하고 호프집으로 변했습니다."

"업주는?"

"총 세 명이 동업을 한 것인데요. 그중에 여사장인 유홍란은 3개월 전에 자살을 했습니다. 채무가 있었는데 화재로 완전히 주저앉은 것 같습니다. 두 명도 채무자들의 고소 때문에 수배 중에 있고요. 소재는 확인이 되지 않습니다."

며칠 동안 진욱과 은하가 탐문을 해서 가지고 온 결과였다.

"그럼 수지라는 애에 대해선 알 수가 없는 거야?"

"네, 주변에 탐문을 해봤는데 잘 협조를 하지 않고요. 또 아는 사람이 별로 없습니다. 죽은 유홍란도 주변 상인들과 친분이 너무 없었고요. 또 많은 자금을 쏟아부어서 고급화를 시도하다보니까 다른 업소들로부터 질시를 받았던가봅니다."

"그래도 같이 일했던 사람들이 있을 거 아니야?"

"그래서 저희도 거기에서 일했던 사람을 찾아서 물으려고 하는데 협조를 잘 하지 않고, 아는 사람도 없어요. 더구나 불이 나서 직원 명단도 알 수가 없습니다."

수지를 찾는 일은 시간이 지나도 계속 더디기만 했다. 그날 룸으로 들어간 사람은 수지와 지우였다. 모두 예명을 쓰고 있어 본명은 확인할 수조차 없었다. 지우는 그곳을 자주 출입을 하던 미군을 따라 이민을 갔다는 것을 유미가 알고 있었기에 나머지 한 명인 수지를 찾는 데 집중했다. 유흥업소 특성상 밤과 새벽에 주로 장사가 이루어졌는데, 그 시간대에 찾아오는 경찰을 어느 곳이든 반가워할 리 없었다. 재수가 없다고 소금을 뿌리기 일쑤였고 말조차 섞으려 하지 않았다. 김동수와 최 변호사의 관계파악을 위해서는 두 사람이 함께 있을 당시의 상황을 지켜본 수지의 진술이 필요했다. 그러나 수지를 찾는 일은 쉬운 일이 아니었다.

"야! 안 올 거야? 얼굴 한번 보고 가라는 게 그렇게 힘드냐? 12시가 막차라고. 형이 심야버스 타고 내려가는데 동생이 배웅은 해주어야 할 거 아니야."

수지를 찾기 위해 유흥가를 돌다 편의점에서 커피 한 잔을 마시고 있을 때였다. 술에 취한 근식이 전화기에 대고 태석을 타박했다.

"바쁘다고 했잖아. 그냥 내려가. 일 다 끝나고 내가 내려간다니까."

"이놈 봐라. 형이 특별히 동생 보려고 여기까지 일부러 왔는데 이렇게 대접을 해! 너 안 되겠다. 대준이는 내일로 해고다."

"아니, 형님. 내가 왜 해고예요?"

"사장 맘대로지 인마. 뭔 이유가 있어. 니 형님이 나를 이렇게 함부로 하는데 내가 너를 함부로 하면 안 되냐?"

전화기 너머에서 들려오는 두 사람의 대화를 태석은 허탈한 표정으로 듣고 있었다. 그래도 서울까지 일부러 올라온 친구인데 잠시 얼굴을 보고 터미널까지 데려다주어야 할 것 같았다.

"정수야, 동생들이랑 조금만 더 탐문해보고 들어가라. 나는 원수덩어리들 좀 고향으로 내려보내고 들어갈게."

"언니만 찾는다는 그 형님 맞죠?"

"맞아, 무슨 놈의 언니들이 그렇게 많은지."

"팀장님, 저희는 몇 군데 더 들러보고 들어가겠습니다. 내일 사무실에서 보시게요."

태석의 차는 근식이 있는 곳으로 향했다. 두 시간 정도만 놈의 술주정을 들어주면 될 것 같았다. 또 언니를 부른다고 할 것이지만 그냥 그러라고 하면 저절로 끝날 것이다. 두 사람이 있다는 호프집 근처에 차를 주차하고 들어갔다.

"태석아!"

"형님!"

두 사람은 자리에서 일어나 출입문까지 나와서 태석을 껴안았다. 십 년 만에 헤어진 가족이 상봉하는 것처럼.

"뭐 하러 바쁜 사람 불러내고 지랄이야 인마. 그냥 바로 내려가라니까."

"너 때문에 일부러 중고 레미콘 사러 서울까지 올라왔구만. 이 새끼는 형의 배려도 모르고 말이야. 아주 나쁜 놈이네. 내가 딴 데서 살 데가 없어서 서울까지 온 줄 알아? 다 너를 위로하고 격려하려고 일부러 여기까지 온 거 아니여."

"그러게 말이여요. 우리 사장님이 어떤 분이신디. 시간을 금쪽같이 생각하시는 분이 일부러 서울까지 와서 형님을 보려고 하는데 그러면 안 되죠, 안 돼!"

"이 새끼는 또 왜 이렇게 취했어. 차 타고 내려가기는 하겠냐?"

"오늘 못 가면 내일 가고. 내일 못 가면 모레 가고. 안 그러냐, 대준아."

"그러지요, 형니임. 뭐 한 달 정도 있다가 갈까요?"

두 사람은 볼까지 비벼가며 능청을 떨었다.

"레미콘은 샀어?"

"시벌, 서울이 더 비싸. 괜히 올라왔어. 싸고 좋은 놈으로 사서 내려가려고 했더니만."

근식은 지방보다 더 비싸다며 투덜거렸다.

"그래서, 안 샀어?"

"샀지, 샀어. 우리 요 이쁜 대준이가 을매나 구라를 치고 이빨을 까는지. 거그 중개인 혼을 빼놔버려가지고 싸게 사버렸다. 아이구, 우리 이쁜 대준이."

"형님, 여기 머리 좀 쓰다듬어주세요. 이쁘다고 하면서요."

"그려, 이리 와. 아이고 이쁘다, 이뻐."

"미치겠네. 이 새끼들 또 떡이 되었구만. 대준이는 인마, 니가 정신을 차려가지고 니네 사장 데리고 내려가야 할 거 아니야. 그러니까 미숙이가 맨날 걱정이지."

"아따, 형님. 형님 동생 하미숙님은 조금 전에 전화를 드렸고 12시 심야버스를 무사히 타고 내려갈 테니 절대 안심을 하라고 했습니다. 그리고 추가적으로 우리가 술이 취하면 하미숙님의 오빠이신 하태석님께서 우리를 잘 보살필 것이라고도 보고를 했습니다. 그랬더니 하미숙님이 안심을 하시겠다고 했습니다. 이상입니다."

"미치겠네. 니가 이렇게 술 먹였지?"

"아니여. 지가 좋아서 막 먹어버린 거여. 서울 술이 달다면서. 야가 이러는 거 어디 한두 번도 아니고."

술을 한잔 받으라는 근식의 말에도 태석은 끝까지 술을 받지 않았다. 두 사람을 터미널까지 데려다주고 내일 일찍 출근을 하려면 마실 수가 없었다. 10시가 가까워오자 대준은 고개를 든 채 잠에 빠졌고 근식은 심각한 표정으로 태석을 바라보았다.

"왜 그렇게 쳐다봐, 인마. 술 따랐으니까 얼른 먹어."

"태석아, 외롭지? 형이 서울 언니 한 명 불러줄게. 기다려봐."

"또 미쳤네, 이 새끼. 니 전화기에 그놈의 언니가 몇 명이나 있는 거냐. 한 명이라도 제대로 있기는 하냐?"

"이놈 봐라. 형이 몇 번이나 이야기를 혀냐. 내가 서울에서 잘나갔다니까. 지금이라도 형님들하고 동생들이 나를 모실라고 줄을 서버려. 내가 귀찮아서 연락을 안 한 기여. 니만 만나고 살짝 갈라고. 내가 왔다간 것을 알면 을매나 서운해하는디. 기다려봐."

"그래 기다려봐, 기다려보라고."

대준은 눈이 감긴 채 기다려보라는 말을 중얼거렸다. 근식이 전화를 걸었고 태석이 전화기를 빼앗으려고 해도 피해가며 전화를 걸었다.

"여보세요? 누님! 나요, 근식이. 여보세요? 여보세요? 끊어버렸네."

"잘한다. 그래, 전화해라."

"여보세요? 순정아! 순정아! 여보세요? 여보세요?"

근식은 몇 번 전화를 걸더니 받지 않자 전화기를 내려놓았다.

"오늘은 다 바쁜갑다. 허긴 좀 늦기도 혔지. 그냥 우리 시간도 남는데 주점이나 가서 한잔하고 갈거나? 버스 시간 기다리려면 쪼끔 시간이 남는디."

"쓸데없는 소리하지 말고 일어나라. 터미널 가서 커피 한 잔 먹고 술 깨서 내려가."

"그려, 그럼 남는 시간 우리 동생 상담이나 해줘야겠다. 요즘 힘든 건 없냐. 형이 도와줄 수 있으면 뭐든지 도와줄라니까. 말만 해. 내가 서울에……"

"그만해, 인마. 그놈의 서울은. 니가 서울에서 내려간 지가 20년이 다됐는데."

계속해서 허풍을 떠는 근식에게 질렸다는 듯 핀잔을 주었다. 그러자 근식은 정색을 하고 태석을 노려보았다. 비장의 카드를 보여주어야 한다는 듯 그의 눈빛은 빛났다.

"이 새끼. 넌 형을 너무 잘 알아. 이 새끼 이제야 형사 같네, 형사 같어."

허풍이 먹히지 않자 금세 그의 눈빛은 힘을 잃었다.

"그래도 진짜로 힘든 거 없냐고? 내가 도와준다고."

"그래, 그럼 내가 여자를 찾고 있다. 업소에서 일하던 여자. 모나코라는 주점에서 2018년 5월에 일했던 수지라는 가명을 쓴 여자. 찾을 수 있겠냐?"

"그 정도는 일도 아니여."

"아나, 찾아봐라."

근식은 잠시 생각에 빠진 듯 얼음물을 들이켜 정신을 차리고 휴대전화를 뒤져 전화를 걸었다.

"회장님, 저 근식입니다. 사람을 좀 찾고 싶은디요. 네, 어디요? 물어서 가보겠습니다."

전화를 끊자 곧바로 태석에게 차를 운전하게 했다. 대준은 잠이 덜 깬 채로 코란도 밴의 화물칸으로 들어갔고 근식은 조수석에 앉았다. 태석은 믿지 않으면서도 근식이 가자는 대로 갔다. 어차피 시간이 남아 있었다.

"오창동이라고 강남 상가협회 회장을 몇 년간 했지. 이미 은퇴는 했는데 사람들을 많이 아니까. 내가 옛날 서울에 일할 때 회장님하고 같이 일을 했었잖아. 고향 내려간다고 하니까 자기가 주점 하나 그냥 줄 테니까 같이 있자고 했었어. 그때 그거 십억도 넘는 거였는데."

"진짜야? 진짜 맞냐고?"

"이 새끼 귀신이네. 이억 정도."

근식은 엉뚱한 대답을 했다.

"그게 아니고. 오창동이라는 사람이 진짜냐고?"

"신싸라고. 형만 믿어봐, 인마. 내려가기 전까지 그 여자 찾아줄라니까."

근식은 태석을 데리고 2층에 위치한 찰리노래방을 갔다. 여사장은 일행을 가장 큰 룸으로 안내했다. 오창동은 넓은 방에 혼자 앉아 노래를 부르고 있었다. 칠십이 넘은 노신사는 하얀색 정장에 베이지색 페도라를 눌러쓰고 있었다. 실내인데도 그는 모자를 벗지 않았다.

"회장님의 멋은 여전하시네요."

"그렇지. 내 멋이 어디 가겠나. 젊을 때보다는 못하지만도."

"노래를 부르려면 룸살롱이나 주점을 가시지, 왜 여기서. 그것도 혼자."

"건강이 안 좋아서 술도 못 먹고. 노래만 부를 건데 무슨 주점을 가겠노. 또 여기 사장이 나한테 잘해. 그것보다 우리 근식이 오랜만이네."

근식이 깍듯하게 고개를 숙여 인사를 하자 오창석은 손을 내밀었다. 손을 잡고 고개를 숙여 한 번 더 정중히 인사를 했다. 여사장이 음료수를 가지고 와 테이블에 놓았다.

"오늘은 회장님 찾아오는 사람이 없나 했더니. 역시나네요."

"내가 워낙 발이 넓은께 그라지."

"그러게요."

허풍이 근식에 못지않았다. 여사장은 근식과 같은 방문이 늘 있다는 듯 대수롭지 않은 반응이었고 대준은 소파에 앉자마자 다시 잠이 들었다.

"여기는 밤 문화의 대가이신 오창동 회장님이시다. 내가 서울에 있을 때 모셨던 분이셔. 내가 고향 내려가니까 제일 서운해하셨지."

"그거이 벌써 몇 년 전이고?"

"거의 20년이 되갑니다요, 회장님."

"벌써 그렇게 되었나. 참 세월 빠르다. 그때는 내도 젊다고 막 댐비고 그랬는데. 그자?"

"회장님이 하시는 일은 제가 제일 앞장서지 않았습니까."

"그렇지. 계속 니가 같이 있었으면 내가 좀 더 편했을 것인데. 내 가게도 운영을 잘했을 것이고. 그란데 무슨 일로 왔나?"

안부인사가 오가고 오창석은 이유를 물었다.

"여기 이 친구가 제 불알친굽니다. 경찰이고요. 태석아, 인사드려."

근식은 태석의 옆구리를 찔러 인사를 시켰다. 태석이 어색하게 다가가 악수를 했다.

"서울청에 근무하는 하태석 팀장입니다. 처음 뵙겠습니다."

"반갑구만. 서울청이면 청장이 강동국이 아닌가. 그 친구가 강남서장일 때 내가 보안협력회장이었지. 내가 잘 알아. 내가 밥 많이 사줬어. 언제 만날 일 있으면 내가 안부 묻더라고 해. 그런데 무슨 일로?"

"이 친구가 사람을 찾고 있다고 해서요. 회장님이 좀 찾아주셨으면 하는데요. 회장님이 워낙 발이 넓으신 분이라."

"10년이 넘게 연락이 없다가 처음 찾아온 놈이 사람을 찾아달라고 온 것이가. 참 니도 그때나 지금이나 똑같데이. 뻔뻔하기는. 그래도 니 부탁인데 내가 한번 찾아줘볼까."

태석은 2018년 5월에 강남 서초동에 있던 모나코라는 상호의 룸살롱이라고 설명을 했다. 그러자 오 회장은 잠시 천장을 올려다보고 물을 한 모금 마셨다.

"거기 모나코는 서초동 사거리 동영빌딩 1층에 있는 거 아이가. 거기 회원들만 출입을 한 기다. 돈 좀 있는 놈들 아니믄 가기 힘든 곳인데."

"맞습니다."

"거기 불났제. 여사장 죽었고. 남자 사장 두 놈이 돈 가지고 날른 기라. 보험금도 꽤 될 긴데."

"보험이 없다고 하던데요."

"없기는. 외국계 보험이라 드러나지 않은 거지. 남자 사장놈들이 여사장 몰래 한 기야. 불이 그냥 난 건지, 불을 지른 건지는 나도 몰라."

허풍인 줄 알았다가 신뢰가 가기 시작했다. 잠시 후 그는 어딘가로 전화를 걸었다.

"모나코가 폐업할 때 여사장이 누구였지? 유홍란이라고. 내가 아는 사람인가? 그래, 알았어. 거기는 협회가 다른가? 그려, 그럼 마천동이가 회장이겠네?"

오 회장은 다시 전화를 걸었다.

"마천동이? 내다 오창석이. 오랜만이제. 일은 잘되고? 그래, 내가 뭐 좀 물어볼라고. 서초동에 모나코라고 불나서 폐업한 데 있지? 그렇지. 여사장은 죽었지. 나도 그렇게 생각을 하지. 그 남자 사장놈들이 의심스럽기는 했어. 벌써 해외로 날랐을 거야. 그건 그렇고, 거기서 일했던 아가씨를 찾고 있는데. 지금 바로 알아봐야지 돼. 급한 거라."

여자를 찾는다는 말에 마천동은 알 만한 사람을 소개시켜주겠다며 전화를 기다리라고 했다. 곧 이어서 모르는 전화가 들어왔다.

"마천동이가 소개시켜준 사람이가? 그래, 작년 5월에 모나코에서 일하고 있었다는구만. 예명이 수지라고. 여자 매니저가…… 수지였어? 그 여자 지금 뭐 하나? 그래, 전화 한번 줘. 바로. 여기 기다리고 있으니까."

다시 전화가 끊어지고 오 회장은 기다리는 동안 노래를 한 곡 불렀다. 그가 노래를 부를 때 나머지는 그대로 노래를 들으며 기다렸다. 근식이 일어나 춤을 추려고 하자 회장은 그냥 가만히 앉아 있으라고 손가락을 까딱거렸다. 자기 노래에 누가 끼어드는 것을 싫어했다. 잠든 대준이 잘 한다를 외치며 잠꼬대를 하자 근식이 입을 막았다. 노래가 끝날 때쯤 전화가 왔다.

"수지라는 애 이름이 유연주라는 거지? 매니저를 했었고. 지금은 동대문에 있어? 거기서 뭐 해? 옷을 판다고? 그래, 알았어. 상호가 뭐야? 그거는 몰라?"

오 회장은 그때 수지라는 가명을 썼던 사람의 본명이 유연주라는 것을 알아냈고 그녀가 지금 동대문에서 옷가게를 하고 있다는 것까지 알아내었다.

"감사합니다."

"노래 한 곡 하고 가."

"버스 시간이 있어서요."

"근식아, 사람 찾아줬는데 보답은 해야지 않겠나."

"제가 굴비를 최고 좋은 놈으로다가 보내드리겠구만요."

"그려, 그 정도면 되었다. 여기 노래방으로 부쳐라. 두 개다. 여사장 거하고 내 거하고."

"몇 개 더 올리겠습니다."

근식은 깍듯이 인사를 했고 태석은 비틀거리는 대준을 끌고 밖으로 나왔다. 자정이 다 되어서야 터미널에 도착했다.

"대준이는 니네 사장님 잘 모시고 내려가라."

"이 새끼기 니를 모셔? 사장이 종업원을 모시게 생겼구만."

"그래, 그럴 것 같다. 근식이 오늘 고마웠다. 믿음은 가지 않지만 그래도 니 덕분에 반은 찾은 것 같다."

"언제든 일 있으면 형한테 말하고. 일 끝나면 바로 고향에 내려와라. 내가 언니들 모아놓을 테니까."

"그놈의 언니는."

태석은 허탈하게 웃으며 손을 흔들었다.

위장

COLD CASE 12

일시 및 장소
2019. 10. 5. 23:00경 경기도 광주시 유정동

실종자
유지연(24세, 여, 편의점 아르바이트)

용의자
불상

개요
취업준비생인 실종자가 편의점 아르바이트를 마치고 집으로
돌아가던 중 연락두절. 남자친구 및 취업에 대한 부모와의 갈등이
있었으나 가출로는 보기 어려움. 주변 남자관계 없음

특이사항
집에 들어가겠다고 전화통화를 하고 한 시간 후 전원 꺼짐

수사사항
연쇄실종사건으로 간주하고 수사본부에서 수사 진행

담당경찰서 및 검찰청
경기·인천 합동수사본부, 광주경찰서, 수원지검 성남지청

16

남자는 농장에 들어가기 전 편의점에 들렀다. 캔맥주와 육포를 집어 들어 계산대에 올려놓았다. 집에서 혼자 한잔하는 것도 괜찮았다. 계산대 옆에 놓인 신문을 한 부 들어올렸다. 맥주와 함께 은행나무 아래 탁자에 앉아 신문을 보고 있으면 마음이 편안했다. 그런데 계산을 하는 편의점 젊은 아가씨가 예쁜데다 친절하기까지 했다. 미소가 죽은 아내를 닮은 것 같다는 생각에 한번 더 쳐다보았다. 아내도 손님들에게 저런 상냥한 미소를 보였던 것 같다. 나이가 어려 보이는 것을 보니 아마 대학생 아르바이트인 것 같았다. 열심히 사는 학생이 대견해 보여 남자는 미소를 보였다.

"더 필요하신 건 없으세요?"

"응, 괜찮아."

"네, 그럼 이것만 계산해드릴게요."

"아르바이트인가보네?"

"네."

"고생이 많아. 대학생인가?"

"네, 감사합니다."

학생을 지켜보는 게 나쁘지 않아 남자는 편의점 안에서 맥주캔 하나를 먹었다. 저 학생은 몇 시에 집에 갈까. 혼자일까. 일이 끝나면 그녀를 태워주고 싶었다. 아까 편의점에서 봤던 아저씨라고 하면 편하게 차에 탈까. 그런데 요즘 여자들은 차에 잘 타지 않았다. 차에 태우기 위한 번거로움이 갈수록 점점 늘었다. 남자는 몇 년 전에 태워주었던 여학생이 생각났다. 그 아이는 쉽게 차에 올랐다. 망설이기는 했지만 아마 가족사진을 보고 쉽게 마음을 놓은 것 같았다. 남자는 그 망설임조차 없앨 방법을 얼마 전에 찾았다. 가족사진 옆에 개와 찍은 사진을 세워놓는 것이다. 얼마 전 TV에서 염병할 개를 가족이라며 사진을 찍고 액자를 만들어 벽에 걸고 차에도 놓는 사람들을 보았다. 더구나 그건 죽은 개였다. 사람으로 치자면 영정사진인 셈이다. 맘에 들지는 않지만 효과는 있어 보였다. 남자도 개를 끌어내 뒷덜미를 잡고 셀카를 찍었다. 녀석이 겁을 먹기는 했어도 사진은 그럴싸하게 나왔다. 동물을 좋아하면 착한 줄 아니까. 거기다 개를 좋아하는 여자라면 더 쉽게 경계를 풀 것이다. 사진을 차에 걸어놓은 남자는 만족스러웠다. 그 개를 죽였으니 그 사진도 영정사진인 셈이다. 카운터에 놓인 학생의 휴대폰 화면에 개 사진이 있는 것을 보니 집에서 개를 키우고 있을 확률이 높았다. 어서 그녀에게 차에 있는 사진을 보여주고 싶었다. 내일은 밤늦게 와봐야겠다. 남자는 나오면서 여자를 한번 돌아보았다. 눈이 마주치자 여자가 웃으며 인사했다. 쉬운 여자다.

편의점 건너에 세워놓은 차를 여자가 보았을 것이다. 그래서 여자가 미소를 보이기도 한 것이다. 거기에 세우길 잘했다. 새로 산 차는 마음에 들었다. 바람둥이처럼 보이지 않아 좋았고, 중후한 중년 남자의 멋을 차가 대신하고 있는 것 같았다. 차만 봐도 마음이 따뜻한 사람처럼 보이고 신뢰가 있어 보였다. 거기다 가족사진과 개 사진을 대시보드 위에 올려놓자 마음 따뜻한 아버지가 따로 없었다. 사진관에 억지로 끌고 가 찍기는 했어도 잘했다. 죽은 아내와 아이들이 주고 간 선물은 그리 나쁘지 않았다. 그때 도와준 변호사도 고마웠다. 좀 멍청하기는 하지만. 소원을 들어주었는데 그 멍청한 놈은 그걸 알기나 할까. 모르고 있더라도 상관없었다. 나중에 그걸 알려주고 다시 도움을 받으면 되었다. 그놈도 내게 빚이 있다는 걸 알아야 하니까.

차가 밀리기 시작했다. 좀처럼 밀리지 않는 곳인데 고개를 빼 앞을 내다보았다. 저 앞에서 경찰들이 길을 막고 음주단속 중에 있었다. 퇴근 시간에 길을 막다니 미친놈들. 남자는 조수석에 놓아둔 맥주캔을 내려다보며 아까 먹은 맥주가 찜찜했다. 편의점 그년 때문이다. 괜히 앞에 얼쩡거려가지고. 그년을 어떻게든 차에 태워야 할 이유가 생겼다.

"실례하겠습니다. 음주단속 중입니다."

"네."

"한번 불어주세요."

남자는 불안했다. 불어야 하나. 고개를 돌리면서 입술 가장자리 끝으로 살짝 바람을 불었다. 음주감지기가 속아주기를 빌었지만 기계는 절대 그럴 리가 없었다.

"시발년 얼굴 한번 더 보려디기."

남자는 혼자서 중얼거렸다.

"뭐라구요?"

"아니요. 혼잣말했어요."

"욕하지 않았어요?"

"아니에요."

남자의 신경질에 교통경찰관도 불쾌했다. 그래도 남자에게 정중히 하려고 노력했다.

"잠시만 차에서 내려주시겠어요?"

감지기가 노란색으로 빛나며 술을 마신 사람이라고 소리를 지르고 있었다. 남자의 얼굴은 더 일그러졌다. 시발년 때문에.

차를 갓길에 대고 내리자 경찰관 두 명이 측정기를 들고 다가왔다. 하얀색 빨대를 측정기에 꽂고 남자 입에 가까이했다.

"아이들도 있으신 분이 술을 드시고 운전하시면 안 되죠. 노란불을 보니까 그렇게 많이 드신 것 같지 않으니 시원하게 한번 불고 가세요."

가족사진을 본 경찰관이 웃으며 말을 건넸다. 기분이 나빴지만 그래도 웃으며 측정기를 불었다. 웃음은 경찰들을 속이기 좋았고 달리 방법이 없었다. 트렁크라도 보자고 하면 큰일이다. 파출소 양 소장에게 전화를 걸어볼까 하다가 그만두었다. 그는 이런 사소한 일로 도움을 받기보다는 더 큰일에 써먹어야 한다.

"더더더더, 네, 됐습니다. 어디 보자. 아이고, 축하드립니다. 수치 미만이네요."

"그래요?"

"네, 아이들이 기다릴 텐데 조심히 돌아가시죠. 다음부터는 절대 한 모금이라도 술을 드시면 안 됩니다. 아이들을 생각하셔야죠. 오늘은 정말 다행이십니다. 어릴 적 찍은 사진 같은데 애들이 몇 학년이에요? 공부도 잘할 것 같네요. 똑똑해 보입니다."

"개도 예쁘네요. 셰퍼드 순종인가요?"

나이 든 경찰관은 손으로 가족사진을 가리키며 잔소리를 해댔고, 젊은 경찰은 개 사진을 눈여겨보았다. 역시 개 사진도 효과가 있었다. 그런데 그놈의 아이들 이야기 그만했으면 좋겠는데. 맘에도 없는 말을 계속해서 해야 하는 것도 고역이었다. 그래도 걸리지 않은 건 죽은 아이들 덕인가도 싶었다. 별로 그렇게 잘해준 것도 없는데 죽어서 보은을 하다니.

차가 산길을 따라 집으로 들어가자 대문 앞을 지키던 덩치 큰 개가 먼저 짖어댔고 이어서 철창 안에서도 개들이 짖어댔다. 개 짖는 소리가 산 전체를 울렸다. 짖지 말라고 해도 멍청한 개들은 남자의 말을 알아듣지 못했다. 밥을 더 굶겨야 하나 아니면 더 맞아야 하나. 멍청한 개새끼들이다. 개들은 남자가 무서워 짖고 있었다. 남자는 밥도 잘 주지 않았고 똥도 치우지 않았다. 남자가 개를 키우는 건 개들이 귀신을 쫓는다고 해서다. 귀신을 쫓는 개를 자기가 마음대로 할 수 있으니 귀신이 자기는 건들지 못한다는 논리였다. 지독한 똥 냄새와 짖는 소리는 사람들의 접근을 차단하기에 좋았다. 조금만 가까이 와도 개들은 정신없이 짖어댔고 그 큰 울림에 놀란 사람들은 더 다가올 엄두를 내지 못했다.

남자가 차에서 내리자 개들이 겁을 먹고 일제히 조용해졌다. 그런데 그중 한 마리가 남자의 눈치를 살피다 기어들어가는 소리로 몇 번을 짖어댔다. 남자는 음주단속에 걸린 게 기분이 나빴고 죽은 아이들을 자꾸 묻는 것도 짜증이 났다. 이제 그 더러운 기분을 풀어야겠다. 남자는 몽둥이를 들고 그 녀석에게 다가가 철창을 두드리고 안으로 집어넣어

옆구리를 찔렀다. 철창 안에서 이리저리 도망을 다니며 피해봤지만 남자의 공격은 쉽게 끝나지 않았다. 감히 나를 비웃어? 놈을 죽이기로 했다. 그래야 이 더러운 기분이 풀어질 것 같다. 남자는 철창 안으로 갈고리를 집어넣었다. 녀석이 이리저리 피할수록 남자는 더 집요하게 달려들었고, 필사적으로 피해봐야 반 평도 되지 않는 협소한 공간에서 남자의 손아귀를 벗어나기는 힘들었다. 목에 갈고리가 걸리자 남자는 힘껏 줄을 당겨 목을 조였다. 덩치 큰 녀석이 발버둥치자 더욱 힘을 주었고, 갈고리를 타고 팔로 전해지는 심장의 떨림을 즐겼다. 공포에 쌓인 심장의 박동이 점점 희미해지자 남자는 드디어 미소를 지었다. 캑캑거리기도 하고 그르렁거리기도 하다가 뒷발이 주저앉고 앞발이 굽혀지더니 철창 바닥에 얼굴을 박았다. 혀가 빠져나오고 침이 아래로 줄줄 떨어졌다. 죽은 것을 확인한 남자는 철창을 열고 개를 끌어당겨 땅바닥에 떨어뜨렸다. 그러고는 떨어진 그 자리에서 대형 LPG토치를 이용해 털을 태웠다. 몸뚱아리를 이리저리 굴려가며 모두 태워냈고 물을 뿌려 그을음을 털어냈다. 그리고 곧바로 칼을 들고 배를 갈라 내장을 빼내고 도끼로 뼈를 쪼아 토막을 쳤다. 철창 안 다른 개들은 그 모습을 지켜봐야 했고 털이 타는 냄새도 깨진 뼈 사이에서 흘러나온 피 냄새도 그대로 맡아야 했다. 피는 땅으로 스며들지 못하고 거기에서 썩어갔다. 피 냄새를 맡은 파리들이 날아와 서둘러 엉덩이를 꽂고 알을 낳았다. 아침이면 썩은 핏물에서 구더기가 꿈틀거릴 것이다. 개들은 꼬리를 사타구니 아래 끼워 숨기고 오줌을 줄줄줄 지렸다. 온기가 남아 있는 녀석의 간을 씹어 먹고 나자 비로소 남자의 얼굴이 평온해졌다. 음주단속도 아이들을 물어보는 경찰관의 질문도 머릿속에서 완전히 사라졌다. 조각낸 고기를 비닐에 담아 마을로 내려갔다. 그리고 그것을 노인회관에 들러 나누어주었다. 고개를 깊이 숙여 인사를 하고 미소를 보이자 노인들은 또 고기를 준다며 모두 고마워했다. 인사성도 밝고 마음씀씀이가 예쁘다고 노인들이 말하자 남자는 얼굴을 붉혔다.

"자네 덕분에 우리 늙은이들이 건강하네그려."

"건강들 하셔야죠. 고기는 언제든 또 가져다드리겠습니다."

"고마워. 자네가 있는 우리 동네는 참 복이네, 복이여. 요즘 개를 먹기가 그리 쉬운가. 누가 가져다주지 않으면 못 먹어."

"뭘요. 제가 복이죠."

석양이 지고 있었다. 남자는 해가 떨어지는 것을 보고 있으면 기분이 좋았다. 붉은 그 색, 피가 퍼져나가는 것 같은 그 색은 넋 놓고 바라보기에 좋았다. 예전에 데려온 멍청한 변호사도 여기에서 노을이 좋다고 했었다. 맥주캔을 들고 육포와 함께 은행나무 아래 탁자에 앉았다. 캔을 까자 거품이 솟아 옆으로 흘렀다. 커다란 은행나무에 달린 무성한 잎들이 노랗게 물들어가고 있었다.

신문을 펼쳐들었다. 가끔 사는 신문이지만 그렇게 들고 있으면 자기가 교양인 같다는 생각이 들어 좋았다. 정치인들은 순 양아치들만 있었다. 또 지들 밥그릇을 가지고 싸움 중에 있었다. 협치라고 해놓고 지들 주장만 하고 타협은 없었다. 남자는 나라꼴이 말이 아니라고 중얼거렸다. 국회의원들 모두 개장에 밀어넣고 오줌을 지리게 만들어주고 싶었다. 경제면에 가서도 나라꼴은 말이 아니었다. 수출은 줄어들고 기업들은 규제에 힘들어하고 있다니. 남자는 자기가 꽤 나라 걱정도 하는 지성인이라고 자부했다. 서울 부동산이 꼭지를 모르고 오른다는 기사에는 웃음을 감추지 못했다. 부모님의 집이 아직 서울에 있었다. 사회면을 읽어가다가 남자는 눈이 멈추었다. 미제사건전담팀을 전국적으로 시행한다는 기사가 있었다. 이미 전담팀을 운영하고 있는 경기도와 인천을 제외한 각 청마다 신설이 된다는 것이었다. 그러면서 서울청 미제사건전담팀 개소식 사진이 올라 있었다.

'미제사건?'

미련한 놈들이다. 겨우 수사관 몇 명 늘려서 지난 사건을 해결한다니. 그때도 못한 것을 몇 년이 지난 지금 해결이 되나. 경찰도 어지간히 국민을 상대로 쇼를 하고 싶은 모양이다. 하기야 그놈 대가리들도 어쩔 수 없는 정치꾼들뿐이니까. 남자는 자신과 연관된 미제사건이 몇 건이나 될까 생각해보았다. 처음이 언제였더라. 남자는 부모님을 생각했다. 장례를 치르는 중에 경찰이 찾아왔었다. 남자는 세 차례 조사를 받았다. 결국 사건은 남자와 무관하게 원인 미상의 화재로 인한 사망으로 마무리가 되었다. 그것도 미제사건인데. 남자는 그때의 멍청한 경찰관들을 생각하며 미소를 지었다. 그리고 자리에 앉은 채로 집 주변을 둘러보았다. 그곳에 수많은 미제사건들이 땅속에 있었다. 경찰들은 절대 이곳을 찾지 못할 것이고 그녀들도 여기에서 벗어나지 못할 것이다. 남자는 양손으로 깍지를 껴 뒷머리를 받치고 멀리 붉은 노을을 바라보았다. 산에서 단풍을 물고 내려오는 가을바람이 시원했고 목을 넘어가는 맥주가 더 맛있었다. 평화로운 이 저녁이 남자는 너무 좋았다. 내일은 그 아르바이트 여학생을 이리 데려와야겠다.

차들은 동대문으로 들어가는 입구 도로부터 막히기 시작했다. 대규모 중국 관광객들이 들어와 도로 우측으로 버스를 주차해 한 차선으로만 차들이 움직였다. 거기다 DDP에서 행사가 있는지 행사 차량들까지 즐비하게 늘어서 있었다.

"오늘 밤에 한류스타 콘서트가 있나봐요. 사람들 장난 아니게 붐비겠는데요."

"콘서트에다 중국 관광객에다 난리도 아니네요."

"부자들도 많이 생겨나겠다. 저렇게 많이 와서 사가니."

팀원들은 밀려드는 사람들을 보며 한마디씩 거들었다. 차를 주차할 곳이 없어 여러 번 돌다가 간신히 구석에 자리한 공용주차장에 대고 나왔다. 태석과 은하, 정수와 진욱이 한 조가 되어 찾기로 했다.

"가게가 몇 개나 될까요, 팀장님?"

"글쎄, 몇 백 개는 되지 않을까. 건물도 건물이지만 시장 노점에도 만만찮게 가게들이 있을 거야. 여기서 전국으로 팔려나가니까."

"가게 이름이라도 알려주지. 아니면 어느 건물에 있다거나 말이죠."

"이것도 간신히 찾아낸 거야. 그래도 이름이 있으니 찾을 수 있을걸."

찾아봐야 할 건물이 한두 개가 아니었고 노점상들까지 합하면 가게는 수백 개가 넘었다. 일일이 이름을 대며 아는 사람이 있는지 찾아다녔지만 숨바꼭질을 하듯 유연주는 좀처럼 나타나지 않았다. 큰 빌딩을 위주로 도는 데만도 네 시간이 걸렸다.

"팀장님, 저 오뎅 하나만 먹고 가면 안 될까요?"

"나는 됐고. 은하가 먹어. 나는 국물 한 컵만 먹지."

은하는 매운 어묵꼬치를 들고 태석은 종이컵에 국물을 받았다.

"형사들이 이렇게 간식 먹는 모습을 영화에서 많이 보았는데 제가 하게 되다니요."

"재미있어하는 것 같은데?"

"맞아요. 저 하나도 힘들지 않아요. 밤까지도 찾을 수 있을 것 같은데요. 저녁도 사주실 거죠? 뭐를 먹죠?"

"찾지 못하면 저녁도 먹어야겠지만 그 전에 찾는 게 좋겠지."

은하는 생소한 경험에 힘들어하지 않았다.

"그런데 팀장님, 유연주씨가 최 변호사와 김동수의 관계를 알까요?"

"글쎄, 만나봐야 알 것 같은데."

"기억을 못하면요?"

"싸움이 났었다고 하니까 조금은 기억하지 않을까."

"시간이 오래되었잖아요. 술도 마셨을 거고."

"도움을 좀 받아야지. 기억할 수 있도록. 다 먹었으면 가지."

"도움이요? 누구 도움요?"

태석이 국물컵을 든 채 빠져나가자 은하는 서둘러 입에 어묵을 넣고 따라갔다. 다시 건물로 들어가 그녀를 찾아다녔다. 이름이 같은 사람도 있었지만 나이가 너무 많거나 남자였다. 그러다가 드디어 유연주를 아는 사람을 찾았다.

"유연주요? 맞을는지 모르겠는데. 그 젊은 여사장 이름을 유연주로 알고 있는데."

나이 든 여자가 고개를 갸웃거리며 말했다. 별로 확신은 없어 보였지만, 새로 지은 건물에 입주를 해 장사를 하고 있을 거라고 알려주었다.

"유연주씨?"

"네? 누구시죠?"

태석의 부름에 그녀가 옷을 정리하다가 뒤를 돌았다.

"유연주씨 맞으세요?"

"네, 맞는데요."

"경찰입니다. 잠깐만 이야기를 할 수 있을까요?"

"뭐요? 시발, 그년이 보냈어요?"

유연주는 경찰이라는 말에 말투가 갑자기 공격적으로 바뀌었다.

"누가 보내서 온 게 아니고요. 묻고 싶은 게 있습니다."

"맞구만. 무슨 딴소리야. 그년이 나 고소한다고 하더니 진짜로 했네. 시발년. 그 돈 갚은 지가 언젠데. 돈을 갚아도 사기야? 사기냐고?"

유연주는 주변 사람들까지 모두 들릴 정도로 소리를 질렀다. 오히려 태석과 은하가 당황했다. 오은하 형사가 가게 안으로 들어가 유연주을 달래며 다시 물었다.

"진정하시구요. 돈 때문에 온 게 아니구요. 전에 모나코에서 일하셨죠?"

"무슨 뚱딴지같은 소리야. 모나코가 뭔데?"

유연주는 그런 곳은 모른다는 말투였다.

"강남에 있는⋯⋯"

"강남에 뭐?"

"거기⋯⋯ 모나코⋯⋯"

은하는 주점이라는 말을 주변에서 들을까봐 하지 못했다.

"모나코가 뭔데? 시발. 나 돈 떼먹은 거 없다고."

"그럼, 유미 아니 선미는요? 같이 일했었잖아요?"

"내가 걔를 어떻게 알아요? 걔가 누군데?"

"진짜 몰라요?"

"몰라."

모른다는 말에 은하는 고개를 돌려 태석을 바라보았다. 이제 더 이상 물어볼 곳도 없는데. 유연주는 이곳에 없는 것일까. 태석은 오은하 형사를 가게에서 나오게 하고 오해해서 미안하다는 말을 남기고 돌아섰다. 오 회장의 정보는 잘못되었을 수도 있었다.

"저기요."

두 사람이 건물 밖으로 나가고 있을 때 조금 전 화를 냈던 여자가 따라와 불렀다.

"생각해보니까 저하고 이름이 똑같은 애를 알고 있는데요."

"네?"

"찾으시는 분이 아마 그 친구인 것 같은데. 사거리 2층에 커피숍이 있어요. 거기로 제가 그 친구 가라고 할게요. 그 근처에서 일하거든요."

"정말요? 고맙습니다."

다행히 여자는 자기와 이름이 같은 사람을 알고 있었다. 태석과 일행들은 모두 커피숍으로 이동을 해서 그곳에서 유연주를 기다렸다. 포기하려던 순간에 그래도 마지막에 소득이 있어 다행이었다. 허기가 지자 일행은 커피와 케이크를 사 허겁지겁 먹으면서 그녀를 기다렸다. 그런데 곧바로 찾아가게 하겠다던 유연주는 삼십 분이 지났는데도 오지 않았다. 잘못된 것일까. 연락처를 물어서 올걸 그랬다. 오은하 형사가 조금 전 가게로 다시 찾아가 물어보기로 했다. 그때 계단으로 올라오는 여자가 있었다. 조금 전 그 여자였다.

"유연주씨? 유연주씨는요?"

오은하가 유연주를 보고 유연주를 찾았다. 뒤에 따라오나 1층을 보아도 일행은 없었다. 그녀가 태석에게 가까이 왔다.

"사실은 제가 선미를 아는 유연주예요. 경찰이 찾아왔다고 하니까 소리를 질렀던 거구요. 그렇게 하지 않으면 주변 가게에서 저를 얕잡아 보거든요. 착하고 순박하게 보여서는 안 돼요. 특히 경찰들까지 찾아올 정도로 신용이 좋지 않다고 소문나면 장사 다한 거거든요. 아까 소리 질러서 미안해요."

"아니요. 불쑥 찾아간 저희도 미안합니다."

"그런데 용건이 뭐죠? 선미라고 해서 와보았어요."

"전에 선미하고 일할 때 있었던 일에 대해 물어볼 게 있어서요."

선미가 아니었다면 찾아오지 않았을 거라는 말에 태석은 곧바로 유미를 선미로 바꿨다.

"선미하고는 얼마나 일을 같이 하셨죠?"

"넉 달 정도 했을 거예요. 저는 선미가 그곳에 전혀 어울리지 않는다고 생각했어요. 술도 잘 마시지 못했고 남자들 서비스하는 것도 그렇구요. 돈을 벌려는 목적이 있는 것도 아닌 것 같았어요. 언제나 우울했고 힘들어 보였으니까요. 사연이 많은 아이처럼요."

"잘 보셨습니다. 그랬을 겁니다. 혹시 누구를 찾고 있다는 것을 알고 있었나요?"

"김동수요?"

바로 그 이름이 튀어나왔다.

"알고 계시네요."

"선미가 처음 왔을 때부터 그 이름을 물었어요. 그 사람을 찾는다고. 저는 그 사람을 몰라요. 마담하고 매니저 오빠들이나 알죠. 언젠가 선미가 크게 운 적이 있어요. 그 사람이 왔다갔었다면서요. 그날 엄청 울었고 며칠 나오지 못하더니 끝내 그만두더라구요."

"그날입니다. 그날에 대해서 묻고 싶어서 찾아온 겁니다. 선미가 많이 울었던 그날요."

그날 룸 안에서 그들이 나눈 대화가 무엇인지 그리고 왜 싸우고 돌아갔는지. 태석과 팀원들은 차분히 유연주가 기억을 해주기를 기다렸다. 그녀도 커피를 마시고 고개를 갸웃거리며 기억을 해내려고 했다. 그러나 기억을 하지 못하겠다는 듯 짧은 한숨을 내쉬었다. 태석은 그녀의 기억에 연결고리가 필요하다는 것을 알았다. 기억의 심지에 불을 붙여줄 라이터가 필요한 것이다. 유미에게 전화를 걸었다. 이곳으로 와주기를 바랐지만 그녀는 외출을 꺼려했다.

"유미야, 지금 유연주씨를 만났는데. 그때 이야기를 좀 해주겠니? 전화로라도 말이야. 김동수를 만났을 때 상황을 이야기해준다면 기억을 할지도 모르는데."

"네."

태석은 유미의 전화를 유연주에게 바꾸어주었다.

"언니, 저 선미예요. 그동안 잘 있었어요?"

"그래, 선미야 너도 잘 있었니? 사는 게 힘들다. 너나 나나. 무슨 일인지는 모르겠지만 니가 그 당시를 이야기해주면 내가 기억을 할지도 모르고."

안부인사를 건네고 그날의 이야기를 시작했다. 유미는 그날을 또렷이 기억하고 있었다.

　"언니, 그날은 5월 15일이었어요. 언니가 생리가 막 시작을 할 것 같다면서 일을 할까 말까 망설였을 때예요. 첫 타임을 간단하게 마치고 집에 가겠다고 했다가 다시 돌아왔어요. 약국에 들러서 약을 사먹고 피시방에 가서 게임을 하고 왔다고 했어요. 김동수가 먼저 들어오고 언니가 왔어요. 저는 언니 찾으러 밖으로 나가려다가 그 사람하고 복도에서 마주친 거구요. 세 사람이었는데 모두 친구 사이인 것 같았고, 두 사람은 모두 지위가 있는 사람 같았어요. 술을 시켜서 마시기만 하고 노래도 부르지 않았어요. 가운데 나와 같이 있던 김동수가 두 사람에게 뭐라고 하는 사이에 저는 잠깐 밖으로 나왔구요. 돌아갔을 때 그 사람들은 모두 가버렸어요. 언니가 그때 그 사람들이 싸움을 했다고 했었는데. 기억나지 않아요?"

　"잠깐만 선미야. 그때 니가 많이 울었지. 그 사람 갔다고 하니까."

　"네, 맞아요. 울었죠."

　"지우라는 친구도 있었는데."

　"그 언니는 미국에 갔다고 들었어요."

　"맞다. 그랬던 것 같다. 내가 생각을 좀 해볼게."

　전화를 끊고 유연주는 다시 생각에 잠겼다. 그때를 기억해내려고 애쓰는 것 같았다. 그때 술을 많이 마신 것은 아니었다. 첫 타임을 마치고 생리 때문에 약국에 들렀다가 쉬려고 피시방에 가서 게임을 하고 왔었다. 그때 세 사람이 룸에서 말다툼을 했었다는 것은 기억이 났다. 그런데 무엇 때문에 싸움이 났는지가 기억이 나지 않았다.

　"저노 알려드리고 싶은데 기억이 잘 안 나네요. 선미 때문에라도 알려드리고 싶은데."

그녀가 작은 실마리라도 기억해내주길 바라며 조금 더 기다렸다.

"죄송합니다. 제가 집에 가서라도 생각을 좀 더 해볼게요."

그녀는 자리에서 일어났다. 기억이 나지 않는다는 사람을 계속해서 잡아놓을 수도 없었다. 돌아가려는 그녀를 태석은 잠시 붙잡고 박주민 교수에게 전화를 넣었다.

"유연주씨, 죄송하지만 최면으로 기억을 복구해보았으면 하는데요."

"최면요?"

*

태석과 은하는 박 교수의 연구실 건물의 아래에서 유연주를 기다렸다. 그러나 오기로 한 유연주가 도착하지 않았다. 은하가 전화를 여러 번 넣었는데도 받지 않았다. 박 교수는 준비되어도 그녀가 오지 않으면 할 수 없는 거였다. 태석은 유미에게 전화를 걸어 유연주가 망설이지 않도록 설득을 해달라고 부탁했다. 그러자 전화가 왔다.

"제가 하는 게 선미에게 도움이 되는 것이 맞나요?"

유연주의 목소리는 힘이 없었다. 전날 경찰관에게 삿대질하며 대들던 우렁찬 목소리는 죽어 있었다. 선미의 동생에 대한 수사를 마무리하기 위해 꼭 필요하다는 오은하 형사의 말에 유연주는 또다시 말이 없어졌다. 유연주는 마음을 잡지 못하고 있었다.

"누가 이런 거 함부로 하면 책임져야 할지도 모른다고 해서요. 죽은 사람은 모르겠지만 나머지 사람들이 저를 고소할지도 모른다고."

태석은 그녀의 두려움을 충분히 이해했다.

"유연주씨, 하태석 팀장입니다. 유연주씨가 법최면으로 진술한 내용이 선미의 동생 죽음을 풀 수 있는 열쇠가 될 수 있습니다. 선미가 왜 그곳에 찾아가 어울리지도 않은 일을 해야 했는지 설명을 드렸잖아요. 선미는 동생의 죽음이 김동수 때문이라고 굳게 믿고 있습니다. 그 믿음이 맞다는 것을 유연주씨가 풀어줄 수 있습니다. 선미를 위해서 그리고 선미의 동생을 생각해서 제발 진술을 해주시기를 바랍니다. 부탁드립니다."

잠시 목소리가 끊기고 숨을 들이쉬더니 전화를 끊었다. 곧바로 건물 앞으로 차가 들어왔다. 이미 대학 캠퍼스 안으로 들어와 있으면서도 그녀는 망설이고 있었다.

"감사합니다. 이렇게 시간 내주셔서요."

"도움이 될지는 모르겠지만 제가 책임을 져야 하는 건 싫습니다."

"그런 일은 없을 겁니다."

두 사람은 유연주를 데리고 박 교수의 연구실로 들어갔다. 박 교수는 차를 끓여놓고 그녀를 기다리고 있었다. 그녀의 기분을 풀어주기 위해 따뜻한 차를 마시게 했다. 무엇보다 최면에 성과를 얻기 위해서는 피최면자와 유대감을 높이는 라포르 형성이 무엇보다 중요했다. 최면자와 피최면자가 서로 신뢰하지 못한다면 최면의 성과는 장담할 수가 없었다. 박 교수는 친근한 미소로 그녀의 무의식 속에 담겨 있는 내용을 불편하지 않게 진술할 수 있도록 돕겠다고 했다. 시간이 지나자 조금 전 차에서 내렸을 때의 어색함은 조금씩 누그러졌다.

"마음을 편안하게 하세요. 그렇게 힘든 일이 아닙니다. 무의식 속에 있던 기억을 꺼내는 것뿐이니까요. 유연주씨가 자신도 모르게 알고 있는 사실이 있을 거예요. 저는 그것을 기억하도록 유도할 뿐입니다."

"그런데 정말 제가 기억을 하고 있을까요?"

"해보면 알겠죠? 아마 생각하는 것보다 훨씬 많은 정보를 가지고 있을 것입니다."

"정말 그럴까요?"

"그럼요."

박 교수는 친근하게 좀 더 그녀에게 다가갔다. 그녀의 경계가 아직도 풀리지 않고 있다는 것을 느끼고 있었다.

"유연주씨 집에서 아이를 키우고 있는 것 같은데요. 뭐 키워요?"

"어떻게 아셨어요? 포메 키워요."

"포메라니안요. 어쩜, 저도요. 세 살 된 여자아이인데 얼마나 예쁜지. 이름이 쪼미예요."

"어머, 저는 네 살요. 남자아이예요. 갈색이구요. 이름은 커피예요."

"우리 언제 카페에서 만나서 아이들 친구 해줘야겠네요."

박 교수는 그녀의 무릎에 붙어 있는 애완견의 털을 보고 공통점을 만들어냈고 그것은 바로 친밀감으로 이어졌다. 그렇게 금세 그녀가 쳐놓은 방어벽을 걷어냈다. 한결 얼굴색이 돌아오고 미소가 밝아졌다. 경계심이 없어졌다고 느껴질 즈음 연구실에 마련된 공간으로 이동을 했다. 뇌파와 심전도를 측정할 수 있는 장비가 마련되어 있고 편안하게 앉을 수 있는 등받이 소파가 가운데에 있었다. 박 교수는 그녀를 소파에 눕히고 최면을 시도했다. 경계심을 풀어주기 위한 간단한 질문이 이어지고 곧 그녀를 무의식 속으로 빠뜨렸다. 잠을 자듯 감긴 눈이 떨리며 박 교수의 안내를 따라 2018년 5월 15일로 돌아갔다.

"유연주씨 휴대전화를 봐보세요. 날짜와 시간이 어떻게 되죠?"

"5월 15일이요. 저녁 7시예요."

"있는 곳이 어디죠?"

"출근하고 있어요. 택시를 타고 가고 있는데 배가 아파요."

"왜죠?"

"생리가 시작하려나봐요. 기분이 좋지 않아요."

"지금은 어디에 있나요?"

"약국이요."

"거기에는 뭐 하러 갔죠?"

"생리통 약하고 생리대를 사려고 갔어요. 일을 해야 하나 말아야 하나 망설이고 있어요."

유연주는 박 교수의 질문에 잠재된 기억을 떠올리고 있었다.

"가게로 들어가볼까요. 뭐가 보이죠?"

"복도를 걸어가는데 선미와 마주쳤어요."

"선미씨는 어떤가요?"

"얼굴이 굉장히 빨개요. 뭔가에 놀란 것처럼 오들오들 떨고 있어요."

"왜 그런지 아세요?"

"사람을 찾았다고 했어요. 울면서."

"지금은 어디죠?"

"룸 안이에요."

"누구누구가 있나요?"

"선미가 찾던 사람이요. 김동수라고 알고 있어요. 한 사람은 사진하고 같은 사람이에요. 한 명은 모르겠어요."

보여준 사진은 최 변호사였다. 그가 김동수와 같이 있었다는 것은 유미의 진술과 일치했다.

"선미는 나갔고 저는 사진 속 남자 옆에 앉았어요. 지우는 모르는 남자 옆에 있고요."

"무슨 이야기를 하죠?"

"김동수가 웃어요. 세 명이 친구 사이인 것 같아요. 동창이요. 우리는 베스트 프렌드라고 말하면서 술을 따라줘요. 진정한 친구는 돕는 거라고. 김동수가 경찰에게서 연락이 왔다고 해요. 모르는 남자가 확인해보겠다고 해요. 김동수가 화를 내요."

"뭐라고 화를 내죠?"

"협박을 하는 것 같아요. 너희 인생 날려보낼 수 있다고. 어차피 자기는 쓰레기지만 너희들은 아니라고. 너희들은 자기보다 잃을 게 더 많다고 하면서 덤벼들지 말라고. 인생 끝장날 각오하고 덤비라고. 사진 속 남자가 욕을 하고 김동수에게 덤벼요. 악!"

"왜요?"

"김동수가 탁자를 엎었어요. 병이 깨지고 술잔이 널브러졌어요."

"세 사람이 계속 안에 있나요?"

"아니요. 모두 나갔어요. 두 사람이 먼저 나가고 김동수가 제일 늦게 나갔어요. 사진 속 남자가 저에게 술값이라면서 현금을 주고 갔어요. 김동수가 욕을 해도 못 들은 척 그냥 갔어요. 선미가 가방을 메고 왔어요. 밖으로 나가서 사람을 찾다가 울어요. 죽여야 하는데 죽이지 못했다고."

"사람들이 다 돌아갔나요? 아무도 없어요?"

"옆 룸에서 싸움이 났어요. 경찰이 왔네요. 병에 찔렸나봐요."

태석이 마지막 말에 호기심을 보이며 박 교수 옆으로 가까이 왔다. 그리고 메모지에 글을 적어 그녀에게 보여주자 그대로 질문으로 옮겼다.

"복도에 CCTV가 설치가 돼 있어요?"

"네, 경찰관들이 받아서 갔어요. 증거로 쓴다고요."

＊

유연주가 돌아가고 최면상태의 진술에 대해 정리를 했다. 박 교수가 커피를 한 모금 마시고 먼저 말했다.

"최 변호사와 아무개씨가 김동수에게 약점이 잡힌 게 있는 것 같아요. 그것으로 둘을 협박한 것이고 두 사람은 그 협박을 들어줄 수밖에 없는 입장이구요."

"아이들 사건에 두 사람이 가담이 되어 있는 것은 아닐까요? 최 변호사는 김동수를 변호까지 했잖아요."

"네? 정말요? 맙소사. 그럴 수가 있어요?"

박 교수는 아이들 사건 때 김동수의 변호를 했던 최 변호사가 이번엔 그 희생자의 아버지를 변호한다는 사실에 깜짝 놀랐다.

"약점이 뭐였을까요?"

태석은 그들이 김동수에게 잡힌 약점이 궁금했다.

"뇌물 아닐까요? 검사 시절에 줬던 뇌물에 대한 증거를 가지고 있는 거죠. '검사가 성범죄자로부터 뇌물을 받았다.' 뉴스 한 줄이면 잃을 게 많죠."

은하가 뇌물일 가능성을 말했다.

"그것도 가능한데 김동수의 성적 취향과 연관이 있는 건 아닐까요. 인생이 걸려 있을 정도라면 성과 관련됐을 가능성이 가장 크죠. 보통 몸캠피싱 범죄 같은 경우에 자살을 하는 경우가 종종 있을 정도로 심한 모멸감을 느끼잖아요. 그루밍과 협박을 통해 만들어진 여자아이들의 성적 학대 영상들도 그렇고요. 자신의 가장 은밀한 부분이 공개가 되는 거니까. 인생이 통째로 사라지는 기분. 부모나 자녀들, 친구들, 직장 동료들에게 은밀한 치부가 공개되었을 때 느끼는 자괴감은 상상 이상이죠."

"가능성이 충분히 있습니다. 김동수는 그러고도 남을 겁니다."

박 교수의 설명에 태석이 동의했다.

"사건을 무마할 수 있다는 것은 아무개가 경찰관일 가능성이 가장 높아요. 그게 아니면 경찰 수사에 압력을 넣을 수 있는 지위에 있거나 경찰과 친분이 있든가요."

"작년이면 최민정 선배가 이야기했던 그때가 아닌가요?"

"그런 것 같은데."

두 사람은 박 교수에게 고맙다는 인사를 남기고 연구실을 빠져나왔다. 그녀 덕분에 김동수의 실체에 조금 더 다가간 느낌이었다.

"선배님, 저 은하인데요. 예전에 함경민 동영상 사건 때 첩보를 제출하셨다고 했잖아요. 혹시 김동수에게도 연락이 갔었나요?"

"나는 첩보만 제출했었고 수사는 다른 팀에서 했지. 그때 우리 사무실 선배가 동영상 존재를 확인하려고 전화를 여러 군데 했어. 예전에 실종된 아이들 사건이고 용의자였던 김동수가 관련이 있는지 확인이 필요하다고. 그래서 아마 김동수한테도 연락이 갔을걸. 의심되는 사람은 모두 해봤으니까. 그런데 바로 마무리지었을 거야. 여기저기서 말이 많았거든. 정확한 증거도 없이 수사를 하려고 한다고. 니네 팀장님이 징계를 받은 것처럼 그 선배도 징계를 먹을 수 있다고 해서 그대로 덮었을 거야. 나도 경고 아닌 경고를 먹었었지."

태석은 옆에서 오은하의 전화 내용을 듣고 있었다. 그녀의 말대로라면 김동수에게 연락이 한 번 취해진 사실이 맞았다. 그런데 그 사건은 더 이상 진행을 하지 못하고 그대로 종결되었다. 진행하던 사건이 막혔다는 것은 누군가 개입했을 가능성이 있음을 의미했다. 사무실로 들어가기 전에 확인해야 할 것이 하나 더 있었다. 태석의 차는 모나코를 관할구역으로 하고 있는 지구대로 향했다.

"정수야, 어디냐?"

"진욱이하고요, 김동수 와이프 만나보려고 찾아왔는데 집에 없네요. 전화도 받지 않고."

"처남도 연락을 해보지 그랬어?"

"거기도 해봤죠, 이미. 둘 다 전화를 받지 않아요. 주변에 물어보니까 두 사람이 틀어졌대요. 김동수가 살아 있을 때는 같은 편이었는데 죽고 나니까 갈라섰다는데요. 김동수가 가진 재산이 꽤 되나봐요. 서로 더 갖겠다고 난리치고 있는 거구요. 그리고 충격적인 건 두 사람이 친남매가 아니었어요. 남남이에요. 말도 안 되는 얘기지만 한때는 연인이었다는 말도 있어요."

정수와 진욱은 김동수의 부인인 고미현을 확인 중이었다. 김동수의 거주지로 들어간 제3자가 그들과 관계가 있을지도 모르기 때문이었다. 가능성이 완전히 없는 것은 아니었다. 부인의 부탁을 받고 경비원 양씨가 자료를 수집하기 위해 김동수의 집으로 들어간 것은 사실이었다.

"만날 수 없으면 그냥 와. 대신 서초경찰서 형사계로 가봐."

"거기는 왜요?"

"작년 5월 15일 자정쯤에 모나코에서 폭행사건이 있었어. 손님들끼리 싸우다가 병으로 찌른 사건이 있을 거야. 그 담당자를 찾아봐. 그리고 그때 영상을 지금도 가지고 있는지를 확인해봐. 나도 그때 출동한 지구대를 찾아가볼 테니까."

정수는 서초경찰서로 이동했고 태석은 지구대로 갔다. 대로변에 위치한 지구대에는 여섯 대의 순찰차 중에 두 대만 주차가 되어 있고 나머지는 출동을 나간 상태였다. 안으로 들어서자 이미 낮술에 취해 소란을 피우다 끌려온 한 무더기의 사람들이 술에서 깨어나지 못하고 소리를 지르고 있었다. 그리고 중년의 여성 두 명이 곗돈을 떼어먹고 도망을 간 계주를 잡아달라고 여직원을 붙잡고 하소연을 하고 있었다. 그런 와중에도 무전기는 쉴 새 없이 울려댔고 직원들은 출동과 복귀를 반복하고 있었다. 중년의 여성 두 명과 상담 중이던 여자경찰관이 태석과 눈이 마주치자 바로 일어나 용건을 물었다. 상담이 버거웠던 모양이다.

"무슨 일이시죠?"

"서울청 미제팀에 하태석 팀장입니다. 작년 5월 15일 야간 근무자를 알 수 있을까요? 그분들에게 물어볼 게 좀 있는데."

"지금 바로 필요하신가요? 작년 근무일지를 확인해봐야 할 것 같은데."

"네, 확인 좀 해주시죠."

여자경찰관은 중년 여성들을 상담 중이라 난처하다는 표정을 지었다.

"그럼, 이 여사님들은 제가 상담을 해줄 테니까. 그사이 찾아봐주시면 좋을 것 같은데요."

"그렇게 해주시면 고맙죠. 사건상담이 서툴러서……"

여자경찰관은 안도하는 표정으로 문서고로 향했다. 태석은 중년 여성 두 명을 소파에 앉게 하고 상담을 시작했다. 그들은 1년 동안 넣었던 곗돈인데 다섯 달 전부터 계주가 나눠주어야 할 돈을 주지 않고 미루다가 끝내 도망을 쳤으며 그 돈이 무려 일억 원이 넘는다고 했다.

"그럼 피해자들이 두 분 말고도 더 있겠네요. 모두 열두 명이시고. 거기다 계주가 다른 사람들과도 계를 몇 개 더 한다는 거잖아요. 우선 계원들에게 모두 간단하게 확인서와 위임장을 받으세요. 모두 진술하기 어려울 거니까 두 분이서 대표로 진술을 하시구요. 담당자가 필요하다고 생각하면 나머지 분들도 진술을 받을 수 있어요. 다른 계도 몇 개 있다는데 그쪽도 확인을 해보세요. 여러 개의 계를 들고 돌려막기를 했을 가능성이 있어요. 그분들도 피해자가 되거나 이미 되었을 수도 있어요. 진행을 하려면 한꺼번에 다 같이 하는 게 나아요. 그리고 실제 납입을 했다는 것을 증명할 자료를 준비하시구요. 계주의 인적사항을 알고 있나요? 없다면 정보를 확인할 수 있는 휴대전화 번호나 차량번호를 확인해주세요. 처음부터 돈을 횡령하려는 의도가 있었는지 아니면 그만한 사정이 있었는지는 그 여자분을 조사를 해봐야 알아요. 그렇지만 피해자가 여러 명이고 처음부터 돈을 줄 의사나 능력이 없었다는 게 확인이 된다면 계주를 찾아 처벌하는 데는 무리가 없을 겁니다. 더구나 다른 곳에서도 여러 개의 계를 하고 있고 거기에서도 자취를 감추었다면 이미 동종전과가 있을 가능성이 높아요. 다만 이미 숨었다면 맘먹고 숨었을 거니까 찾아내기는 쉽지 않겠지만요. 그런데 돈 관계라는 게 요상해서 손해가 있는데도 형사적으로 처벌이 어려울 때가 있어요. 그러니 형사하고 더불어서 민사도 준비를 하세요. 변호사를 찾아가서 손해를 명확히 정리해서 각각 대처하시면 일이 더 수월할 거예요. 아시겠죠? 방금 말씀드린 것을 잘 준비하셔서 경찰서를 방문해 상담을 받으세요. 담당직원이 배정되면 더 상세히 설명을 들을 수 있을 겁니다."

태석의 설명에 두 사람은 만족한다는 듯 빠져나갔다. 빨리 자료를 준비해 경찰서를 찾아가자며 태석이 담당을 해주면 좋겠다는 아쉬움을 남기고 돌아갔다.

"여기 있네요. 그때 야간 근무자들입니다."

한 시간째 상담을 해도 돌아가지 않던 두 여인들이 돌아가는 모습을 보고 여직원은 밝은 표정으로 근무일지를 꺼내 보여주었다.

"그날 취급사항에 주점인 모나코에 출동하신 게 있는지 확인해주겠어요?"

페이지를 몇 장 넘기자 모나코에서 발생한 폭행사건의 보고서가 나왔다. 당시 현장에 출동한 경찰관은 네 명이었고 조치사항에 모나코의 당시 현장 사진과 CCTV 영상을 당직팀으로 인계했다고 되어 있었다.

*

텅 빈 사무실에서 기원은 계속 CCTV 영상을 분석하고 있었다. 임춘석 외에 누군가를 찾아내는 것이 기원의 임무다. 영상 속의 남자가 김동수의 빌딩 방향에서 걸어 나와 어디론가 걸어가는 모습이 있었고 기원은 그 사람의 뒤를 계속해서 밟고 있었다. 그러나 이후에 어디로 갔는지알 수 없었다. 영상으로 분석하는 것에 한계를 느끼자 그는 차를 몰고 현장으로 갔다. 이미 여러 차례 오기는 했어도 분석한 영상을 현장과 이어붙여보기는 이번이 처음이었다. 현장에 대한 감각이 더 필요했고 주변이나 그 이상의 장소에 있는 CCTV 영상을 찾아야 했다. 아직 확인하지 않거나 존재 여부조차 모르는 영상이 더 있을 수 있었다.

기원은 처음 남자가 찍힌 장소로 가서 주변을 살폈다. 그곳에서 김동수의 빌딩 방향으로 걸어서 이동을 하자 건물 뒤편이 나왔다. 그곳에 하나쯤 설치돼 있어야 할 방범카메라는 전혀 없었고, 번호만 알면 드나들 수 있는 번호키 잠금장치만 있을 뿐이었다. 김동수와 경비원들처럼 영상 속의 남자 역시 어떤 경로로든 번호를 알고 있다면 건물로 들어가 일을 보고 나오는 것은 쉬운 일이었다. 기원은 건물에서 나온 것을 가정해 다시 영상이 찍힌 곳으로 이동을 하고 그곳에서 갈 수 있는 여러 개의 길을 가보기로 했다. 손에는 인터넷에서 출력한 현장지도를 들고 있었고 거기에 확인한 방범카메라 위치가 모두 표시되어 있었다. 카메라를 피해 이동했을 경우를 생각하면 그 경로를 예측해볼 수도 있었다. CCTV에 걸리지 않을 가장 이상적인 길만을 찾아 계속 걸어 주변을 살폈다. 그러다 1킬로미터 정도 떨어진 곳에서 길을 잃었다. 경우의 수가 너무 많아져 더 이상 어디로 가야 할지 알 수 없었다. 이리저리 다녀보다 잠시 쉬기 위해 동네 슈퍼로 들어갔다.

"생수 한 병이요."

"천 원."

"카드 안 돼요?"

"되기는 하는데 카드로 하는 세 수수료가 워낙 비싸니까. 현금 없어?"

"있기는 한데. 여기요."

기원은 카드를 꺼냈다가 다시 집어넣고 천 원을 내밀었다. 주인 영감은 겨우 천 원 가지고 카드 계산을 하려고 하냐는 듯 돈을 받고도 그리 좋은 표정이 아니었다.

"여기 슈퍼에 CCTV 있어요?"

"이런 구멍가게에 가져갈 게 뭐가 있다고 CCTV까지 달아. 그런 거 없어."

"가져갈 게 왜 없어요. 밖에도 저렇게 쌓아놓고. 좀도둑이 오면 가져갈 게 천지구만."

"가져가라고 하지 뭐. 돈도 아니고 먹는 건데. 배고프면 먹어야지."

주인 영감은 물건을 훔쳐가든 말든 관심이 없다는 표정으로 답을 했다. 조금 전 수수료를 생각하던 사람과 어울리지 않았다. 물병을 들고 밖으로 나와 CCTV가 있는지 확인했지만 안타깝게도 주변에 설치된 것이 하나도 없었다. 남자가 CCTV를 모두 피해 김동수를 찾아갔다면 그는 분명 이곳을 지나갔을 것이다. 사전에 답사를 했을 것이며 주변 CCTV의 위치를 알고 있는 게 분명한데. 결론은 이곳이다. 다른 곳은 카메라가 있기 때문에 갈 리 없었고, 이곳은 노면에 주차를 할 곳도 충분했다. 차를 타고 와 이쪽 도로가에 주차를 하고 걸어서 김동수의 건물로 이동을 했을 것이다. 기원은 주변을 다시 살폈다. 주택가 어디라도 아주 멀리서라도 설치가 된 곳이 있는지 유심히 살폈지만 전혀 보이지 않았다. 이곳인데, 이곳으로 걸어간 게 분명한데 확인할 수가 없다. 이 이상은 경우의 수가 너무 많아 의미가 없었다. 어쩔 수 없이 기원은 다시 동네 슈퍼 쪽으로 거꾸로 가보기로 했다.

멀리 슈퍼 앞에 아이들 두 명이 밖에 진열된 물건을 살피고 있었다.

아이들은 초등학교 3~4학년 정도로 보였다. 슈퍼 밖에서 아이들은 쌓아놓은 과자를 보고 망설이고 있었다. 그곳을 주인이 보지 못하니 들고 도망을 갈까 눈치를 보고 있는 것이다. 그러다가 과자를 들고 도망치기 시작했다. 그런데 열 발자국도 가지 못해 잡히고 말았다. 마치 쳐놓은 덫처럼 영감은 아이들이 훔쳐 가져갈 것을 알고 있었다는 듯 가게 뒤에서 튀어나와 아이들을 붙잡았다.

"이 새끼들, 부모님에게 전화해. 빨리! 도둑질하다 걸렸다고 말이야."

"할아버지 죄송해요. 다시는 안 그럴게요."

"이놈아, 빨리 연락해. 아저씨가 잃어버린 게 얼만데. 아니면 경찰 부른다."

기원이 조금 전 느꼈던 기분은 사실이었다. 영감은 욕심이 없고 사람들을 생각해주는 게 아니었다. 일부러 물건을 쌓아 함정을 파놓고 아이들이 그 함정에 빠지기를 기다리고 있던 것이다. 그리고 함정에 빠지면 부모를 불러 합의를 본다는 명목으로 돈을 요구하는 것이 영감의 수법이었다. 그런데, 영감은 어떻게 알았을까. 안에서는 아이들이 보이지 않는데.

"경찰입니다. 사장님."

"네?"

기원은 영감에게 다가가 신분증을 내밀었다. 그러자 영감이 당황한 듯 말을 멈추었다.

"아이들이 물건을 가져가는 것은 어떻게 알았습니까?"

"내가 보고 있었지."

"어디에서요."

"여기 문 앞에서."

"거기는 아이들도 보입니다. 물건을 훔쳐가려는 아이들인데 그것도 확인하지 않고 가져가겠어요. 너희들 문 앞에 있던 사장님 봤니?"

울먹이고 있는 아이들은 모두 고개를 좌우로 흔들었다.

"사장님, 일부러 아이들에게 과자를 가져가도록 유도하고 금품을 요구하면 공갈죄가 될 수도 있습니다. 아이들 부모에게 과자 가격의 몇 배는 받아내려고 한 것 같은데. 보아하니 이번 한 번뿐이 아닐 것 같고. 확인해봐야겠지만 상습일지도 모른다는 말씀이죠. 더구나 어린아이들은 형사미성년자입니다. 책임이 조각되기 때문에 어떠한 형사처벌도 받지 않아요."

아이들 편에 서서 영감을 나무라자 그는 인상을 구기면서도 아무 대꾸를 하지 못했다.

"아이들은 가도 되겠죠? 과자값은 제가 대신 내겠습니다. 너희들 잘못했다고 인사드리고."

"잘못했습니다."

"다음부터는 절대 그래서는 안 된다. 남의 물건을 허락 없이 가져가서는 안 돼. 알았지?"

"네."

아이들은 고개 숙여 인사하고 도망치듯 빠져나갔다. 아이들이 나가고 기원은 과자값을 카드로 지불을 했다. 영감은 대꾸 없이 감추어놓았던 카드기를 꺼내 계산했다.

"CCTV 좀 보죠."

"네?"

"입구 쪽에 숨겨놓은 카메라 말입니다. 휴대폰으로 보고 계셨잖아요."

영감은 들키지 않을 줄 알았다는 표정이다. 그는 CCTV를 가게 입구 쪽에 보이지 않도록 가려놓고 있었다. 그래서 많은 물건을 밖에 쌓아놓고도 걱정을 하지 않았다. 오히려 물건을 훔쳐가려는 아이들이 있을 때 일부러 가져가기를 기다렸다가 골목에서 아이들을 잡았던 것이다. 기원도 처음에는 찾지 못할 뻔했다. 벽에 붙여놓고 박스로 교묘하게 가려놓아 눈에 띄지 않았다. 영감은 휴대전화를 내주었다.

"이거 저장기간이 얼마입니까?"

"설치 기사가 두 달은 넉넉히 된다고 합디다."

"오늘 일은 함구할 테니까 다시는 그러지 마시구요. 제가 두 달 전 사건 때문에 영상이 필요하니까 그것 좀 받아갈게요."

"네? 그걸 왜? 뭔 일인데?"

"좋은 일도 하셔야죠. 근처에서 사건이 발생했는데 참고 좀 하려구요."

"좋은 일이라니까 뭐. 근데 전에 내가 했던 거 찾아보는 거 아니지?"

"그건 아니니까 걱정하지 마세요."

"그럼 뭐. 좋은 일이라니까."

영감은 믿지 못하겠다는 듯 기원을 힐끔 쳐다보았다.

＊

저녁 시간 사무실에 모두 모였다. 지금까지 수사한 내용을 정리하기 위해서였다. 며칠 사이에 있었던 일이지만 수사가 실체에 점점 다가가고 있다는 느낌을 받았다.

"오늘 우리가 했던 것 중에 가장 충격적인 건 이번 일에 한경철 형사과장이 개입되어 있을 수도 있다는 얘기야. 무엇보다 보안이 중요하다는 것은 말하지 않아도 알 거야."

"형사과장님이 연관되어 있을 거라고는 생각지도 못했습니다. 왜 형님을 팀장으로 하는 것에 반대했는지 이제 알겠네요."

서초경찰서에서 그때 사건을 담당했던 직원을 찾는 일은 어렵지 않았다. 그곳에서 가장 오랫동안 일을 했던 담당형사는 다행히 모나코의 폭행 영상을 컴퓨터에 보관하고 있었다. 엄밀히 따지면 보관 중이었다기보다는 지우지 않았다고 하는 게 맞을 것이다. 그의 컴퓨터에는 수많은 현장동영상이 그대로 남아 있었다. 처음에는 보여주기를 꺼려하다가 담당했던 사건과는 연관이 없는 것이라고 설명하고서야 볼 수가 있었다. 다행히 폭행사건이 있었던 삼십 분 전부터 영상은 녹화가 되어 있었다. 김동수의 일행이 들어가는 모습은 확인이 되지 않았지만 나오는 시간부터는 영상이 촬영되어 있었다. 가장 먼저 밖으로 나온 것은 최 변호사였다. 음성은 확인이 되지 않아 알 수 없지만 그는 굉장히 화가 난 표정으로 밖으로 나갔고 뒤를 이어 한 남자가 밖으로 나왔다. 그 또한 구겨진 얼굴로 나오다가 뒤를 돌아 김동수에게 뭐라고 말을 하고서 밖으로 나갔다. 그런데 그 한 사람은 다름 아닌 한경철 형사과장이었다. 정수와 진욱은 놀라지 않을 수 없었다. 둘은 이게 대체 무슨 일이지 하는 표정으로 서로를 마주보았다.

"너, 이거 과장님한테 알릴 거야?"

"아니요."

"믿는다."

"이제 저 아니라구요."

정수는 오히려 화를 내는 진욱을 바라보다가 다시 화면으로 시선을 돌렸다. 영상을 다시 돌려 몇 번 더 확인을 해보아도 그가 맞았다. 왜 여기에 함께 있었던 걸까. 나이를 계산해보자 세 사람은 모두 동갑이었고 친구 사이가 맞았다. 거기다 유연주의 진술대로라면 김동수는 무슨 이유인지는 모르지만 최 변호사와 한 과장을 협박하고 있었다.

"김동수가 경찰 수사 관련해서 한 과장을 협박했다는 것은 그 수사가 사실이라는 거잖아요. 그러니까 협박을 하죠."

"은하 말이 맞아. 그때 최민정 경사가 진술했던 아이들을 강간하는 영상을 확인하기 위해 수사관이 김동수에게 연락을 했던 거야. 그러자 김동수가 한 과장을 협박해 사건을 무마했던 것이고. 한 과장은 당시에도 수사 지휘라인에 있었으니까. 충분히 가능하지."

"그럼, 최 변호사와 한 과장은 김동수가 범인이라는 것을 알 수도 있다는 말이잖아요."

"충분히 그럴 수 있지."

태석은 두 사람이 이미 알고 있을 수 있다고 결론을 내렸다.

"김동수가 죽었으니 나머지 두 사람이 진술을 할 수 있지 않을까요?"

"진술을 할 수 없지. 왜냐면 두 사람이 김동수와 친분이 있다는 것도 부담일 것이고 무엇보다 그런 납치살인범을 감싸주었다는 비난을 두 사람이 감수할 이유가 없잖아. 더구나 최 변호사는 그를 변호하기까지 했어. 고백을 해서 스스로 비난을 자초할 필요가 없지. 그냥 조용히 있으면 되는 것인데."

정수의 대답에 은하는 문득 궁금해졌다.

"그럼 협박을 했다고 하는데 뭘로 협박을 했을까요? 뇌물?"

"글쎄, 뇌물일 가능성이 제일 높지. 검사 시절에 돈을 받고 사건을 무마해주었을 가능성이 커. 그렇게 뇌물을 받고 한번 사건을 무마하기 시작하면 끝을 낼 수가 없어. 요구는 계속될 테니까."

"범죄 경력을 보면 김동수가 고등학교 때부터 수차례 성폭행 기록이 있어요. 최 변호사가 검사였을 때도 있고요. 그때는 성폭행이 친고죄였으니까 생각보다 더 많은 사건이 있을 수도 있어요. 경찰과 검찰이던 두 사람이 사건을 무마시키고 계속 뇌물을 받아왔던 것 아닐까요?"

은하의 물음에 정수와 기원이 대답을 했다.

"진욱이는 어떻게 생각하지?"

별다른 의견을 내지 않는 진욱에게 태석이 물었다.

"글쎄요. 저도 영상을 보기는 했는데 왜 과장님이 거기에 있는지…… 다른 사람일 가능성은 없나요? 닮은 사람이라든지."

진욱은 말을 끝까지 잇지 못하고 뒤를 흐렸다.

"그럴 가능성은 적어 보이는데. 한 과장을 아는 사람이라면 저기 저 영상을 보고 그가 아니라고 할 수 있는 사람은 없을 거야."

태석은 한 과장이라고 단언했고 이를 부정하려는 진욱을 구석으로 몰았다.

"진욱이는 학교가 어디인지 알아봤니?"

"네, 북서울고등학교 동창입니다. 세 사람 모두요."

진욱이 자신 없이 대답하자 태석이 그의 등을 두드렸다.

"사건은 결과적으로 사이버수사팀에서 종결이 되었고 더 이상 진전이 없었어. 당시에도 한 과장은 형사과장으로 지휘라인에 있었고."

"그런데, 김동수가 인스타그램이나 디스코드, 트위터 같은 것을 이용

할 능력이 될까요? 그 나이면 힘들 것 같은데 누구에게 도움을 받지 않았을까요?"

은하는 김동수가 함경민과도 접속을 했다는 것이 납득하기 힘들었다. 사이버 채팅 능력이 그렇게 있어 보이지 않았기 때문이다.

"일리 있어. 그 부분을 은하가 확인해줘봐. 최민정 형사를 통해서 말이야."

"네, 알겠습니다. 그때 사이버 담당직원에게 물어보죠. 압력을 받았느냐고."

"그건 말이 안 돼. 물어보는 것 자체로 그 직원은 불쾌할 것이고, 설사 있었다 하더라도 압력을 받았었다고 이야기를 할 수가 없지. 직무유기 했다는 건데."

은하가 담당자에게 확인을 하겠다고 하자 정수가 이를 말렸다.

"그럼, 한 과장님하고 최 변호사에게 직접 확인하는 수밖에 없네요."

"여기서 정리를 하지. 은하의 말대로 두 사람이 진술을 하면 좋은데 그러지 않을 가능성이 더 높지. 그러니까 우리는 진술을 할 수 밖에 없는 증거를 찾아야 해. 스스로 진술을 할 가능성은 없으니까 할 수밖에 없게 만들어야지."

"뭔데요. 그 방법이?"

"지금으로서는 김동수의 거주지로 들어갔거나 들어간 것을 사주한 사람이 최 변호사와 한 과장일 가능성이 제일 높아. 다음은 김동수의 부인 쪽이고. 그렇지만 부인 쪽은 가능성이 적어. 그녀는 단지 재산만 노렸지만 두 사람에겐 인생이 걸린 문세였거든. 제4의 인물! 임준석, 정유미, 양천수가 아닌 다른 사람. 그에게 물어봐야지. 그 사람을 찾아야 해.

기원이는 어떻게 되었어? 뭐가 좀 나와?"

태석의 시선이 기원을 향했다. 계속해서 CCTV를 분석하고 있는 그에게 기대를 걸고 있었다. 기원은 왜 이제야 자기를 보냐는 듯 거드름을 피우며 자료를 꺼냈다. 커다란 지도를 꺼내 벽에 붙이고 설명을 시작했다. 이제 성과를 보여줄 때가 되었다.

"이것은 현장 위성지도입니다. 보기 쉽게 크게 뽑아보았고요. 여기가 김동수의 건물입니다. 그리고 빨간색으로 표시를 한 것은 CCTV가 설치된 곳의 위치입니다. 도로 쪽에 주로 있고요. 상점에도 설치가 되어 있어서 모두 표시를 했습니다. 김동수의 건물 주변으로 확인된 것만 모두 합해 팔십이 대가 설치되어 있습니다. 안타깝게 김동수의 건물은 앞에만 설치가 되고 뒤쪽으로는 없습니다. 그리고 여기 저희가 의심하고 있는 사람이 찍힌 한 컷이 있습니다. 여기요."

기원은 건물로 들어갔을 것으로 예상되는 사람이 찍힌 지점을 가리키며 카메라의 방향까지 함께 지목을 했다. 그리고 영상을 빔프로젝터를 통해 벽에 띄워 볼 수 있게 했다.

"움직이는 걸 보시면, 남자는 김동수의 건물 방향으로 갈 때 고개를 약간 오른쪽으로 돌립니다. 반대로 나갈 때는 왼쪽으로 돌리고요."

"의식을 한다는 이야긴데."

정수가 화면을 보고 답했다.

"맞습니다. 의식을 하고 있다는 겁니다. 즉, 이 사람은 이곳에 CCTV가 설치돼 있다는 걸 알고 지나간 거죠. 이미 사전에 그곳 주변에 설치된 CCTV가 어디에 있고 어디로 가면 찍히지 않는지를 아는 겁니다. 남자가 찍힌 이곳은 김동수의 건물로 가기 위해서는 어쩔 수 없이 찍힐 수밖에 없습니다. 뒤편으로 가는 곳의 상점에 모두 CCTV가 설치돼 있기 때문에 한 번은 반드시 찍힐 수밖에 없습니다. 그런데 이후로 움직이는 그의 모습은 어디에서도 확인할 수가 없습니다. 나머지 카메라를 모두 피한 겁니다. 목적을 가지고 접근했다는 거죠."

"모두 피했다면 확인할 수가 없다는 거야?"

"아니죠. 제가 얼마나 발품을 팔았는데요. 무려 한 달 동안 CCTV만 뒤져서 드디어 찾아냈습니다."

"정말이야?"

"팀장님이 CCTV만 볼 수 있게 배려를 해주셔서 가능했습니다."

찾았다는 말에 태석의 얼굴은 붉게 고무되었다.

"바로 여기 표시한 길! 여든두 대의 CCTV를 모두 피해서 갈 수 있는 길은 이 길뿐입니다."

기원은 붉은색으로 미로처럼 삐뚤거리는 길을 표시한 화면을 보여주었다.

"이곳을 지나 좌측으로 가면 여기 세탁소에서 찍히고요. 가운데로 가면 여기 카센터에서 찍히게 돼 있습니다. 그럼 이 오른쪽으로 가게 돼 있고요. 이런 식으로 미로를 빠져나가듯 계속해서 나가다보면 이쪽 큰 도로가 나오게 됩니다. 놈은 아마 이곳에 차를 주차하고 빠져나간 것으로 보입니다. 그런데 아무리 CCTV를 귀신같이 피한다 해도 숨겨진 것까지는 피하기 힘들죠. 바로 여기 오래된 슈퍼가 있습니다. 한번 보시죠."

기원은 슈퍼를 찍은 사진을 올려놓고 직원들에게 찾아보라고 했다. 이리저리 살펴보아도 카메라는 보이지 않았다.

"못 찾으시겠죠? 슈퍼 주인이 몰래 숨겨놓은 카메라가 여기에 있습니다."

팀원들이 찾지 못해 기분이 좋다는 듯 기원이 박스 뒤에 숨겨진 것을
확대시켜 보여주었다.

"와! 알 수가 없겠다."

이어서 CCTV 영상을 재생해 보여주었다. 멀리서 차가 주차되고 사
람이 내려 지나가는 모습이 찍혀 있었다. 그리고 삼십여 분이 지난 후에
다시 반대로 지나갔다.

"놈은 카메라가 없다고 생각하고 이쪽으로 온 거죠. 조금 멀기는 하지
만 지나가는 모습이 있습니다. 차는 그랜저입니다. 여기 후미등이 들어
오는 게 그 차량입니다."

"번호는?"

"안타깝게도 육안으로 식별이 어려워서요. 국과수에 의뢰를 해놓았습
니다. 이틀 정도면 번호가 나올 것 같습니다. 전체는 아니어도 번호 서
너 개는 확인이 될 겁니다."

가장 큰 문제를 기원이 해결했다. 그 남자를 찾아내기만 한다면 실마
리가 풀릴 수가 있었다.

"차량번호가 확인이 되면 바로 운전자를 찾아. 그리고 무엇보다 차를
확보하는 게 중요해. 김동수의 집에 있었을 것으로 보이는 노트북하고
휴대전화가 아직 그 차에 있을 가능성도 있어. 그것만 확보되면 우리 사
건은 마무리가 되는 거라고."

"노트북하고 휴대전화가 확보되면 거기에 동영상도 있을 가능성이
크네요."

"그렇지. 함경민이 보았다는 영상만 확인되면 김동수가 아이들을 납

치했다는 결정적 증거가 될 거야. 거기다가 최 변호사와 한 과장이 협박을 받고 있던 내용도 알 수 있겠지."

"그런데, 그걸 아직도 가지고 있을까요? 폐기했을 가능성이 높아 보이는데요. 그걸 없애려고 가지러 간 걸로 보이는데."

은하가 증거가 아직 남아 있을 것 같지 않다며 걱정스럽게 물었다.

"글쎄, 그건 차를 찾고 검거를 해보면 알겠지. 가지고 있는지 이미 폐기를 했는지."

"협회와의 관계는요?"

기원이 잊고 있던 협회를 물었다.

"그건 최 변호사를 통해 알 것 같기는 한데. 지금으로서는 확인하기 힘들어. 임춘석과 미로 아버지가 연관이 있는 것 같기는 한데. 김동수와의 연관성은 없어 보여."

수사의 끝이 조금은 보이기 시작했다. 한 과장은 김동수와의 관계를 들키지 않기 위해 태석을 반대했을 것이다. 태석이 미제팀을 맡게 된다면 1호 사건이 바로 김동수가 될 것이라는 건 쉽게 짐작이 되었기 때문이다. 김동수의 휴대전화와 노트북을 가져간 사람을 찾는다면 이를 사주한 사람과 증거가 확보될 수 있었다. 가장 유력한 사람이 바로 최 변호사와 한 과장이었다. 다만 최 변호사가 왜 김동수를 변호하고 또 임춘석을 변호를 했는지는 아직까지 알 수 없었다. 어느새 저녁 시간을 넘어가고 있었다.

"회의도 끝났는데 저녁이나 같이 먹고 들어가죠."

"그럴까? 오랜만에 같이 저녁을 하고 퇴근하지. 내일부터 할 일이 많을 것 같은데."

태석은 팀원들과 함께 경찰청 앞 삼겹살집으로 향했다.

*

다 같이 모여서 저녁을 먹는 것은 이번이 두 번째였다. 처음 미제전담팀이 발족하고 상견례 겸해서 저녁을 먹은 것이 전부였다. 삼겹살을 굽고 간단히 소주를 한 잔씩 따랐다. 은하는 술을 먹지 못해 콜라를 따랐다. 술도 안 먹는데 고기는 자기가 굽겠다며 가위와 집게를 들고 굽기 시작했다.

"자주 회식도 해야 하는데 이번 일 끝나면 내가 크게 한번 살게. 해결만 되면 내 불면증도 해결이 될 것 같고. 그때 마음 편하게 먹자."

"형님의 징계가 잘못되었다는 것도 확인이 되겠죠."

"팀장님, 저희가 꼭 해결해드리겠습니다."

정수와 기원이 태석을 응원했다.

"그래도 기원이가 차량을 찾아내서 수사의 반 이상은 진행이 된 것 같다. 운전자까지 찾는다면 일에 진전이 더 빠를 거야. 최 변호사와 한 과장의 연관성도 확인이 될 거고."

"그럼, 기원이를 위해서 건배!"

"감사합니다. 몇 년 만에 수사를 다시 하는데 이렇게 잘했다고 칭찬을 받으니 기분이 좋네요. 더 열심히 하겠습니다."

팀원들의 격려에 기원도 기분 좋게 잔에 든 술을 한꺼번에 넘겼다.

"두 사람이 사주를 했을까요? 임춘석씨나 아니면 나중에 들어간 사람에게요."

"가능성이 아주 없는 건 아니지만 두 사람이 직접 하지는 않았을 거야. 누군가 대신 했을 가능성이 커. 그 열쇠를 가진 사람이 바로 그 운전자라고 봐야지."

정수의 질문에 태석은 운전자를 지목했다.

"내일은 뭘 할까요?"

아무 말도 하지 않고 있던 진욱이 태석에게 물었다.

"은하는 나하고 함께 학교에 갔다 올게. 세 사람의 모교를 좀 다녀오면 그들이 어떤 사이였는지 좀 알 수 있지 않을까. 나머지는 기원이가 하던 업무를 도와줘. 차량이 이동한 경로가 있을 거야. 어딘가에 차가 있겠지. 그리고 최 변호사와 한 과장에 대해서 조금 더 알 수 있으면 확인을 좀 해봐. 예를 들자면 최 변호사가 변론했던 사건이 뭐였는지 같은."

"이제 일 얘기는 그만하죠. 사무실에서 지금까지 하고 왔는데. 고기도 제대로 먹지 못하잖아요. 자, 건배하죠. 우리 미제팀 파이팅입니다."

계속해서 사무실 이야기만 나오자 은하가 이를 막았다. 딱딱한 분위기로 저녁을 먹는 게 불만이었다. 태석도 더 이상 사무실 이야기는 하지 않기로 하고 은하가 구워놓은 고기를 가져다 쌈을 싸고 소주로 건배를 했다. 서울에 올라와 저녁 식사다운 자리는 처음이었다.

"지영이 수능 준비는 잘돼요? 이제 보름밖에 남지 않았는데요."

"열심히 공부하고 있지. 늘 새벽에 들어가더라고."

"힘들겠어요. 예민하기도 하고. 저는 그때 엄마에게 괜히 짜증도 많이 내고 속상하게 많이 했었는데요. 지금 생각해보면 참 미안해요. 왜 그때는 그런 걸 느끼지 못했는지. 시간이 지니니까 알겠더라고요."

은하가 고기를 구우며 태석의 말에 대꾸했다.

"지금이 엄마가 많이 도와줘야 할 때지?"

"그럼요. 짜증도 다 받아줘야 하고요. 아침도 일찍 챙겨주고 한밤중에는 마중도 나가야 하고 야식까지 챙겨줘야 해요. 우리 엄마는 그랬었던 것 같아요. 다행히 수능이 끝나고 엄마랑 둘이서 여행을 갔어요. 엄마가 딸과의 추억을 만들어놓아야 한다고 해서요. 그래서 그런지 지금도 그때 기억이 많이 나요."

"은하는 좋은 어머니를 두었네."

수연은 과연 그러고 있을까. 수능을 얼마 남겨놓지 않은 딸을 전학까지 시켰는데 아껴주고 챙겨줄 마음이 있는 엄마인지 의구심이 들었다. 뭐라고 할 수는 없지만 계속 신경이 쓰이는 것은 어쩔 수 없었다. 느낌으로 보아서 남편의 사업이 제대로 되지 않고 있는 것은 분명해 보였다. 그것이 지영에게 영향이 가지 않기를 바랄 뿐이었다.

"우리 창민이도 곧 고3인데 큰일이네요. 지영이처럼 공부를 잘하면 좋은데."

"창민이도 내년이면 고3이구나. 어릴 적에 우리 지영이 좋다고 쫓아다니고는 했는데. 혼자서 우리 집에 찾아오기도 했잖아."

"그러게요. 지금도 가끔 이야기해요. 누나 잘 있냐고. 아직까지도 세상에서 가장 예쁜 누나 하면 하지영이라고 하고 있어요."

태석은 어릴 적 같은 유치원에 다니던 아이들을 떠올렸다.

"진욱이는 왜 조용히 있냐? 말 좀 해봐."

가만히 고기만 먹고 있는 진욱이 우울해 보이기까지 했는지 정수가 말을 걸었다.

"그냥 뭐…… 이런저런 생각이 많아서요. 제가 수사를 제대로 못한 것 같고, 그게 조금씩 증명이 되니까 할 말이 없네요. 죄송합니다."

"뭐가 인마. 니가 일부러 그런 것도 아니잖아. 누구나 실수를 하는 거야. 그 실수를 최소화하는 게 중요하지. 그리고 인정하기 어렵겠지만 인정할 것은 빨리 인정하고 다시 수사를 하면 되는 거야."

정수가 자책하고 있는 그를 달랬다. 스스로 수사를 오래했었다고 자부하던 진욱이 자신의 수사에 오류가 있다는 것을 인정하기는 어려운 일이었다.

"그래도 진욱이만큼 수사실무에 오랫동안 매달리는 친구는 드물지. 다들 어떻게든 빨리 승진해서 실무에서 빨리 빠져나가려고 애를 쓰니까. 그만큼 수사가 힘들고 어렵다는 것을 그네들이 증명하는 거야. 오랫동안 수사실무자의 길을 걷고 있는 진욱에게 나는 박수를 쳐주고 싶어. 진욱이 같은 수사관이 관리자가 되었을 때 실무자들의 어려운 점이나 개선할 점을 잘 알고 있을 테니까. 그렇게 된다면 경찰의 수사는 지금보다 훨씬 발전할 수 있겠지. 그러기 위해서는 우리 진욱이 빨리 승진을 해야 할 텐데. 기대할게, 박진욱 청장."

"그럼 박진욱 청장을 위해!"

"청장님 저두요."

"왜들 그러세요."

모두 진욱을 놀리며 건배를 하자 그는 민망한 듯 고개를 숙였다. 술이 몇 잔 들어가고 기원이 카메라를 찾게 된 과정의 무용담이 이어졌고, 그의 말에 팀원들은 과하게 반응하며 화기애애한 저녁 식사를 보내고 있었다.

"회식하시나보네요. 하 팀장님, 저 알아보시겠어요?"

"누구시죠? 잘 모르겠는데."

태석이 들어오기 전부터 그는 일행들과 술을 먹고 있었다. 옆 테이블에서 태석을 지켜보다 인사를 하러 왔다. 누구인가 잠시 생각에 잠겼던 태석은 곧 그를 알아보았다. 7년 전 자신에 대해 집요하게 기사를 썼었고 징계를 받는 데 일조했던 윤상경 기자였다. 그런 그가 알은체한다는 것이 반가운 일은 아니었다.

"이런 섭섭한데요. 제가 팀장님 기사 많이 실어드렸는데. 서울에 계실 때요. 지방으로 내려간 줄 알았는데, 다시 올라오셨네요?"

"기억이 날 것 같네요."

"오랜만인데 제가 술 한 잔 따라드리죠. 아직도 그 사건 하시나보죠? 건투를 빌겠습니다."

윤 기자는 잔에 술을 따랐고 태석은 말없이 잔을 받았다. 술을 받는 동안 태석의 얼굴은 내내 굳어 있었다.

17

윤 기자가 끼어드는 바람에 회식은 곧바로 파장 분위기가 되었다. 은하가 술을 마시지 않아 데려다주겠다고 했지만 태석은 사양하고 버스를 탔다. 윤 기자를 떠올릴수록 기분이 더 불쾌해졌다. 당시 징계를 크게 먹은 데는 그의 기사가 한몫을 했다. 그때 그는 기사를 한 편만 썼던 게 아니었다. 징계를 먹고 지방으로 내려갈 때까지 시리즈로 계속해서 나왔다. 기사의 조회수가 올라갈수록 지휘부는 갈팡질팡했다. 마치 기자의 지시에 따라 징계의 수위가 결정되고 발령까지 내리는 것 같았다. 지휘부는 여론을 가장 무서워했다. 그들은 관리자가 아니라 대중의 입맛 따라 움직이는 정치인들 같았다. 그를 만난 게 우연이 아닌 것 같다는 찝찝한 생각이 머릿속을 떠나지 않았다. 오늘 밤도 잠을 자기는 틀렸다. 버스에서 내려 집으로 들어가는 골목길이 서늘했다. 이제 날씨는 겨울의 문턱으로 접어들고 있었다. 주머니 속으로 넣은 손안에서 휴대전화가 울렸다.

"지영아, 학원 끝났구나."

"아빠 술 먹었는데? 목소리가."

"그래, 한잔하고 들어가고 있지. 지영이 이제 얼마 안 남았네. 아빠가 수능 끝나는 날 갈게. 아니다. 전날 갈게. 우리 딸 찹쌀떡 하나 사줘야지. 철썩 붙으라고. 그리고 시험 끝나고는 고기 사줄게."

"전날은 올 거 없어, 아빠. 끝나고 보면 되지. 고기 뭐 사줄 건데?"

"소고기 사줄까?"

"비싼데."

"뭐가 비싸? 아빤 혼자 살아서 돈이 들어갈 데가 없어. 그러니까 괜찮아."

"차 사야지. 내가 아빠랑 어울린다고 했던 거."

"맞다. 그렇지. 알았어. 그럼 소고기 사주고 나서 차 살게. 됐지?"

"아니야, 삼겹살 먹고 돈 아껴서 차 사면 되지."

"그래도 수능은 이번 한 번인데. 재수 없을 거 아니야. 어떻게 안 될까?"

"오케이. 재수 없고 이번 한 번으로 끝. 그럼 이번만 소고기 먹지 뭐. 마지막 수능인데. 어서 들어가 아빠. 나도 곧 내려."

"그래, 조심히 들어가고."

"네."

"잠깐 지영아."

"왜 아빠?"

"지영아, 아빠 일이 끝나고 지영이 수능도 끝나면 우리 놀이공원이라도 놀러 갈까? 아니면 가까운 곳으로 여행이라도."

태석은 은하가 이야기했던 추억을 만들어주고 싶었다. 생각해보니 이

혼한 후로 딸과 함께한 추억이 없었다.

"유치하게 놀이공원을 누가 아빠랑 가. 그런데 무슨 일 있어요?"

"그게 아니고 지영이하고 아빠하고 너무 추억이 없는 것 같아서. 벌써 우리 지영이가 스무 살이 돼가는데 말이야."

"그럴까 그럼. 우리 바닷가 가요. 동해바다. 새벽에 출발해서 해 뜨는 거 보고 오징어회 먹어요. 그리고 저녁에 서울에 와서 엄마랑 저녁도 먹고. 너무 바쁜가?"

"아빠는 뭐든 괜찮아. 엄마만 괜찮으면 뭐. 근데 엄마가 아빠랑 밥을 먹을까?"

"내가 엄마한테 물어볼게."

"그럼 그렇게 하자. 약속했다?"

"네, 아버지."

아버지라는 말에 기분이 좋아 구겨졌던 얼굴이 펴졌다. 가로등 불빛이 따뜻했다.

*

북서울고등학교는 오랜 전통을 자랑하듯 늙은 소나무와 느티나무가 입구를 지키고 있었고 바닥은 화강암 벽돌로 꾸며져 있었다. 입구 게시판에는 선배들의 고시 합격을 축하한다는 현수막과 함께 수능 준비에 만전을 다하라는 후배들의 응원도 함께 걸려 있었다. 인재를 양성한다는 학교장의 메시지가 명문고다운 모습을 드러내고 있었다. 두 사람은 경찰청 홍보실에서 나온 것으로 하기로 했다. 홍보실 의견을 낸 것은 오은하 형사였다. 이전에 홍보실에 있던 동기가 청장님 관련 글을 쓰면서 학교에 다녀왔다는 말을 기억했다.

"서울청에서 나오셨다고요? 잠시만요."

교무실로 들어서자 여교사는 태석과 오은하를 교감실로 안내를 했다. 차만호 교감은 자리에서 일어나 출입문까지 나와 악수를 청했다. 그는 작고 뚱뚱한 몸에 머리가 많이 벗겨진 모습으로 환하게 웃으며 다가왔다. 한눈에 보아도 말을 많이 할 것 같은 인상이다.

"자랑스러운 경찰이라…… 우리 동문 중에 경찰관들이 상당히 많이 있습니다. 서울청장을 했던 분이 세 분이나 있고요. 경찰청장도 한 분이 있습니다. 가끔 한 번씩 모교를 직접 찾을 때도 있었고요. 거기다 매년 경찰대에 두세 명을 진학시킬 정도죠. 요즘은 의대보다도 가기 어렵다는 경찰대 아닌가요. 또 법대도 많이 보내고 있어서 경찰 간부 출신들도 수두룩하죠. 아마 동문 출신들 모임도 따로 하고 있다고 들었습니다. 그 외에도 경찰뿐 아니라 법조계로 판사, 검사 출신도 상당합니다. 현직에 계신 국회의원도 계시죠. 이름은 뭐라고 말씀하지 않아도 알 겁니다."

"확실히 명문고라서 말씀하시는 위상이 많이 다르시네요."

첫인상 그대로 교감은 말이 많았고 태석은 교감의 말에 적절히 맞장구를 쳐주었다.

"그렇죠. 학교의 역사가 말해주죠. 명문고등학교 역사 80년은 그냥 생겨나는 게 아닙니다. 서울에서 저희 학교 하면 뭐 공립이면서도 자율형사립고 그 이상이라고 볼 수가 있죠. 우수한 인재들이 많이 들어오려고 하니까요. 또 학교에서 그만큼 노력을 합니다. 공부를 많이 시키거든요. 거기다 교사들 실력도 만만치 않죠."

차만호 교감은 자부심이 대단해 보였다. 그건 허세가 아니고 자랑할 만한 내용이기도 했다.

"저희는 여기 졸업생 중에 52회인 한경철 총경에 대하여 취재를 하고 있습니다. 서울청 형사과장으로 있으면서 경찰 수사에 지대한 공헌을 하고 계시거든요. 과장님의 학창 시절을 알 만한 사람을 추천받고 싶은 데요."

"경철이 말인가요? 지금 서울청에 있죠. 얼마 전에 우리 지역 서장도 했었는데."

태석의 말에 교감은 고개를 앞으로 내밀며 관심을 보였다.

"네, 맞습니다. 잘 아시나요?"

"그 친구가 나하고 동창입니다. 3학년 때는 같은 반이기도 했고. 딱 맞춰서 찾아왔네요. 그 친구한테 지금 전화를 할까요? 이 새끼 오랫동안 전화를 하지 않았는데 한번 해봐야겠네요."

한경철이라는 말에 흥분한 차 교감은 전화기를 꺼내 번호를 찾아 전화를 하려고 했다. 친한 사이가 아니라서 이 기회에 통화를 하는 것도 괜찮을 것 같았다.

"잠깐만요, 교감선생님."

오은하 형사가 서둘러 교감을 말렸다. 전화가 갔다가는 과장을 상대로 탐문 중이라는 것을 알려주는 꼴이다.

"과장님은 저희가 여기에 온 걸 모릅니다. 저희가 연말에 경찰청 자체 특집기사를 내는데 모교를 방문한 내용을 조금 넣으려고 합니다. 물론 비밀로 하고요. 그걸 교감선생님이 미리 알리면 안 되지 않겠습니까?"

"그렇기는 하겠네요. 자료가 나오면 그때 연락을 하죠."

"연말에 저희가 연락을 드리겠습니다. 그때쯤이면 아마 과장님이 먼저 연락을 할 겁니다."

오은하 형사의 설명에 차 교감은 고개를 끄덕이며 충분히 이해한다는 표정을 지었다. 그가 휴대전화를 집어넣자 두 사람은 안도했다.

"과장님의 고등학교 시절이 어땠는지 알 수 있을까요?"

"그 친구는 뭐 공부벌레였죠. 공부벌레. 우리 반에서 공부를 제일 잘했으니까. 아니 잠깐, 공부 1등은 우석이였구나. 그렇네요. 공부로는 그 친구가 2등입니다. 최우석이라고 서울대 법대를 차석으로 들어간 친구가 있습니다. 지방에서 올라온 친군데 공부를 얼마나 잘하는지. 대학에 가서는 공부를 그렇게 하지 않았다고 하더라구요. 그래서 판사가 아니고 검사가 되었다고. 뭐 워낙 공부를 잘하니까. 그 두 친구가 절친이었습니다. 요즘 말로 베스트 프렌드였죠. 늘 같이 붙어다녔으니까. 서로 자극이 되었을 거예요. 아무튼 경철이 그 친구, 공부 잘했어요."

묻지도 않았는데 최우석 변호사의 이름이 나와 태석은 놀랐다.

"그 시절 에피소드가 있을까요?"

"에피소드라…… 한번은 반에서 돈이 없어진 적이 있었죠."

"돈이요?"

오은하 형사가 궁금하다는 듯 물었다.

"아주 오래된 얘기지만 동창회 가면 항상 웃으면서 하는 얘기니까요. 경철이는 항상 1등인 우석이에게 밀리면서도 사이가 좋았어요. 왜냐면 경철이는 우석이가 지방에서 올라온 것을 두고 살짝 아래로 봤거든요. 시골 출신이고 형편도 그렇게 좋지 않으니까 자기가 돌봐준다 이런 심정이었죠. 그런데 어느 날 경철이가 돈을 도둑맞은 겁니다. 그게 없어졌다고 반이 난리가 났었고 선생님이 학생들 가방까지 모두 뒤졌는데도 나오지 않았습니다. 그러다가 경철이가 한 친구를 의심했는데 우석이가 갑자기 자기가 가져갔다고 하는 겁니다. 말을 하지 않고 빌린 거라고. 처음에는 경철이도 의아해하다가 우석이가 가져갔다고 하니까 그런가 보다 했죠. 그런데 사실 여기서 반전이 있습니다. 그 돈 누가 가져갔냐면요. 김동수라고 꼴통새끼가 있어요. 그 새끼가 가져갔던 거죠."

"김동수요? 그 사람은 누구고 그건 어떻게 안 겁니까?"

김동수라는 말에 멈칫한 태석은 모르는 척 물었고 그는 이야기에 더 열을 올렸다.

"이건 학교 자랑이 아닌데. 내가 자꾸 본질을 벗어나는 이야기를 하네요."

"나중에 과장님께 해드리면 재미있어할 것 같은데요."

"그런가요?"

차 교감은 신이 난다는 듯 더 흥분해 말을 이었다.

"김동수는 집이 제법 살았던 놈이죠. 참 모를 일입니다만, 학교도 잘 나오지 않았는데 어떻게 졸업도 했어요. 지금 내가 교사를 하고 있지만 그건 불가능한데. 뭐 그때는 그런 게 용인이 될 때죠. 아무튼 졸업하고 보이지 않다가 30주년 동창회 때 나타났어요. 부동산으로 크게 성공을 했더라구요. 그때 얼마나 친구들과 친한 척을 하던지. 우석이하고 경철이에게 제일 친한 척을 했어요. 그래서 그런가 진짜 친해지데요. 어느 날 술을 먹고 자기가 자수를 하겠다며 경철이 돈을 자기가 훔쳤다고 했어요. 그 고백 때문에 실랑이가 있기도 했구요. 우석이가 화를 많이 냈었거든요. 그런데 의외로 김동수가 의리가 있는 놈이에요."

"의리요?"

그럴 리가 없다는 말투로 태석이 물었다.

"우석이 딸이 실종됐잖아요. 그걸로 경철이가 얼마나 신경을 많이 쓰고 도와주었는데요. 수사본부까지 꾸려서 딸을 찾아주려고 했는데 지금까지 못 찾았어요. 친구의 딸이 실종사건에 휘말렸으니 얼마나 도와주고 싶겠어요. 그래도 못 찾으니까 우석이가 실종자를 찾는 재단을 만들었어요. 사비를 털어서요. 동창들이 돈을 거둬서 도와주기도 했는데 액수가 크지 않았죠. 그런데 그것을 한 것이 김동수예요. 학교 다닐 때는 그렇게 말썽쟁이였지만 졸업을 하고는 사람이 된 거죠. 우석이가 재단을 만들 때 그 돈을 모두 동수가 댔어요. 십억이 훨씬 넘는 돈이죠. 이게 진정한 베프 아닌가요? 세 사람이 아주 베스트 프렌드입니다. 부럽기도 하지만 뭐 저는 동창으로 만족하죠."

"그럼 재단을 만들 때 초기 자본을 김동수라는 분이 모두 댔다는 말씀인가요?"

"그렇죠. 우석이가 만들고 돈을 동수가 댄 거죠. 거기 자문으로 경철이도 들어가 있습니다. 그놈이 웅변을 잘해요. 학교 다닐 때 학생회장이었잖아요. 아무튼 그놈은 공부도 잘하고 말도 잘하고 아마 경찰청장까지 할걸요. 그 말은 꼭 전해주세요. 동기들이나 후배들은 경철이가 청장을 할 수 있을 거라고 믿고 있다고요."

오은하 형사는 자리에서 일어나며 홍보자료가 나올 때까지 방문을 비밀로 해달라고 재차 요청했다. 차 교감은 그런 것쯤은 알고 있다며 눈을 찡긋거렸다.

태석은 차 교감이 들려준 이야기를 듣고 머릿속이 복잡해졌다. 김동수가 협회에 돈을 댔다는 말도 의외지만 금액이 십억 원 이상이라는 말은 더 믿기 어려웠다. 더구나 최우석 변호사와 한경철 과장과도 함께 절친이었다니.

"팀장님, 김동수가 협회에 십억 이상을 댔다는 게 잘 이해가 가지 않는데요. 그건 미담이잖아요. 우리가 알고 있는 추악한 인간이 할 만한 짓이 아니고요."

"김동수가 절대 그럴 리가 없어. 거기다 세 사람이 친한 사이였다는 건 더더욱."

그가 알고 있는 김동수 아니기에 혼란스러웠다. 모든 가설을 무너뜨릴 만한 충격이었다. 생각에 잠긴 채 묵묵히 운전만 하고 있을 때 주머니에서 전화가 울렸다. 정수의 전화였다.

"형님, 지금 인터넷 볼 수 있어요?"

"왜? 무슨 일 있나?"

정수의 목소리는 다급했다.

"인터넷에 형님 기사가 떴어요. 거기다 형님 앞으로 고소장이 접수되었고요. 김동수의 와이프가 형님을 사자명예훼손으로 고소를 했어요. 어제 고소인 조사까지 마치고 갔답니다. 강남경찰서에 출석해 고소장을 제출하고 보충조서까지 작성하고 간 것 같아요."

"기사는 뭐라고 떴는데?"

"형님이 직접 읽어보셔야 할 것 같아요."

태석은 급히 차를 갓길에 세우고 휴대전화로 포털사이트를 열었다. 창을 열지마자 가운데 화면에 '경찰의 엉뚱한 수사로 인한 참극'이라는 제목으로 기사가 실려 있었다.

서울경찰청 미제전담팀은 지난 2012년에 발생한 초등학생 실종사건의 유력한 용의자로 A씨를 지목하고 수사를 진행하고 있다. 당시 담당형사였던 B경감은 A씨에 대한 어떠한 객관적 증거도 제시하지 못한 채 계속하여 그를 추궁하며 억지자백을 강요했다. A씨는 자신의 결백을 주장했지만 B경감은 이를 무시하고 일방적인 수사를 진행했고 급기야 그를 폭행하기까지 했다. 이 일로 B경감은 징계를 받고 지방으로 전출되었고 A씨는 무혐의결론이 났다. 그러나 그렇게 종결된 줄 알았던 사건이 최근에 살인사건으로 끝을 맺었다. 당시 실종사건 피해자의 아버지가 B경감의 엉뚱한 수사만을 믿고 최근 A를 찾아가 살해하는 참극이 발생했다. 단지 형사가 범인이라고 했다는 이유만으로 A씨가 살해를 당한 어처구니없는 사건이 일어난 것이다. 더욱 안타까운 것은 실종자의 아버지는 살인혐의로 구속까지 되었고, 그 충격으로 아내는 정신병원에 입원까지 했다. 그럼에도 불구하고 B경감은 오히려 승진하여 미제사건 팀장으로 자리를 옮겼을 뿐만 아니라 A씨가 초등학생 실종사건의 진범이라고 주변에 사람들에게 소문을 내고 수사를 진행하고 있다. 그러나 그의 수사는 경찰 내부에서조차 공권력을 이용해 사적 복수를 하는 것이 아닌지 의심하는 눈초리다. A씨의 아내는 남편의 억울한 죽음에 슬픔이 가시기도 전에 납치강간 살인범이라는 오명을 쓴 것에 억울한 입장을 눈물로 호소하고 있다. 아내는 이를 바로잡고 남편의 실추된 명예를 회복하기 위해 B경감을 강남경찰서에 사자명예훼손으로 고소했다. 참고로 A씨는 범죄피해실종자협회의 창립 당시 초기 자금 12억 원을 사비로 출연한 사실이 있는 것으로 밝혀져 그 안타까움을 더하고 있다. 그가 고인이 된 데 대하여 범죄피해실종자협회와 주변인들은 항상 어려운 사람을 돕고 개인 재산을 사회를 위해 쓰려고 했던 그를 추모하는 행사를 열기로 했다.

고려일보 윤상경 기자

등에서 식은땀이 흘러내렸고 휴대전화를 잡고 있던 손에도 땀이 배어나왔다. 기사를 접할 일반 사람들에게 태석은 이미 쓰레기가 되어 있을 게 분명했다. 이 기사 하나로 수많은 또다른 기사가 재탄생할 것이며 날카로운 언어들을 더해 태석을 겨눌 것은 불 보듯 뻔했다. 더 이상 수사를 진행할 수 없을 것 같다는 불안감이 머릿속을 채워가기 시작했다. 7년 전 그때도 그랬다. 어제저녁 윤 기자를 만난 게 우연이 아닐지도 모른다는 의심이 들었다. 그때부터인 것 같다. CCTV 영상을 확인하고 나서부터. 한경철 과장과 최우석 변호사가 연관이 되어 있다는 것을 알았을 때부터.

"팀장님! 팀장님?"

"……"

오은하 형사가 불렀지만 태석은 아무 소리도 들리지 않았고 침묵은 계속되었다. 오은하 형사도 휴대전화를 열고 기사를 읽어갔고 그녀의 얼굴도 태석만큼이나 붉어지고 있었다.

어떻게 수습을 해야 할까. 기사를 보는 동안에도 실시간으로 댓글이 수도 없이 달렸다. 댓글은 기사에만 달린 것이 아니었다. 경찰청 홈페이지를 찾아온 사람들은 그곳에도 글을 남겨놓기 시작했다. 순식간에 댓글은 수십 개 수백 개를 넘어섰다. 뉴스는 더 이상 김동수에 대한 수사를 신행하지 말라고 협박을 하고 있었고, 수사를 진행한 태석은 개인적 감정으로 억지수사를 진행한 파렴치한 경찰관이 되어 있었다. 뉴스 기사는 날카로운 칼이 되어 태석의 심장에 꽂혔고 오를 수 없는 성벽이 되어 있었다. 성벽을 오르려 하자 위에서 무수한 화살이 쏟아져내렸다. 감히 여기를 오르려 하느냐고. 7년 전 그때로 다시 돌아간 기분이었다. 김동수가 범인이었다는 것을 증명하는 일이 얼마 남지 않았다고 생각했는데. 모르는 번호로 전화가 왔다.

"여보세요?"

"한남일보 장진우 기자입니다. 하태석 팀장님 맞으시죠?"

"네, 맞습니다."

"사망한 김동수씨가 아이들을 납치해 살해했다는 증거가 있나요?"

"아직은 없습니다."

"그럼 사망한 김동수씨가 재단에 십이억 원이라는 사비를 출연해 아이들을 찾는 데 적극적으로 임했다는 사실을 알고 있나요? 아이들을 납치한 사람이 이런 일을 했다는 건 상식적으로 맞지 않잖아요. 팀장님의 수사가 잘못 진행된 것은 아닙니까?"

"……"

"혹시 임춘석씨에게 김동수를 죽이라고 사주한 것은 아니죠?"

"이봐요! 질문이 윤리적이지 못하잖아요. 더 이상 답변할 수 없습니다. 그리고 수사가 아직 진행 중이니까 끝까지 기다려보십시오. 이만 통화 못하니까 전화 끊습니다."

"여보세요? 팀장님? 팀장님!"

태석은 그대로 전화를 끊어버렸다. 그러고 나서도 또다른 번호의 전화가 들어왔다. 태석은 전화를 받지 않고 그대로 두었고 이어서 또 전화가 울렸다. 그렇게 계속 울리자 전원을 꺼버렸다. 앞으로도 이런 전화는 계속해서 올 것이다.

태석은 서울청에 도착해 현관으로 걸어 들어갔다. 아무리 사람들의 시선을 느끼지 않으려 해도 그렇게 되지 않았다. 엘리베이터에 올라서는 동안에도 안에서도 사람들은 태석과 은하를 바라보며 수군거렸다. 복도를 걸어갈 때도 그들의 시선은 태석의 뒤통수에 꽂혀 있었다. 사무실로 들어서자 정수와 진욱 그리고 기원은 모두 전화기를 붙잡고 답변하느라 진땀을 흘리고 있었다. 언론사로부터 그리고 시민단체로부터 수도 없이 전화가 걸려오고 있었다. 태석의 자리에도 은하의 자리에도 전화는 계속해서 울려댔다.

"전화기 내려놓고 받지 마."

"네?"

"그만 끊고 받지 말라고!"

태석의 말에 모두 전화기를 끊고 더 이상 받지 않았다. 울어대는 전화기 소리에도 팀원들은 자리에 앉아 말이 없었다. 전화기 벨소리만 사무실을 울렸다.

"전화선 빼버려."

벨소리가 계속 울리자 정수가 전화기를 들어 선을 빼며 말했다. 그 말에 나머지도 모두 전화선을 뺐다. 이제 태석의 자리에서만 울렸다. 모두의 시선이 태석에게 향해 있었다. 정신이 나간 듯 태석은 벨소리를 듣고도 가만히 있었다. 수사를 더 이상 하지 말라는 경고치고는 너무도 방법이 옹졸하고 치졸했다. 7년 전 그때도 수사를 못하게 방해하더니 놈이 죽었는데도 여전히 막고 있었다. 죽은 김동수가 할 수 있는 일은 아니다. 살아 있는 그의 친구, 그 두 놈이 앞을 막다 못해 오히려 쫓아내고 있는 형국이었다. 그 세 사람은 정말로 베스트 프렌드였던가. 그렇다면 너무 구리고 악취가 나는 쓰레기 우정이다. 태석은 울려대는 전화기를 들어 바닥에 던져버렸다. 도저히 두 놈을 그대로 지켜볼 수가 없었다. 분노에 찬 태석은 복도로 나가 한경철 과장의 사무실로 걸어갔다. 정수가 뛰어가 그를 막아섰다.

"형님!"

"사고 안 칠 테니까 그냥 둬."

"형니임."

"조용히 말만 하고 나올 거라고. 이제 우리가 할 수 있는 일은 아무것도 없어!"

그의 서슬에 어쩔 수 없이 정수가 길을 비켜주었다. 막아도 소용이 없다는 것을 정수는 알고 있었다. 복도에서 마주친 사람들이 태석을 보고 옆으로 비켜섰다. 모두 그의 표정에 압도되어 비켜설 수밖에 없었다. 과장실 앞에서도 멈추지 않고 그대로 문을 박차고 안으로 들어갔다. 책상에 앉아 있던 한경철 과장은 태석이 들어오자 놀란 듯 들고 있던 자료를 내려놓고 자리에서 일어났다.

"그렇지 않아도 부르려고 했는데."

"왜 그러시는 겁니까?"

"무슨 소리야?"

"몰라서 물어보시는 겁니까?"

"……"

살기까지 느껴지는 태석의 얼굴에 한 과장이 말을 멈췄다.

"김동수에게 무슨 협박을 받으신 겁니까? 어떤 식으로 협박을 받았길래 김동수에게 우리가 가까이 가서는 안 되는 겁니까?"

"하태석 팀장! 너무 무례한 거 아니야?"

"두 사람이 대체 어떤 쓰레기 같은 짓을 했길래 김동수 같은 놈에게 협박을 받는 거냔 말입니다."

"말 함부로 하지 마! 협박이라니 말도 안 되는 소리를 하고 있어."

"최우석 변호사는요? 그 사람도 김동수와 한편입니까? 두 사람 모두 김동수에게 어떤 빚을 졌길래 수사를 방해하는 겁니까? 무슨 근거로 그딴 기사를 내게 하냔 말입니다."

"아무것도 모르면서 함부로 지껄이지 마! 자네같이 막무가내 막가파가 함부로 말할 그럴 사람이 아니야! 그리고 당장 나가. 기사를 내가 낸 것처럼 말을 하는데 무슨 근거로 그런 말을 하는 거야? 도대체 이해할수 없지만 그 기사대로 자네는 더 이상 수사를 진행할 자격이 없어. 바로 직위해제니까. 다시 시골로 돌아갈 준비나 하라고."

"이미 징계까지 결정해놓은 겁니까. 기사 나간 지 한 시간도 안 됐는데요? 김동수와의 관계를 들킬까봐 미리 준비를 해놓았던 것 같네요. 그런 놈도 친구라고 수사를 받는 게 안타까운 겁니까! 부끄러운 줄 아십시오. 아무리 감싸고 싶고 덮어버리고 싶어도 그럴 가치가 있는 일에 명예를 걸란 말입니다."

"말조심해! 그러니까 처음부터 내가 경고했잖아. 조직은 자네를 도려낼 수도 있다고."

"그러니까 왜 그런 경고를 하셨냐구요! 처음부터 도려내려고 했으니까 그런 거 아닙니까?"

"당장 나가! 나가라고!"

"이대로 제가 멈출 것 같습니까? 절대 그대로 물러나지 못합니다. 절대로!"

한 과장도 태석도 전혀 밀릴 틈을 보이지 않았다. 그러다 태석의 시선이 한 과장의 책상으로 내려갔다. 그러고는 그 위에 놓인 보고서를 보고 믿기지 않는다는 듯 들어올렸다.

"제가 하는 일을 일일이 보고를 받았습니까? 하루도 빼놓지 않고 실시간으로? 수사하는 것을 지켜보니 김동수에 대한 진실이 밝혀질까 봐 두려워서 저를 쫓아내는 겁니까? 이제 더 이상 안 되겠다 싶었나보군요."

한 과장은 태석의 수사 내용과 일과를 하루도 빠짐없이 실시간으로 보고를 받고 있었다. 태석이 가져간 서류를 빼앗으려 했지만 태석은 놓지 않았다. 태석에게 보일 서류가 아닌데 갑자기 들어오는 바람에 치우지 못했다.

"내가 아무것도 하지 않고 있는 줄 알았나? 팀이 무슨 일을 하고 있는지는 알아야 할 거 아니야. 수사책임자로서 엉뚱한 수사를 진행하는 것을 그대로 보고 있으란 말이야? 내가 허수아비인 줄 알아!"

"낙하산으로 후배직원 꽂아놓고 보고를 하도록 했던 겁니까? 몰래 보고를 받고 사실에 가까워지니까 두려웠던 겁니까? 그래서 기자에게 저를 흘리고 말도 안 되는 기사를 쓰게 했던 거냐구요? 쓸려면 사실을 썼어야죠. 그런 소설 같은 이야기를 사실인 것처럼 제보하면 안 되지 않습니까? 적어도 사실대로는 전달했어야죠. 쓰레기를 치우기 위해 경찰이 밤잠을 설쳐가며 수사를 진행하고 있으니 응원을 해달라구요!"

"니 맘대로 넘겨짚지 마! 수사는 더 이상 없어. 내가 경고했지? 김동수의 수사는 잘못하면 자네가 죽을 수도 있다고. 지금이 그 상황이야. 7년이나 지난 사건을 가지고 왜 그렇게 일을 만들어서 경찰을 웃음거리로 만드는 건데? 왜 증거도 없는 사실을 그렇게 매달리는 거야? 다른 사건을 했으면 아무 일 없는 거잖아."

"과장님도 인정하시잖아요. 김동수가 범인이라고. 뭐가 걸려 있는 겁니까? 어떤 협박을 받았길래 지금까지도 그놈을 감싸고 있어야 하는 거냐고요? 죽은 김동수가 아직 과장님의 목을 움켜쥐고 있는 게 남아 있습니까? 지금이라도 실토를 하세요. 친구들끼리 뭘 그렇게 숨기고 있는 거냐고요?"

"내 뒤를 캐서 겨우 찾아낸 게 친구 사이였다는 건가. 두 달이 다 되는 동안 밝혀낸 게 겨우 그거였어? 웃기구만. 웃겨. 당장 나가. 사무실에서 당장 나가라고!"

형사과 직원들이 사무실로 들어와 태석을 끌어냈다. 한 과장의 답변을 듣고 나가겠다고 버텨봤지만 그럴수록 사람들이 늘어났다.

"과장님! 진실이 뭡니까? 두 사람이 왜 김동수를 감싸는 겁니까? 놔봐요. 놓으라고!"

끌려나가면서도 태석은 계속해서 한 과장에게 질문을 던졌다. 그러나 여러 명이서 끌어내는 것을 버텨낼 수는 없었다. 복도로 끌려나오자 그들은 과장실 앞을 막아섰다.

"그만하시고 돌아가십시오. 미제팀 때문에 경찰청이 말이 아니니까 빨리 수습이나 하시죠."

"빨리 가셔서 지상부 고서나 만드세요. 청장님부터 난리가 났으니까."

문 앞에 선 그들의 시선과 입은 계속해서 태석을 비난하고 있었다. 그들에 대한 감정은 없어도 비난받는 것에 태석의 맘은 무너지고 있었다.

"그만 좀 해요! 갈 테니까. 비키라고!"

정수가 그들을 막아섰다.

"형님."

"……"

태석은 말없이 가쁜 숨만 몰아쉬었다. 그 숨 속에 배신감과 함께 허탈함이 묻어 있었다. 숨이 쉬어지지 않아 그 자리에 주저앉을 뻔했다. 간신히 정신을 차리고 사무실로 향했다. 사무실에 들어서자마자 태석은 소리를 질렀다.

"박진욱!"

자리에 앉아 있던 진욱이 놀라 곧바로 일어섰다. 그러자 태석이 과장실에서 들고 나온 서류를 그에게 집어 던졌다.

"내가 부탁했잖아! 난 이 수사를 반드시 하고 싶다고. 그러니 도와달라고. 니가 낙하산으로 내려온 이유가 나를 감시하기 위해서겠지만, 그래도 내가 부탁했잖아! 도와달라고! 이렇게 일일이 내 상태를 보고했어야 했나!"

"저 아닙니다."

"뭐가 아니야. 여기 보고서가 있는데. 내가 하는 일 하나하나까지 모두 보고를 했던데. 왜 그랬어? 왜 그렇게 했어? 내 부탁이 쓰레기였나?"

"저 아니라고요! 처음에는 보고를 하기는 했지만 팀장님이 도와달라고 했을 때, 그때부터 저는 보고하지 않았습니다. 팀장님의 수사에 동의하고 저도 함께했는데요. 저는 팀장님 수사를 믿는다구요. 그래서 지금 함께하고 있잖아요."

태석의 추궁에 진욱은 억울해했고 두 사람을 지켜보는 나머지 팀원들은 입을 굳게 다물었다.

"형님 그만하세요. 아니라고 하잖아요. 그리고 수사하는 것을 위에서 아는 것은 당연한 거잖아요."

"이건 수사보고가 아니라 감시잖아. 박진욱 니가 보고한 게 뭐야? 어제는 무슨 보고를 했어? 내가 학교에 갈 거라고 보고를 했니? 빨리 말해. 말하라고! 이제 다 되어가고 있었잖아. 놈이 보이려고 했다고. 김동수 그 새끼가 보이기 시작했는데. 이제 못하잖아. 아무것도 못해! 아무것도!"

태석은 자신의 일거수일투족이 매일같이 몰래 보고되었다는 데 서운함을 넘어 분노하고 있었다. 태석은 계속해서 진욱을 거칠게 몰아붙였다. 그러는 중에 사무실 문이 열리며 감찰계장이 직원과 함께 안으로 들어왔다. 감찰계장은 징계절차에 들어간다는 사안의 엄중함을 유지하기 위해 목소리에 힘을 실어 말했다.

"하태석 팀장님, 청장님 포함 지휘부 전달사항입니다. 지금 이 시간부로 미제사건전담팀 팀장 하태석은 대기발령입니다. 징계가 내려질 때까지 생안과 소속으로 발령이 났습니다. 모든 수사에서 손을 떼시고 징계가 내려질 때까지 대기하시기 바랍니다. 그리고 변명의 자료는 징계위원회소집 때 제출해서 소명하시기 바랍니다. 이의사항 있습니까?"

"아니, 팀장님이 무슨 이유로 대기발령입니까?"

"대기발령이라뇨?"

듣고 있던 정수와 기원이 감찰계장에 나가가며 소리지르자 계장을 따라온 젊은 직원이 앞을 막아섰다. 반발을 이미 예상한 듯 보였다. 감찰계장은 젊은 직원을 밀어내고 앞으로 나오면서 대꾸를 했다. 그도 할 말이 많아 보였다.

"기사 난 거 못 봤어요?"

"겨우 기사 하나 난 것 가지고 사건담당 팀장을 쫓아내는 경우가 어디에 있습니까? 그것도 기사 난 지 얼마나 되었다구요? 사실 확인도 아직 하지 않았잖아요."

"겨우 기사 하나가 아니니까 그렇지. 벌써 몇 개가 올라왔어. 그리고 댓글 안 읽어봤어? 서울청 홈페이지가 마비가 될 지경이라고. 조금 후면 정말 마비가 될지도 몰라. 범죄피해실종자협회에서는 조금 전에 성명을 냈어. 자신들의 명예가 실추가 되었으니 이에 대한 책임을 지라고. 청와대 홈페이지에 들어가봐. 국민청원까지 올라왔어. 팀장 파면시키라고. 거기다 하 팀장을 상대로 미망인이 고소장을 제출했어. 죽은 남편의 명예가 심각하게 손상되었다고. 이 정도면 설명되겠어? 팀장이 지금 사건 피의자 신분이라고. 거기다 앞으로 기사나 시민단체 성명이 더 이어질 것 같으니까 잘 살펴보라고. 열심히 일하는 다른 경찰관들 얼굴에 먹칠을 한 거야. 여기 잘못 때문에 경찰 전체가 욕을 얻어먹고 있다는 거 몰라! 그런 화난 얼굴은 그만하고 수습할 준비나 하라고. 알겠습니까?"

처음 정중했던 말투는 사라져버렸다. 하고 싶은 말이 더 있지만 참겠다는 표정으로 그는 사무실을 빠져나갔다. 사태가 워낙 크기 때문에 설명하는 것조차 힘에 부친다는 표정이다. 그의 설명을 들은 태석은 그 자리에서 움직이지 못했다. 기사 한 줄에 모든 것이 무너져버렸다. 거의 다 왔다고 생각했었는데 7년 전 그대로 거기까지였다. 그들의 반격은 예상을 훨씬 뛰어넘었고 이미 오래전부터 기획하고 있었던 것 같았다.

은하가 바닥에 떨어진 서류를 주워모았다. 그리고 내용을 읽어보고는 그녀의 얼굴이 흙빛으로 변했다.

"팀장님……"

가는 목소리로 은하가 태석을 불렀다.

"죄송한데 이 보고서는 제가 올린 겁니다."

"그게 무슨 말이야?"

정수가 물었고 태석의 고개가 그녀에게로 갔다.

"제가 전 부서에서 계속 서무를 했었다고 했잖아요. 거기서도 업무보고를 모두 제가 했었습니다. 그래서 각과 서무들하고는 친하거든요. 그중에 형사과 서무반장님이 여경 최고참이세요. 최근에 서무반장님이 저에게 왜 하루일과 내용보고를 하지 않느냐고 물어서 여기 와서는 따로 하지 않았다고 하니까 그런 게 어디에 있냐고, 모든 수사사항을 보고하라고, 그러면서 따로 사무실에는 이야기할 필요 없다고 하셨어요. 특히 팀장님의 수사사항을 알고 있어야 하고 그래야 저희 부서가 열심히 일을 하고 있다는 것을 알릴 수 있는 거라고. 저는 저희 부서가 열심히 하고 있는 것을 알아봐주기를 바라는 마음에…… 죄송합니다. 저는 팀장님이 이렇게 될 줄은 몰랐습니다."

오은하 형사는 자기 때문에 태석이 대기발령이 된 것 같아 눈물을 보였다.

"괜찮아. 진욱이에게도 화를 내서 미안하다."

체념한 듯 태석의 목소리에 힘이 없었다. 지금 여기에서 되돌릴 수 있는 방법은 아무것도 없었다. 인터넷에 떠 있는 기사가 한순간에 모두 사라지지 않는 이상 징계는 불가피했다.

"우선 모든 수사는 여기서 멈춰. 아마 다른 팀장이 올 거다. 정수가 그동안 수사했던 거 정리 잘해서 새로 오는 팀장에게 전해주고. 감찰 쪽에서 그동안 수사 내용을 모두 보고하라고 할 거야. 그쪽은 은하고 기원이 정리를 해서 보고해. 아무래도 김동수에 대한 수사는 더 이상 진행하기 힘들 것 같다. 힘든 사건에 휘말리게 해서 미안하고. 그냥 내 판단이 잘못된 것이라고 이해해주면 좋겠다. 진욱아, 오해해서 미안하다. 그리고 은하도 모르고 한 일인데, 괜찮아. 내가 괜찮으니까 다 괜찮은 거야."

"……."

팀원들은 아무 대답도 하지 못했다. 다시 이전처럼 심판을 기다리는 시간이 찾아왔다. 7년 전 그날로 다시 돌아가고 있었다.

*

술은 썼다. 잔에 채워질 때도 쓴 냄새가 올라오더니 입에 들어가도 그 맛은 변하지 않고 쓰기만 했다. 김이 모락모락 올라오던 불고기도 금세 식어 푸석거렸다. 휴대전화를 꺼내 전원을 켜고 포털사이트를 열어보았다. 관련 기사가 작은 화면 안에 세 개나 떠 있었다. 연관된 기사는 벌써 열 개가 넘어섰고 댓글은 기사마다 수백 개가 달라붙어 있었다. 모두 수사에 대한 비난 일색이고 김동수는 억울한 죽음에 의인이 되어 청송을 받고 있었다. 어떻게 사비를 털어 재단에 거액을 납부할 수가 있느냐며 존경한다는 댓글이 대부분이었고, 삼가 고인의 명복을 빈다는 근조 문구까지 달아 그를 애도했다. 임춘석씨를 동정하는 기사도 있었고 담당 경찰을 살인교사로 입건할 수 있는지 법률 검토가 필요하다는 기사도 있었다. 그리고 방금 전 올라온 기사는 그 쓰레기가 대기발령 상태에서 징계를 받을 예정이라고 했다. 뭐가 이렇게 빠르지?

"후……"

또 한 번 술잔을 들이켜자 긴 한숨이 길게 빠져나왔다. 김동수의 학교를 방문했을 때만 해도, 기원이 차를 찾았다고 했을 때만 해도 김동수가 숨겨놓았던 비밀이 풀리는 것 같았다. 그런데, 조금 전 모든 것이 무너지고 말았다. 기사가 나가자마자 전격적으로 대기발령이 결정되었고 징계위원회가 소집되었다. 마치 예전부터 시나리오를 써놓은 것처럼 일사천리로 일이 진행되고 있었다. 최 변호사는 판도라의 상자였을까. 그걸 열지 말았어야 했을까. 거기에 손을 대자마자 비난 기사가 작성되었고 대중의 반응은 징계가 당연한 것으로 이어졌다. 여론을 등에 업은 징계는 빠르고 더 무겁게 이루어질 것이다. 감찰이 다녀간 후 사무실에서 몸만 빠져나왔다. 물건을 챙겨올 정신도 없었다. 경찰청의 모든 직원들이 태석을 손가락질하고 있는 것 같았다. 쉴 새 없이 전화가 울어댔고 기자들이 사무실로 찾아와 태석에게 인터뷰를 요청하려고 했다. 감찰은 김동수 사건의 진행된 내용을 하나도 빠짐없이 보고하라고 다그쳤고, 소명이 부족하다면 수사로 전환해 압수를 하겠다고 으름장까지 놓았다. 태석은 혼자 있고 싶었고 그런 태석을 이해하는지 정수는 서둘러 사무실에서 태석을 내보냈다.

밖으로 나온 태석이 찾아갈 곳은 명확했다. 곧바로 최우석 변호사를 찾아갔다. 그에게 물어야 할 게 있었다.

"변호사님을 만나고 싶습니다."

"자리에 안 계시는데요."

"잠깐이면 됩니다."

"이러시면 안 됩니다. 경비원을 부르겠습니다."

전에 안내를 했던 여직원이 앞을 막아도 태석은 최 변호사의 사무실을 밀고 들어갔다. 안 계신다는 최 변호사는 사무실에 있었다.

"최 변호사님!"

"됐어요. 그냥 나가보세요."

"태석아! 무슨 일이야?"

태석이 찾아왔다는 말에 유영한 사무장도 달려왔다.

"사무장님, 괜찮습니다. 나가 계세요."

"그래도 될까요?"

"형님, 괜찮아요. 몇 가지만 묻고 갈게요."

"무슨 일인데. 너하고 관련된 기사를 읽어보기는 했지만 여기로 찾아온 이유는 모르겠다."

"조용히 있다 갈게요."

"사무장님, 나가 계세요."

사무실에는 태석과 최 변호사만 남았다. 태석이 그의 눈을 노려보며 말했다.

"김동수와 어떤 관계입니까?"

"이미 알고 있잖아요. 동창이라고."

"동창에게 협박을 받고 있었습니까? 그에 대한 수사를 무마해줄 만큼요?"

"무슨 말씀인지 모르겠네요."

"김동수가 아이들을 납치하고 살해했습니다. 아닙니까?"

"경찰에서 김동수가 아니라고 결론이 난 것으로 아는데요."

"경찰의 의견을 묻는 것이 아니라 김동수를 변호를 했던 최 변호사님의 의견을 묻는 겁니다."

"……"

최 변호사의 미간이 대답 없이 흔들렸다.

"왜 대답을 못하시죠? 왜 김동수를 죽여야만 했습니까? 그것도 선량한 임춘석씨를 이용해서요."

"뭐요?"

"임춘석을 이용해 그를 죽인 진짜 이유가 뭡니까?"

"……"

또다시 대답이 없었다.

"답을 해보세요!"

"하태석 팀장님, 망상을 해도 적당히 하세요. 내가 살인교사라도 했다는 말인가요?"

"했잖습니까? 김동수가 목을 잡고 협박해오니까 죽인 거잖아요. 아닙니까? 협회가 그렇게 실종된 사람들 가족을 부추겨 사람을 죽이게 만드는 곳이잖아요? 미로 아버지도 윤미 어머니도!"

"미쳤군요!"

"미치다니요. 사실을 이야기하니까 그 대답밖에 못하는 것 아닙니까! 미친 건 당신이야!"

최 변호사가 더는 참지 못하겠다는 듯 자리에서 일어났고 태석도 따라 일어났다. 태석이 멱살이라도 잡을 듯 얼굴을 가까이 들이밀었다.

"당신이 그때 김동수를 변호하지 않았으면 아이들 사건은 이미 끝났어. 아이들의 부모님이 자살을 하지도 않았을 거고, 임춘석씨가 살인자가 될 일도 없었다고. 어린 유미가 유흥주점에서 일할 일도 없었고, 더욱이 당신이 협박받을 일도 없었겠지. 이게 다 너 때문이야, 개새끼야. 한 과장하고 짜고 기사 써서 쫓아내니까 시원하냐? 나쁜 새끼야! 김동수 와이프 꼬셔서 나를 고소하라고 시킨 것도 너지? 개새끼야!"

"……"

낮은 목소리로 그의 얼굴에 속삭였고 최 변호사는 대답하지 못했다.

"태석아, 그만해. 나도 방금 니 기사 봤어. 무슨 오해가 있는 것 같은데 나랑 이야기하자."

문 앞에 있던 유영한 사무장이 더 이상 볼 수 없다는 듯 뛰어 들어왔고 경비들까지 달려들어 끌어냈다. 그래도 태석은 물러나지 않았다.

"최 변호사님, 아이들의 영상을 보았죠? 김동수가 납치한 게 맞잖아요? 놈이 범인이면 안 되는 이유라도 있습니까. 그래서 이렇게 수사를 방해하는 거냐구요. 이렇게 또 끝을 짓는 겁니까? 그때처럼 저를 징계 먹여 내쫓는 거요? 그때하고 똑같은 방법이네요. 수법이 하나도 변하지 않았습니다. 시간이 지났으면 좀 다른 방법을 찾아보지 그러셨습니까. 네? 이렇게 끝날 것 같습니까? 나 하나 쫓는다고 끝날 것 같냐구요!"

"이렇게 계속 나가지 않으면 업무방해로 경찰에 신고를 하겠습니다."

경비팀장이 더 이상 그대로 둘 수 없다는 듯 태석을 붙잡고 112에 신고 전화를 눌렀다.

"팀장님, 그렇게까지 하지 않으셔도 됩니다. 제가 데리고 나가겠습니다. 태석아, 나가자. 빨리! 업무방해까지 입건되면 넌 완전히 끝나. 이제 그만하고 나가자."

"……"

유영한 사무장은 태석을 달래 주차장으로 데리고 내려갔다.

"태석아, 형으로 한마디할게. 넌 우리 변호사님 이기지 못해. 인맥이 얼마나 많은데. 니가 여기서 멈춰라. 니가 멈춘다면 최소한 징계는 없이 고향으로 내려가게 할 수 있을 거야."

"무슨 말이에요?"

"니가 화가 난 이유는 인터넷으로 형도 봤어. 그렇지만 너 못 이겨. 내가 이야기를 해볼게. 나하고 그래도 오래 일했으니까 내 부탁을 완전히 무시하지는 못할 거야."

"뭔 소리 하는 거야, 형님! 난 못 멈춰."

태석은 유 사무장의 말을 무시하고 차에 올랐다.

"태석아! 태석아! 술이라도 한잔 할까? 야!"

태석은 걱정해주는 유 사무장의 말은 듣지도 않은 채 출발을 했다.

큰소리는 치고 나왔지만 할 수 있는 일은 아무것도 없었다. 그래서 더 술을 마셨다. 혼자 비우는 술이 쓰기만 했고 그거라도 마셔야 제대로 숨을 쉴 수 있을 것 같았다. 돌아갈 사무실조차 없어져버린 허탈한 마음을 술에 의지해서라도 달래고 싶었다. 취기가 올라오자 위로를 받고 싶었다. 너무 힘들었으니 고생 많았다고. 휴대전화를 꺼내 '그놈의 언니'라고 등록된 번호로 발신을 했다. 마치 기다리고 있었다는 듯 금방 받았다.

"근식아, 형 내려간다."

"그려? 잘됐네. 기다리고 있을라니까 조심히 내려와라."

전화를 받은 근식은 전과 다르게 진지했고 장난기도 없었다.

"왜 내려가는지는 알고 있냐?"

"모를 수가 있냐? 지금 인터넷이 난리 났는데."

"근데 왜 전화도 안 하는 거냐?"

"너를 아니까 전화 안 하는 거지. 미숙이도 대준이도 전화하려고 하는 거 내가 말렸다. 니가 지금 어떤 심정인지 뻔히 아는데. 지금 전화하면 더 힘들 것이라고."

"흠…… 이 새끼, 굉장히 좋은 친구네. 고맙다. 내가 며칠 내로 내려갈 거야. 삼 일 뒤에 징계위원회 연다니까. 주말 지나고 아마 바로 내려갈 거다."

"그러니까 뭐 하러 거기를 올라가가지고 그러냐. 그냥 여기 있었으면 편했을 것을."

"그러게 말이다. 니가 좀 말리지 그랬냐."

"내가 안 말렸냐! 부득부득 우겨서 올라간 놈이."

"지금 그런 말해 뭐 하겠냐. 아무튼 이제라도 나 내려간다."

"그래, 조심히 내려와라. 술은 그만 먹고. 많이 취했구만."

전화 목소리에서도 술 냄새가 나는 것 같았다.

"야, 근식아! 니 사무실에 내 일자리 하나 있겠냐?"

"없어 인마. 니 매제 데리고 있는 것도 힘든데. 너까지 어떻게 데리고 있어!"

"이 새끼, 굉장히 나쁜 친구네."

"너는 인마. 여기서 일할 생각하지 마. 니가 할 일은 따로 있는게. 송충이는 솔잎이나 묵어야제 다른 거 묵으면 탈나. 알았냐? 술 그만 처먹고 얼른 들어가라. 내일 후회한다."

"그래도 근식아, 내가 정말로 짤려서 일이 없으면 어떻게 하냐?"

최악의 경우에 어떻게 해야 할지 막막했다. 징계는 현실이었다.

"아, 이 새끼 진짜. 알았어. 내가 니 자리 하나 마련 못하겠냐. 정말로 그런 일이 생기면 나하고 같이 일하면 되지, 뭘 걱정이야. 걱정하지 마. 형이 너 데리고 살라니까. 먹고사는 것 때문에 비굴해지지 말고. 형이 있잖어."

"고맙다. 친구야. 니가 내 베스트 프렌드다."

"그래, 술 조금만 먹고. 언니…… 아니다."

늘 장난스레 하던 언니를 꺼냈다가 근식은 바로 집어넣었다. 지금은 장난을 칠 때가 아니었다.

근식과의 전화가 끝이 나자 곧바로 박기정 과장으로부터 전화가 왔다. 늘 그를 아끼던 박 과장은 이번엔 막을 방법이 없다고 안타까워했다. 청장부터 화가 단단히 났고 태석을 추천했던 그도 욕을 먹었다. 징계는 해임 이상을 보고 있어 최악의 징계는 막아보겠다고 하면서도 장담은 할 수가 없다고 했다.

"과장님, 면목이 없네요."

"아니야. 도와주지 못하는 내가 미안하지. 김동수를 수사할 때 과장이었던 나야. 나에게도 책임이 있다고. 자네도 알겠지만 감찰이라는 게 보이는 것만 찾는 게 아니야. 자네를 죽이려고 덤빈다면 죽일 수 있을 만큼 찾아낼 거야. 흰옷을 입고 있더라도 그중에 검은 실 한 가닥을 찾아 그 검은 실이 가장 큰 문제라고 할 거고. 검은 실로 인해 해임 이상은 문제가 없는 것으로 결론을 낼 수도 있어. 최악이지만 말이야. 힘내고 변론 준비를 잘하도록 해. 직을 유지하느냐 못하느냐의 문제니까. 7년 전 그때보다도 상황이 더 안 좋아. 자네는 이미 전과자잖아."

전화가 끊어지고 한참을 멍하니 있었다. 그때는 버텼는데 이번에는 무너질 수도 있다는 생각이 들었다. 박 과장의 조언은 최악이었고 현실이었다. 변론을 어떻게 준비를 해야 할까. 어떻게 해야 살아남을 수 있을까. 직을 유지하느냐 마느냐의 문제가 되어 있었다. 덤비는 게 아니었던 건가. 그 힘이 얼마나 큰 것인 줄도 모르고 무식하게 덤빈 꼴이었나.

술이 오를수록 지영이 보고 싶었다. 아빠 역할을 제대로 해주지 못한 미안함이 술기운 때문인지 한꺼번에 몰려왔다. 좋은 아빠 돼보려 했다가 다시 미끄러진 꼴이다. 수능이 며칠 남지 않았는데 그 안에 태석이 서울을 떠날 것 같아 안타까웠다. 그래도 서울에 올라와 잠깐이지만 아빠노릇을 조금은 한 것 같아 다행이다. 잠깐 얼굴만 보고 와야겠다. 태석은 택시에 올라탔다. 시간은 저녁 시간을 넘어가고 있었고 네온사인이 빛을 내기 시작했다.

인천에 도착해 지영에게 전화를 걸었다. 발신음이 여러 번 가고서야 받았다.

"아빠! 나 지금 학교 끝나고 학원."

"전화 못 받아?"

"아니, 전화 받으려고 강의실에서 나왔어."

"이런, 아빠 때문에 강의 못 듣는구나. 그런데 아빠가 근처에 왔는데 얼굴 좀 볼 수 있을까. 저녁 안 먹었으면 아빠가 뭐 좀 사줄까 하는데."

"아직 강의 중인데. 한 시간쯤 있다가 잠깐 나가볼게. 아빠 어디에 있을 거야?"

"그럼 아빠 술 한잔 먹고 있어도 돼?"

"알았어. 근데 이미 먹은 것 같은데. 조금만 먹고 있어."

지영이 수업을 받는 동안 태석은 근처 호프집으로 가 소주와 맥주를 시켰다. 그리고 한 시간 뒤에 딸이 오니까 그 시간에 맞춰 치킨을 준비해달라고 주문했다. 치킨은 뜨거울 때가 제일 맛있다. 마른안주가 나오기는 했어도 술만 먹었다. 안주는 속을 답답하게 했고 술만 먹어야 속이 달래지는 것 같았다. 계속해서 시계만 바라보며 술을 먹었다. 한 시간이 빨리 지나가기를 바라며 술을 마시다가 아내 수연에게도 전화를 넣었다. 술은 사람을 그리워하게 하는 마법이 있었다. 미운 사람도 그립게 만드는.

"여보세요? 수연아."

"무슨 일이야? 바빠."

여전히 그녀의 목소리는 차가웠다.

"그냥, 한번 해봤어. 내가 서울에 올라왔는데 얼굴 한번 못 본 것 같아서. 미안하기도 하고. 통화라도 하면 덜 미안할 것 같아서."

"안 본다고 미안할 거 없어. 나는 보고 싶지 않으니까. 급한 거 아니면 끊어."

"내가 잘못한 것도 있고 그래서."

"알았으니까. 술 먹은 것 같은데 쓸데없는 소리 하지 말고. 바쁘니까 다음에 통화해. 하지 않으면 더 좋고. 정 통화하고 싶으면 당신 딸하고 나 해. 나는 하기 싫으니까."

"수연아, 얼굴 한번 볼까? 내가 곧 시골로 내려갈 것 같아서."

"보기는 뭘 봐. 나는 싫으니까 그냥 내려가."

"그래도. 한번 보면 좋을 것 같은데. 지영이랑 함께 밥이라도 먹자."

"싫고. 전화 끊어."

"여보? 수연아! 수연아!"

전화는 이미 끊어졌고 빈 전화기에 아내 이름을 불렀다. 왜 그렇게 나를 싫어하는 것일까. 그렇게 내가 잘못한 게 많을까. 아주 가끔 전화를 하는데도 언제나 냉랭했다. 남편이 나와 연락하는 것을 싫어하는 것일까. 술 취한 얼굴이 한숨소리와 함께 구겨졌다. 그러다가 얼굴에 생기가 돌았다. 어느새 한 시간이 다 지났다. 출입문이 열리고 기다리던 지영이 들어오자 자리에서 일어나 손을 흔들며 이름을 불렀다. 술에 취한 태석의 행동과 목소리가 너무 커 사람들이 쳐다보았다.

"우리 아빠 술 많이 먹었네."

지영은 사람들을 신경 쓰지 않고 테이블에 앉았다. 지영이 자리에 앉자 태석은 그냥 말없이 미소를 보이며 웃어 보이기만 했다. 녀석의 얼굴을 보는 것만으로도 기분이 좋았다. 아빠는 다 그런 것인가 싶었다.

"사장님, 여기 치킨 시킨 거. 빨리 줘요, 빨리."

"와! 아빠 나 치킨 시켜주는 거야. 너무 먹고 싶었는데."

"그럴 줄 알고 아빠가 시간 맞춰서 시켜놓았지."

또다시 미소를 보였고 지영도 같이 미소를 지었다. 치킨이 테이블 위에 올려졌다. 방금 튀겨진 치킨이라 김이 모락모락 올라오고 있었다. 지영이 태석에게 다리를 건넸다. 괜찮다고 했지만 지영도 물러서지 않았다. 부녀는 나란히 닭다리를 하나씩 붙잡고 먹기 시작했다. 지영의 입에서 들려오는 바삭거리는 소리가 행복했다. 내 아이의 입으로 들어가는 저 음식들이 한없이 고마웠다. 배부르다고 하지 않고 모두 먹기를 바라며 바라보았다. 내 아이가 먹는 모습이 예쁘다는 것을 태석은 너무 늦게 깨닫는 것 같아 후회스러웠다. 더 일찍 잘해줄걸.

"사장님, 여기 한 마리 포장요."

"왜 아빠! 나 배불러."

"공부하고 집에 가면 또 배고파. 아니면 학원에 가서 나눠먹어."

"그럼, 학원에 가져가서 친구들이랑 먹을게."

지영은 치킨을 가져가는 게 아빠가 행복해할 것 같다는 생각에 마다 하지 않았다. 그리고 계속 먹었다. 배가 고프기도 했고 그 모습을 태석이 행복하게 바라본다는 것을 느끼기도 했다. 그래서 더 맛있게 먹는 것처럼 먹었다. 계속 태석이 미소를 짓는 게 지영도 좋았다. 태석은 지영이 먹는 모습을 안주 삼아 술을 먹었다. 마음이 풀어져서 그런지 취기가 더 올라왔다.

"지영아, 아빠 다시 시골로 내려갈지도 몰라."

"......"

지영이 먹던 것을 잠시 멈추었다. 그러고는 이미 알고 있지만 아무렇지도 않은 듯 다시 먹었다. 아무렇지도 않게 먹어야 할 것 같았다.

"기사 봤어, 아빠."

"그거 아빠인지 어떻게 알았어?"

"딱 봐도 아빠더만. 우리 아빠가 또 한 건을 하셨구나 했지. 그거 아빠가 맞다고 생각하고 했을 거잖아."

"그렇지."

"그럼 맞는 거지, 왜 다른 걸 생각해? 인터넷 기사라는 게 다 구라야. 자극적으로 써야 사람들이 읽어줄 거 아니야. 팩트는 손톱만 해도 기사는 건물만 하게 쓰는 거라구. 아빤 그런 것도 몰라? 사실은 당사자만 아는 거지. 바로 아빠."

"정말 그렇게 생각해?"

"정말."

지영의 대답에 태석은 마음이 놓였다. 지영이마저 기사처럼 아빠를 쓰레기 형사라고 생각하고 있을까봐 걱정이었는데. 딸은 아빠 편이었다.

"아빠, 새옹지마, 고진감래, 시작은 미약하지만 끝은 창대하리라, 끝날 때까지 끝난 게 아니다, 또 뭐지? 아, 맞다. 이 또한 지나가리라. 이런 말도 몰라요? 다 잘될 거야."

"그래, 고맙다. 지영아. 이 또한 지나가겠지."

지영의 응원에 태석이 쥐고 있던 긴장이 스르르 풀렸다. 그리고 저절로 눈이 감겼다. 안주 없이 먹은 술을 이겨내지 못했다. 먹어도 너무 많이 먹어버렸다.

"아빠 차 살려고. 지영이가 말했던 거. 그거 사서 우리 동해바다도 가고 오징어회도 먹자…… 그리고……"

웅얼웅얼 점점 목소리가 작아지다가 완전히 사라졌다. 지영이 아무리 깨워도 태석은 일어날 줄 몰랐다. 지영은 태석의 전화기를 열어 정수를 찾아 전화했다.

"삼춘, 저 지영인데요."

"어, 지영아. 혹시 아빠랑 같이 있니?"

"네, 아빠가 술이 너무 많이 취하셨어요. 저는 학원에 가봐야 하는데. 어떻게 하죠?"

"어딘데?"

정수가 데리러 오기로 하고 지영은 태석의 옆에서 그를 지켰다. 자리를 태석의 옆으로 가 그의 고개를 지영의 어깨에 기대도록 했다. 그리고 쉬게 했다. 아빠가 너무 힘들어 보였다.

정수가 호프집에 들어왔을 때는 전화를 받고 한 시간쯤 지나고였다. 지영과 태석은 서로에게 기대고 잠이 들어 있었다. 술에 취한 아빠는 딸에게, 딸은 다시 아빠에게 기대어 잠이 들어 있었다. 두 사람 모두 피곤한 모양이다. 그 모습이 너무 웃기고 사랑스러워 정수는 휴대전화를 꺼내 사진을 한 컷 찍었다. 그러고 나서 조심스럽게 지영을 깨웠다.

"지영아, 일어나야지."

"삼춘 왔어요? 아빠가 많이 힘들죠?"

"응, 힘들어. 지영이 보았으니까 힘내시겠지."

"그랬으면 좋겠어요."

"형님, 일어나요."

지영이 일어서자 정수는 태석을 깨웠다. 그러나 술에 깊이 빠진 태석은 좀처럼 빠져나오지 못했다. 횡설수설하며 여기가 어디인지도 잘 모르는 것 같았다.

"형님, 지영이 찾아왔잖아요."

"아빠!"

"어, 그렇지. 사장님 여기 치킨요!"

태석은 깨자마자 치킨을 찾았다. 비틀거리며 일어나 카운터로 가 치킨을 받아 지영이에게 건넸다. 딸이 먹을 치킨은 술에 취해도 잊어버리지 않았다.

"우리 딸 이거 먹고 힘내야지. 수능만점!"

"수능만점!"

술 취한 태석의 말을 지영이 그대로 따라했고 그 대답에 서로 웃었다.

태석은 정수의 어깨에 기대어 차로 들어가 앉았다. 지영은 치킨을 들고 옆으로 따라와 손을 흔들었다.

"아빠 잘 가. 이 또한 지나가리라. 알았지?"

"그래, 지나가야지. 지나갈 거야. 그렇지?"

"그렇지!"

"아빠 간다. 수능만점!"

"수능만점!"

"화이팅!"

"화이팅! 삼촌, 우리 아빠 잘 부탁해요."

"그래, 지영아 걱정하지 마."

술에 취해 눈꺼풀이 감기면서도 태석은 지영을 응원했다. 지금 위로와 응원을 받아야 할 사람은 태석이라는 것을 잘 알기에 지영은 그의 반응에 모두 호응해주었다. 태석이 떠나고 그 자리에 혼자 남은 지영은 손에 치킨을 들고 어두운 도로를 따라 학원 쪽으로 걸었다.

협박

COLD CASE 13

일시 및 장소
2018. 12. 25. 01:00경 인천 북구 운암동

실종자
고은미(45세, 여, 노래방 도우미)

용의자
강상구(47세, 남, 사기 등 전과 3범)

개요
실종자는 인천 북구 운암동에 있는 홈타운노래방에서 도우미를
마치고 집으로 귀가하던 중 불상의 이유로 연락이 되지 않고 있음.
동거 중인 남자친구에게 전화를 했으나 야간 배달 일을 하는
남자친구가 전화를 받지 못함. 이후 실종됨

수사사항
남자친구와 평소 갈등관계가 있었던 점 등을 고려하여 수사를
진행했으나 특이점 발견하지 못함. 두 달 전부터 남자친구에게
헤어질 것을 요구. 강상구를 용의자로 수사했으나 특이점 발견하지
못함. 가출 의심

종결
2019. 3월 미제사건 처리. 실종아동등 프로파일링 시스템
등록(여청계관리)

담당경찰서 및 검찰청
인천청 수사본부. 인천지검

18

얼마를 잔 것일까. 태석은 또다시 아이들의 비명소리를 듣고 잠에서
깨었다. 몇 년째 들려오는 그 소리에 눈을 뜨고도 그대로 천장만을 바라
보았다. 이제 더 이상 그 소리에 반응할 수가 없다는 것을 태석은 알았
다. 휴대전화를 보니 정오가 넘었다. 침대 밑에 있는 생수병을 누운 채
로 손을 뻗어 잡고 힘들게 목을 세워 들이켰다. 페트병이 쪼그라들며 입
을 채우고 목으로 넘쳐 흘러내렸다. 손으로 대충 닦아내고 다시 침대 위
에 머리를 붙였다. 어제 얼마나 술을 먹었더라. 지영과 함께 치킨을 먹
었던 것까지는 기억을 하는데 그다음은 기억이 나지 않았다. 집까지 어
떻게 왔지? 정수가 태워준 것 같기도 한데. 어렴풋이 차 안에서 넋두리
를 했던 게 기억나려 하자 더 짜증이 났다. 방전된 휴대폰을 충전기에
꽂았다. 대기발령이라 사무실에 나갈 수조차 없었다. 일이 어떻게 돌아
가는지. 징계위원회가 삼 일간 시간을 주고 열린다고 했으니 주말을 끼
면 사 일이 남았다. 뭘 준비해야 할까. 곧 김동수가 범인임을 밝힐 수 있
으니 기다려달라고 할까. 그러면 징계가 미루어질까. 김동수의 부인을

찾아가볼까. 고소장을 철회해달라고 요구를 하면 들어줄까. 그녀가 그렇게 김동수에게 애정을 가지고 있는 여자가 아니었는데. 김동수가 십이억 원을 재단 설립자금으로 내놓았다는 것은 더 납득하기가 힘들었다. 재단을 찾아가 사실인지 확인을 할까. 물을 한 번 더 들이켜고 침대에 걸터앉아 휴대전화 전원을 켰다. 띠리링 소리를 내며 화면이 들어왔다. 인터넷에 들어가 기사가 또 있는지 확인했다. 모두 사라져주기를 바랐지만 포털에는 여전히 관련 기사가 떠 있었다. 과잉수사에 두 가정이 파괴되었다는 기사가 새로 올라와 있었고, 임춘석이 경찰에 속아 애먼 사람을 죽인 거라고 주변인들의 인터뷰까지 실려 있었다. 다른 기사는 승진에 눈이 먼 경찰의 무리한 실적 쌓기를 어떻게 해결할 것인지에 대한 사설까지 실려 있었다. 더 이상 볼 수 없어 포털 창을 닫고 메시지를 확인했다.

— 아빠 잘 들어갔지? 학원에 도착. 힘들 땐 술이 약이 아니라 독이라고 하던데.
— 아빠 치킨 잘 먹었어. 애들도 잘먹었다고 고맙다고 전해달래.
— 아빠 수업 끝나고 버스 타러가.
— 아빠 버스 기다려. 왜 안오징.
— 아빠 이제 집에 들어가. 힘내고. 이 또한 지나가리라. 끝날 때까지 끝난 게 아니야. 아빠 파이팅!

아빠를 걱정하고 응원해주는 지영이 고마웠고 위로가 되었다.

— 지영아 아빠를 이해해줘서 고마워. 어제 아빠가 술을 너무 많이 먹어서 이상했지. 아빠가 내려가기 전에 엄마랑 함께해서 밥 한번 먹자. 엄마도 한번 보고 내려가고 싶다. 수능준비 잘하고.

학교에 있을 지영에게 메시지를 남겼다. 정수가 사진을 보내온 게 있었다. 뭔가 하고 사진을 열어보고는 기분이 조금 좋아졌다. 호프집에서 태석과 지영이 나란히 앉아 서로 기댄 채 잠이 든 모습이었다. 태석은 술에 취해 있었고, 지영도 피곤했던 모양이다.

'잘 찍었네. 귀엽다, 우리 딸.'

사진을 바탕화면으로 설정했다. 이렇게 지영을 볼 수 있게 서울에 왔던 건 다행이다. 수능 때까지는 있고 싶은데 힘들 것 같다. 안타까움에 속이 더 울렁거리고 쓰려왔다. 해장국이라도 한 그릇 먹어야 할까. 모자를 대충 눌러쓰고 원룸을 나와 골목길에 있는 해장국집에 들어가 아침 겸 점심을 시켰다. 전화가 울렸다. 경찰청에서 온 전화였다. 그냥 받지 않았다. 몇 번이 울려도 받지 않자 메시지가 왔다.

— 하태석 경감의 징계위원회가 확정되었습니다. 다음주 15일(월요일) 오후 15시 9층 청문감사 회의실. 10분 전까지 입장하여주시고 소명자료가 있으면 이전 또는 당일 현장에서 제출하여주시기 바랍니다.

자료가 있으면 징계를 낮춰주겠다는 것일까. 답은 이미 정해놓고 통보만 할 거면서. 변호사를 선임해야 할까. 너무 무거우면 소정을 해야할 텐데. 7년 전에 했던 변호사를 다시 찾아가볼까. 내 사정을 잘 아니까. 해장국이 나오기도 전에 밥맛이 떨어져버렸다. 반절을 남기고 가게를 나왔다. 골목길을 한 바퀴 돌고 집으로 들어가 밖으로 나오지 않았다. 하루 종일 침대 위에 누워 잠만 잤고 저녁이 되어 다시 해장국집을 찾아 밥을 먹었다. 저녁에는 소주 한 병을 반주로 같이 먹었다. 사무실에서 전화가 왔지만 태석은 받지 않았고, 인터넷도 들여다보지 않았다. 편의점에서 소주 두 병과 담배 한 갑을 사들고 원룸으로 들어갔다. 누가 찾아오지 않았을까 주변을 살피기도 했다. 점점 태석은 초라해져갔다.

술을 마시고도 잠에 들 수 없었다. 새벽에 일어나 편의점에 가서 다시 소주 한 병을 더 비우고 들어와서야 잠깐 잠이 들 수 있었다. 깜빡 잠든 사이 누군가 방문을 두드렸다. 아침부터 올 사람이 없는데. 태석은 머리를 긁적이며 현관으로 갔다.

"형님, 일어나셨어요? 왜 그렇게 전화를 받지 않으셔요?"

문이 열리자 정수와 진욱이 안으로 들어왔다. 방 안에서 나는 술과 담배 냄새에 정수는 커튼을 젖히고 창문을 활짝 열었다. 밤새 피운 담배가 종이컵에 죽은 애벌레들처럼 쌓여 있었고 소주병은 바닥에 뉘어 뒹굴었다. 끊은 담배를 다시 피우는 것을 보면 태석이 얼마나 스트레스를 받고 있는지 알 수 있었다. 시원한 공기가 햇볕과 함께 방 안으로 밀려들어왔다. 태석이 눈이 부신지 눈을 찌푸렸다.

"뭐 하러 왔냐? 감찰자료나 열심히 준비하지."

"형님이 걱정돼서요."

"내가 애냐. 무슨 걱정이야. 밥은 먹었냐? 안 먹었으면 요 앞에 가서 해장국이나 먹을까. 거기 해장국 좋더라. 알고 보니까 맛집이야. 해장국에 한잔 더 해야겠다."

"팀장님, 맘에도 없는 말씀 그만하십시오."

"맞아요, 형님."

"……"

그랬다. 맘에도 없는 말을 그저 내뱉고 있었다. 이제 나는 어떻게 해야 되냐고, 감찰은 어떻게 진행이 되는 거냐고, 더 이상 수사는 할 수 없는 게 맞느냐고, 묻고 싶은데 그러는 게 더 초라해 보일 것 같았다.

"잘 아네. 그래, 맘에 없는 얘기지. 그런데 내가 할 수 있는 게 아무것도 없다."

"형님!"

"왜?"

가까이 다가온 정수의 얼굴을 침대에 걸터앉아 올려보았다.

"이대로 쫓겨날 겁니까? 인터넷 기사처럼 그대로 쓰레기가 되어서."

"별수 있냐? 나를 아는 사람들만 아니라고 믿어주면 되지."

"지금이라도 증거 찾으면 되잖아요."

"무슨 수로?"

"팀장님 광수대에서 일선으로 나간 강용만 팀장님 잘 아시잖아요."

진욱이 끼어들어서 강용만 팀장을 불러냈다.

"강용만 팀장님은 뭔가 알고 있습니다. 임춘석이 범인이라는 첩보를 강용만 팀장님이 준 거거든요. 수사도 최소한만 해서 빨리 검찰에 넘기라고 한 사람도 팀장님이고요. 물론 수사를 제대로 하지 않은 저의 불찰이 가장 크지만요."

"첩보를 형님이?"

"팀장님은 그 사건 후에 일선으로 나가셨어요."

태석은 첩보의 근원이 강용만 팀장이라는 말에 관심을 보였다가 고개를 돌려 담배에 불을 붙였다. 연기에 사레가 들려 기침이 나왔다. 이제 와서 그게 무슨 소용인지.

"기원이가 차번호를 알아냈어요."

"뭐?"

"차번호가 나왔다구요. 그놈만 찾아내면 김동수가 아이들을 죽였다는 것을 밝힐 수 있다고 형님이 그랬잖아요."

"……"

"서둘러 찾으면 징계 전에 찾지 않을까요?"

차번호가 나왔다면 그건 다른 변수였다. 바로 답변하는 대신 일어나 샤워실로 향했다.

"좀 씻고 이야기를 해보자. 먼저 요 앞 식당에 가 있어라."

"왜요? 같이 가지."

"나를 지켜보는 눈이 있으니까 그렇지."

태석은 창밖을 손가락으로 가리켰다. 골목 입구 멀리 검은색 봉고 차량이 보였다. 검은 차가 눈에 들어온 것은 어제 아침 해장국을 먹으러 갈 때부터였다. 한 과장은 징계가 떨어지기 전까지는 믿을 수 없었던 모양이다. 두 사람은 알겠다는 듯 먼저 해장국 집으로 갔다.

칫솔이 혀를 건들자 구토가 쏠렸고 눈이 빠질 듯 핏대가 올라왔다. 컥컥 소리를 내며 이를 닦고 몸을 씻었다. 밖으로 나와 머리를 대충 말리고 식당으로 갔다. 검은 차는 그대로 있었다. 우선 먹기로 했다. 그래야 힘이 날 것 같았다. 식당에 들어가자 주인이 태석을 알아보았다. 자리에 앉자마자 태석은 말없이 먹기만 했다. 바닥에 국물까지 모두 비우고서야 태석은 두 사람을 쳐다보았다. 두 사람은 절반도 먹지 못했다.

"차번호가 뭐야?"

"이제야 그게 궁금해요?"

"99고7327 그랬저요. 2016년식 검은색."

진욱이 끼어들어 서둘러 번호를 불렀다.

"누구 건데?"

"번호만 확인했고 아직 누구 건진 확인 못했습니다. 수사를 진행한다는 게 아직 조심스럽잖아요. 그것도 감찰 중인데."

"운전자만 찾으면 김동수의 집에 왜 들어갔는지 무엇을 가지고 나왔는지 확인할 수 있을 텐데. 그렇게만 된다면…… 그렇기는 한데……"

내가 할 수 있는 게 없다, 가 입속에서 맴돌았다. 하지만 두 사람에게 말할 수 없었다. 그러자 진욱이 태석 앞에 고개를 내밀었다.

"팀장님, 정수 형님이 직무대리입니다. 팀장이라구요. 사무실에 감찰 준비는 기원이 형님과 은하가 하고 있습니다."

"그런데?"

"저와 정수 형님은 움직일 수 있다는 말이죠. 팀장님도 대기발령이라 혼자서는 할 수 있는 일이 없잖아요. 무슨 말씀인지 모르시겠어요? 팀장님!"

"형님!"

"팀장님!"

정수와 진욱이 동시에 태석을 불렀다. 두 사람은 세 명이서 끝을 보자고 말하고 있었다. 잘못되면 징계를 같이 먹을 수도 있는 상황임에도 두 사람은 그것에 대한 생각이 없는 것 같았다.

"니들 미쳤냐? 징계는 나만 먹어도 돼."

"형님은 지금 도와달라고 해야 하는 거 아니에요? 우리는 결정했어요. 기원이하고 은하도 동의했구요. 형님도 아시겠지만 이번 징계는 이미 정해놓고 하는 징계예요. 모르시겠어요? 그것을 뒤집을 수 있는 건 지금 외부에 알려진 내용이 잘못되었다는 걸 증명해내는 것뿐입니다."

"이미 정해져 있는 건 아니지."

"아니요. 정해져 있습니다."

다시 진욱이 끼어들었다.

"사무실에 감찰계장과 함께 찾아왔던 직원이 제 후배입니다. 2년 후배요. 대학교 때 방도 같이 썼고요. 저를 잘 따르던 놈이니까 거짓말을 했을 리 없겠죠? 징계에 대한 준비는 이미 일주일 전부터 하고 있었다고 했습니다. 언론 기사가 나기 전부터 관련 자료를 형사과장에게 받았다고 했어요. 거기다 저번 주에 기자들과의 간담회에 형사과장이 참석을 했고 윤 기자와 앉아 저녁을 먹었답니다. 아마 그때 이야기가 되지 않았겠느냐고 짐작하고 있었습니다. 그리고 기사가 나기 바로 전날 형사과장을 만나고 돌아갔다는 것까지 알려줬어요. 이 정도면 이미 팀장님 죽이기로 맘먹은 거 아닙니까? 식당에서 기자를 만난 게 우연이 아니라고요."

"……"

"형님, 그때 일만 기억하면 분노가 끓어오른다면서요. 그래서 잠도 못 자고. 평생 그 기억을 안고 분노하면서 살 겁니다. 그러실 거예요?"

지금 끝을 내지 않으면 평생 그 기억에 갇혀 살아야 할지도 모른다. 고맙기도 하지만 이들도 징계를 먹을 수 있다는 생각에 망설일 수밖에 없었다. 이들이 잘못되기를 바라지 않았다.

"일이 잘못되면 형님이 모두 책임을 지면 되잖아요. 우리가 징계를 먹을까 걱정이 되셔서 그런 것 같은데. 형님 스타일에."

정수가 태석의 맘을 알아보고 농담을 섞어 말했다. 그러나 그 말이 맞았다.

"혹시라도 일이 잘못되면 모든 일은 내가 안고 간다. 옷을 벗더라도 나만 벗을 테니까 너희는 내가 억지로 시켜서 할 수밖에 없었다고 해."

"형님?"

"팀장님?"

"그렇게 해. 너희들이 그렇게 해준다면 내가 해볼게."

"진짜 너무하시네. 그럼 그렇게 해요."

두 사람도 웃으면서 이를 받아들였다. 그렇게 해야 태석이 허락을 할 것 같았다.

"여기서 나가면 곧장 사무실로 가. 아마 나를 확인하려고 찾아올 거야. 그러면 주말에 고향에 갔다가 올 거라고 해. 그리고 오후에 다시 나와."

"형님은요?"

"나도 원룸에 들어갔다가 주말 동안 고향에 내려간다고 하고 나올 거야. 감시하는 사람들 떼어내야지."

정수와 진욱이 사무실로 들어갈 때도 역시나 검은 차는 움직이지 않았다. 검은 차는 태석만 주시하고 있었다. 태석은 밖으로 나와 일부러 1층 관리사무실에 들렀다. 그리고 원룸을 곧 뺄 거고 고향에 다녀오겠다고 했다. 아마 검은 차는 관리실 직원과 연락처를 주고받았을 것이다. 태석의 차는 시내를 지나 고속도로로 향했다. 태석의 차가 서울요금소를 통과하는 것을 확인한 검은 차는 옆으로 빠져 되돌아갔다.

*

정수와 진욱은 사무실에 들어가자마자 강력계장이 들어와 테이블에 모두 자리하도록 했다. 두 사람이 들어오는 것을 지켜본 듯했다.

"어떻게 팀장은 잘 있나?"

"네? 그렇지 않아도 저희가 오전에 잠깐 들러서 만나고 왔습니다. 마음을 내려놓은 것 같더라구요. 고향에 잠깐 내려갔다가 오겠답니다."

"만나고 왔어? 잘했네. 잠시였지만 그래도 팀장이었으니까. 인사 정도는 해야지. 고향에 내려가면 그래도 마음이 좀 나을 거야. 그러니까 처음부터 뭐 하러 서울에는 올라와가지고."

강력계장은 태석을 찾아간 사실을 알고 있으면서도 모르는 척 말했다. 곧이어 태석의 자리에서 등받이 의자를 끌어와 자리에 앉았다.

"차라도 한 잔 마실까?"

"네, 그러시죠."

진욱과 은하가 일어나 믹스커피를 종이컵에 타서 계장에게 주었고 팀원들도 모두 한 잔씩 타서 탁자 위에 올려놓았다.

"고약하게 걸려 들어갔어. 그렇게 언론보도가 많이 난 경우도 드문데. 아마 그 김동수라는 사람이 실종자 재단에 거액을 출연한 게 사람들 동정을 많이 산 것 같애. 실종사건의 피해자를 찾는 데 그런 큰돈을 내는 게 어디 쉬운 일인가. 사소한 기부금 내는 것도 꺼리는데 말이야."

"……"

하태석 팀장이 이상한 거야, 계장은 그렇게 말하고 있었다.

"한정수 경위가 팀장이니까 어수선할 때 팀원들 잘 관리하라고. 징계가 내려진 후에 새로운 팀장이 선임이 될 거야. 그때까지만 고생을 좀 해주고."

"네, 알겠습니다."

"김동수에 대한 수사는 진행하지 않고 있지?"

"김동수가 아니고 실종된 아이들 수사인데요."

"하 팀장이 했던 게 그게 그거잖아. 여론이 좋지 않아. 더 이상 손대지 말고 빨리 종결해. 가지고 있어봤자 오히려 하 팀장에게 부담이라고. 정해야겠다면 다른 팀장이 오고 과장님 지시받고 하라고."

"네, 알겠습니다."

"그럼, 이제 어떤 사건을 진행할 것인가?"

"아직 정하지는 않았는데요. 경기도와 인천청에서 연쇄실종사건으로 수사 중이던데 공조를 해볼까 아니면 8년째 미제로 있는 한강상류 배수로 사건을 진행할까 합니다."

"그쪽은 여름에 이미 수사본부장을 총경으로 격상해서 수사를 진행 중이라고 우리가 거기까지 신경 쓸 필요는 없어."

"그럼 배수로로 하겠습니다. 당시 목격자들도 몇 명 있구요. 현장에서 증거품도 남아 있으니까. 열심히 발품 팔아서 탐문해보면 실마리가 풀리지 않을까 합니다."

"배수로에서 나온 여자 시체 두 구 말이지. 그거 한번 제대로 수사해보면 뭐가 확인될지도 몰리. 힌 팀장이 팀원들 데리고 잘해보라고. 다음 팀장이 오면 더 시너지가 있을 거야. 하태석 팀장만큼 수사를 아주 잘하

121

는 사람으로 추천을 할 테니까."

그가 하고 싶었던 말은 수사를 잘해보라는 것이 아니었고 김동수의 수사를 종결하라는 데 목적이 있는 것 같았다. 말을 마치고 만족한 듯 그는 사무실을 빠져나갔다.

"진욱이하고 함께 팀장님을 만났는데 팀장님은 우리가 도와주는 게 고맙다고 했어. 팀장님의 징계위원회까지 이제 삼 일 남았어. 다행히 주 말이 끼어서 월요일 오전까지 한다면 3.5일 정도. 그 안에 김동수에 대 한 증거를 찾아야 돼. 그러면 징계도 풀릴 거고 언론도 잘못된 내용이었 다는 걸 알게 될 거야. 일반 시민들도 납득을 하겠지. 할 수 있지?"

"네, 할 수 있습니다."

기원을 비롯해 일제히 대답을 했다.

"나하고 진욱이는 나갈 테니까. 기원이하고 은하는 남아서 우리가 한 강 사건을 진행하고 있다는 것으로 보고를 해줘. 사무실에서 확인할 게 있으면 기원이에게 연락을 할 테니까 조사 좀 해주고."

"그럴게요. 그런데 두 분만 너무 고생하시는 거 아니에요?"

은하가 미안한 듯 두 사람을 걱정해주었다.

"아니야. 내일은 주말이잖아. 같이 뛰어야지. 그럴 거지?"

"당연히 그래야죠. 제가 경찰학교 때부터 가장 존경했던 분인데요. 이 렇게 쉽게 굴복하실 분이 아니라는 것을 저는 이미 알고 있었습니다."

검은 차를 따돌리기 위해 서울요금소를 통과했던 태석은 다시 서울 로 방향을 돌렸다. 시간이 없었다. 해장국만 먹으면서 이틀을 허비한 꼴 이다. 우선 확인된 차량의 운전자와 차주를 찾는 것이 급선무였다. 운전자와 차주가 동일인이면 다행이지만 그게 아니라면 찾는 데 한계가 있을 수 있었다. 기원이 차량번호를 확인했지만 차주를 확인할 수는 없었다. 차량조회를 한다면 형사과장이 인지할 수 있어 어쩔 수 없이 광주에 있는 종현에게 도움을 요청했다.

"팀장님, 괜찮습니까?"

"종현아, 미안하고 고맙다."

"뭐 이런 거 조회하는 거야 어려운 게 아닌데 팀장님이 지금 힘드시잖아요. 우리 사무실 직원들도 모두 걱정입니다. 기사만 봐서는 팀장님이 밝히려는 그 사람은 완전 의인이던데요."

"내가 지금은 할 수 있는 말이 없다."

"아무튼 저와 사무실 식구들은 팀장님을 믿으니까요. 또 도울 일 있으시면 언제든 말씀하세요. 여기 직원들도 스탠바이하고 있으니까. 여차하면 저희가 서울에 올라가서 도와드릴게요."

"말이라도 그렇게 해주니 고맙다."

광주청에서 함께 일한 종현은 태석을 위로했다. 일이 터지자 그곳 직원들로부터 응원의 전화와 메시지를 많이 받았다. 모두 태석에게 도움을 주고 싶다는 내용이었다.

"팀장님, 이 차량 대포차 같은데요. 실제 운전자를 찾는 게 쉽지 않을 것 같습니다."

종현에게 받은 답변은 최악이었다. 과태료고지서가 부과된 것만 오십 장이 넘었고, 차량검사도 출고 후 한 번도 받은 적이 없는 차였다. 게다가 소유주를 확인하더라도 대포차로 넘어가 누가 운행하는지를 모를 가능성이 높았고, 평상시처럼 수배를 내려 찾을 수 있는 것도 아니었다.

운전자를 찾는 일은 쉽지 않을 게 빤했다. 그것보다 우선 임춘석의 사건을 광수대에서 하게 된 이유를 강용만 팀장에게 물어야 했다. 고속도로에서 돌아가는 길에 태석은 성낙파출소에서 팀장으로 순찰 중에 있는 강용만을 편의점에서 만났다.

"형님, 그 첩보를 한 과장이 준 건가요?"

태석은 안부를 생략하고 바로 물었다.

"태석아, 커피라도 한 잔 하고 물어라."

"형님, 첩보를 한 과장이 준 거냐구요?"

"커피…… 너 화 많이 났냐?"

강용만 팀장의 목소리는 작았다. 태석이 곤란해진 것이 자신 때문인 것 같았다.

"태석아, 너한테 미안하다. 내가 여기 나온 게 그것 때문이야. 남아 있으면 진급까지 시켜준다고 했는데 차마 그렇게 못하겠더라. 그래도 난 양심을 지켰다. 알지? 커피 먹어라."

또다시 커피를 권하자 태석은 한 모금을 마셨다.

"진욱이의 수사가 잘못되었다는 것은 아시죠? 형님이 수사를 얼마나 오래했는데. 진욱이 수사에 뭐가 부족한지 알았을 거 아니에요?"

"……"

강용만 팀장이 잠시 머뭇거렸다.

"형님!"

"맞아. 첩보부터가 이상했어. 한 과장이 첩보라면서 주소와 임춘석의 인적사항을 줬으니까. 그리고 출처에 대해서는 나보고 알아서 만들어내라더군. 그래서 정보원으로 쓰던 놈 이름으로 출처를 넣었지. 이후에 휴대전화와 카드내역을 확인해야 한다고 했을 때 이를 모두 하지 못하도록 했어. 살인을 입증하는 데 문제가 되지 않는다면서. 진욱이가 하자고 했을 때 한 과장 지시로 내가 막았지. 그놈도 수사를 10년 했는데 그것도 모르겠냐."

"왜 막았다고 생각해요?"

"나야 모르지."

"김동수하고 한 과장이 동창이에요."

"그렇다고 그런 걸 막아? 왜?"

"다른 이유가 있겠죠. 그걸 찾다가 기사가 나고 징계 중이니까요."

"내가 했다면 내가 징계를 먹었겠네?"

"그럴 수 있죠. 처음부터 임춘석이 김동수를 죽이는 것으로 시나리오가 짜여 있던 겁니다. 형님은 시나리오대로 움직인 거구요. 형님은 이용당한 겁니다. 진욱이두요."

"이런…… 그래서 이렇게 파출소 나오니까 그런 청탁수사 하지 않아도 되고 마음이 편하다. 임춘석씨 수사를 원칙대로 했더라면 니가 그러지 않아도 될 건데. 미안하다. 진욱이한테도 미안하다고 전해줘라. 선배가 수사를 제대로 지휘하지 못했다고."

강용만 팀장은 이제라도 답답했던 속이 풀려 시원하다는 표정으로 돌아갔다.

*

차량 명의자를 확인하기 위해 셋은 무주로 향했다. 세 시간을 달려 찾

아간 곳은 폐업한 국숫집이었다. 장사를 하지 않은 지 꽤 되었는지 간판
에는 먼지가 쌓여 있었고 깨진 창문 안으로 우편물이 가득했다. 진욱이
손을 넣어 우편물을 꺼내보자 모두 고영수 앞으로 배송된 채무독촉장
과 과태료고지서였다. 무주경찰서의 출석요구서도 색이 누렇게 바래 있
었다.

"여기 장사 안 하나요?"

"거그 안 헌 지 오래됐디. 하두 빚쟁이들이 찾아와 행패를 부려서."

"빚쟁이요? 그럼, 고영수라는 분은 여기 살지 않나요?"

"고영수는 할매 동생이고, 가게는 할매가 해."

"할매요? 어디 계시는데요?"

"장터에 가봐. 장날만 거기에서 국수를 파니께. 힘이 없어서 인자 장
날만 하지, 못해. 그래도 장터 맛집이라고 어디 방송에선가 소개를 했다
고 손님이 꽤 있어."

다시 무주 시장으로 향했다. 다행히 오늘이 장날이라 국숫집은 운영
을 하고 있었고 가게 안에는 손님들이 제법 있었다.

"할머니, 국수 세 개요."

"조금만 기다리쇼. 육수를 새로 끓이느라고."

노파는 솥에 물을 붓고 양념과 계란을 풀어 육수를 만들어내고 있었
다. 세 사람은 우선 국수를 먹기로 했다. 국물이 개운하고 칼칼해 손님
들이 찾을 만했다.

"할머니, 고영수 어르신은 어디 갔어요?"

"……"

노파는 고영수라는 이름에 대답을 하지 않고 빤히 정수를 쳐다보기

126

만 했다. 모르지 않을 텐데. 물었던 정수도 눈을 마주치고 기다렸다.

"그놈은 뭐 하러 찾어? 사람 구실도 못허는 놈을. 또 빚 받으러 온 거여? 이번에는 얼매여?"

"경찰입니다. 차 때문에 찾아왔습니다."

"그러니까 차든 뭐든 돈이잖아. 빙신같이 지 아들 놈이 해달라는 대로 해주었다가 지금 거지꼴이 된 거 아니여. 말허면 내 입만 아프제. 돈 내라는 편지만 잔뜩 오고 말이여."

노파는 차에 대해서 알고 있었다.

"차 때문이라고 하니께 내가 알려줄게. 그 차 여기 없고 누가 몰고 다니는지도 몰러. 근디 고 차를 내 동생 이름으로 사가지고 돈만 빼묵고 도망간 놈이 그놈 아들놈이여. 아들이 아니라 웬수지 웬수여. 그 새끼 좀 잡아가쇼. 내 동생 그렇게 만든 놈이 바로 그놈인께."

고영수는 아들 빚에 눌려 폐인이 되어 있다고 했다. 매일 술에 취해 쓰러져 있다고.

"그럼 그 아들은 어디에 있는데요?"

노파의 집으로 고영수를 찾아갔을 때 그는 술에 취해 마당에 쓰러져 있었다. 말을 걸려 해도 이미 정신을 놓은 상태였다. 어쩔 수 없이 조카인 고은권을 찾아야 했다. 고은권을 찾아야 일명 자동차 깡을 통해 넘어갔을 그 누군가를 찾을 수가 있고, 그래야 김동수의 오피스텔에 침입한 사람을 찾을 수 있을 것이다.

"출석요구서!"

태석은 무주경찰서에서 송달된 출석요구서가 떠올랐다. 고은권을 찾는 사람은 태석만 있는 것이 아니었다. 무주경찰서 지능범죄수사팀으로 들어가자 근무 중인 수사관 세 명이 보였다.

"고은권요?"

"아마 권리행사방해나 사기로 수배가 돼 있을 것 같은데요."

"네, 맞습니다. 지금 수배상태인데요. 저희도 찾고는 싶지만 저희 사무실 직원이 세 명뿐이라 그냥 수배만 해놓은 상태입니다."

"그 친구, 저희가 잡아드리겠습니다."

"네?"

시골 경찰서의 세 명밖에 되지 않는 인원으로 어디에 있는지도 모를 고은권을 잡는다는 것은 여간 힘든 일이 아니었다. 수배자 검거는 경찰서 실적으로 들어가 있어 잡지 않을 수도 없었다. 그런데 서울에서 온 세 명의 형사가 그 일을 대신 해준다니 고마울 따름이다. 거기다 수배자를 잡고도 검거 실적을 무주서에 그대로 넘겨주겠다는 것이다. 제안을 거절할 이유가 없었다. 무주서 직원은 곧바로 고은권에 대한 자료를 태석에게 보여주었다. 그들이 조사한 내용은 고영수와 고모인 국숫집 노파에게 걸려온 전화를 확인해놓은 것이다. 그중에 의심이 가는 번호는 열다섯 개 정도였다. 고은권은 어떤 식으로든 이들에게 전화를 했을 것이다.

"은권이한테 전화가 오기는 했는데 언젠가 모르겠네. 기억이 가물가물한게. 근디 형사 양반, 그놈 만나거든 집으로 빨리 오라고 좀 해주쇼. 지 아부지 등골 빼묵은 나쁜 놈이기는 혀도 아들인디 어쩌겄소. 그대로 계속 두면 객지에서 귀신이 되게 생깄는디. 갸가 내려와서 여그서 같이 장사를 허면 내 동생도 밥을 좀 묵을 것이고 그놈도 죽지는 않겠제."

어릴 적 어미 없이 크게 한 것이 고모로서 불쌍하기만 했다. 태석은 고은권을 만나면 그 말을 꼭 전해주겠다고 약속했다.

전화번호는 일일이 확인을 하는 수밖에 없었다. 우선 가까운 곳부터 확인하기로 했다. 열다섯 명 중에 전북이 세 명이고 충청도가 두 명, 경기도가 네 명 그리고 서울이 여섯 명이었다. 먼저 전북에 왔기 때문에 이곳을 뒤지기로 했다. 남원에 한 명, 전주가 두 명이었다. 전주에 차가 도착했을 때는 저녁 시간이었다. 더 늦기 전에 빨리 만나봐야 했기에 밥도 먹지 않고 주소지 두 곳을 모두 찾아갔다. 두 곳 모두 연립이었다. 초인종을 누르고 휴대전화의 명의자가 나와주기를 기다렸다.

"누구세요?"

"김영춘씨 되시나요?"

"네, 제가 김영춘인데요."

"늦게 찾아와 죄송합니다. 대포차 관련해서 수배자를 찾고 있거든요. 본인 좀 확인 좀 하겠습니다."

그는 아무 상관 없는 사람이었다. 이전에 무주에 놀러 갔을 때 인터넷에서 국숫집을 검색하다가 나온 번호라서 걸어보았다는 것이다. 국숫집이 맛집이라고 소문이 난 것은 맞는 것 같았다. 다시 찾아간 연립에서도 마찬가지였다. 그도 국수를 먹기 위해 찾아보다 걸었던 것이다. 어쩔 수 없이 남원까지도 확인을 해야 했다. 차에서 김밥으로 끼니를 때우고 밤 10시가 되어 아파트를 찾아가 명의자를 만났다. 그도 마찬가지였다. 다시 차는 대전으로 향했다.

"늦었지만 대전에서 자고 내일 오전에 모두 확인하고 오후에는 경기도를 보자."

"형님, 그냥 전화를 걸어보면 안 될까요? 고은권이냐고 물어보는 거죠."

"지금 우리에게는 시간이 없다. 확실하지 않으면 다시 확인할 시간이 없어. 번거롭더라도 직접 확인해야 해. 시간이 많다면 다음에 다시 확인도 가능하지만 지금은 그럴 수 없어. 전화를 받고 더 깊이 숨어버릴 수도 있고."

시간이 촉박해도 어쩔 수 없이 대면을 해서 확인하는 수밖에 없었다.

"기원이하고 은하가 감찰자료 준비한다고 조금 전에 퇴근했답니다. 주말인 내일부터 같이한다고 하니까 두 사람은 서울을 돌아보라고 하면 어떨까요? 저희가 여기 확인하고 경기도를 들러서 서울로 가면 되죠."

"둘이서 서울을 돌아주면 시간을 많이 아끼겠다."

대전에 도착했을 때는 자정이 다 된 시간이었다. 여관에 차를 주차하고 정수와 진욱을 먼저 방으로 올려보냈다. 피곤할 것 같아 먼저 자게 했다. 태석은 편의점으로 가 맥주캔 하나와 담배 한 갑을 사가지고 나와 야외 테이블에 앉았다. 담배에 불을 붙이고 캔뚜껑을 따 한 모금을 들이켰다. 차가운 맥주에 답답함이 조금은 풀렸다. 끊었던 담배가 계속 피웠던 것처럼 낯설지 않았다. 휴대폰을 켜자 알 수 없는 전화가 몇 통이 있었다. 아마 기자들이거나 경찰청일 것이다. 맥주를 한 모금 더 들이켤 때 메시지가 왔다.

— 오빠 자?
— 아니.
— 전화해도 돼?

미숙이었다. 참다참다 메시지를 보낸 것이다. 아무리 근식이 태석이 힘들어하니까 다음에 전화를 하라고 해도 그게 잘 될 리가 없었다. 태석이 통화버튼을 눌렀다. 신호음이 떨어지기도 전에 미숙이 전화를 받았다.

"오빠 괜찮아?"

"괜찮지 그럼. 그런데 지금까지 안 자고 뭐 하고 있어?"

"지금 잠이 와? 방송이고 인터넷이고 전부 다 오빠 이야긴데."

"뭐라고 났는데?"

"오빠는 뉴스도 안 봐? 뭐 경찰관이 사적인 복수를 한다 뭐 그런 것도 있고. 선량한 사람을 죽음으로 몰았다 그런 말도 있고. 근데 나 이거 안 믿어. 우리 오빠만 믿어. 우리 오빠가 어떤 사람인데."

"흐흐. 니 오빠가 어떤 사람인데?"

"어떤 사람이기는……"

미숙이 대답 대신 흐느끼기 시작했다. 말을 하고 싶은데도 눈물이 목에 걸려 말이 나오지 않았다. 태석도 그 흐느낌에 끌려들어갈 뻔했다.

"오빠는 좋은 사람이지. 착한 사람이고. 슈퍼맨 같은…… 그래서 나도 구해줬잖아."

"잘 아네. 미숙아, 오빠 너무 걱정하지 마. 잘 안 되면 뭐 고향에 내려가면 되지. 근식이가 오빠 일자리 준다고 했어. 놀고 있지는 않을 거니까."

"뭔 소리야. 오빠는 지금이 멋있어. 하던 거 다 하고 고향에 내려와. 쫓겨나서 오지 말고."

"그래, 일있어. 늦있으니까 얼른 자라. 오빠도 잘라니까."

"……오빠?"

말이 없던 미숙이 다시 태석을 불렀다.

"왜?"

"밥이랑은 잘 먹고 다니지?"

"밥도 못 먹을까봐 걱정이냐?"

"그건 아니고…… 사랑한다고."

"그래, 오빠도 사랑한다. 울보 우리 동생. 오빠 걱정은 그만해도 돼."

"알았어, 오빠. 울어서 미안해. 힘을 줘야 하는데 걱정만 시키고 있네."

"알았으면 이제 그만 걱정하고. 얼른 자. 오빠가 일 해결되면 바로 내려갈 테니까."

"그래 오빠. 기다리고 있을게."

전화를 끊고 담배 한 개비를 더 꺼내 불을 붙였다. 담배 연기와 함께 긴 한숨이 빠져나왔다. 이제 겨우 이틀밖에 남지 않았다. 시간은 태석의 편이 아니었다. 그 안에 해결할 수 있을까. 자신이 없었다. 피곤했는지 두 사람은 이미 잠이 들어 있었다. 태석도 대충 씻고 잠을 청했다. 여전히 아이들의 비명소리가 들려와 잠들지 못했다.

*

연립주택의 문이 열리며 아주머니가 아이들과 함께 나왔다. 아이들은 초등학교를 하교하고 저녁 먹을 준비를 하고 있었다. 경찰이라는 말에 여자는 놀라는 눈치였고 따라나온 아이들을 안으로 들어가게 했다.

"안기훈씨가 누구시죠?"

"저희 남편인데요. 무슨 일이시죠?"

"대포차량 때문에 확인을 좀 하려고요. 휴대폰 번호가 이게 맞나요?"

오은하 형사는 여자에게 휴대전화 번호를 보여주고 그것이 남편의 것이 맞는지 물었다.

"네, 맞아요."

"전화 한번 해주시면 안 될까요? 저희가 본인확인을 해야 해서요."

"네, 그러죠. 그런데 일을 하고 있어서 못 받을 수도 있는데."

여자는 전화를 걸었고 다행히 안기훈은 전화를 받았다. 여자는 남편에게 경찰이 통화를 하고 싶어한다고 말하고 은하를 바꿔주었다. 그는 경찰관이라는 말에 잠시 머뭇거리다가 대답했다.

"선생님, 번거롭게 해서 죄송합니다. 혹시 무주 국숫집에 전화하신 적 있으신가요? 두 달 전쯤인데요."

"네, 했죠. 제가 고향이 무주라서요. 고향 후배가 연락이 안 돼서 할머니 집으로 전화를 했죠. 돈 받을 게 좀 있는데 그 새끼가 통 연락이 안 돼서요."

"혹시 그게 고은권씨인가요?"

"네, 맞아요. 그 새끼 어떻게 아셨어요?"

"저희가 고은권씨를 찾고 있거든요. 혹시 어디 있는지 알고 계세요?"

기원으로부터 전화가 온 것은 토요일 저녁쯤이었다. 그때 태석 일행은 용인에서 탐문수사를 하고 있었다. 고은권의 거주지를 알아냈다는 말에 곧바로 서울로 향했다. 오늘 밤 안으로 그를 만나야 했다. 월요일 오전까지 남은 시간이 별로 없었다.

팀원들이 모두 모인 것은 밤 10시가 되어서였다. 고은권은 은평구의 지하철역 수변 여관 골목에 있는 동백장이라는 곳에서 달방을 쓰고 있다고 했다. 골목 안으로 들어가자 수많은 여관이 좌우로 빼곡히 차 있었고 그곳을 찾는 것은 그리 어렵지 않았다. 지은 지 30년은 족히 돼 보이는 허름하고 낡은 여관이었다. 하루 벌어 간신히 하루를 사는 사람들이 싼값에 달방을 얻어 근근이 살아가고 있는 곳이다. 여관으로 들어가자 카운터에 나이 든 여자가 TV를 켜놓은 채 잠을 자고 있었다.

"사장님!"

"......"

여자는 바로 깨어나지 못했다.

"사장님!"

"몇 명요? 기본 이만 원에 추가는 오천 원."

잠에서 덜 깬 여자는 습관적으로 대꾸를 하고 수건과 세면도구를 집어 들었다.

"경찰입니다. 403호 사람을 찾아왔는데요. 달방 쓰고 있는 사람요."

"403호요?"

진욱은 신분증을 꺼내 그녀에게 보여주었다. 그녀는 그제야 잠에서 깨 밖을 내다보았다. 여자경찰관을 포함해 다섯 명의 경찰관이 서 있었다.

"거기 사람 없는데. 며칠 전에 비웠어요. 쫓아냈지. 석 달 치 방값을 안 내니까."

"언제 나갔어요?"

"일주일쯤 됐나."

"어디로 나갔는지 알아요? 방을 옮겼다거나."

"모르지. 아마 갈 데 없어서 찜질방이나 갔겠지. 어디를 가겠어. 짐도 하나도 없어."

그는 며칠 차이로 이곳에 없었다. 시간의 벽에 점점 막히고 있다는 것을 태석은 실감하기 시작했다.

"방 좀 볼 수 있어요?"

"안 치워서 더러운데. 다음 사람이 들어오면 치울까."

치워지지 않은 방으로 들어가 고은권의 흔적을 찾았다. 그러나 그가 남기고 간 것은 아무것도 없었다. 신용불량자라 은행거래도 되지 않아 카드전표 하나 끊은 게 없었다. 어쩔 수 없이 주변을 찾아보기로 했다. 고시원이나 목욕탕, 싸우나, 찜질방 같은 하루를 간신히 버텨낼 수 있는 곳이면 어디든 찾아야 한다. 멀리 가지 않고 주변에 있을 것이다. 각자 흩어져서 찾기 시작했다. 정수와 진욱은 목욕탕과 찜질방으로 돌아다녔고, 기원과 은하는 고시원을 찾아다녔다. 금방 찾을 줄 알았던 고은권은 시간이 지나도 찾을 수가 없었다. 점점 초조해진 태석은 다시 동백장으로 돌아갔다. 찜질방이나 갔겠지라는 말에 너무 급하게 나온 것 같았다. 더 깊이 잠이 들어버린 카운터 여자를 깨웠다.

"403호 매일 술 먹죠?"

"하루 종일 취해 있지."

"누구랑 먹습니까? 아마 이 여관에 있을 것 같은데. 매일 먹는 사람."

"505호랑 자주 먹던데. 그 영감이 가끔 술을 사주기는 하던데."

태석은 즉시 505호로 뛰어 올라갔다. 그리고 문을 두드렸다.

고은권을 찾은 것은 자정이 다 되어서였다. 403호에서 쫓겨나 잘 곳이 없자 505호로 들어간 것이다. 그곳에 살고 있는 노인도 처음에는 받아주려 하지 않았지만 고은권의 손에 든 술병과 안주에 하루만 묵게 해줬던 게 지금까지 버텨 일주일을 넘어서고 있었다.

"고은권씨!"

"음......"

"경찰이에요. 술 좀 깨봐요. 빨리!"

"왜에......?"

그는 술에서 헤어나오지 못하고 있었다. 어쩔 수 없이 깨기를 기다릴 수밖에 없었다. 사십 대 초반의 나이에 깡마른 몸은 미래가 없는 무기력한 삶을 그대로 보여주고 있었다. 씻지 않은 지 오래되었고 옷도 세탁을 하지 않아 곰팡이 냄새가 진동했다. 수염도 덥수룩해 노인이나 마찬가지였다.

"모두 오늘은 집으로 돌아가고 내일 아침에 보자."

"어떻게 하실려구요?"

"오늘은 내가 데리고 잘게. 정수하고 진욱이 아침에 와주고 기원이하고 은하는 차를 좀 찾아봐. 차번호가 나왔으니까 차가 어디로 이동을 했는지 알 수 있을 거야."

"제가 찾아보겠습니다. 관제센터 직원들을 제가 잘 알거든요. 두 달 전까지 거기에서 일을 했었으니까요."

기원이 자신이 있다는 표정으로 대답했다. 태석은 팀원들을 모두 돌려보내고 여관주인에게 빈방을 달라고 요청했다. 노인은 고은권을 데려가겠다고 하자 들러붙어 있던 기생충을 떼어내는 것처럼 좋아했다. 술에 취한 고은권을 빈방으로 데려가 침대 위에 재우고 태석은 바닥에 이불을 깔고 잠을 청했다. 고은권은 눕자마자 코를 골기 시작했고 술 냄새가 방 안을 가득 채웠다. 태석은 또다시 잠이 들지 못했다. 휴대전화를 꺼내 메시지를 확인하자 지영이 남겨놓은 메시지가 있었다.

136

— 아빠, 힘내고 있지? 파이팅!

— 이 또한 지나가리라.

— 끝날 때까지 끝난 게 아니다.

— 저 들어가요. 오늘은 바쁘신가 봐요. ㅠㅠㅠ

— 잘 자요. 아빠.

지영의 메시지가 위로가 되었다. 지긋이 미소가 지어졌다.

— 지영이 잘 들어갔니? 아빠가 일 때문에 문자를 확인하지 못했네. 미안. 수능준비 잘하고.

답장은 없었다. 잠이 든 모양이다. 태석도 잠이 들었다.

또다시 아이들의 비명소리가 들려왔다. 그 소리에 눈이 뜨였고 시계를 보니 아침 7시였다. 고은권의 코 고는 소리는 잦아들어 있었다.

"은권이 깼으면 일어나봐."

"누구셔요?"

"경찰이지, 인마."

태석은 동네 형처럼 불렀다. 그게 더 친근감을 일으키기에 좋았다.

"경찰요? 근데, 무슨 일인데요? 왜 같이 잠을 자고 있어요? 나는 학규 형이랑 잤는디."

"술은 좀 깼지? 물 한 잔 먹고 형이랑 이야기하자."

생수병을 건네자 그는 목이 탔던 듯 모두 들이켜고 화장실로 가 철철철 오줌을 누고 돌아왔다. 그리고 고개를 갸웃거리면서 왜 자신이 여기에 잠을 자고 있냐고 물었다. 그의 기억은 505호 노인네와 함께 있어야 했다.

"경찰이 이렇게 데려와 같이 잠도 자고 하는 걸 보면 엄청 중요한 일인가보죠? 내가 중요한 사람인가요?"

능청스럽게 그는 태석 앞에 앉아 얼굴을 가까이 대고 물었다.

"중요한 사람인가는 확인해보면 되는데, 우선 은권이 너는 수배 중인 거 알고 있지?"

"수배요?"

"왜 모른 척해? 스마일캐피탈에서 너를 고소했잖아. 거기서 오천만 원 대출했지? 아버지 고영수씨 이름으로 차를 할부로 구매했잖아. 그리고 그 차를 받자마자 곧바로 팔아서 현금 만들고 할부금은 안 갚고. 자동차 깡을 한 거 아니야?"

고은권의 들떴던 얼굴이 갑자기 흙빛으로 변했다.

"얼마에 팔았어?"

"그 돈 다 뺏겼는데요. 그리고 저는 그 차 보지도 못했어요. 내가 빌린 돈이 삼백만 원인데 오천만 원짜리 차를 가져가버렸다니까요. 그것도 아직 백만 원이 빚으로 남아 있어요. 지금쯤 그것도 천만 원쯤으로 커져 있을걸요."

"사채 썼어?"

"……"

고은권은 조용해졌다. 그는 이미 신용불량자로 떨어진 지 몇 년이 되었다. 고모의 국수가게에서 육수 내는 법과 면 삶는 법까지 익히자 그는 큰돈을 벌겠다며 서울로 올라갔다. 시골에서 하루에 오십 그릇 파는 것과 서울에서 오백 그릇 파는 것은 비교가 되지 않는다는 게 그의 주장이었다. 처음 가게를 열 때 아버지에게 받아온 돈과 은행에서 대출을 해 빌린 돈으로 골목 구석에 조그만 자리를 구할 수 있었다. 테이블 두 개를 놓을 수 있었고 주방은 혼자 보기에 충분했다. 처음에는 장사가 잘되었다. 국수 면이 쫄깃하고 육수가 시원하다며 손님들이 몰려들기 시작했다. 밖에서 기다리는 사람까지 있자 그는 욕심을 내기 시작했다. 가게가 너무 작아 보였고 돈통을 더 큰 것으로 바꾸고 싶었다. 그래서 큰길가에 가게를 찾았고 무리하게 돈을 끌어모아 계약을 했다. 그중에 모자라는 돈 삼백만 원은 급전을 구해 계약을 했다. 일주일마다 이자를 갚는 것이었지만 당장에 필요했기에 어쩔 수 없다고 생각했다. 그때그때 장사를 해서 이자를 막아내면 되는 거였다. 처음 얼마간은 장사가 잘되었다. 그런데 높아진 보증금에 가격을 올린 국수를 사람들은 더 이상 찾지 않았다. 대량으로 만들다보니 육수도 전만 못 했고 면도 쫄깃함이 덜하다며 넓은 가게는 텅 비기 시작했다. 두 명이나 고용한 종업원을 한 명은 한 달도 쓰지 못했고, 나머지 한 명도 두 달을 채우지 못했다. 급한 마음에 가격을 다시 낮춰봐도 마음이 떠난 손님은 더 이상 오지 않았다. 월세를 내지 못해 보증금에서 세가 빠져나가기 시작했고 각종 세금고지서는 문 앞에 쌓였다. 그중에 가장 급한 것이 급전으로 쓴 사채였다. 이자가 세기는 했어도 곧 갚을 줄 알았다. 그런데 장사가 되지 않자 조금 미뤘던 게 탈이 됐다. 삼백만 원이었던 원금은 이자에 이자가 붙어 삼천만 원이 되어 있었다. 가게를 접고 보증금으로라도 갚아보려 했지만, 그사이 채무는 오천만 원을 넘어서고 있었다. 도지히 그의 능력으로는 갚을 수 없는 돈이 돼버렸다. 친절하고 상냥했던 유 상무는 악마가 되었고, 그의 옆에 덩어리들의 어깨에 새겨진 일본 귀신은 보는 것만으로 다리가 후들거렸다. 전화는 수시로 울렸고 아버지와 고모에게도 전화가 갔다. 덩어리들은 월세방에 새벽마다 찾아와 문을 두드렸고 욕설과 폭력이 시작되었다. 어쩔 수 없이 돈을 갚기 위해 사채를 빌려 사채를 갚는 돌려막기를 했지만 그것으로 빚은 더 늘어가기만 했다. 삼백만 원이라는 늪은 너무 깊어 끝을 알 수 없었다. 그러던 어느 날 그들은 그 돈을 한 번에 갚을 수 있는 방법을 설명했는데 바로 자동차 깡이었다. 이미 신용불량자가 된 고은권 앞으로는 차를 살 수 없어 아버지인 고영수의 명의로 캐피탈을 통해 새 차량을 구매하고 그 차를 곧바로 매매를 해서 현금을 가져갔다. 그렇게 하고도 빚은 남아 있었다. 놈들은 백만 원이 모자란다며 채무로 남겨놓았고 그것은 또다시 무럭무럭 자라나기 시작했다.

"99고7327 그랜저 차량 기억나?"

"네, 기억하죠. 차를 한 번 보기는 했으니까."

"누구한테 넘겼어?"

"저는 모르죠. 그 사람들이 했으니까요."

"그 사람들이라면?"

"돈을 빌려줬던 유 상무요."

"사무실이 어딘지 알아? 니가 말한 유 상무를 만나고 싶은데."

"알기는 하는데, 무서워서…… 덩어리들이 형사님보다 더 커요."

덩어리의 귀신 문신이 머릿속에 박혀 있었다. 태석은 그를 데리고 해장국집으로 갔다. 며칠 동안 한 끼도 먹지 않은 그를 우선 먹여야 했다. 뜨거운 국물을 들이켜자 그의 얼굴이 원래 색으로 돌아왔다. 그러고는 소주를 한 병 시켜달라고 요구를 했다가 태석에게 맞을 뻔했다. 절반쯤 먹었을 때 정수와 진욱이 식당으로 들어와 미리 시켜놓은 해장국을 같이 먹었다.

"은권이 말이 맞다면 대부업체에서 부당하게 재산을 가져간 것 같으니까 그거는 법적으로 조치를 취해야 해. 그리고 너는 지금 캐피탈에서 고소한 사건에 당사자이니까 그것부터 해결을 해야 한다고. 무주경찰서 형사들이 너를 찾고 있다는 건 알고 있잖아. 너 내려갈 때 우리가 연락을 해줄 테니까 바로 경찰서로 가. 어떻게든 해결은 해야 할 거 아니니. 계속 도망 다닐 수는 없는 거니까. 먼저 수배부터 풀고."

"네, 그렇게 할게요. 근데……"

고은권은 잠시 망설였다. 그러자 진욱이 대신 부연설명을 해주었다.

"차를 구매해준 캐피탈도 손해를 보고 있잖아요. 그 사람들도 아마 알고 빌려줬을 가능성이 있지만 그것까지 구증하는 것은 너무 어렵죠. 하지만 고은권씨가 차를 처분해 현금화했다는 것은 사실이잖아요. 거기에 대한 책임은 지셔야 해요. 어제 보니까 고은권씨는 서울에 있다보면 언제 변사로 발견되더라도 이상하지 않을 상태던데요. 술에 절어 여관방에서 죽을 수도 있다는 말이에요. 고모님을 찾아가세요. 고모님 혼자 국수가게를 하시던데요. 손님은 많은데 손이 모자라요. 거기 일 도와주시면서 파산신청과 함께 개인회생절차를 밟으세요. 무주에 있는 변호사사무실 찾아가셔서 사정을 이야기하면 도움을 줄 겁니다. 그리고 대부업체의 불법추심사실도 고소를 하세요. 경찰의 도움을 받아 해결을 해야지요. 이렇게 피해 다닌다고 일이 해결되지는 않아요."

"아버지와 고모는 잘 계신가요?"

"아버지는 니 걱정 때문에 매일 술을 드시지. 고모님은 그런 아버지를 돌보면서 국수가게를 운영하시고. 연세가 많으셔서 힘들어하시더라. 니가 가서 도와주면 힘이 나실걸."

고은권이 안타까워 태석이 달렸다.

"제가 원수 같을 텐데요."

"아니야, 기다리고 있어. 돌아오기만을. 두 분은 니가 이렇게 무기력하게 살고 있을 거라고 예상을 하고 있기 때문에 힘들어하고 걱정하는 거야. 눈에 보이면 그러지 않지. 니 걱정하면서 많이 늙으셨더라. 육수 삶는 게 힘들어 보였어."

"......"

고은권은 태석의 말에 눈물을 보였다. 술기운이 빠지고 밥이 들어가자 정신이 돌아온 모양이다. 시골에 있는 아버지와 고모 생각에 손에 든 숟가락이 계속해서 떨렸다.

"그런데 제가 뭘 도와드려야죠?"

"차를 누구에게 넘겼는지 알려줘. 직접 개인에게 넘긴 건지 아니면 누구를 통해서인지. 우리는 그 차를 운행하고 있는 사람을 찾고 있어."

"DS대부요. 대성대부라고 하더라구요. 거기 유 상무가 넘겼어요."

"사무실이 어디지? 지금 찾아갈 수 있어?"

"네, 알려드릴게요. 이렇게 밥도 사주셨는데 보답은 해야지요."

밥을 먹고 나서 DS대부 사무실로 향했다. 그곳은 효자동에 위치한 2층 사무실이었다. 동사무소 앞 큰길에서 골목으로 한참 들어가 4층의 허름한 건물이다. 사무실이 2층에 있다고 했지만 건물 어디에도 대부업체라는 간판이나 영업장 표시가 없었다. 미등록대부업체일 가능성이 높았다. 청소가 전혀 되지 않은 낡은 계단을 따라 2층으로 올라가자 철문으로 된 출입문이 굳게 닫혀 있었다. 태석은 복도에 떨어진 전단지 명함을 주워들었다.

"아침 10시면 올걸요. 주말에도 돈을 빌리는 사람은 있으니까요. 만날 때는 여기서 안 만나요. 차에서 만나거나 커피숍 같은 데서 만나지."

"사무실을 알아내기 힘들었을 건데, 어떻게 알았어?"

"너무 시달리니까 언젠가 경찰에 신고라도 하려면 사무실을 알아야 할 것 같아서 몰래 따라와본 적이 있어요."

모두 차로 돌아가 유 상무가 나타나기를 기다렸다. 10시가 지나도 놈은 나타나지 않아 시계를 바라보는 태석의 눈이 초조해할 쯤이었다.

"저기 왔네요. 검은 차에서 내린 저 사람이 유 상무예요. 오른손에 든 손가방에 현금이 가득 있을 거예요. 늘 대출해줄 돈이 많다고 손가방을 열어 자랑을 하거든요. 그리고 덩치 큰 놈은 늘 옆에 따라다니면서 보디가드 역할을 해요."

덩어리 한 명과 키가 작고 아담한 남자가 검정 바지에 검정 남방티를 입고 사무실로 향했다. 나이는 사십 대 초반으로 보이고 얼굴에 기름기가 번들거렸다. 팔과 목에 그리고 손가락에는 누런 금붙이가 가득 달라붙어 있었다. 태석 일행도 차에서 내려 계단을 통해 사무실로 올라갔다. 그들이 사무실로 막 들어가자 곧바로 따라 들어갔다.

"누구시죠?"

"서울청 미제전담팀에 하태석 팀장입니다."

"그런데요?"

유 상무는 경계의 눈빛으로 태석을 바라보았다.

"대부업을 하신다고 해서 돈을 빌려볼까 하고 왔습니다. 앉아서 이야기를 좀 합시다."

"저희 그런 거 안 해요. 잘못 오신 것 같은데."

"저기 전단지 명함은 여기 거 아닌가? 밖에서도 하나 주웠는데."

"선배가 둘 데가 없다고 해서……"

"그래, 어디 한번 볼까."

유 상무가 태연하게 거짓말을 하자 태석은 조금 전 주운 명함을 꺼내 거기에 적힌 전화번호를 눌렀다. 명함은 그곳에 쌓여 있는 것과 같은 것이었다. 그들이 볼 수 있게 휴대전화를 탁자에 내려놓고 통화버튼을 누르자 안쪽 책상에서 벨이 울렸다. 태석이 턱을 밀어 전화를 받으라고 하자 그는 어쩔 수 없이 시인할 수밖에 없었다.

"대부업등록증 좀 봅시다."

"아니, 뭣 때문에 여기를 왔는데요?"

"대부업등록증 좀 보자니까."

망설이던 유 상무는 책상으로 가서 등록증을 꺼내 태석 앞에 놓았다. 태석은 등록증을 손에 들고 다시 유 상무를 쳐다보았다. 등록증의 유효기간은 이미 2년이나 지나 있었다.

"갱신도 안 하고 대부업을 하셨네. 거기다 주소가 여기가 아닌데. 다른 곳에 또 있는 거구만. 거기도 불법이고. 그동안 대출한 것은 다 불법이 되는 건데. 저기 전단지도 다 불법이고."

"……"

"저기 책상에 불법으로 대출한 사람들 명단과 금액이 있겠지? 법정 한도가 얼마인지는 알고 있나 모르겠는데. 내가 아는 고은권씨는 보니까 삼백만 원을 빌리고 가져간 돈이 일억이 넘으니 3,000프로는 되겠는데. 법정이자를 백 배는 초과를 했고, 야간에도 집을 찾아가고 협박도 하고 폭행하고."

"지금 뭐 하는 거야! 경찰이면 다야! 시발!"

태석이 설명을 하고 있는데 옆에 있던 덩어리가 충성을 할 수 있는 기회라고 생각했는지 갑자기 목소리를 높이고 욕을 하며 상의를 벗어 팔뚝에 새겨진 귀신 문신을 태석의 눈앞에 내밀었다. 고은권이 겁을 먹을 만했다. 그때 가만히 듣고 있던 유 상무가 일어나 덩어리를 끌어당기더니 그의 얼굴에 주먹을 집어넣었다.

"조용히 안 해? 개새끼야! 어디서 함부로 끼고 난리야. 뒤로 가 있어!"

주먹에 휘청거렸던 덩어리는 무안한 표정을 지으며 유 상무의 뒤로 돌아가 자세를 잡고 고개를 숙였다. 그리고 억울하다는 듯 붉어진 얼굴로 한 번씩 천장을 쳐다보았다.

"그래서 지금 수사를 하시려고 그럽니까? 저희도 그렇게 호락호락하지는 않을 텐데요. 이 정도 사업을 하면서 말입니다. 그런데 오신 목적이 뭡니까? 영장 없이 찾아오신 것을 보니 정식 수사는 아닌 것 같고. 뭡니까, 원하는 게? 수고비면 제가 좀 챙겨드릴 수 있는데."

유 상무는 경찰 수사에 대해 잘 알고 있는 사람인 게 분명했다. 뭘 내주고 뭘 받아야 할지 알고 있었다.

"99고7327 그랬저. 고은권의 채무 상환으로 팔아넘긴 차량."

태석은 거기까지 말을 하고 멈추었다.

"고은권. 고은권……"

"고은권에게 내준 대출이 모두 불법인데 그것을 어떻게 책임질 건지 알고 싶은데. 고은권만 있을 것 같지는 않고. 유 상무가 겨우 한 사람에게만 대부를 했을 것 같지 않은데."

"그 차가 어디에 있는지 알려주면 어떻게 할 건데요?"

"그것도 알려줘야 하지만 고은권에게 법적한도 외에 가져간 돈은 돌려줘야지. 모두 불법인데. 유 상무는 합법적으로 일하는 사람 아닌가?"

"그것만 해결하면 끝내줄 겁니까?"

"차에 대해서 확인하고 나서 봐야 하지 않을까."

"제가 결정할 수 있는 일이 아니어서…… 잠시만요."

유 상무는 자리에서 일어나 책상 뒤로 이동했다. 그리고 사장에게 전화를 걸어 사정을 이야기했다. 우선 사무실이 경찰에게 들통난 것에 대해 호통을 들었고 그다음으로는 태석의 요구를 들어주라고 했다. 그리고 최대한 시간을 많이 벌거나 아니면 매수를 해보는 것은 어떠냐는 지시를 받았다. 유 상무는 표정의 변화 없이 자리로 돌아왔다.

"차하고 고은권만 해결하면 되는 거죠?"

"그 정도."

"제가 형사님에게 일억을 얹어드릴 테니까. 그냥 조용히 마무리하는 것은 어떻습니까. 이쯤해서 저희도 사무실을 정리해야 하고."

유 상무는 조심스럽게 지갑을 벌려 안에 든 현금다발을 태석에게 보였다.

"뇌물죄가 하나 더 추가되겠는데."

"네?"

"뇌물죄 추가라고, 유 상무."

"기다려보세요."

매수가 전혀 먹힐 것 같지 않자 유 상무가 멈칫했다. 그러고는 다시 책상으로 가 전화를 걸었다. 신호음이 몇 번을 가고 나서 통화가 되었다. 상대방에게 차량번호를 불러주고 그 차에 어디로 갔는지를 물었다. 상대방은 잠시 머뭇거렸고 그것을 왜 찾아야 하는지를 물었다. 그 차가 어디에 가 있는지 알아야 지금 앞에 있는 경찰들이 돌아갈 거라고 말하자 그는 경찰이라면 더 알려주지 못하겠다며 버텼다.

"당장 말 안 해? 개새끼야! 시발럼이 디질라고. 내가 쫓아가!"

"그럴 만한 사정이 있는 곳이라구요."

"개새끼야! 여기는 사정없어. 내가 너 죽여버린다."

"알았어요. 그 차는……"

남자는 다시 망설였다.

"빨리!"

"알았어요. 저는 모르니까. 형님이 책임지셔요."

유 상무는 종이에 적었던 내용을 다시 한번 읽어보고는 고개를 갸웃거렸다. 그리고 쪽지를 들고 태석에게 갔다.

"이걸 넘겨드리면 수사는 중단되는 겁니까?"

"아니."

"네?"

"고은권에 대한 법적한도 외 것은 즉시 돌려줘야지. 그리고 다시는 전화하지 마. 그러면 오늘은 수사하지 않을 거야. 다만 내일은 바로 수사가 들어갈 거야. 대신 여기는 하루의 시간을 벌 수 있는 거지. 그 안에 여기를 처분하든지 아니면 수사를 기다리든지, 그건 자네가 알아서 해. 어때? 지금 당장 주지 않으면 바로 수사를 진행할 거고 수사팀도 더 부르겠어. 저기에 쌓여 있는 전단지와 책상 속에 있는 서류가 증거가 될 것 같은데. 자네는 대부업법 위반으로 긴급체포될 것이고. 물론 고은권에 대한 감금이나 협박, 폭행도 추가가 되겠지."

쪽지를 쥔 유 상무의 손이 부르르 떨렸다. 일요일이라 기분 좋게 영업을 개시하려다가 썩은 엿을 먹고 있는 기분이다. 무엇을 하든지 불리한 내용이었다. 그러나 하루라도 시간을 벌어 경찰 수사를 대비하는 게 그나마 현실적으로 가장 나은 선택이었다.

태석은 그의 손에 고모의 계좌번호를 넘겼고 그 자리에서 돈을 입금했다. 입금하는 동안 태석은 쪽지에 적힌 내용을 읽어보다가 얼굴이 붉어졌다.

"이거 맞아? 확실해?"

"왜요? 감당하기 힘들어요?"

"……"

태석은 대답을 하지 못했다. 뒤에 있던 정수와 진욱이 태석의 태도에 고개를 갸웃거렸다.

"빨리 대비하는 게 좋을 거야. 그리고 앞으로는 합법적인 사업을 하라고."

"……"

일행은 사무실을 빠져나왔다. 계단을 내려가는데 비명에 가까운 절규가 들려오고 바닥에 물건이 부서지는 소리가 건물을 흔들었다. 차는 터미널로 향했다.

"이렇게 표까지 끊어주시고 감사합니다. 고향에 내려가서 고모님 가게도 돕고 늙은 아버지도 모시면서 열심히 살겠습니다."

"터미널에 무주경찰서 직원들이 나와 있을 거야. 우리가 약속한 게 있어서."

"네?"

"아니야. 아무튼 다른 곳으로 새지 말고 바로 내려가. 가서 조사 잘 받고 우리가 설명해준 것처럼 개인회생절차 받아서 새 출발 해. 다시는 서울 올라오지 말고. 여기 무서운 데야."

"맞아요. 무서워요. 다시는 안 올 겁니다."

버스가 출발하자 정수는 무주경찰서에 전화를 걸어 고은권이 내려가고 있다고 알려주었다. 수배자로 등록된 그를 잡아주겠다고 했던 약속을 지켜준 것이다. 진욱은 경찰서 팀장으로 나간 동기에게 전화를 걸었다. 너희 경찰서가 관할하는 구역에 불법대부업체가 운영 중이며 사무실 주소가 동사무소 부근이라고 알려주었다. 서둘러 사건접수를 해서 사무실을 압수해야 증거가 있을 거라는 말도 잊지 않았고, 불법사금융 퇴치 기간과 맞물려 실적을 쌓는 데는 무리가 없을 거라는 말도 함께 덧붙였다.

19

태석은 차에 올라 손에 든 쪽지를 계속해서 들여다보기만 할 뿐 전화를 걸지 못하고 있었다.

"형님, 빨리 확인을 해야죠. 누군데요?"

"……"

"형님!"

정수는 태석이 쥐고 있는 쪽지를 가져가 펼쳤다. 그리고 놀라움에 태석을 쳐다보았다. 김동수를 죽이라고 사주한 것이 최 변호사일 것이라고 추정을 했지만 이제 그 증거가 나온 것이다. 쪽지에는 최우석 변호사의 부성로펌이 적혀 있었고 가져간 사람의 연락처도 함께 적혀 있었다. 태석은 그 번호를 알고 있었다.

"형님. 부성로펌이면 최우석 변호사잖아요. 그 사람이 사주한 게 맞네요."

정수는 목소리를 높이며 흥분했다. 최우석 변호사를 의심하고 있었는데 그 차가 바로 그 사무실에서 쓰고 있었다는 것은 더없는 증거였다.

그 쪽지는 최우석 변호사가 김동수의 건물에 들어간 것을 입증하고 있었다. 그런데 태석의 얼굴은 신중했다.

"형님?"

"그 번호, 영한이 형님이야."

"영한이 형님요? 퇴직한 유영한?"

"그래. 형님이 최 변호사와 연관된 게 아닌가 걱정이 되네. 그 형님이 누구 부탁 같은 거 너무 잘 들어주는 사람이잖아."

태석이 유영한의 명함을 들고 전화를 망설이는 이유는 혹시 최우석 변호사의 부탁을 받고 알면서도 차를 구해주지 않았을까 하는 점이었다.

"사무장이라서 그런 것 아닐까요? 최우석 변호사가 그런 차 한 대 구해달라고 하면 구해줄 수도 있죠. 그게 김동수하고 관련이 있는지 안다면 했겠어요? 그건 형님이 너무 걱정을 하는 것 같은데요."

"그럴 수도 있겠지. 그게 아니더라도 확인해야 하는 것은 어쩔 수 없는 일이지만."

태석은 유영한에게 전화를 걸었다. 벨소리가 여러 번 울리고서야 전화를 받았다.

"형님, 태석입니다."

"어, 태석아. 전화를 몇 번을 했는데. 왜 전화가 계속 꺼져 있어?"

친동생에게 전화를 받은 듯 영한의 목소리는 들떠 있었다. 저번 일 때문에 태석이 오해를 하고 있는 것 같아 어떻게든 풀어주고 싶었다. 최 변호사는 그럴 사람이 아니었다.

"주말에 쉬시는데 죄송합니다. 통화 가능하세요?"

"아, 그럼. 우리 태석이가 전화했는데. 저번 일 때문인 것 같은데 내가

151

설명을 할게. 우리 최 변호사 니가 생각하는 그런 사람 아니야. 김동수에게 협박을 받아서 임춘석씨를 이용해 죽이려고 했다니 너무 말이 되지 않는다. 태석아, 니가 다시 한번 검토를 해봐라. 아니, 지금 볼까? 어디로 가면 되니? 형이 설명해줄 게 많은데. 그리고 너만 좋다면 우리 로펌에 자리가 있으니까 우리 같이 일해보자. 너 또 징계를 먹을 거라며. 차라리 나하고 일하자. 어때? 듣고 있니?"

태석이 대답이 없자 영한이 재차 되물었다.

"그런 것은 아니구요. 뭐 물어볼 게 있어서요."

태석은 영한의 다급한 호의를 사양하고 물었다.

"형님, 혹시 형님이 대포차도 취급하세요?"

"대포차? 왜?"

"김동수 관련해서 수사를 하다가 차가 한 대 나왔는데, 그게 형님네 로펌에서 가져간 것으로 돼 있어서요. 그것도 형님이."

"야, 태석이 드디어 나까지 수사를 하는구나. 나 잡아갈래?"

"농담 마시구요."

"농담 아니야, 인마. 그 차 내가 가져왔으니까. 자동차관리법위반은 그냥 걸리지."

"그 차를 왜 가져온 거예요?"

최대한 침착하려는 듯 영한은 목소리를 낮추었고 태석은 그 이유를 물었다.

"야, 변호사들도 드러나지 않게 수사를 해야 할 때가 있어. 경찰들만 잠복하고 미행하는 줄 아냐? 여기도 반은 수사야."

"그거는 이해하는데. 왜 하필 대포차냐고."

"로펌에서 비밀유지가 필요할 때 쓸려고 하는 거지. 대놓고 일을 할수 없을 때 말이야. 내가 이전에 수사를 했던 놈에게 부탁을 해서 가져온 거야. 그 새끼 비밀로 하라니까는. 그런데 무슨 문제가 있냐? 아니면 그냥 눈감아주고. 내가 가지고 왔는데 나한테 책임이 있지. 그래도 명색이 경찰에서 형사깨나 했다고 거들먹거렸는데, 이걸로 조사받는다고 하면 로펌에서 내가 우스워지잖아."

"농담은 그만하시구요. 그 차 누가 썼어요? 형님이 썼을 것 같지는 않고. 그리고 지금 그거 어디에 있는데요? 혹시 최 변호사가 썼어요? 김동수가 죽었던 날?"

"최 변호사가 그 차를 왜 써? 비서실에서 썼겠지. 내가 가져오기는 했지만 비밀유지가 필요할 때 공용으로 쓰거든. 내가 확인해볼게. 조금 있다가 전화주면 안 될까?"

"형님, 형님이 최 변호사와 같이 일을 하니까 감싸는 건 알겠는데. 이건 수사예요. 살인사건 수사라구요. 김동수가 죽은 날 그 차를 운행한 사람이 최 변호사인지 확인을 좀 해주세요. 그날 그 차에서 나온 사람이 김동수를 만나고 나왔으니까."

"확실해? 넘겨짚는 거 아니야?"

"형님, 저는 형님이 곤란하지 않았으면 좋겠습니다."

"그래, 알았다."

태석은 전화를 끊고 영한으로부터 답변이 오기를 기다렸다.

해질녘이 다 되어서야 영한에게 전화가 왔다. 그는 차량을 운행한 사람은 로펌의 직원인데 김동수가 변사로 발견되기 며칠 전 차량도난을 당했다고 설명을 했다. 어차피 대포차라서 신고할 생각도 없어서 지금까지 그냥 두었고 찾을 생각도 하지 않았다고. 그리고 그날 최 변호사의 일정이 어떻게 되는지는 출근을 해봐야 알겠지만, 다음날 최 변호사가 충양경찰서를 아침 일찍 찾아간 사실이 있다고 알려주었다. 김동수가 사망한 시간과 충양경찰서에 간 시간을 봤을 때 서로 맞지 않는다는 설명도 함께 했다. 태석은 그게 사실인지 그 당시에 최 변호사가 어떤 차량을 타고 왔는지 확인할 필요가 있었다. 만약 김동수가 죽던 날 최 변호사가 그 차를 끌고 갔다면 김동수에게 간 게 맞을 것이고, 그가 김동수의 빌딩에 들어간 것 또한 맞다. 그리고 다음날 이른 시간에 다시 충양경찰서에 나타났다면 그 차를 끌고 왔을 가능성도 있었다.

"도난당했다는 말이 사실일까요?"

"아니. 거짓말이야. 오히려 차를 숨겨놓았다는 말로 들려."

"왜요?"

진욱이 태석에게 물었다.

"정말로 차를 처분했다면 이미 폐차를 했다고 했을 거야. 이미 깡통이 되어 다른 차들과 함께 고철이 되어 사라졌을 테니까. 폐차장에 가면 금방 확인돼. 그런데 거기까지 준비를 못한 거지. 차가 어딘가에 있는 거야. 그러니까 누가 훔쳐간 거라고 급하게 돌려 말한 거지."

태석은 유영한이 최 변호사의 말을 대충 둘러댄 것이라고 확신했다.

이제 최 변호사는 유영한을 통해 태석이 차를 찾고 있음을 알게 되었을 것이다.

차가 충양시로 향하는 동안 진욱의 전화벨이 울렸다. 받자마자 상대방은 목소리를 높였다.

"박진욱 경위, 혹시 하태석 팀장하고 같이 있소?"

"누구신데요?"

"나 감찰계장인데 하태석 팀장이 확인이 안 돼서. 전화도 꺼져 있고."

태석은 전원을 꺼놓았다가 통화를 해야 할 때만 전화기를 켰다.

"저는 모르는데요. 그런데 무슨 일로 그러십니까?"

"내일 징계위원회를 열잖아. 그러면 그동안 자중해야 하는데 계속 여기저기 들쑤시고 다니는 것 같아서 경고하려고. 그런데 전화가 안 되니. 혹시 같이 있는 거 아니야?"

"아니요. 그리고 주말인데요. 저는 쉬고 있으니까 전화는 끊을게요."

"혹시 어디에 있는지 알게 되면 바로 연락 좀 줘."

"네."

다급해진 최 변호사가 한 과장에게 전화를 넣었을 것이다. 곧 이어서 한 과장에게서 전화가 왔다. 진욱이 받을까 말까 망설이자 태석이 받으라고 눈치를 했다.

"진욱아, 옆에 하태석 팀장 있지?"

"아니요. 왜 그러시는데요?"

"있잖아! 바꿔봐!"

한 과장은 갑자기 언성을 높였다. 그러나 진욱은 끝까지 같이 있다고 하지 않았다.

"하태석 팀장이 뭘 하고 다니는지는 모르지만 그만두라고 해. 김동수 사건은 이미 끝이 났고 계속 그렇게 들쑤시고 다니는 게 경찰에 도움이 되지 않는다고. 계속 그렇게 다니면 하태석 팀장은 물론이고 직원 여러 명이 다친다고 전해. 그게 하태석 팀장과 가까운 사람일 수 있다고 말해 줘. 이건 단순한 경고가 아니야."

"알겠습니다. 그런데 그만두면 어떻게 되는데요?"

"아무 징계 없이 고향으로 보내준다고 해."

"알겠습니다. 그렇게 전하겠습니다."

태석은 옆에서 들려오는 이야기를 그대로 듣고 있었다. 그들은 다급했다.

차를 주차하고 충양경찰서 안으로 들어가 실종팀 사무실로 갔다. 경기청에 계속되는 실종사건에 실종팀은 확대 개편이 되어 있었다. 본부장을 총경으로 격상하여 각 경찰서 실종팀과 협력 중에 있었다. 태석이 들어가자 주상국 팀장이 둘을 맞았다.

"그날 새벽에 무연고 시신이 발견되었습니다. 여자였고 나이는 이십대 초반 정도 되고요. 사망한 지 최소 5년 정도 된 백골 사체였습니다. 유영한 선배가 오래전부터 무연고 여자 시신이 나오면 무조건 연락해 달라고 했거든요. 시간에 상관없이 달라고. 그래서 새벽에 바로 연락을 했죠. 친구 딸인데 오죽하겠어요."

"친구 딸이요?"

친구라고 하자 태석이 놀랐다.

"최 변호사님 따님이 실종되었잖아요."

"딸이 실종된 것도 그렇지만 두 사람이 친구예요?"

"고등학교 동창으로 알고 있는데요. 두 분이 늘 함께 오시니까요. 딸을 찾겠다고 최 변호사님이 재단까지 만들었잖아요. 그래서 사체가 나올 때마다 연락을 해주고 있습니다. 새벽에 연락을 했는데 일찍 오셨더라구요. 불행히도 찾는 시신이 아니라서 허탈해하기는 했지만요. 그날 인천청 실종사건 수사본부에서도 왔어요."

"거기는 왜요?"

"인천하고 경기도에서 계속 실종사건이 일어나고 있거든요. 몇 년째. 얼마 전에도 발생했습니다. 노래방 도우미요. 인천청에도 전담팀이 만들어진 지 꽤 돼요. 여자 사체가 발견되면 난리가 나죠. 저희하고 협업하려고 본부를 여기에 두었습니다."

그날 최 변호사는 아침 일찍 현장으로 왔다. 그리고 검시관들이 사체 검안을 할 때 양해를 구하고 그 모습을 지켜보았다. 간절히 자기 딸이기를 바라는 모습이 안타까웠다고 했다.

"팀장님, 저희 본부장님이 잠깐 뵙자고 하시는데요?"

"저를요?"

"네."

"무슨 일로……"

태석은 주상국 팀장을 따라 수사본부장실로 들어갔다. 그곳에는 총경 급으로 격상된 마영칠 본부장이 일어나 태석을 맞았다. 그는 박 교수에게 태석에 대해 많은 이야기를 들었다며 같이 일을 해보는 것은 어떠냐고 물었다. 박 교수가 얘기해줬다는 본부장이 바로 마영칠 총경이었다.

"아쉽지만 하 팀장 하는 일이 마무리되면 우리 쪽으로 파견 나오는 식으로 일을 같이 해봅시다. 아무쪼록 하고 있는 사건이 잘 마무리되기를 바라겠어요."

"저도 도울 방법만 있다면 최대한 돕도록 하겠습니다."

"언제 한번 박 교수와 함께 식사라도 합시다. 박 교수의 신뢰가 대단하던데."

"네, 그렇게 하겠습니다."

박주민 교수가 얼마나 말을 많이 해놓았는지 알 것 같았다. 태석은 시간이 없어 최대한 간단하게 답변을 하고 나왔다. 경기도와 인천 일대에 여성을 상대로 한 범죄가 심상치 않은 것은 맞는 것 같았다. 사무실을 나오면서 태석은 다시 주상국 팀장에게 물었다.

"혹시 차는 뭘 타고 왔는지 기억하세요? 누가 운전을 했는지두요."

"벤츠를 타고 오신 것 같은데요. 최 변호사님이 직접 운전해서요. 정확히 알려면 상황실에 CCTV가 있으니까 그것을 봐도 되고요. 아니 정문에 가시면 출입자 명부가 있을 겁니다. 차량도 함께 적혀 있죠. 그게 제일 빠를 것 같은데요."

서둘러 정문에서 출입자 명부를 확인했다. 팀장이 말한 대로 그날 차량은 벤츠였고 운전자는 최 변호사였다. 대포차를 운행해 김동수를 찾아갔다가 다시 자신의 차를 끌고 충양경찰서까지 온다는 건 시간적으로 불가능했다.

"팀장님, 이제 어떻게 하죠?"

정문에서 걸어와 차에 오르는 태석에게 진욱이 물었다. 대포차를 최 변호사가 운행해 왔다면 이곳에서부터 찾아가면 되는데 그게 무산돼버렸다. 다시 차를 찾을 길이 막막해졌다.

"잠깐만 기다려보자. 생각을 좀 해보고. 기원이한텐 연락 없었니?"

"조금 전에 전화가 왔습니다. 차가 원기동으로 들어갔는데 나온 게 없답니다. 확실히 나온 게 아닌지는 확인할 수가 없는데, 우선 시스템상으로는 그 안에 있을 가능성이 높다구요."

"차를 찾아야 해. 그게 우리가 수사를 종결할 수 있는 마지막이야. 차를 찾지 못하면 최 변호사가 차를 가져갔다는 것도 증명하기 어려워."

"형님, 저기요!"

정수가 경찰서로 들어오는 차량을 손가락으로 가리켰다. 서울청 광수대 차량이 들어오고 있었다. 차량에서 내린 형사는 곧바로 정문으로 가서 출입차량을 확인했고 몇은 건물 안으로 들어갔다.

"우리 찾으러 온 거 같은데요. 아까 영한이 형님이 최 변호사가 중앙경찰서를 방문했다고 했잖아요. 그거 우리가 이쪽으로 오게 하려고 한 거 아닐까요?"

"여기로 오게 하고 광수대를 보낸 거 같은데요."

"빨리 출발해."

정문으로 향했던 광수대 형사들이 건물 쪽으로 들어가자 태석은 빠른 출발을 지시했다. 진욱이 시동을 켜고 속도를 높여 경찰서 출입문을 향해 돌진하듯 나갔다. 주차장에 있던 광수대 직원들이 쫓아나와 따라오려고 했지만 차는 이미 경찰서를 빠져나갔다.

"형님, 광수대가 왜 쫓아온 거죠?"

"한경철 과장이 수사를 막으려 해도 광수대 직원들까지 시켜서 우리를 찾으러 올 것까지는 없잖아요. 무슨 근거로. 월권 아닌가요?"

"무턱대고 하지는 않았겠죠. 여기까지 쫓아온 길 봐서는 강제수사를 하는 것 아닐까요? 단순히 공무원이 품위유지를 하지 않았다고 쫓아온 건 아닐 거 아닙니까. 형님을 직권남용이나 사자명예훼손으로 체포영장까지 받아놓은 것 아니에요?"

"설마요. 영장이 그렇게 빨리 나올 리 없어요."

정수의 말에 진욱이 믿지 못하겠다며 고개를 갸웃거렸다. 태석은 아무 대답을 하지 않고 창밖만을 바라보았다.

"진욱아, 너 광수대 아는 사람 많잖아. 얼마 전까지 같이 있었는데. 한번 확인해봐."

"네."

정수의 말에 진욱은 곧바로 광수대 후배에게 전화를 넣었다.

"저는 당직이죠. 충양경찰서로 간 건 4팀이에요."

"왜 갑자기?"

"오전에 강력계장하고 우리 대장이 같이 와서 4팀 직원을 모두 출근시키라고 했어요. 비상소집하라고. 그래서 직원들이 전부 나왔어요. 그러더니 선배님네 팀장을 체포하라고 하잖아요."

"무슨 근거로? 죄명이 뭔데?"

황당하다는 듯 진욱이 물었다.

"그런 말도 없어요. 그냥 체포하라고. 그래서 우리 팀장이 무슨 근거로 체포를 하라는 거냐, 단순히 언론에 부정적으로 비쳤다고 아무 근거도 없이 체포를 하라는 거냐라고 했죠. 징계위도 열리지 않았고 감찰도 마무리된 게 없다, 그런데 무슨 체포냐, 이렇게 말했죠."

"잘했네."

"그래도 안 되니까 사자명예훼손으로 고소가 돼 있다는 거예요. 그래서 그거는 강남서에서 수사를 하고 있는데 왜 우리가 나가야 하냐라고 또 따졌죠. 그랬더니 지금 선배님네 팀장이 과잉수사를 하고 있으니까 가서 감시를 하라고 하는 거예요. 미쳤냐고, 감시를 하려면 감찰한테 지시를 해야지 왜 우리 수사팀을 부르냐, 이렇게 따지고 드니까 한 발 빼더니 과장님 지시사항이라고 하더라구요. 이런 말도 안 되는 지시가 어딨어요. 아마 우리 말고 감찰들도 따라 붙었을걸요. 거기는 말 잘 듣잖아요. 어떻게든 꼬투리를 만들 거예요."

광수대 후배는 오히려 강력계장의 지시가 엉터리라고 짜증을 내고 있었다.

"만났어요?"

"조금 전에 보기는 했는데 우리가 먼저 빠져나왔어."

"만났어도 별일 없었을 거예요. 그냥 무리하지 말라고 하고 왔을 거예요. 쫓아오지도 않았죠?"

"응. 우리 봤는데 그렇게 적극적으로 막지는 않더라고."

광수대 직원들이 차를 막거나 급하게 쫓아오지 않았다. 그냥 태석 일행이 경찰서를 빠져나가자 그냥 뒤에서 쳐다보기만 했었다.

"그 기사 보고 알 만한 직원들은 모두 말도 안 되는 기사라고 말이 많아요. 경찰관 하나 또 죽이는구나라고 생각하고 있어요. 형님네 팀장님 일 잘하는 걸로 이미 소문이 나 있잖아요. 그렇다고 무식하게 하는 것도 아니고, 주변 탐문하고 관계자를 만나고 다니는데. 그러다보면 사건 내용 설명하고 왜 찾아왔는지 말을 해야 답변을 해주지. 그것도 하지 말라는 거예요. 그럼 수사를 어떻게 하냐고. 말도 안 되는 기사 써가지고 형님네 팀장을 완전 쓰레기로 만들었더만요. 그기 수사 못하게 하려고 연막 쓴 거라구요. 그거에 놀아나는 위에 지휘부들이 문제죠. 욕 안 얻어

먹으려고 직위해제부터 시키니. 참나. 죽은 그 사람 성폭력 전과가 몇 개 있다면서 그거는 왜 언론에 안 나오는 거예요. 지수대에서 그러는데 고소인 조사받으러 온 그 부인도 이상하다고 하대요. 왜 고소하는지도 모르고 온 것 같다고. 남편이 죽었는데 슬퍼하는 것도 없더라구요. 아무튼 하 팀장님이 아무 징계 없이 물러났으면 좋겠네요. 우리도 언제 그렇게 당할지 모르잖아요."

"야, 동업자 정신이 살아 있다."

"뭐 그렇다는 얘기죠. 동업자이기도 하고."

후배는 오히려 직원들이 모두 태석이 무사하기를 바라고 있다며 응원을 해주었다. 태석은 말없이 창밖만 바라볼 뿐이었다. 이미 밖은 밤이 되어 어두워졌다.

＊

태석 일행이 충양경찰서를 찾아가 있는 동안 기원은 은하와 함께 서울시 통합관제센터에 앉아 모니터를 검색하고 있었다. 지금 가장 중요한 것은 차를 찾는 일이었다.

"우리 센터장님 여기 다시 오셔야겠어요. 떠난 지 얼마나 되셨다고 다시 오셔서 일을 이렇게 열심히 하신데."

"그러게요. 다시 와야겠네요. 여사님을 못 잊어서 그러죠."

"말도 참 예쁘게 하시네. 커피 좀 드시고 하세요."

사십 대 후반의 모니터 요원은 기원이 다시 찾아오자 커피를 타주며 말을 걸었다. 얼마 전까지 이곳에서 같이 있다가 서울청으로 들어간 기

원을 그녀는 반갑게 맞아주었다. 1년 동안 같이 일을 했으니 정이 들 만
도 했다.

"차번호 말해줘요. 우리도 찾아볼 테니까."

"우리 여사님들이 같이 찾아주시게요?"

"그럼요. 전에 센터장님이 우리 일 상의 많이 해줬잖아요."

간단한 민원 정도는 해결 방법을 알려주곤 했는데 그게 고마웠던 모
양이다. 모니터 앞에 앉아 있던 아주머니 요원들은 기원이 말한 차를 찾
기 위해 화면에 집중을 했다. 김동수가 사망한 날짜와 시간대에 그랜저
차량이 이동하는 것을 찾고 현재 위치를 파악하는 일이었다. 그러나 쉬
운 일이 아니었다. 작은 골목까지 샅샅이 뒤져보았지만 차량은 좀체 보
이지 않았다. 모두가 화면에 집중한 가운데 한참 동안 침묵이 이어졌다.

"찾았다!"

"네? 찾았어요?"

모니터를 본 지 여섯 시간 정도가 지나서야 요원 중 한 명이 손을 들
어 차를 찾았다고 소리쳤다. 거기에 새벽에 원기동으로 이동하는 그랜
저 차량이 있었다.

태석이 원기동으로 온 것은 자정이 넘어서였다. 충양서를 나와 다시
서울로 들어서자 차들은 여지없이 꽉 막혀 좀처럼 앞으로 나가지 못했
다. 차들이 마지막 단풍 구경을 나갔다가 일제히 서울로 들어오고 있어
정체가 풀리려면 자정은 넘어야 한다고 여자 아나운서가 설명했다. 기
원과 은하가 먼저 와 편의점에 앉아 커피를 마시며 기다렸다.

"빔상님은 어떻게 될까요?"

"글쎄. 징계를 피하기는 어려울 것 같아. 인터넷 기사 댓글들 봤잖아.

파렴치한 쓰레기가 돼 있는 거. 거기다 김동수 그 사람은 의인이 돼 있고 말이야. 무고한 사람을 범죄자로 만들고 억울하게 죽게까지 했다고 사람들이 떠들고 있잖아. 무슨 꼬투리를 잡아서라도 징계를 먹일 거야. 그래야 인터넷이 조용해질 테니까. 정치꾼들도 마찬가지고."

"재단에다 실제로 돈을 댔는지는 모르겠지만 우리는 그가 아이들을 죽였다고 확신하고 있잖아요. 그렇게 수사를 진행하고 있고요. 팀장님이 틀렸을 리가 없어요."

태석을 향한 은하의 신뢰는 굳건했다.

"나도 믿지. 그런데 상황이 너무 안 좋아. 지휘부란 게 여론에 따라 휘둘릴 수밖에 없거든. 위에서는 경찰로 향하는 차가운 시선을 잠재울 희생양이 필요한 거야. 대중이 원하는 희생이 뒷받침을 해주지 않으면 여론은 다시 끓어오를 거고. 위에서는 그런 부담을 지려고 하지 않아. 정치권에서도 이 일로 난리잖아. 여당이고 야당이고 빨리 끝맺음을 하라고 하겠지."

"그것을 주도하는 게 여론이잖아요."

"그렇지. 지금 여론은 잠잠해질 기미가 보이지 않아. 며칠이 지났는데도 포털사이트 뉴스 상단에 계속 남아 있잖아. 대중에게서 멀어지고 관심이 끊어지면 징계 수위도 어느 정도 내려갈 수도 있지만 지금은 전혀 그럴 상황이 아니야. 마치 누군가 언론을 조종하고 있는 것 같은 느낌이야. 팀장님이 핵심에 가까이 다가간 건지도 몰라. 그래서 위기감을 느낀 거지."

"징계를 피하려면 김동수가 범인이 맞다는 것이 확인이 돼야겠네요."

"그게 최선이겠지. 그런데 시간이 다 되었어. 오전에 자료 준비해서 오후에 바로 징계위원회를 열 건데. 시간이 많아야 열두 시간이야. 증명하는 건 거의 불가능해. 김동수가 직접 카메라 앞에 나와 자신의 죄를 실토하는 정도가 아니라면 방법이 없어."

죽은 김동수가 자백을 한다는 것은 불가능한 일이었고 아직까지 이렇다 할 증거는 확보되지 않았다. 두 사람은 답답한 마음에 커피만 들이켰다.

곧 올 것 같던 태석 일행은 자정을 넘겨 도착했다. 다시 전담팀 다섯 명이 모두 모였다. 커피와 간식거리를 가지고 편의점 탁자에 앉자 기원이 휴대폰 영상으로 찍어온 CCTV 결과를 보여주며 설명했다.

"그랜저 차량이 여기 원기동에 새벽 4시에 들어옵니다. 올림픽대로를 따라 들어와서는 골목으로 들어간 것까지 확인이 되는데 그다음부터 없습니다. 차가 나갔다면 다시 찍힐 텐데요. 그러지 않았습니다."

"김동수의 사무실 근처로 올 때 처음 출발한 곳은 어딘지 혹시 확인해봤어?"

"아니요. 시간이 너무 없어서요. 거기까지는 확인 못했습니다. 다만 이후에 그 차가 여기로 왔다는 것만 확인된 거죠. 여기도 힘들었어요. 하루 종일 뒤져서 간신히 발견한 건데."

앞엣것은 찾지 못했냐는 태석의 말에 기원은 서운하기도 했다. 그러나 그런 어리광을 부릴 때가 아니었다.

"그럼, 아직 차가 여기 원기동 어딘가에 있다는 말인가?"

"네, 제가 거기에 있는 모니터 요원분들과 몇 번을 같이 돌려보았는데요. 빠져나간 걸 확인할 수가 없었어요."

기원은 이곳 어디엔가 있다고 확신했다.

“그럼, 정수하고 진욱이는 나하고 차를 좀 찾아보자. 그리고 기원이하고 은하는 들어가. 들어가서 좀 쉬었다가 아침에 사무실로 출근을 해.”

“출근을 하라고요?”

“다 나와 있을 수는 없잖아. 사무실이 어떻게 돌아가는지도 알아야 하고.”

“저희도 조금 더 찾아보고 갈게요. 원기둥이 얼마나 넓은데요. 밤새 다 같이 뒤져도 힘들 게 뻔한데요. 차를 숨겨놓았다면 찾기는 더 어렵죠. 출근은 그때 생각해보겠습니다.”

태석은 두 사람을 들여보내려고 했지만 그들은 같이 차를 찾아보고 새벽에 들어가겠다고 우겼다. 다섯 명은 커피를 마시고 거리로 들어갔다. 새벽이 되어도 차는 보이지 않았다. 어쩔 수 없이 은하와 기원은 돌아갔고 정수와 진욱을 차에서 쪽잠을 자게 하고 태석 혼자 주변을 돌았다. 차가워진 새벽 공기가 태석의 속으로 들어갔다가 하얗게 빠져나왔다. 제법 쌀쌀해진 날씨다. 태석은 잠이 몰려오고 몸도 으슬으슬 추위에 반응을 하자 편의점으로 들어갔다. 젊은 아르바이트도 잠이 몰려오는지 눈에 힘이 없이 태석을 맞았다. 또 커피 한 잔을 시키고 계산을 했다. 원두커피 갈아내는 소리에도 속이 쓰렸다. 커피 탓에 속이 좋지 않아도 대신 정신이 맑은 게 좋았다. 편의점 진열대에 ‘수능대박’이라고 써진 초콜릿 선물이 쌓여 있었다. 벌써 이렇게 되었나. 꺼져 있던 휴대전화를 켜자 오늘도 여지없이 새벽에 넣은 지영의 메시지가 들어와 있었다.

— 끝날 때까지 끝난 게 아니다! 아빠 화이팅!

기특하고 고마웠다. 답장을 남기려다 새벽에 잠이 깰까 그대로 전화기를 껐다. 예쁘게 포장된 초콜릿을 보자 수능 전날에는 꼭 지영을 찾아가 전해줄 수 있기를 간절히 바랐다. 커피를 들고 밖으로 나와 시계를 보자 6시가 지나고 있었다. 어두웠던 골목이 점점 밝아지고 지나는 차들이 조금씩 늘어나기 시작했다. 징계위원회가 3시에 열린다고 하니 이제 아홉 시간도 남지 않았다. 그 안에 차를 찾는다면 징계위원회를 막을 수 있을까. 차를 찾는다 해도 거기에서 찾고자 했던 증거가 나오지 않는다면 어떻게 하지. 증거를 분석하고 결과를 도출하는 데도 최소한 며칠은 걸릴 것이다. 시간은 이미 태석의 편이 아니었다. 정말로 근식에게 일자리를 구해달라고 해야 할지도 모르는 상황이 발생할 수도 있었다. 초조해지는 마음을 누르며 차로 돌아갔다. 문을 열면 두 사람이 깰 것 같아 조금 더 기다려주었다. 주변을 한 번 더 찾아보고 차에 올랐다.

"아니 형님, 눈을 좀 붙이시지 그랬어요."

"깼냐? 조용히 타려고 했는데."

"죄송합니다. 팀장님. 이제 저희가 돌아볼게요. 한숨 주무세요."

"잠이 안 온다. 아침밥이나 먹으러 가자."

"그럴까요."

정수는 차를 몰아 아침 식사를 하는 집을 찾아다녔다. 금방 찾을 줄 알았던 해장국집이 좀처럼 나타나지 않았다. 주변을 몇 번 더 돌아 문이 열려 있는 선지해장국집을 발견했다. 가게 문을 열고 들어가자 사람들이 제법 있었다. 근처 공사장에서 덤프를 모는 사람들이 교대로 와서 아침을 먹고 있었다.

"밝은 상태로 찾으면 금방 찾을 수 있겠죠?"

"밤보다는 훨씬 낫겠지."

"근데 팀장님, 차를 찾으면 어떻게 하죠? 증거가 남아 있을까요? 그렇지 않으면……"

진욱은 모두 허사가 되는데요, 뒷말을 잇지 못했다.

"우선 먹자."

세 사람은 말없이 국밥을 먹기만 했다. 시간이 촉박하다는 것을 알기에 국밥을 넘기는 속도가 모두 빨랐다.

"어제 확인한 곳은 넘어가고 나머지 부분을 찾자. 같이 뭉쳐 다니면 시간이 안 될 것 같으니까. 각자 다니자. 찾으면 연락을 하고."

세 명은 따로 나뉘어 뒤지기 시작했다. 날이 훤히 밝았기 때문에 이곳에 차가 있기만 하다면 찾는 것은 어렵지 않을 것 같았다. 다만 시간이 걸린다는 것이 문제였다.

출근 시간이 지나가고 있었다. 사무실에서 은하로부터 전화가 들어왔다 청문담당관이 찾고 있어 바로 들어와야 할 것 같다고 했다. 오후 징계위원회 관련하여 확인할 게 있어 즉시 출근을 해야 한다고 했다. 연가로 처리를 하려고 해도 안 된다는 답변만 돌아왔다. 전화기에도 계속 독촉 메시지가 들어왔다.

"형님, 계속 전화가 오는데 어떻게 하죠? 지금 바로 들어오라구요. 형님을 돕는 것을 문제삼을 것 같은데요."

"두 사람은 들어가. 전화가 오지 않았어도 내가 들어가라고 하려고 그랬어. 내가 차를 찾으면 지시할 게 있으니까 사무실에 있어."

"못 찾으면요?"

"찾아야지."

어쩔 수 없이 정수와 진욱은 사무실로 들어갔다. 이제 아무도 없이 태석 혼자 남았다. 이 넓은 지역을 혼자 돌아다녀서 찾아야만 했다. 시간이 10시를 넘어가고 있었다. 징계위원회를 미뤄달라고 할까. 전화기 전원을 켜자마자 곧바로 전화가 들어왔다. 감찰계였다.

"하태석 팀장님, 오늘 오후 3시에 있기로 했던 징계위원회 있죠? 그거 시간을 한 시간 당기기로 했습니다. 2시에 하기로 했으니까 시간 늦지 않게 입실해주시기 바랍니다."

"2시 말입니까. 왜 그렇게 되었죠?"

"위원들의 시간을 맞추다보니까 그렇게 되었습니다. 그렇게 아시고 전화기 좀 켜놓으세요. 아침부터 계속 전화했잖아요."

"네, 그런데 몇 시간만 뒤로 미루면 안 될까요?"

"그건 불가합니다."

들어줄 리 없었다. 차가 보이지 않자 더욱 초조해지기 시작했다. 편의점에서 생수를 사들고 나와 주변을 다시 살폈다. 벌써 두 번 세 번 확인하고 또 확인했던 곳이다. 건물 지하주차장만도 백 곳은 넘게 돌아보았다. 그러나 여전히 차는 보이지 않는다. 여기에 없는 것은 아닐까. 한숨만 길게 쏟아져나왔다. 덤프트럭 몇 대가 지나가며 흙먼지가 날렸다. 주변에 큰 공사를 하는 곳이 있는 것 같았다. 태석의 눈이 공사차량들로 향했다. 공사장 안에 차가 있다면. 가림막에 쌓여서. 보이지 않았다면. 태석은 뛰기 시작했다. 그리고 정수에게 전화를 넣었다.

"정수야, 우리가 찾는 그랜저 차량으로 압수영장 신청해. 지금 바로."

"네?"

"그 차량으로 영장 만들어서 바로 검찰청에 집어넣으라고. 그리고 바로 여기로 와. 과학수사대에도 연락해서 준비하고."

"영장은 그렇다 쳐도 과학수사는 과장 허락이 있어야 하는데요."

20

최 변호사는 밤새도록 사무실에 앉아 있었다. 어제부터 계속 움직이지 않고 그 자리 그대로 한숨도 자지 못한 채였다. 영한이 집에 들어가라고 해도 그는 사무실을 나서지 않았고 여직원들이 퇴근하면서 인사를 할 때도 대답도 없었다. 아침이 되어 여직원들이 출근해 사무실 문을 열었다가 깜짝 놀랐다. 한 번도 이런 일이 없었다. 8년 전 그때를 빼고는 그랬다. 영한도 밤새 자지 못해 그의 얼굴도 푸석거렸다.

"그대로 있었던 거냐?"

"……"

"아침은? 안 먹었구나? 나가서 좀 먹자."

"……"

"대답을 좀 해봐. 밥을 먹든지 아니면 대책을 세우든지!"

아무 대답이 없는 최 변호사에게 영한은 소리를 질렀다.

"내가 책임을 질게."

"니가 책임을 왜 져? 죽을 놈이 죽은 건데. 넌 그냥 그대로 있어. 징계위원회만 열리면 아무 일 없을 거야. 경철이가 시간을 더 당겨서 징계위원회를 열어보겠다고 했어."

징계를 서둘러 하겠다고 하자 최 변호사는 영한을 노려보았다.

"그게 맞는 말이냐? 영한아, 하태석 팀장이 무슨 잘못이 있냐?"

"그래서 최소한의 징계로 끝내기로 했잖아. 바로 고향에 내려보내는 것으로. 니가 우겨가지고. 그놈은 절대 포기할 놈이 아니야."

"내가 마음이 편치 않으니까 그렇지."

"같이 일까지 했던 나는 마음이 편하겠니? 녀석은 우리 일에 방해가 된다고. 최소한 파면을 시켜야 덮을 수가 있어. 태석이 그놈을 내가 잘 알아. 지방으로 내려보낸다고 해도 다시 파고들 거야."

"영한아, 너도 다시 생각해. 내가 알아볼게. 하태석은 우리와 상관없잖아."

"우리 일을 가로막잖아. 내 일까지도 막힐지 몰라."

"……"

다시 최 변호사는 침묵을 지켰다.

"우리 일만 생각하자. 너는 니 딸을 찾고, 나는 내 아들을 찾고."

"그게 가능한 일이냐? 벌써 8년이나 흘러버렸는데. 그 새끼한테 협박을 받으면서도 어떻게든 찾아보려 했는데 못 찾았잖아."

"너 포기한 건 아니지?

최 변호사는 책상에 올려진 액자에 딸을 애틋하게 바라보았다. 이제 더 이상 딸을 찾을 수 없을 것 같은 예감에 눈이 시려왔다.

"우석아! 우리 이렇게 하자."

"……"

"우석아! 정신 차려. 난 이미 사람까지 죽였어!"

"미안하니까 내가 더 대답을 못하는 거야."

"미안할 것 없어. 그건 사고였어. 하지만 괜찮아. 나는 어차피 또 죽여야 하니까."

"……"

최 변호사가 대답을 하지 않고 있을 때 영한에게 전화가 들어왔다. 전화는 한경철 과장이었다.

"징계위원회는 문제없지? 태석이를 멈추게 할 수 있지?"

"영한아, 그게 문제가 아니야. 하 팀장이 압수영장을 신청했어. 그 차를 압수하겠다고. 너 그 차 어디 있어? 확실하게 처분한 거 맞어?"

"……"

"처분했다고 했잖아. 아니었어? 너 우석이까지 죽이려고 그래? 너만 죽기로 했잖아!"

"그러니까 하태석을 막으라고 했잖아. 왜 막지를 못한 거야?"

"수사팀이 따라오지를 않아. 모두 그놈 편을 들고 있다고."

과장의 권한이 무한정인 건 아니었다. 정당성을 상실한 지휘에는 복종할 의무가 없었다.

"그러니까 태석이를 받으면 절대 안 된다고 했잖아! 왜 그걸 막지 못해서 일을 이렇게 만들어. 처음부터 일을 잘못 꿴 건 너잖아!"

"지금 와서 그걸 따지면 무슨 소용이야. 나도 막으려 했지. 막으려고 했다고. 시발! 우석이가 드러나면 우리 다 죽어. 알아? 나도 죽는다고! 하태석이 어디까지 알고 있는지 알 수기 없어. 이미 니가 하려는 일도 알고 있을지 몰라."

"지금이라도 처리하면 되잖아. 너는 빨리 영장을 막아. 그리고 직원들 철수시켜. 현장에서 빼라고! 차가 드러나면 우리 모두가 드러나는 거야."

두 사람은 전화기로 계속 다투었다.

"영한아, 그만하자. 이제 멈춰야 한다고."

듣고 있던 최 변호사가 소리를 질렀다. 영한도 이런 상황이 아무 소용이 없다는 것을 깨달으면서도 끝까지 숨기기를 바랐다. 다시 전화기에 대고 차분하게 물었다.

"태석이가 차를 찾았다는 거야, 찾고 있다는 거야?"

"찾고 있어."

"그게 어딘데?"

"수기동을 수색하고 있어. 직원들 철수는 시켰는데 말을 들을지는 모르겠어."

"수기동?"

영한이 통화하는 동안 최 변호사의 전화기도 울렸다. 남부지검이었다.

"선배님, 경찰에서 차량에 대해 압수영장을 신청했습니다."

"차번호가 어떻게 되지?"

"99고7327 그랜저입니다.

태석에게 차가 드러났다. 차번호를 듣자 최 변호사가 길게 한숨을 쉬었다.

"기각시켜주면 좋겠는데."

"네, 그렇게 하겠습니다."

"고맙다."

태석이 바로 눈앞까지 다가온 것을 최 변호사는 느꼈다. 대기발령에 징계를 받기 직전인데도 그의 수사는 멈출 줄을 몰랐다. 이제 마지막으로 그의 수사를 멈추게 해야 할 것 같다.

"영한아, 파면으로 하자. 우리 일에 방해가 되는 것은 싫어."

"그래, 잘 생각했어."

"그런데, 그거 영한이 니가 직접 해야겠니? 다른 방법이 없을까? 다른 사람을 고용하든지 아니면 너를 숨길 방법을 찾고 하든지."

최 변호사가 영한의 어깨에 손을 올리며 물었다.

"아니, 내가 해야 해. 2시면 끝나. 이제 가봐야지."

"내가 말려도 갈 거니?"

"나는 숙제를 마치지만 너는 아직 아니잖아. 딸을 찾아야지."

"우리 다시 생각해보자."

최 변호사는 사무실을 나가는 영한을 붙잡았다.

＊

— 하태석 팀장 현재(13:00) 강남구 수기동에서 차량을 찾고 있음.

— 현재까지 발견하지 못함.

— 한정수 경위가 남부지검에 차량 압수수색검증영장 신청함.

수사계 사무실에서 소유정 경위가 가져온 보고서였다. 그녀는 후배인 오은하 형사에게서 계속해서 보고를 받고 있었다. 태석이 대기발령 상태가 되었을 때도 그녀는 오은하 형사에게 문서 대신 메시지로 보고를 하라고 요구했고, 오은하 형사는 그녀의 지시를 따라주었다.

"미친 새끼! 수사를 그만하라고 했는데!"

과장 사무실에서 비명에 가까운 고함소리가 들려왔다. 곧바로 강력계장과 청문계장이 과장실에 들어갔고 그들은 곧바로 미제사건전담팀으로 달려갔다. 사무실에 들어가자 안에는 한기원과 오은하 두 명만이 자리를 지키고 있었다.

"한 경위하고 박 경위는 어디에 있어? 조금 전까지 있었잖아!"

"검찰청에 갔는데요."

"하 팀장 관련해서 확인할 게 있으니까 대기하라고 했잖아. 왜 갔어?"

청문계장이 버럭 소리를 질렀다. 기원과 은하는 자리에서 일어나 그의 질책을 들어야 했다.

"김동수 사건 종결하라고 했잖아!"

이번에는 강력계장이 소리를 질렀다.

"그 서류 어디에 있어? 어디 있냐고?"

"압수영장 때문에 검찰로 넘어갔는데요. 한정수 형사님이 가지고 갔습니다."

"지금이라도 종결해. 빨리!"

"서류가 있어야 종결을 하죠. 서류가 없는데요. 그리고 영장신청 때문에 검찰로 넘어간 사건을 어떻게 종결을 해요. 말도 안 되지."

영장이 신청된 상태로는 사건 종결이 불가능했다.

"그럼, 돌아오라고 해! 빨리! 그리고 아무것도 하지 마. 각오하라고!"

강력계장과 청문관은 과장의 지시를 받고도 막지 못한 것에 안절부절못하다가 나머지 사람들에 대해서도 징계를 신청하기로 하고 돌아갔다.

정수와 진욱은 태석이 8층 건물 옥상으로 올라오라는 말에 계단을 통해 올라왔다. 그곳에서 태석은 아래를 내려다보고 있었다. 두 사람이 가까이 오자 태석은 공사현장 구석을 가리켰다. 외부에 장막이 쳐져 있는 곳에 차량이 한 대 주차되어 있었다. 왜 차를 찾지 못했고 차를 가져가지 못했는지 이유를 알 것 같았다. 가림막으로 가려져 있으니 공사현장 주변을 아무리 돌아봐도 찾지 못했던 것은 당연했다.

"저 차요? 어느 날 갑자기 현장에 들어와 있어가지고 애먹었어요. 저 차 때문에 공사를 못해가지고 구청에 방치차량으로 신고를 했는데, 대포차라 당장은 확인이 안 된대요. 기다려보라고 말만 하고. 공사를 해야 하는데. 그래서 그대로 공사를 시작했죠. 얼마 후에 주인이 나타나기는 했어요. 근데 바로는 못 가져갔죠. 우리가 주변으로 콘크리트 담장을 쳐버렸거든요. 우리가 애먹은 만큼 주인도 애먹어야죠."

"주인이 왔었어요?"

"왔었죠. 자기가 실수로 가져다놓은 거라고. 차를 빼야 한다고 해서 당분간은 빼지 못한다고. 뺄 수 있을 때 연락을 하기로 했죠. 근데 안 했어요."

"왜요?"

"조금 전에 말했잖아요. 애 좀 먹으라고."

현장소장 덕분에 차가 그대로 있었다.

"나이가 어떻게 돼 보였어요? 인상착의는요?"

"마스크를 쓰기는 했는데 육십 대 초빈은 돼 보였죠. 머리가 희끗하고. 안경을 썼어요."

"두꺼운 거요? 금테안경?"

"네, 맞아요. 어떻게 알았어요?"

태석은 문득 누군가를 떠올렸다. 남의 부탁 잘 들어주는 사람.

"지금은 뺄 수 있어요?"

"지금은 가능하죠. 전화해볼까요? 가져가라고? 어차피 연락을 하려고 했어요."

"아니요. 하지 마세요."

"왜요?"

연락을 하면 오지 않을 수도 있었다. 태석은 전화를 걸겠다는 현장소장을 말렸다.

"연락처 있다고 했죠? 줘보세요."

"네, 여기요."

태석은 현장소장에게서 전화번호를 받았다. 혹시 최 변호사나 영한의 것은 아닐까 했지만 완전 다른 번호였다. 영한 형님이 아닌가? 바로 가입자 확인이 필요했다. 그러나 은하와 기원이 아무것도 하지 못하는 상태였기에 태석은 광주청의 종현에게 휴대전화 가입자가 누구인지 알아봐달라고 부탁을 했다.

"팀장님, 이상한데요. 그거 사망자 전화입니다."

"뭐?"

"이미 사망한 사람 거라구요. 사망자 나이는 스물아홉 살. 5년 전에 죽었는데요. 전화기가 처음 가입된 것은 2006년이에요. 2014년에 죽었는데 이후로도 계속 쓰고 있는 거네요."

"이름이 뭐야?"

"유태주요."

태석은 망자의 이름을 듣고 고개를 갸웃거렸다. 그 이름은 태석이 알고 있는 사람일지도 몰랐다. 태석은 종현에게 유태주의 가족관계와 함께 왜 죽었는지도 확인해달라고 했다.

"차를 찾으러 올까요?"

"올 거야. 은하가 수사계에 여기 원기동이 아니라 수기동이라고 보고를 했잖아. 우리는 차를 아직 찾지 못한 거야. 지금 수기동에서 계속 찾고 있을 거라고 생각하고 여기로 빨리 와서 차를 가져가겠지. 한 과장이 연락을 했을 것이고 검찰에서도 연락을 줬을 테니까."

"그래서 형님이 은하에게 계속 보고를 하라고 했군요. 이렇게 거짓보고를 하려고."

"맞아."

"그런데, 최 변호사가 직접 올까요?"

"아니, 다른 사람이 올 가능성이 커."

"누구요?"

"영한이 형님."

"네?"

태석은 전화기를 꺼내 북서울고등학교 교감에게 전화를 넣었다.

"교감선생님 안녕하십니까? 전에 찾아뵈었던 서울청 홍보과 직원입니다."

"네, 홍보지는 잘 만들어지고 있나요?"

"네, 교감선생님. 그런데 궁금한 게 있어서요. 그때 동창 중에 경찰관이 또 있다고 하셨는데, 혹시 유영한이라는 분도 있나요?"

"영한이요? 그렇죠. 그건 어떻게 아셨어요. 그 녀석 이미 퇴직을 해서 말해주지 않았는데."

"혹시 그 자제분도 아시나요?"

"아마, 그 친구 자식 잃고 나서 우석이네 로펌에 들어간 것으로 아는데요. 학창 시절에 우석이랑 종종 어울리곤 했어요. 아, 그때 경철이 돈을 가져갔다고 의심받았던 친구가 영한이에요. 우석이가 의심을 풀어줬죠. 그런데 이런 게 홍보지하고 무슨 상관이 있나요?"

＊

"다녀올게 여보."

아내에게 인사를 해도 그녀는 항상 대답이 없었다. 벌써 몇 년째 반복되는 일이다. 자식 하나 지켜주지 못한 아버지라고 그녀는 남편을 원망했다. 교도소에 가지만 않았어도 아이는 죽지 않았을 거라고 아내의 원망은 깊은 칼이 되어 영한을 괴롭혔다. 그 괴로움에서 빠져나오는 일은 그놈을 죽이는 거였다. 아들이 죽은 것처럼. 오늘 보는 것이 마지막일 거라고 아내의 빈방을 바라보는 그의 눈빛은 젖어 있었다. 가엾고 불쌍한 여자다. 아들이 죽은 뒤로 한 번도 빛을 보지 않았고 웃음 한번 제대로 웃어본 적이 없는 여자다. 끝내 아내는 배웅도 인사도 없었다. 영한은 새벽 일찍 차를 타고 아들과 며느리를 보기 위해 절을 찾았다. 쌀쌀해진 새벽 공기를 마시며 경내에 들어서자 향을 피우는 냄새가 법당 안을 빠져나와 숲으로 흘러들어가고 있었다. 영한은 그 냄새가 좋았다. 아들을 보러 올 때마다 맡아지는 그 냄새가 마치 아들 냄새 같았다. 여명이 밝아오며 차가운 공기가 아침 햇볕에 밀려 빠져나가기 시작했다. 스님들의 예불 소리와 바람에 들려오는 풍경소리가 아이들의 울음소리 같았다. 숨을 가다듬으며 납골당 안으로 들어가자 이른 시간이라 그런지 아무도 없었다. 안쪽 벽면 가운데에 아이들이 있었다.

'잘 있었니, 얘들아. 아빠 왔다.'

두 사람의 영정 앞에서 떨리는 목소리로 말했다. 어디선가 나영이가 아빠 왔어요라고 대답하는 것 같았다. 나영이는 친딸처럼 영한을 아빠라고 불렀고 그런 그녀를 딸 이상으로 애정을 보였다. 아이들은 죽어서야 결혼식을 올렸다. 따로 있었던 유골을 태주의 무죄가 확정되고 나서 같이 두었다. 상견례를 할 때 태주는 스물아홉 살이었고 나영이는 세 살 어린 스물여섯 살이었다. 궁합을 봤을 때 아내 복이 많아 남편이 아홉수도 피해갈 거라고 사주쟁이는 말을 했었다. 그런데 상견례를 마치고 얼마 지나지 않아 태주는 나영을 죽인 혐의로 긴급체포되었다. 그런데 부검을 하고 더 충격을 받았다. 나영이의 배 속에는 4주된 태아가 있었다. 그때는 태주도 나영이도 임신 사실을 모르고 있었다. 죽을힘을 다해 변론을 도왔지만 징역 6년형을 받았다. 아이들의 미래를 위해 최선을 다하자고 했던 사돈네는 그날 이후로 원수가 되었다. 아내의 우울증은 그때부터 생겨났다. 사람들을 무서워했고 뉴스를 보지 않았다. 대화를 할 줄 몰랐고 방 안에서 나오지도 않았다. 햇볕을 피해 어둡고 조용한 곳만 찾아다녔다. 마치 아들이 있는 교도소처럼 되어야 한다고 생각하는 듯 아내는 그곳으로 들어가 나오지 않았다. 영한의 세상도 아내와 별반 다르지 않았다. 다만 아들의 무죄를 증명하기 전까지는 그 세상으로 들어갈 수 없었다. 1심 선고가 떨어지고 교도소에 있는 아들을 찾아갔다. 좀 더 기운을 내자고 했는데도 아들은 포기를 한 듯 더 이상 세상을 살 수 없는 아이가 돼버렸다. 자기가 배 속의 아이까지 죽인 거라고 스스로를 저주하고 있었다. 그래도 포기할 수 없기에 변호사를 바꾸기로 했다. 변호사는 아들의 무죄를 주장하는 게 아니라 형량을 협상하고 있었다. 변호사조차 아들이 나영이를 죽인 것이라고 믿고 있다는 데 분노했다. 영한은 그를 해고하고 다른 변호사를 찾았다. 아들의 무죄를 확신할 변호사여야 했다. 그러나 모두들 무죄 주장이 아니라 형량만 줄이려 했다. 영한은 좌절했고 매일 술로 살았다. 그날도 술에 취해 있었고 혼자 먹는 술에 익숙해져갈 무렵이었다. 누군가 잔에 술을 따라주었다.

"영한아, 나야 우석이. 최우석."

"우석이?"

"북서울고등학교 1학년 6반."

"아! 우석아!"

30년이 넘었다. 고등학교를 졸업하고 한 번도 만나지 못했던 친구다. 검찰에 오래 있다가 변호사가 되었다는 소식을 들었었다. 며칠 뒤 사무실로 찾아갔을 때 그는 반가운 듯 영한을 맞았다. 1심 선고를 지켜보았다며 그는 자신이 변론을 해주겠다고 했다. 아들의 무죄를 진실로 믿고 있었고 무죄를 받을 것이라고 자신했다. 우석은 제3자가 방에 들어왔다가 나갔을 가능성을 배제할 수 없다고 주장을 했다. 그 근거로 아들의 원룸에 출입한 사람은 나영이 외에는 없고 부모조차 방문 사실이 없다며 가족들의 휴대전화 통화목록과 카드기록, 원룸 주인과 세입자들의 진술서를 제시했다. 그런데 식탁에서 발견된 쪽지문은 두 사람의 것도 부모님의 것도 아니라 제3자의 것이었다. 우석은 그곳에 그 지문이 있을 수 없다는 논리를 폈고 그 사실을 법원은 일부 받아들였다. 누군가 들어갔을 가능성을 인정한 것이다. 아들은 무죄를 받고 석방되었다. 그러나 집으로 온 아들은 예전의 아들이 아니었다. 교도소에서 보내는 동안 마음은 사막처럼 풀 한 포기도 이슬 한 방울도 남아 있지 않았다. 좋아질 거라고 매일 달래봐도 사막에서 빠져나오지 못했다. 아침이 되었을 때 아파트 배란다가 시끄러웠다. 119 구급차가 와 있었고 소방관들이 분주했다. 아래를 내려다보자 소방관들은 위를 쳐다보고 있었다. 장례를 치르고 사십구재가 되었을 때 경찰서에서 전화가 왔다. 진범이 잡혔다고 했다. 왜 이제야. 전화기에 대고 영한은 오열했다. 그제야 나영의 부모로부터도 연락이 왔다. 그들도 사막과 어둠 속에 살고 있긴 마찬가지였다. 양가는 두 사람의 영혼결혼식을 올려주었고 둘을 한곳에 모아 부부봉안을 했다. 또다시 술로 살았다. 아들이 돌아와 잠시 방 안에서 나왔던 아내는 더 깊은 곳으로 들어가버렸다. 영한도 세상을 살아가야 할 이유를 찾을 수가 없었다. 그러다 우석이 찾아왔다. 우석은 딸 민지 얘기를 했다. 그리고 실종된 민지와 관련된 자를 찾는다면 그는 죽일 거라고 했다. 그건 영한도 마찬가지였다. 태주를 죽인 그놈, 나영이와 배 속 아이까지 죽인 그놈을 용서할 수가 없었다. 놈은 두 사람의 가족을 모두 죽인 연쇄살인마였다. 놈이 교도소에 있더라도 다시 사회로 나와 밥을 먹고 TV를 보며 웃음을 짓겠지. 어둠 속에 살았던 태주를 생각하면 불쌍해 숨을 쉴 수가 없는데. 영한처럼 우석도 아픈 친구였다. 피를 흘리고 있었고 매일 죽었다가도 간신히 살아서 숨을 쉬었다. 딸이 실종되고 범죄와 관련이 되었음에도 해결하지 못하고 있었다. 경찰은 무능했고 초동수사는 엉망이었다. 딸을 찾는 데 전 재산을 넣었고 재단까지 만들었다. 전국에 지부를 두고 딸을 찾고 있었고, 같은 아픔을 가진 사람들을 돕고 있었다. 우석은 영한이 무엇을 원하는지 알고 있었다. 그도 같은 것을 원하고 있다고 했다. 딸이 죽었다면 그녀를 죽음으로 몰아간 놈을 찾아 죽이는 것이 그의 목표였다. 영한은 그를 돕기로 했다. 경찰서에는 사표를 냈고 로펌의 사무장으로 들어갔다. 우석은 로펌의 이름을 대표와 상의해 부성으로 바꾸었다. 우석은 이미 같은 아픔을 가진 사람을 알고 있었다. 자식을 잃은 어미와 아비들이 할 수 있는 최대의 복수를 돕는 일은 은밀하고 고요했다. 복수를 마친 그들은 편안해 보였다.

'태주야, 오늘이네. 아빠가 그렇게 기다리던 날이야. 만나면 안아줄거지? 보고 싶다. 불쌍한 우리 나영이. 지켜주지 못해 미안하다.'

너무 오래 기다렸어요, 아버지. 태주의 목소리가 들리는 것 같았고, 미안해하지 마요, 아빠. 나영이의 안부도 들렸다. 어린 시절 자전거를 타던 아들이, 경찰에 합격을 했다며 합격통지서를 들고 웃던 아들이, 결혼을 하겠다고 나영이와 함께 찾아와 수줍어하던 모습이 눈앞에 있었다. 오후 2시에 그놈이 가석방된다. 놈의 형량을 줄이고 가석방을 만들기 위해 얼마나 많은 노력을 했나. 우석이 놈의 변론을 했고 탄원서를 제출하고 후원자가 되겠다는 각서까지 법무부에 냈다. 교도소장과 친분을 쌓았고 그는 원수를 사랑할 수 있는 아버지의 마음에 존경을 표한다고 했다. 영한의 노력에 보답하듯 법무부는 놈을 가석방 명단에 올렸다. 이제 놈을 죽일 수 있게 되었다.

2시가 되기 전부터 전화는 계속해서 울리기 시작했다. 감찰계장은 징계위원회가 열리는 소회의실로 입실해야 한다고 강조했다. 참석하지 않으면 반론의 기회는 없으며 내려지는 징계를 수긍하는 것으로 간주하겠다고 했다.

"형님, 가보셔야 하는 거 아니에요? 중징계가 내려질 수도 있어요."

"네, 팀장님 여기는 저희가 지키고 있을 테니까 참석하시죠. 중징계는 피해야죠."

"……"

"파면될 수도 있다구요!"

전화 속에서 감찰계장의 요구는 계속되었다.

"하 팀장님 오고 있습니까? 입실할 거예요? 아니면 거부하는 거예요?"

"전화드리겠습니다."

"하 팀장님!"

결론 없이 전화를 끊자 메시지가 들어왔고 태석은 답변을 보냈다.

― 불참석하시면 반론의 기회가 없으며 징계 내용에 이의사항이 없는 것으로 간주하겠습니다.

― 불참합니다.

중징계도 각오한다는 의미였고 이곳에서 사건을 끝내겠다는 의지였다. 메시지를 보내고 나자 곧바로 진욱에게 한 과장으로부터 전화가 들어왔다. 진욱은 차 안에서 그대로 전화를 받았다.

"진욱아, 나다."

"네, 과장님."

"지금 하태석 팀장하고 같이 있나?"

"아니오. 잠깐 차에 왔어요."

"통화는 가능하니?"

"괜찮습니다."

"내가 묻는 말에 솔직히 대답해줄 수 있겠니? 그래도 내가 너를 알고 함께한 게 10년도 넘는데. 나는 언제나 너를 동생처럼 대했다."

"......"

진욱은 대답 없이 듣기만 했다.

"하태석 팀장이 어디까지 알고 있나?"

"무슨 말씀이세요?"

"최우석 변호사가 김동수를 도왔다고 생각하는 거니?"

"직접 도왔는지까지는 확인하지 못했지만 적어도 방조는 했다고 보고 있어요."

"차를 왜 찾는 거냐?"

"김동수가 아이들을 죽였다는 증거를 찾으려구요."

"압수영장이 기각됐어. 무슨 수로 차를 압수하려고 하는 거야?"

"그걸 어떻게 아셨어요? 담당자한테는 아직 연락도 오지 않았는데."

"......"

한 과장이 아차 했다. 실언을 했다는 사실에 잠시 머뭇거렸다가 곧 다시 말을 이었다.

"그것만 찾으면 여기서 멈출 거니?"

"차를요?"

전화기에서 귀를 떼고 태석을 바라보았다. 그의 제안은 놀라웠다.

"차를 찾고 있지? 어디에서 찾고 있냐?"

"그건 왜요?"

"압수수색검증영장 신청했잖아. 그럼 차를 압수하러 갔을 거 아니야. 징계위원회에도 출석하지 않고."

"수기동이요. 지금 열심히 찾고 있습니다. 보이지는 않지만요."

"하태석 팀장에게 그만 멈추라고 해. 그래봐야 아무 소용 없다고. 이미 김동수는 죽었어. 그가 아이들을 죽인 범인이었다는 건 내가 증명을 해줄게. 그거면 되잖아. 하태석 팀장이 원하는 게 그거 아니야? 차량은 자진해서 가져가겠다. 그리고 최 변호사도 자진해서 출석하도록 할게."

"그 말씀 그대로 전달하겠습니다."

뜻밖의 제의였다. 한 과장의 말대로라면 그는 김동수가 범인이라는 것을 알고 있었다는 것이 되었다. 그리고 차까지 가져다준다니. 무슨 꿍 꿍이인지 알 수가 없었다. 그 말을 들은 태석은 마른침을 깊이 삼켰다.

"이상한데."

"왜 그러시는데요?"

"이렇게 쉽게 해결될 일이 아닌데. 한 과장은 최 변호사만 이야기하고 있어. 영한이 형은 빼놓고 말이야."

"영한이 형님이 왜요?"

"차를 두고 간 사람은 영한이 형님이야. 영한이 형님이 김동수를 찾아간 거고. 그날 새벽에 경기청 수사본부에서 전화를 받은 것도 영한이 형님이야. 형님은 그 사실을 최우석 변호사에게 알렸고, 그는 수사본부를 찾아간 거지. 차는 운전을 하지 못했어. 술을 먹었거든. 차에 빈 소주병이 두 개가 있었어. 그런데 차를 다시 찾으려 형님이 남기고 간 전화번호는 영한이 형의 아들 번호야. 5년 전에 죽었던 유태주. 그 녀석이 죽고도 그 번호를 계속 쓰고 있었어. 비밀을 유지해야 할 때는 그 번호를 썼던 거지."

차를 가져다놓은 사람, 그리고 차를 찾으러 온 사람도 유영한이었다. 그런데 한 과장은 그에 대해서는 아무 말이 없었다. 아무 관련이 없는 사람처럼 언급조차 하지 않았다. 그들은 모두 동창들인데. 협박을 받은 그들을 위해 일을 했을 텐데.

"형님, 종현입니다. 유태주에 대해서 확인한 게 있어서요. 제가 변사사건일지를 휴대전화로 사진을 찍어서 보냈으니까 확인해보세요."

종현으로부터 사진이 들어왔다. 유태주의 사망과 관련해 그가 여자친구를 살해한 것에 대한 누명에 스트레스를 받아 스스로 자살을 했다는 내용이었다.

"그 사건 들었는데요. 그거 과수대 규석이가 잘 알고 있어요. 그 사건 때문에 사무실이 곤욕인가 보더라구요. 방송사에서도 찾아오고."

정수가 과수대 규석에게 전화를 넣었다.

"규석아, 너 저번에 나한테 설명했던 거 있지. 아들 사망 때문에 소송 걸었다고. 그 아들 이름이 유태주 맞지? 그리고 아버지가 우리 직원이었냐? 혹시 이름이 유영한이야?"

"어떻게 알았어요? 맞아요. 우리 직원이었죠. 지금은 어디 로펌에 들어가 있다고 하던데. 아들이 자살했잖아요. 여자친구를 죽였다는 누명을 쓰구요."

"자살한 거는 알어."

"억울하죠. 죽인 놈은 따로 있었는데 그 죄를 자기가 쓰고 들어갔으니까요."

"그때 니가 가석방 뭐라고 하지 않았냐?"

정수는 이전에 만났을 때 들었던 말을 기억했다.

"가석방되는 거요? 맞아요. 그 직원분이 진범에 대해서 탄원서를 내고 후원까지 하겠다고 나섰잖아요. 대단한 분이죠."

"가석방이 된다고? 언제? 이름이 뭐야?"

"언제인지는 정확히 모르겠구요. 진범의 이름은 강정운이었던 것 같은데요."

정수는 전화를 끊고 규석에게 들은 이야기를 설명했다. 정수의 말을 듣고 다시 영한이 했던 말을 다시 되새겨보았다. 그때 사무실에서 만났을 때 아들에 대한 이야기는 없었다. 대신 아내에 대한 이야기를 했었다. 그녀는 우울증이 있어서 병원에 있다고 했다. 웃고는 있었지만 얼굴이 많이 상해 있던 그의 모습이 지워지지 않았다. 그러다가 그의 얼굴에서 임춘석의 얼굴이 떠올랐다.

"임춘석씨는 김동수를 죽였어. 미로의 아버지는 함경민을 죽였고, 윤미의 어머니는 딸을 강간했던 배씨를 죽였어. 찾아보면 더 많은 사건이 있을 수 있어. 그런데 이들의 공통점은 최 변호사가 모두 변론을 했다는 거야. 그리고 자식을 죽였거나 강간한 범인을 직접 살해했다는 거고."

태석은 곧바로 사무실에 전화를 넣었다. 그리고 유영한의 아들 변호를 누가 했는지 법무부에 확인하라고 했다. 곧바로 확인 후 전화가 들어왔다.

"팀장님, 1심은 나한상 변호사가 했구요. 2심을 최우석 변호사가 했습니다."

"정확히 최우석 변호사야?"

"네, 최우석 변호사요. 부성로펌이요."

뭐지? 모두 피의자에 대한 사적 복수를 하고 있었던 거야? 그것도 죽음으로. 최 변호사나 유영한이 그들을 돕고 있었던 것은 아닐까. 태석의 머릿속이 복잡했다. 범죄와는 아무런 연관이 없던 선량한 사람들이 과연 사람을 죽일 수 있을까. 타인에게 해를 입힌다는 게 쉬운 일은 아닐 것이다. 그런데 그들이 피해자의 아버지이고 어머니라면……

"종현아, 휴대폰 명의자 유태주의 가족관계증명서 뽑았지? 거기 혹시 어머니 인적사항 알 수 있을까?"

태석은 종현에게 전화를 넣었다. 영한의 부인에게 확인을 하고 싶었다. 그녀는 뭔가 알고 있을지도 모른다.

"팀장님, 그분은 사망하셨는데요. 유태주가 사망하고 2년 후에요."

"뭐? 사망했다고?"

"네, 우울증으로 자살을 했는데요. 광산경찰서에서 변사 처리한 기록이 있습니다."

왜 아들을 죽음으로 몬 살인자를 위해 탄원서를 제출하고 후원까지 했는지 알 것 같았다.

"팀장님, 국과수에서 전화가 왔는데 팀장님하고 통화를 하고 싶다고 하시네요."

사무실에서 은하가 태석에게 전화를 걸었다. 은하가 알려준 번호로 전화를 걸었다. 곧바로 국과수 법의학박사가 전화를 받았다. 태석은 김동수의 상흔을 다시 확인해달라고 요청했었다.

"팀장님이 저번에 주저흔처럼 보이는 상처에 대해 물어보셨잖아요. 치명상에는 이르지 못하는 세 번의 상처와 이어서 심장으로 직접 뚫고 들어간 상처요."

"네, 맞습니다. 왜 생겨난 건지 확인이 되었습니까?"

"확정은 아니고 가능성이라는 것을 우선 말씀을 드릴 수 있겠습니다. 저도 단정 짓기에는 좀 무리가 있는 것 같아서요. 그건 수사를 통해서 알아보셔야 합니다. 감정서까지 쓰기에는 다소 무리가 있을 것 같아서 구두로만 알려드리는 겁니다."

"알겠습니다. 그런데 뭐죠?"

"두 사람일 가능성이 있습니다. 주저흔처럼 보이는 상처는 말 그대로 직접 사인에는 이르지 못하고 주저했던 상처인데, 이건 오른손잡이의 형태입니다. 상흔의 각도가 모두 왼쪽으로 기울어져 있습니다. 그런데 심장으로 뚫고 들어간 자상은 각도가 오른쪽으로 기울어져 있습니다. 전형적인 왼손잡이 형태입니다. 그래서 두 상처의 방향이 다르다는 겁니다. 즉 이건 한 사람의 공격이 아니라는 거죠."

"그렇다면 박사님은 최소한 두 명에게서 공격을 받았다고 생각하시는 거네요. 사인은 처음 상처가 아니라 마지막에 발생한 것이 치명상이겠네요. 전자가 살인미수라면 후자는 살인이겠군요."

"상식적으로 생각해봐도 그렇죠. 마지막 한 번의 공격에 사망했을 거니까요."

태석은 그날 밤을 생각했다. 김동수를 사망에 이르게 한 사람은 나중에 나온 사람일 가능성이 높다. 그건 유영한이었다.

"휴대전화와 노트북을 가지고 나왔을 것으로 예상이 되잖아요. 그것 때문에 들어간 것이 아닐까요? 김동수를 죽이기 위해 간 것이 아니구요. 그건 임춘석의 몫이구요."

"진욱이 말이 일리 있는데요. 휴대전화와 노트북에 김동수의 협박과 관련한 내용이 있었을 가능성이 있어요. 최우석 변호사와 한경철 과장과 관련된."

"최우석 변호사가 들어가도 되잖아."

태석은 왜 유영한이어야 했는지에 대한 결론을 내지 못했다.

"아무래도 유영한 형님이 형사 생활을 오래했으니까 현장에 능하잖아요. 그 형님이 CCTV를 잘 분석했잖아요."

"아니면 유영한 사무장이 걸려도 손해 볼 것이 없다든지요. 이제 공직자도 아니고 아내와 아들도 죽었잖아요. 최우석 변호사가 뒤를 계속 봐준다고 약속을 했거나요."

정수와 민욱이 유영한을 분석했다. 그러다 갑자기 태석이 무릎을 손으로 때렸다. 진욱의 말처럼 유영한은 김동수를 죽여도 상관이 없었다.

"기원아, 지금 바로 법무부에 가석방 명단을 확인해봐. 날짜가 언제인지도."

전화를 받은 기원은 곧바로 법무부에 가석방 명단을 확인했다.

"팀장님, 누구를 찾으시죠?"

"5년 전 권나영을 살해한 강정운. 그 사람이 명단에 있는지 확인해봐."

"잠시만요. 네, 있어요. 서울교도소요."

"가석방 날짜가 언제야?"

"오늘인데요. 2시에 석방을 합니다."

"뭐?"

영한은 살인을 하기로 마음먹은 거였다. 아들과 며느리 그리고 아내의 복수로 강정운을 죽일 것이다. 살인자가 되기로 맘먹은 이상 김동수의 오피스텔에 최 변호사를 보낼 이유가 없었다. 모두 그가 안고 가려는 것이다. 그리고 여기에 나타나지 않을 것이다. 태석이 쳐놓은 거짓정보는 소용이 없었다. 그는 태석을 여기에 잡아놓기 위해 이미 알고서 시간을 끌고 있는 거였다. 시계를 보자 2시가 넘어가고 있었다. 영한의 위치를 알아야 한다. 그가 어디에 있는지. 태석은 영한에게 전화를 넣었지만 받지 않았다.

"기원아! 지금 바로 유영한의 휴대폰 위치를 확인해봐. 교도소 쪽으로 향하고 있는지."

"팀장님, 그거는 지금 불가능한데요."

"무슨 수를 써서라도 해야 해! 영한이 형이 살인을 하게 둘 수 없어."

"살인요? 알겠습니다. 해볼게요."

태석의 성난 목소리에 기원은 어떻게 해서든 유영한의 위치를 확인해야 했다.

차는 빠르게 서울교도소로 향했다. 태석은 가는 동안 교도소에 전화를 넣었다. 안내 메시지만 계속되고 담당자와는 통화가 되지 않았다. 한참 뒤에야 연결이 되었다.

"여보세요. 오늘 가석방지 중에 깅징운이 있죠?"

"네, 그런데요."

"잠시 면담할 일이 있으니까. 대기를 좀 시켜주실래요?"

"이미 석방돼서 나갔습니다."

"네? 벌써 나갔어요. 안 됩니다. 다시 불러들이세요."

"이미 나간 것을 어떻게 불러들여요? 그렇게는 안 됩니다."

"그 사람이 죽을 수도 있다구요. 아니, 살인을 해서는 안 된다구요."

"네? 무슨 말입니까?"

영한은 태석이 김동수에 대한 수사를 진행하자 자신이 검거될 것을 알고 있었다. 다만 그것이 강정운의 가석방 이후가 되길 바랐다. 태석은 어떤 식으로든 영한을 체포할 것이 분명했다.

'태석아, 너에게는 미안하지만 어쩔 수 없다.'

강정운에게 향하고 있는 영한은 차 안에서 혼자 중얼거렸다.

파국

COLD CASE 14

일시 및 장소
2019. 10. 15. 01:00경 인천 남구 대천동

실종자
양선우(38세, 여, 노래방 도우미)

용의자
불상

개요
실종자는 인천 남구 대천동에 있는 무지개노래방에서 도우미 일을
마치고 집으로 귀가하던 중 불상의 이유로 연락이 되지 않고 있음.
14세 딸에게 집에 들어가려고 가게를 나왔다고 전화를 한 것으로
가출로 보기 어려움

수사사항
최근 실종사건 및 7월에 발생한 실종사건과 동일한 연쇄사건으로
분류. 수사본부에서 기존 실종사건과 연관성 확인. 프로파일러 투입,
법최면 실시. 대천동 주변 성폭력전과자, 정신이상자 상대 확인 중

담당경찰서 및 검찰청
경기청. 인천청 합동본부. 인천남부지검

21

김동수에게서 또 동영상이 들어왔다. 가끔 그놈은 포르노 영상을 보냈다. 볼 일 없으니 보내지 말라고 해도 말을 잘 듣지 않았다. 우석은 열어보지도 않고 그대로 삭제했다. 동영상이 도착하고 전화가 몇 번 왔지만 받지 않았다. 바쁘기도 했고 놈을 가까이하고 싶지 않았다. 차단을 할까 하다가 그래도 동창이라 그대로 두었다. 학창 시절 잠깐 놈을 보고 졸업 후에 30주년 행사 때 처음 보았다. 학창 시절 놈은 학교에서 무슨 이유인지 모르게 사라졌었다. 행사가 있던 날, 술이 너무 많이 취해 몸을 가누기도 힘들었다. 같이 간 경철이 녀석도 술이 취하기는 마찬가지였다. 우석은 경철이가 있으니까 하고 마셨고, 반대로 경철은 우석이가 있으니까 괜찮겠지 하고 마셨다. 딸이 사라지고 단 한 번도 술을 입에 대지 않았다가 처음으로 마신 날이었다. 딸을 잃고 술을 마신다는 게 딸에게 얼마나 미안한 일인지 그는 알았다. 남자친구와 헤어졌다며 울먹이던 딸아이의 목소리가 마지막이었다. 비가 오던 그날 정류장에서 기다리겠다던 딸은 흔적도 없이 사라져버렸다. 제1용의자로 지목됐던 남자친구는 아무런 혐의점을 찾지 못했다. 남자친구가 쫓아온다는 메시지는 아무 증거가 되지 못했다. 그때 남자친구는 친구들과 제주도에 있었다. 경찰은 최선을 다한다고 했지만 찾지 못하면 최선을 다한 게 아니었다. 1년 동안 변호사 일을 중단하고 딸을 찾아다니기 시작했다. 일을 하면서 딸을 찾는다는 건 시간에서 밀리는 거였다. 그러나 혼자서는 찾을 수 없었다. 경찰도 시간이 지나자 사건을 잊어가고 있었다. 다시 일을 시작했고 재단을 만들기로 했다. 재단은 생각보다 돈이 많이 들었다. 서울에 본부를 두고 전국에 지부를 두기로 했다. 오직 딸을 찾기 위한 노력이었다. 딸만 찾을 수 있다면 목숨이 아니라 사람도 죽일 수 있을 것 같았다. 누군가에 의해 납치되어 죽음을 당했을 가능성이 가장 높았다. 반드시 딸을 찾고 놈의 목숨을 끊어놓을 것이다. 그건 삶의 목표가 되었다. 아내에게도 그렇게 하겠다고 다짐했다. 말수가 사라지고 어둠 속으로 들어가버린 아내도 남편의 말에 동의를 해주었다.

딸에 대한 그리움에 한 잔씩 들이켠 술에 너무 취해버렸다. 술에서 깰 때 그곳은 집이 아니라 호텔이었다. 눈을 뜨면서부터 후회가 되었다. 지금 이럴 때가 아닌데. 그리 많이 마신 것도 아닌데 몸을 가누기 힘들었다. 잘 잤냐는 놈의 전화는 뱀의 혀가 귀를 핥는 것 같은 더러운 기분이었다. 그래도 잠에서 깨게 도와주었다는 데 만족했다. 경철이도 호텔에서 잠이 깨어 나란히 그곳에서 출근을 했다. 어제 얼마나 마신 거냐며 서로에게 물었지만 두 사람 모두 기억이 잘 나지 않는다로 끝이 났다.

동영상을 받은 오후 그놈이 사무실로 찾아왔다. 변호를 부탁한다고 했다. 아이들이 사라진 곳에 자기 차량이 찍힌 게 전부인데 경찰 놈들은 자기를 의심하고 있다며 출석요구서를 보내왔다고 했다. 우석은 재단을 만드는 일에 정신이 없으니 다른 사람을 소개시켜주겠다고 했다. 그러나 놈은 말을 듣지 않았다. 그럼 우선 내용을 알고 변호를 할지 말지 생각해보겠다고 했다. 그런데 경찰에서 받아온 범죄사실을 보고 몸은 얼어붙었다. 죄명은 납치 강간 살인이었다. 도저히 놈을 변호한다는 것은 있을 수 없는 일이었다. 오히려 놈을 수사하는 데 적극 협조해야 할 처지였다. 어쩌면 자신의 딸도 그렇게 농락을 당했을 수도 있다는 생각에 분노가 치밀었다. 용서가 되지 않는 놈이었다. 그때 또다시 동영상이 들어왔다. 전에 보낸 것과 같은 것이었다. 그때는 보지 않았지만 이번에는 열어보았다. 알몸을 한 여자가 있었다. 그녀는 관계를 마치고 샤워를 하러 가는 모습이었고 남자는 침대에 누워 잠이 들어 있었다. 잠들어 있는 남자의 얼굴을 확인한 우석은 그 자리에서 주저앉았다. 경철에게도 같은 영상이 전달되었다. 그도 낯선 여자와 함께 있었다. 잘 기억나지 않던 그날 일이 동영상 속에 있었다.

"너 뭐 하는 거냐?"

"봤냐? 재미있지? 나도 몇 번을 봤는데 좋더라."

"야!"

"친구끼리 장난 좀 친 거 가지고 왜 그러냐?"

오후에 사무실로 찾아온 놈은 태연했다.

"이게 장난이냐? 장난이야?"

"장난이 아닐 수도 있지. 그냥 그건 조건이지."

"조건? 범죄에 무슨 조건이 있을 수 있어?"

"조건은 내가 붙이는 거지. 니가 붙이는 것이 아니라. 이직 사대 파악이 안 되냐? 니가 빠져나갈 수 있는 조건을 말해줄게. 그렇지 않으면 얼

마 전 동영상이 돌았던 니네 조직의 어떤 사람처럼 될지도 몰라. 개망신
당하고 수사도 받는 거지. 좋은 예가 있잖아."

"지금 협박하는 거냐?"

놈은 최 변호사의 말에 조금도 수그러들 생각을 하지 않았다.

"난 죄가 없어. 경찰의 무리한 수사라는 거지. 어떤 미친 개새끼 한 마
리가 나한테 달라붙었어. 그놈을 좀 떼어줘. 그러면 돼."

"미친 개새끼가 아니라 유능한 형사겠지. 약이라도 했니? 사람을 죽
였다는 거잖아."

"글쎄, 그 질문에 답하기가 힘드네. 근데 그 약은 검사를 해도 나오지
않는데."

놈은 마약에 취해 있었다는 것을 부인하지 않았다.

"미친개 한 마리만 떼어내면 돼. 나머지는 경철이가 할 거니까. 자신감
을 좀 가져라. 넌 날 구할 수 있어. 너 유능한 변호사잖아. 전직 검사장이
기도 하고. 충분히 할 수 있다니까. 왜? 너는 지금 절실하잖아. 굉장히."

"안 돼. 할 수 없어."

우석은 단호히 대답했다. 그러나 김동수는 대답을 미리 알고 있었다.

"너 딸 찾는다며? 술을 먹고 계속해서 소리치고 울고 하던데. 찾아야
하지 않냐? 어떻게 찾으려고 그래. 이게 장난으로 끝날까? 딸은 고사하
고 니 인생이 끝날 건데."

"너도 끝나겠지."

"나는 끝나도 잃을 게 별로 없어. 난 원래 그런 놈이니까. 근데 넌 잃
을 것도 많고 딸도 찾지 못하겠지. 니가 만들고 싶어하던 재단도 날아갈
것이고. 사람들은 너같이 반듯하게 살고 있을 사람들의 치부가 드러나

200

는 것을 좋아하거든. 도덕적으로 흠잡을 데 없을 줄 알았던 사람이 쓰레기라는 것을 아는 건 흥미로운 일이지. 특히 영상은. 옷 벗고 섹스하는 모습은 모두 똑같거든. 딸을 찾는 아빠가 아니라 성에 굶주린 아빠였던 거지."

"……"

우석은 말을 잃어버렸다. 놈이 접근한 이유가 이거였다. 그리고 그의 조건은 잔인했다.

"십억은 있어야 한다며? 내가 십이억 원을 내겠다. 이억을 더 보태주는 거야. 그리고 영상도 처리를 할게. 그 돈으로 넌 니 딸 찾으면 되잖아. 안 그래? 꽤 괜찮은 조건 같은데. 아무 일도 없었던 거야, 우리는."

"죄가 없다며? 그런데 왜?"

"글쎄. 그놈은 계속 내가 죄가 있다고 하네. 니가 아니라고 설명을 좀 해주면 돼. 미친 새끼 하나 떼어내는 데 돈도 많이 들고 일이 많네. 그게 내 조건이야. 경철이하고 잘 상의해봐. 그놈도 속이 타고 있을 거니까. 전화 줘라. 다른 생각하면 바로 영상은 퍼질 거야. 이 영상이 내 휴대폰에만 있겠냐?"

악마의 제안은 잔인했다. 그리고 놈은 같이 악마가 되어야 한다고 협박을 하고 있었다. 아버지라는 한 단어가 그를 힘들게 만들었다. 추악한 악마와 타협한 손을 딸에게 내밀 수 있을까. 그런데 그런 손마저 없어져 버린다면. 인터넷을 타고 실명을 단 영상은 순식간에 퍼져나갈 것이다. 아내는 물론이고 로펌에까지 전달되는 것은 하루도 걸리지 않을 것이다. 생각만으로 감당하기 힘들었다. 딸을 기다리는 아내의 얼굴은 어떻게 볼 수 있을까. 재단도 사라져버리고 말 것이다. 고민하고 있을 때 경철에게서 전화가 왔다.

"우석아, 어떻게 할래?"

"아직 결정하지 못했다. 나보고 악마가 되라는 거잖아. 너도 같은 협박을 받았나?"

"응, 경찰 수사를 멈추든지 담당형사를 바꾸라고."

"담당형사가 끈질긴가보구나."

"하태석이라고 불같은 놈이 있어. 그것보다 너 민지 찾아야지. 안 찾을 거야?"

"여기에도 아이들이 있어. 그것도 어린아이들이라고."

"동수 그놈이 했다는 증거도 없잖아. 그놈도 하지 않았다고 하고. 하지 않은 것에 대한 변호야. 늘 하던 거라고."

"하지도 않은 일에 이렇게 동영상을 찍고 십이억 원을 주겠다고 한다고?"

놈이 범인이라고 우석은 말하고 있었다. 경철도 잠시 숨을 골랐다.

"제수씨는 어떻게 할 건데. 너마저 무너지면 암이 더 빨리 전이될 거야. 너 감당할 수 있어? 민지는 고사하고 네 처까지 잃는다고. 나와 너를 포함해서. 모두가 파멸이야."

"그럴 수는 없어."

"우석아, 우리 이렇게 하자. 우선 놈의 제안을 받아주자. 그리고 니 딸을 찾고 나서 그때 마무리를 짓자. 나도 그때는 감수를 할게. 모든 것을 잃겠지만 그때가 되면 그렇게 하는 게 맞을 거야. 그때까지만 우리 눈을 감고 있자. 아니면 그 안에 무슨 수가 생겨날 거야."

"민지를 찾고 나서……"

"그래, 민지 찾고 나서……"

*

남자는 어리둥절했다. 사람을 죽였는데 6년형이 선고되었다. 너무 적은 형량이다. 생각지도 못했는데 피해자의 가족이 변호사를 선임해주고 합의서와 선처를 바란다는 탄원서까지 넣어주었다. 그들은 계속해서 탄원서와 청원서를 넣었고 남자를 후원까지 하겠다고 했다. 이상할 만큼 그들은 친절했다. 종교적 믿음이 큰 건가. 남자는 종교 시간에 기도를 하면서 묻기도 했다. 그래서 그런지 4년 만에 가석방까지 바라보게 되었다.

"나는 태주의 애비 되는 사람입니다. 이미 사랑하던 아들은 잃어버렸으니 당신을 내 아들로 삼고 싶소."

"미친 거 아닙니까? 웃기고 있네."

처음 남자를 찾아온 사람에게 그렇게 대답했다. 그러나 아버지라는 사람은 계속해서 찾아왔다. 영치금을 주고 갔고 그 돈을 쓰기가 힘들다면 모두 기부를 하라고 했다. 재판이 시작될 쯤 대형 로펌의 변호사라는 사람이 찾아왔다. 형량을 줄여줄 것이며 이후에는 가석방이 될 수 있게 노력하겠다고 했다. 실제로 검찰이 구형한 형량보다 훨씬 적은 형량이 내려졌다. 양형에 피해자의 가족이 그를 용서했다는 것이 큰 영향을 미쳤다. 교도소에서 교도관들도 남자에게 친절하게 대했다. 고마우신 분을 만난 것이라고 사고만 치지 않는다면 가석방이 될 거라고 했나. 시간이 지나도 아버지가 되겠다는 사람은 변함이 없었다.

"어떻게 지낼 만합니까?"

"네, 모두 신경써주신 덕분에요. 감사합니다. 제가 어떻게 보답을 해드려야 할지……"

"보답이라니요. 제 자식 놈을 대신해 열심히 살아주기만 하면 됩니다."

"네, 아버님 말씀대로 열심히 살겠습니다. 저희 어머니도 열심히 살아서 은혜에 보답을 해드리라고 했습니다."

아버님이라는 말에 소름이 돋고 구역질이 났다. 아들을 죽인 놈에게 아버님 소리를 듣다니. 아주 뻔뻔한 새끼다. 거기다 열심히 산다는 말이 가당키나 한가. 죽은 아들이 살아야 할 목숨을 대신 사는 주제에. 너 때문에 몇 명이 죽었는데. 미소를 짓는 남자의 얼굴이 역겨워 쳐다보기 힘들었다. 이런 버러지 같은 놈은 죽여야 한다. 면회를 갈 때마다 웃는 얼굴 속에서 그렇게 다짐을 했다. 4년이 지나 가석방 심사에 통과를 하고 영한은 마지막으로 놈을 면회했다. 휴대전화를 새로 해서 넣어주었고 출소날에 두부를 사서 데리러 오겠다고 했다. 그때 전화를 걸 테니 잘 받으라고. 아들을 대신해 새 삶을 살 수 있도록 도와주겠다는 말에 놈의 얼굴은 환하게 웃고 있었다. 역겨운 그 얼굴에 피가 거꾸로 솟구쳤다.

차는 서울교도소로 향하고 있었다. 평일 오후 도로는 한산했다. 가을이 깊어 하늘은 높았고 바람은 시원했다. 태주는 가을 하늘을 좋아했었다. 아마 애엄마가 좋아하기 때문일 것이다. 아내는 그런 아들과 함께 자주 산에 올랐다. 가을이면 북한산에 자주 올랐고 나영이도 함께했었다. 세 명만 올라 샘이 날 때도 있었고 기다리며 질투를 하기도 했었다. 그때를 생각하며 하늘을 올려보자 더 깊고 더 파랗게 보였다. 아들과 며느리, 그리고 태어나지 못한 손주에 대한 복수가 될 것이다. 그리고 세상에 빛이 없다고 생각하며 살고 있는 사돈네와 죽은 아내를 대신한 복수이기도 했다. 놈을 죽이기 위해 4년을 보냈다. 이제 끝을 맺을 때가 되었다. 교도소에 거의 도착했을 때 우석으로부터 전화가 들어왔다.

"작별인사 하려고 그러냐? 우석아, 그동안 고마웠다."

"그래, 그렇게 해야 니가 후회가 없을 것 같다면서."

"숨 정도는 좀 쉴 수 있겠지. 태주와 집사람에게 미안하지도 않고."

"그래, 이제 태주 엄마가 죽었다는 것을 인정하는 거냐?"

"인정해야지. 사실은 계속 인정해왔어. 그러고 싶지 않았던 거지."

아내는 2년쯤 있다가 태주를 따라갔다. 말을 잃어버렸고 빛을 보는 것을 죄스러워했다. 간혹 말을 할 때가 있었다. 그건 죽은 태주와 이야기를 할 때뿐이었다. 혼자서 다녀오겠다는 인사를 하고 엘리베이터를 내려와 현관을 나갈 때 화단 쪽에서 소리가 들려왔다. 아마도 아내는 화단에서 꽃을 보고 있는 태주를 보았을지도 모른다. 장례를 치르고 나자 이제는 영한이 아내와 말을 하기 시작했다. 같이 밥을 먹었고 같이 잠을 잤다. 죽은 아내와 대화를 할 수 있어 감사했다.

"우석아, 그놈을 죽여야겠다. 그래야 내가 살 수 있을 것 같아."

"영한아, 너같이 아파하는 사람이 너무 많아."

"그 사람들도 내 심정이라면 도와주고 싶다. 그래야 그 사람들이 살 수가 있어. 내가 알아."

"나도 아프다."

"내가 널 도와줄게. 그 사람들도 숨을 쉬어야지."

영한과 우석이 살 수 있는 방법은 그것뿐이었다. 그렇게 그들은 숨을 쉬지 못하는 사람들을 찾아가 도와주었다.

"하 팀장이 지금 그쪽으로 가고 있어."

"대단한 놈이야. 멋진 놈이기도 하고."

"나는 서울청에 왔다. 늦었지만 이제 책임을 질 때가 되었어."

"아직 민지를 못 찾았잖아. 그래도 되겠어?"

"민지에게 미안하지만 여기까지인 것 같다. 날 이해해주겠지. 그것보다 너에게도 미안하잖아. 내가 할 일을 네가 다 해줬는데."

"미안하기는. 그런 쓰레기는 진작 죽었어야 해. 그리고 그놈은 진정으로 죽이고 싶어하는 사람이 죽였어. 그러니까 나에게 너무 미안해하지 않아도 돼."

"알고 있어. 그래도 그동안 고마웠다."

딸을 잃어버린 불쌍한 놈이다. 거기다 김동수에게 협박까지 받아야 했던 것을 생각하자 놈은 반드시 죽어야 했다. 서울교도소 표지판이 나왔다. 주변을 둘러보자 태석은 보이지 않았다. 잠깐 방해가 되기는 했지만 일을 마무리하는 데 무리는 없었다. 다만 민지를 찾지 못한 우석의 시간이 앞당겨진 것이 안타까웠다.

"여보세요? 아버님. 방금 교도소에서 나왔습니다. 어디에 있을까요?"

아버님이라는 말에 다시 소름이 돋았다.

"축하하네. 지금 거의 도착을 했으니까. 도로로 나오겠나? 차를 타야 하니까."

"네, 지금 인도에서 내려왔습니다. 아버님 차가 보이네요."

"응, 나도 보이는구만. 조금만 더 도로 안쪽으로 들어오겠나? 그렇지. 그대로 있어."

영한의 차가 다가오는 것을 보고 놈이 웃으면서 손을 흔들었다. 차가 그를 향해 굉음을 내며 속도를 냈다. 놈의 몸이 하늘로 튀어올랐다.

*

기원과 은하가 있는 사무실에 청문감사관이 계장과 함께 징계위원회를 마치고 들어왔다. 사안이 크기에 청문감사관이 직접 찾아온 것이다. 그는 징계결정서를 손에 들고 있었다. 참석하지 않은 태석 대신 사무실 직원들에게 결정 내용을 설명하기 위해서였다.

"하 팀장이 참석을 하지 않아서 그러니까 대신 사무실에서 전해. 이 시간부로 하 팀장은 파면됐어. 반론이 있을까 했는데 참석조차 하지 않았더구만. 징계위원들을 뭘로 보는 건지. 그래서 결론 내리기가 더 쉬웠다고 전해줘. 혹시나 기대를 하고 사무실 물건을 남겨놓았을지 모르는데 지금 당장 모두 빼라고 해. 그리고 내일 오전에 새로 팀장이 선임될 거니까 그렇게 알도록."

"……"

"못 알아들었어?"

"네, 알겠습니다."

청문감사관이 빠져나가자 기원은 멍하니 말이 없었고 은하의 눈에서는 눈물이 쏟아졌다. 그가 얼마나 열정적으로 일에 몰두했는지 알기에 더 그랬다. 이렇게 불명예스럽게 쫓겨나는 것이 너무 안타까웠다. 전화를 해서 팀장에게 알려주어야 하나. 은하는 전화기에 손을 댔다가 뗐다를 반복했다. 그러다 결심을 한 듯 전화기를 들려 할 때 전화가 걸려왔다. 사이버수사대의 최민정 경사였다.

"네, 선배님. 무슨 일이시죠?"

"은하야, 양천수씨가 아직도 그 빌딩에서 일을 하니?"

"아니요. 해고됐어요. 부인이 잘랐을걸요."

"왜?"

"잘 모르겠어요."

"혹시, 양천수씨 근무 일정이나 조사 내용 좀 받아볼 수 있을까?"

"왜요?"

"인스타그램에서 엄마라는 아이디를 쓰는 사람인데 함경민과 마찬가지로 아이들 착취물에 심취한 놈 같애. 함경민이 보았다고 주장했던 영상이 그 사람에게서 넘어간 것 같고. 그래서 김동수하고 연관이 있을 것 같아. 그래서 말인데……"

"선배님 죄송합니다."

더 설명을 하려는 최민정 경사의 말을 은하가 멈추게 했다.

"조금 전에 저희 팀장님 파면되셨어요. 더 이상 수사는 하지 못할 것 같아요. 신경 써주셔서 감사합니다."

"아…… 그래. 그런데 너 괜찮니?"

"네……"

눈물을 간신히 참고 대답하는 은하의 목소리에 그녀는 더 이상 설명이 무의미하다는 것을 느끼고 곧바로 전화를 끊었다.

사무실은 정적이 흘렀다. 기원은 태석 대신 정수에게 전화를 넣었다. 그는 조심스럽게 내용을 전달해줄 수 있을 것이다. 그러나 전화를 받지 않았고 진욱도 마찬가지였다. 그때 사무실에 누군가 노크를 하고 안으로 들어왔다.

"무슨 일로 찾아오셨죠?"

"최우석 변호사입니다."

"네? 최우석 변호사님이라구요!"

최우석 변호사라는 말에 두 사람은 깜짝 놀랐다. 두 사람이 알던 그는 노인이 되어 있었다.

"하태석 팀장님을 만나고 싶습니다."

그는 뚜벅뚜벅 안으로 들어와 원탁이 있는 의자에 앉아 태석을 찾았다.

"팀장님은 조금 전에 파면되셨습니다."

"복직할 겁니다."

"네? 복직요? 그걸 어떻게…… 그런데 무슨 일로?"

"김동수 살인사건에 대하여 자수를 하려고 찾아왔습니다. 그리고 김동수의 미순이와 선미의 사건에 대해서 진술을 하려고 합니다."

그의 대답에 기원과 은하는 할 말을 잃었다.

*

교도소 앞 도로는 순식간에 아수라장이 되어 있었다. 차들은 양방향으로 밀려 있었고 바닥에 떨어진 강정운은 피투성이가 되어 널브러졌다. 피를 토해내면서도 숨을 쉬려는 강정운의 몸 위로 영한의 차는 두 번을 더 지나갔다. 아들에 대한 복수에 자비는 없었다. 온몸의 뼈가 으스러진 그의 몸은 더 이상 움직이지 않았다. 차에서 내린 영한은 죽은 강정운을 확인하고 바닥에 주저앉았다. 태주도 저렇게 으스러져 화단에 널브러져 있었다. 신고를 받고 출동한 경찰에 영한은 현행범으로 체포가 되었고, 관할서인 광산서 강력팀으로 인계되었다. 현장에 뒤늦게 도착한 태석은 수갑을 찬 영한을 측은한 눈으로 바라보았다. 조금만 빨랐더라면 그를 막을 수 있었는데. 늦게 알아차린 것이 죄가 된 것 같아 가슴이 아렸다. 죽은 강정운을 바라보는 그의 눈은 편안하지도 불안해하지도 않았다. 그저 우울할 뿐이었다. 형사들은 그를 데리고 곧바로 경찰서로 이동했고 사망을 확인한 강정운은 영안실로 옮겨졌다. 태석은 조사를 하기 전에 간단히 면회를 시켜달라고 부탁을 했다. 다행히 담당팀장은 시간을 내주었다. 어차피 준비해야 할 서류가 많아 시간이 필요했다. 조사실에는 몇 시간 만에 노인이 돼버린 영한이 앉아 있었다. 그의 얼굴은 임춘석의 표정과 닮아 있었다. 힘든 숙제를 마친 얼굴이 그에게도 있었다.

"형님!"

"니가 올 줄 알았어, 인마! 너 피하느라고 내가 얼마나 조마조마했는지 아냐? 원기동인데 수기동이라고 거짓말이나 하고. 내가 속을 줄 알았냐? 니 수법 내가 다 알아."

"그게 아니잖아요. 지금 형님이 사람을 죽였다구요. 네?"

"알아, 인마. 그렇게 놀랄 것 없어. 너 때문에 못 죽일까봐 걱정했지."

사람을 죽이고도 영한은 느긋했고 태석을 보고는 어색한 농담을 던졌다.

"태석아, 내가 강정운이를 왜 죽이려고 하는지 알지?"

"알지만. 좀 더 빨리 알았더라면 말릴 수 있었겠죠."

"그럼 나를 이해해야지. 말릴 게 아니라."

"그놈이 태주를 죽인 게 아니잖아요."

"뭐가 아니야! 그놈은 나영이를 죽이고 태주를 죽였어. 배 속의 아이까지도 죽인 거라고! 나도 죽이고 우리 집사람도 죽이고. 그놈이 다 죽인 거야, 다! 그 새끼는 연쇄살인마야. 우리 가족과 나영이네 가족을 파괴한 놈이라고!"

영한의 목소리가 높아졌고 태석도 따라서 올라갔다.

"그렇다고 사람을 죽일 권한은 없어요. 강정운에게도 가족이 있다구요. 그 가족들은 어떻게 하구요."

"그건 내가 알 바 아니야. 내 가족이 아니니까."

"그 가족도 파괴된 거라구요!"

강정운의 가족도 파괴되었을 거라는 말에 영한의 목소리가 작아졌다. 그의 죄가 작지 않다는 것을 그도 알고 있었고, 용서받기 힘들다는 것도 이미 각오를 했다.

"김동수도 형님이 죽였어요?"

"니가 그렇게 해결하고 싶었던 그 사건, 해결해줄게. 지금 사무실로 돌아가라. 거기에 우석이가 와 있을 거야. 차는 찾았니? 일부러 수기동이라고 속여서 나를 체포하려고 했겠지만 난 속지 않았다. 우석이도 갈 맘이 없었어. 녀석도 끝이라는 것을 알았으니까. 그 차 트렁크 안에 증거가 있다. 김동수의 휴대전화하고 노트북, 그리고 대용량 저장장치까지. 거기 뒤져보면 아이들 관련 증거가 나올 거야. 그리고 김동수도 내가 죽였어. 임춘석 그 양반은 시늉만 한 거고. 사람을 죽이기에는 너무 순박해. 의지는 있었는데 행동을 못할 줄 알았어. 그래서 내가 대신 죽여준 거야."

"정말 임춘석이 아니라 형님이 죽인 거예요? 임춘석을 도와주려고 거 짓말하는 거 아니에요?"

"자백을 몇 번씩 해야 하니? 내가 죽였다니까."

"믿을게요. 그런데 형수님은 언제 돌아가신 거예요? 왜 연락도 하지 않구요?"

"태주를 따라갔지. 절에 태주와 함께 있어."

광산서 강력팀장이 들어와 이제 그만 태석이 비켜줄 것을 요구했다.

"한 가지만 더요. 트렁크 안에 증거를 폐기할 수도 있었잖아요."

"일부러 없애지 않은 거야. 우석이가 그러자고 했고. 우석이나 나나 아이를 잃어버렸지 양심을 잃어버린 것은 아니니까. 그리고 왜 이렇게 까지 할 필요가 있냐고 묻고 있겠지? 너도 내 입장이 되어봐. 왜 나 같 은 선택을 생각하게 되는지 알게 될 거다. 이제 좀 편안해졌다. 숙제를 모두 마쳤어."

＊

차량이 법원에 도착했다. 취재진들이 영장실질심사를 받기 위해 법정 으로 들어서는 최우석 변호사를 취재하기 위해 몰려들었다. 검사장 출신 의 유능한 변호사가 살인혐의로 체포된 것은 이슈가 될 수밖에 없었고, 이 사건을 맡은 형사가 얼마 전 기사에서 파렴치한 수사로 뭇매를 맞았 던 형사라는 것에 더 주목을 받았다. 오히려 사건을 은폐하려 거짓기사 를 흘린 것이라는 의심은 사실로 받아들여지는 분위기였다. 태석에 대한 정정 기사가 인터넷에 오르기 시작했고 댓글은 전과는 정반대였다.

"친구를 죽이라고 사주한 게 맞습니까?"

"담당형사를 몰아내기 위해 언론에 거짓내용을 제보한 게 맞습니까?"

"변호사 신분으로 살인을 사주했는데 한 말씀 해주시죠."

"망자로부터 협박을 받아왔다는데 사실인가요? 동영상도 존재합니까?"

태석은 기자들에 놀라 멈칫거리는 최 변호사를 경호하듯 데리고 법정 안으로 들어갔다. 취재진으로부터 그를 보호해주고 싶었다. 대기실로 들어가 포승줄과 수갑을 풀어주었다.

"고맙습니다."

"사설변호인은 선임하지 않을 겁니까?"

"저는 제 죄를 모두 인정합니다. 변명할 맘이 조금도 없습니다."

뒤늦게 국선변호인이 들어왔고 젊은 변호인은 선배 변호인 앞에서 안절부절못했다. 그의 모습에 최 변호사는 오히려 떨지 말라고 그의 어깨를 두드렸다.

영장전담판사가 들어오고 최 변호사는 피고인석에 국선변호인과 함께 앉았다.

"인정신문 하겠습니다. 이름이 어떻게 되지요?"

"최우석입니다."

"주민번호와 주소가 어떻게 되나요?"

"……"

잠시 망설이다가 최 변호사는 대답을 했다.

"직업이 무엇이죠?"

"변호사입니다."

"경력은요?"

"검찰에서 20년을 근무했고 변호사로 10년 가까이 일했습니다."

최 변호사의 목소리는 평정을 되찾아 원래의 목소리로 돌아갔다.

"피의자에게 범죄사실과 경찰에서 신청한 구속영장의 사유를 설명하겠습니다. 피의자는 친구인 유영한과 함께 김동수를 살해하기로 공모했습니다. 그리고 2019년 9월 9일 18시경 피의자는 유영한을 통해 임춘석에게 김동수의 주거지 주소를 알려주고 그를 살해하도록 교사를 했습니다. 이를 받아들인 임춘석은 그를 살해하기로 마음먹고 준비하고 있던 날 길이 25센티미터의 회칼을 가지고 다음 날인 10일 00시 10분경 강성빌딩 7층 김동수의 주거지로 찾아갔습니다. 피의자는 이를 돕기 위해 김동수에게 전화를 걸어 동영상을 가져가겠다며 주거지로 오게 하고 퀵서비스를 이용하여 건 외 강영식에게 미리 받은 향정신성의약품인 플루니트라제팜을 숙취해소제에 담아 주점 '라일락'의 매니저에게 보내 이를 그가 먹도록 유도했습니다. 주거지에 돌아온 김동수가 이를 마시고 쓰러진 사이 임춘석이 들어가 그를 살해하려고 했으나, 김동수가 저항하여 살인에 이르지 못하고 도망쳐 나왔고, 뒤이어 들어간 피의자 유영한이 현장에 떨어뜨린 임춘석의 흉기를 이용하여 김동수를 살해했습니다. 경찰은 구속의 필요성에 대하여 피의자가 비록 자수를 했지만 그동안 계속 수사를 피해왔고 경찰에 부당한 압력을 넣어 수사 진행을 방해하는 등으로 그 죄질이 불량하고 높은 처단형을 예상해 도주할 우려가 있고 증거를 인멸할 가능성이 있다고 보았습니다. 더불어, 피의자의 살인방조혐의가 본 건을 제외하고 네 건이 더 있는 것으로 확인되었다고 적시했습니다. 이상으로 피의자는 범죄사실에 대하여 모두 시인합니까?"

"네, 모두 시인합니다."

"유영한은 본 건 외에도 타 사건 살인혐의로 이미 구속되었죠?"

"네."

"김동수를 죽이려고 한 이유가 무엇인가요?"

"설명을 드려도 될까요?"

최 변호사는 판사에게 양해를 구했다.

"김동수가 미순이와 선미를 납치 살해했다는 것은 사실입니다. 단, 증거가 없었을 뿐입니다. 저는 변호를 거절했지만 그의 수에 넘어가 성관계 동영상을 퍼뜨리겠다고 협박을 받았습니다. 저의 딸아이가 실종된 지 2년째 되던 해였습니다. 저는 딸의 소재를 찾기 위해 범죄피해실종자협회를 만들고 있었습니다. 그러나 동영상이 퍼지게 된다면 모든 것이 무너지고 암에 걸린 아내까지 어떻게 될지 모르는 상황이 두려웠습니다. 제가 무너지는 것은 감내할 자신이 있으나 딸을 찾지 못하고 아내를 지키지 못하는 것에는 버텨내기 힘들었습니다. 그래서 그의 제안을 받아들일 수밖에 없었습니다. 그때 저는 딸을 찾고 나서 악마를 죽이기로 결심했습니다. 악마를 죽일 기회는 임춘석씨를 알게 되면서 가능했습니다. 그가 악마를 죽이기 위해 무려 4년을 찾아다닌 것을 알았을 때 그의 심정을 충분히 이해했으니까요. 딸을 가진 부모로서요. 악마는 경찰에서 재수사가 들어가려고 할 때마다 저와 친구인 한경철을 계속해서 괴롭혔습니다. 어쩔 수 없이 수사를 막았지만 한계가 온 것입니다. 그래서 임춘석씨를 이용해 그를 죽이기로 한 것입니다. 놈은 당연한 처분을 받은 것입니다."

"성관계 동영상은 실제 있었나요?"

협박을 받았다는 사실에 판사는 물었다.

"제가 속은 거였습니다. 유영한이 가지고 나온 저장매체를 미제전담팀에서 분석했습니다. 그런데 저에게 보내준 것은 모두 편집된 거였습니다. 성관계는 없었고 술에 취해 잠든 모습을 그렇게 보이도록 만들어낸 거였습니다. 아마 그때 약을 먹였을 것으로 추측됩니다."

"김동수가 그것을 혼자 할 수 있나요?"

"아니요. 미제팀에서 김동수가 도움을 받은 것은 경비원 양천수라고 알려주었습니다. 그가 김동수를 도왔고 영상을 다운로드받고 업로드하는 것도 도왔다고 했습니다."

사이버수사대의 최민정 형사는 함경민과의 연결고리에 양천수가 있다는 것을 밝혀냈다. 그는 '엄마'라는 이름을 사용하는 성착취 영상 판매자였다. 함경민만큼이나 악랄하게 아이들을 상대로 한 성착취 영상을 제작하고 수집하기를 반복했고 이를 배포해 수익을 얻어냈다. 그는 김동수에게 갑질을 당한 것이 아니라 김동수를 적극 도우며 살아왔다. 김동수의 휴대전화를 포렌식하여 확인하자 양천수와 나누었던 대화 내용은 이를 충분히 뒷받침했다. 그는 김동수와 그의 부인 사이에 양다리를 걸치고 있었다. 그러다 김동수가 갑자기 죽자 그는 어떻게 해야 할지 몰랐다.

"유영한은 김동수를 죽이기 위해 들어간 거 아닌가요?"

판사는 계속 물었다.

"원래 목적은 임춘석이 죽이고 나면 그가 가지고 있는 협박 동영상을 빼오기 위해 들어간 거였습니다. 경찰이 가져가기 전에요."

216

"임춘석이 죽이지 못할 걸 알고 있었나요?"

"예상은 하고 있었지만 정말 죽이지 못할 거라고는 생각하지 못했습니다. 그의 분노를 충분히 이해하고 있기 때문에요. 어쩔 수 없이 영한이가 죽였습니다."

"유영한 때문에 임춘석을 빨리 체포하게 한 것인가요?"

"네, 유영한이 아닌 임춘석으로 마무리를 짓기 위해서였습니다."

"임춘석은 본인이 죽이지도 않았는데 계속 죽였다고 주장하고 있죠?"

"딸의 복수라고 생각하고 있으니까요. 불쌍한 사람입니다. 불행한 아버지이고요."

"수사를 진행한 하태석 팀장을 징계하기 위해 거짓기사와 김동수의 아내를 시켜 허위신고를 하도록 유도해 무고를 한 것도 인정하나요?"

"네, 모두 인정합니다."

판사는 심문을 멈추었다. 더 이상 확인하는 것이 무의미했다.

"최후진술 하세요."

"아내와 딸을 지키지 못한 세상에 혼자 살아남은 것은 너무 가혹했습니다. 악마는 그런 저의 절박함을 이용했고 저는 거기에 순응했습니다. 그건 딸을 찾고 나면 그 악마를 죽이고 자수를 하려고 했기 때문에 참을 수 있었습니다. 그러나 점점 그 한계에 도달했고 그것을 임춘석씨로 해결하려고 했습니다. 그런데 임춘석씨가 하지 못하자 영한이가 나선 겁니다. 두 사람에게 모두 사죄드립니다. 죄송합니다."

"변호인 진술할 건가요?"

"네? 특별히 없습니다."

젊은 국선변호인은 어색하게 자리에서 일어났다. 최 변호사의 진술에 더 보탤 말이 없었다. 유치장으로 돌아가는 동안 태석은 위로를 해야 할지 질타를 해야 할지 둘 사이에서 아무 말도 하지 못했다. 그에게 향정신성의약품을 제공한 사람에 대해서는 마약수사대로 이첩해 수사를 진행하도록 했다. 구속 기간 내에 증거를 분석하는 데만도 시간이 촉박했다. 유영한이 가지고 나온 김동수의 노트북과 저장장치에는 많은 양의 자료가 들어 있었고, 그것을 분석하는 데 상당한 시간이 걸렸다. 최 변호사의 가짜 섹스 동영상은 가장 먼저 확인이 되었다. 나머지는 수만 개의 포르노 동영상을 모아놓은 것이 대부분이었고, 그중에서 미순과 선미를 찾아내는 것이 중요했다. 그것은 김동수가 이미 삭제를 했을 것으로 예상되었고, 복구 여부는 모든 파일을 일일이 열어 확인해본 후에야 가능했다.

자정쯤 구속영장이 발부됐다. 최 변호사는 유치장 안에서 담담한 표정으로 영장집행을 받아들였다. 미로의 아버지와 윤미 어머니는 재조사를 받았다. 미로의 아버지의 혐의는 교통사고처리특례법위반이 아니라 살인이었다. 김동수의 처는 고소를 철회했고 태석은 징계는 무효화되었다. 한경철 과장은 사직서를 제출했고 직권남용으로 광수대에서 수사를 진행했다. 일부 혐의가 인정되었고 김동수에 대한 살인방조혐의에 대해서도 계속 수사가 진행되었다. 고등학교 동창이었던 네 명은 한 명이 죽고 나머지 두 명은 구속이 되었으며 한 명은 불구속 상태에서 계속 수사를 받았다. 임춘석의 항소심에서도 공소장 변경이 불가피했다. 그의 죄명은 살인미수로 변경되었고, 언론에서는 그가 집행유예로 풀려날 가능성이 높다는 보도를 내보냈다.

송치되기 직전 사이버수사대에서 증거분석을 하던 중에 7년 전 자료를 찾아냈다. 그것을 찾는 데는 피의자 신분이 된 경비원 양씨의 도움이 컸다. 그는 김동수가 영상을 다운받는 데 깊이 관여하고 있었고 영상의 대부분을 알고 있었다. 다행히 많은 자료를 삭제한 놈의 노트북에서 사진 한 장이 복구되었다. 다리 아래를 찍은 것이었고 옆만 비추고 있어서 어디에 있는 다리인지 확인이 힘들었다. 그러다 부근 전신주의 고유번호가 확인되면서 위치를 찾을 수 있었다. 다리는 강원도 화양의 어느 시골에 위치하고 있었다. 태석은 직원들과 함께 그곳으로 향했고 과학수사요원들이 동행을 했다. 주변을 살피다가 다리 아래 시멘트 틈 사이에 돌덩이와 흙이 메워져 있는 것을 발견했다. 그곳에는 칡넝쿨이 무성하게 자라 있었고 잡초들로 빼곡했다. 곧 장비를 가져와 그곳을 파기 시작했다. 얼마를 파 내려가자 옷가지가 나오고 뼈들이 드러났다. 그건 어린 아이들이었다. 곧바로 국과수로 이동해 부검을 하고 DNA 분석이 이루어졌다.

옷가지만으로도 그것이 미순과 선미라는 것은 거의 확인이 되었다. 그때 입고 나갔었던 옷이 그대로 썩지 않고 남아 있었다. 아이들이 다리 아래 물로 쓸려 내려갈 거라던 김동수의 말은 사실이었다. 다행히 칡넝쿨이 아이들을 움켜쥐고 홍수에도 놓지 않아 보존될 수 있었다. 토막을 냈을 것이라는 태석의 추리는 다행스럽게도 빗나갔다. 빗나간 추리에 태석은 안도했다. 그리고 함경민이 보았다는 성폭행 영상도 발견되지 않았다. 발견되어야 했지만 발견되지 않은 것에 더 감사했다. 그 끔찍한 영상을 지켜볼 자신이 없었고 아이들이 성폭행을 당하지 않았기를 간절히 바랐기에 더 그랬다. 다행인지 불행인지 성폭행과 사제훼손 혐의는 적용하지 못했다. 다만 납치와 살인, 사체유기혐의가 적용되었고 이미 사망을 했기에 공소권 없음으로 송치가 되었다. 부검을 마친 아이들의 유골은 유미가 와서 찾아갔다. 간절히 기다리던 동생들이기에 유미의 눈물은 끝이 없었다. 새로 부임한 형사과장은 사건 브리핑에 나섰고, 7년간 미제로 남아 있던 미순과 선미의 납치사건 피의자는 사망한 김동수라고 발표를 했다. 그리고 그가 협회에 십이억 원의 사재를 기부한 것은 사건을 무마하기 위해 변호사와 형사과장을 협박하던 과정에서 제공한 것으로 순수성이 없다고 결론 내렸다.

*

서울구치소에서 영한은 전과 다름없이 미소를 지었으며 태석을 원망하지 않았다.

"태석아, 내가 너 로펌으로 오라고 했는데 너 같은 놈은 로펌에 오지 말고 경찰에 계속 남아서 수사해라. 넌 거기가 더 어울려."

"형님도 어울려요."

"그래? 고맙다. 나도 우리 태주만 아니었으면 계속했을 거야."

"태주가 좋아할까요? 이런 모습을?"

"글쎄, 싫어하겠지. 못난 아빠라고 할지도."

"그런데 왜 그랬어요?"

"태석아, 범죄로 피해를 입은 수많은 아이들의 아빠 엄마가 있다. 아이가 강간을 당하고 죽기도 하고 생식기능을 모두 잃는 중상해를 입기도 해. 죽은 미로는 아직도 인터넷에 동영상이 떠다니고 있고. 그런데 사법부는 어떻게 했니? 고작 징역 1년이 전부였고 강간을 했던 놈들은 떳떳하게 나와 거리를 활보하고 있어. 그런 놈들이 지금도 어디에선가 버젓이 아이들을 협박해 또 다른 동영상을 만들고 있겠지. 아이들은 죽을 만큼 힘든데 형벌은 겨우 몇 개월 겨우 몇 년이 전부야. 그게 피해자들을 생각하는 거라고 느껴지니? 그놈들이 숨을 쉬고 내뱉은 숨을 마시며 같이 숨을 쉰다는 것에 치가 떨리는데. 아픈 아이를, 죽은 아이를 바라봐야 하는 심정을 경찰은, 검찰은, 법원은 보듬어주었니? 차갑게 얼어붙은 심장이 고작 징역 1년으로 녹았다고 생각하는 거야? 나영이와 배 속의 태아까지 죽인 놈이 겨우 6년을 선고받았어. 그러고는 나와서 아무 일 없다는 듯 살겠지. 우리 사법은 죽었다. 피해자를 안아주고 있다고 시늉만 할 뿐이지. 삶을 포기하고 겨우 살아가는 피해자 가족들이 얼마나 많은데. 진정으로 그들이 원하는 게 무엇인지 몰라. 예전에 내가 협회에 나가 상담을 해준 적이 있어. 사람을 찾고 있더라. 동생을 죽인 사람을 찾아 죽이겠다고. 그 아이는 사악한 거니? 악질적이고 파렴치한 아이인 거니?"

"아니요."

태석의 목소리가 작았다.

"매일매일 죽어가는 불쌍한 아이야. 나이도 죽은 우리 나영이하고 같은 아이였어. 그 애가 우리 나영이라고 생각했지. 내가 그 아이에게 뭐라고 했는 줄 아니?"

"……"

"죽이라고 했어. 죽여서 맘이 편하다면 그렇게 하라고. 평생 짐을 가지고 우울하게 살지 말라고. 그렇게 살다가 니가 죽는다고. 그리고 열심히 살라고 했다. 내가 도와주겠다고."

"형님은 맘이 편하세요?"

"음. 편안해. 나는……"

영한의 표정은 정말로 편안해 보였다. 그리고 태석의 어떠한 설명에도 그는 마음을 바꿀 것 같지 않았다.

"태석아, 부탁이 있다."

"뭔데요?"

"우석이의 딸이 아직 미제사건이다. 니가 좀 해줬으면 좋겠다."

"그거 인천청과 경기청에서 합동으로 전담팀을 만들어서 하고 있어요."

"알고 있어. 그래도 니가 해줘. 형이 부탁한다."

"가능한지는 알아볼게요."

약속을 하지는 못했다. 협조 정도는 가능할 것 같았다.

"태석아."

"네?"

"그동안 고마웠다. 그리고 미안하다."

"뭐예요. 다시는 못 볼 사람처럼."

"그냥 그렇다고."

영한은 미소를 보이며 들어갔다. 돌아선 뒷모습이 외롭고 쓸쓸해 보였다. 그에게는 아무도 남아 있지 않았다. 최우석 변호사도 면회를 했다. 그와도 마지막이었다.

"우리 악연이 여기서 끝나네요. 그때가 7년 전인데."

"네, 7년 전 비가 오던 그날 변호사님이 거기 같이 계셨었습니다."

"미안합니다. 그때 악마의 제안을 받아들인 제가 너무 부끄럽습니다."

"자수를 하지 않으셨다면 그대로 묻힐 뻔했습니다. 물론 저는 파면이 되었겠죠."

"저와 같은 상황이었다면 팀장님은 어떤 결정을 내렸을까요?"

진지한 눈빛으로 최 변호사는 태석을 바라보았다. 자신의 결정에 동정을 받고 싶어했다.

"저도 어쩔 수 없이 그 제안을 받아들였을 겁니다. 저에게도 딸이 있으니까요. 자식을 둔 부모라면 비난하기 어려울 것 같습니다. 딸에게 목숨을 걸었던 임춘석씨나 영한이 형님도 모두 아버지이기에 중죄를 졌지만, 대중은 결코 그들을 비난하지 못할 겁니다. 감정을 배제한 법의 형량만이 있겠죠."

최 변호사의 얼굴이 붉어졌다. 비난하지 못한다는 말에 그는 만족했다. 태석은 충분히 이해한다는 눈빛으로 그를 바라봐주었고 그것은 위로가 되었다.

"김동수를 코치해 저를 자극하도록 한 것이 맞습니까?"

태석은 그것이 가장 궁금했다.

"김동수가 그렇게 똑똑한 녀석이 아닙니다. 성에 집착하는 야수에 불과했죠."

최우석 변호사는 그의 의도였다는 것을 간접적으로 시인을 했다.

"영한이 형님이 따님을 부탁하더군요."

"무슨 염치로 제가 부탁을 하겠습니까. 친구 놈이 저를 생각해서 그랬나보네요."

"제가 도움을 줄 수 있으면 돕겠습니다."

"고맙습니다."

"저희 수사는 끝났습니다. 그동안 수고 많으셨습니다. 변호사님의 자녀분은 분명 찾을 수 있을 겁니다."

태석은 마지막 인사를 하고 구치소를 나왔다.

22

    마지막으로 검찰로 송치할 서류를 정리했다. 수사 시스템상에 검찰로 발송을 하는 것으로 마무리를 지었다. 김동수와 관련하여 모든 일이 끝이 났다. 인사담당자에게 시골로 내려갈 수 있는지 여부를 물었다. 불가능하지만 방법이 있는지 찾아보겠다고 했다. 형식적인 대답이라도 고마웠다. 직원들을 집에도 들여보내지 않고 주말까지 부려먹은 게 미안해 서둘러 퇴근을 시켰다. 정수는 아이들과 시간을 보내겠다고 했고 기원도 마찬가지였다. 진욱은 곧 있을 경감시험 공부를 한다고 했고 은하는 소개팅이 있다고 했다. 모두 고마운 인연들이다. 시간을 정리하려고 하니 그들이 하나하나 소중한 사람들이었다. 그들이 없었다면 김동수 사건은 해결하지 못했을 것이다. 정리하는 데 시간이 별로 들지 않을 줄 알았는데 막상 하려니 생각보다 시간이 꽤 걸렸다. 짐만 정리하는 것이 아니라 생각과 사연을 정리하느라 그런 것 같았다. 김동수와 최 변호사, 유영한 사무장 그리고 한경철 형사과장, 그들의 일그러진 인연이 안다깁고 무거웠다.

서랍 속에 사연을 집어넣고 문을 잠갔다. 건물을 나오자 불어오는 바람이 제법 차가웠다. 이제 겨울이 오려나보다. 서둘러 주차장으로 가는데 주머니에서 전화벨이 울렸다.

"팀장님! 집에 들어가셨어요? 안 들어가셨으면 한잔하시게 오세요."

은하의 목소리는 취해 있었다. 소개팅남이 괜찮았던 모양이다.

"소개팅하러 간다면서 맘에 들었나보네."

"아씨, 바람맞았어요. 갑자기 일이 생겼다고 나오질 않잖아요. 그래서 한 명 불렀어요. 누구게요? 팀장님도 잘 아시는 사람인데. 팀장님을 엄청 존경한다고. 바꿔드릴게요."

"존경하는 팀장님 한잔 같이 하시죠. 제가 모시러 가겠습니다."

"인마, 너는 공부하러 간다면서. 승진시험 안 볼 거야?"

"불쌍한 중생이 있다고 해서요. 오늘만 쉬고 내일부터 하려구요. 사무실 동생이 바람을 맞았다고 하는데 선배로서 그냥 넘어가기도 좀 그렇고 해서……"

"니네 둘이 소개팅하고 있는 것 같은데."

"아니에요, 아니에요."

두 사람은 모두 아니라고 소리를 질렀다.

"팀장님, 존경합니다. 그리고 사랑합니다."

"나도 너 사랑한다."

"무슨 대답에 아무 영혼이 없어요. 저는 진심인데."

"진심으로 말한 거야. 은하 잘 보내주고 너도 조심히 들어가라. 내일 보자."

많이 마신 모양이다. 목소리가 밝고 신나 있는 게 두 사람이 서로 싫지는 않은 것 같았다. 이어서 전화가 또 들어왔다. 이번엔 정수였다.

"형님, 아직도 집에 안 들어가고 있죠?"

"어떻게 알았냐?"

정수의 목소리도 술에 취해 있었다. 집에서 아이들과 늦은 저녁을 먹고 와이프와 둘이 집 앞 호프집에 와서 한잔하고 지금 들어가는 길이라고 했다.

"형님, 고생 많으셨습니다. 형님 아니면 절대 해결하지 못할 사건이었어요."

"뭔 소리야. 제수씨 피곤하니까 회사 얘기 그만하고 빨리 들어가."

"우리 집사람 형님 팬이에요. 알죠?"

"무슨 소리야 인마. 팬이라니?"

정수는 믿지 않는 태석을 확인시켜주기 위해 전화를 아내에게 넘겼다.

"팀장님, 저 팬 맞아요. 우리 남편이 맨날 팀장님 이야기만 해요. 저보다 팀장님을 더 좋아하는 것 같아요. 그래서 저도 팬이 되었어요. 저희 남편 잘 부탁드립니다. 참, 지영이 잘 있죠? 우리 창민이가 지영이 좋다고 따라다녔잖아요. 수능 끝나고 한번 보시게요. 그러고 보니 내일모레잖아요. 곧 볼 수 있겠네요."

그녀도 취해 있었다. 오랜만에 남편과 하는 술자리가 편안했던 모양이다. 조심히 잘 들어가라는 인사로 전화는 끝이 났다. 차에 올라타고 태석은 한동안 시동을 걸지 않았다. 문득 외롭다는 생각이 들었다. 아이들과 함께 저녁을 먹고 아내와 집 앞에서 맥주를 함께 하는 소소한 일상이 부러웠다. 왜 나는 그런 것을 못 했을까. 태석을 응원하기 위해 걸려온 전화가 태석을 더 외롭게 만들었다.

'모레가 수능이지. 초콜릿 사야겠다.'

전화기를 보고 혼자서 중얼거렸다. 그리고 메시지를 기다렸다. 지영은 집에 들어가면서 항상 메시지를 남겨주었다. 길지 않은 메시지였지만 태석에게는 위로이고 위안이었다. 포기를 하고 싶을 만큼 힘든 하루에도 딸의 목소리와 메시지는 피로회복제 역할을 톡톡히 했다. 기어를 넣고 출발을 하려고 할 때 마침 휴대폰 벨이 울렸다. 기다리던 전화가 드디어 왔다.

"지영이 수업 끝났구나."

"아빠! 아빠!"

딸의 목소리는 다급했고 간신히 울음을 참으며 울먹였다.

"아빠, 엄마가 전화를 안 받아. 삼십 분 전쯤에 통화를 했는데 술이 많이 취해 있었고 옆에서 화가 난 아저씨 목소리도 있었어. 엄마가 괜찮다고 계속 그래서 끊었는데. 지금은 아예 전화를 받지 않아. 아빠, 어떡하지? 이런 적 없는데. 이상해, 아빠! 엄마 무슨 일 생긴 거 아닐까?"

엄마 걱정에 이렇게 겁을 먹고 전화를 한 것은 처음이었다.

"아빠가 지금 가볼게. 아저씨한테 전화해보지 그랬어?"

"그 새끼 없어!"

지영은 아저씨를 그 새끼라고 부르며 화를 냈다. 한 번도 그렇게 부른 적이 없었다.

"없다니?"

"그 새끼 사기죄로 교도소 갔어."

"뭐? 언제?"

"반년도 넘었어. 그니까 엄마가 힘들지."

아내의 옆에 왜 놈이 없었는지 알 것 같았다. 진작 이야기를 하지. 딸조차 한 번도 그놈에 대해 이야기를 하지 않았다. 자존심이 센 아내 때문이었을 것이다.

"엄마 어디 있다고 그랬는데?"

"인천 만원동 유흥가요."

"왜? 엄마가 거기를 뭐 하러 갔는데?"

"……"

지영은 말을 잇지 못했다. 어쩌면 태석이 생각하는 그런 일을 하고 있을지도 모른다.

"알았어. 아빠가 가볼게. 가게 이름 생각나면 전화하고."

태석의 차는 인천 만원동으로 향했다. 다행히 자정이라 도로에 차는 한산했다. 다시 지영에게 전화가 들어왔다.

"아빠, 나도 수업 끝나면 그쪽으로 갈게. 그리고 엄마 노래방 나가. 도우미 한다고."

"그건 어떻게 알았어?"

"엄마가 말은 안 하는데. 내가 그냥 알았어. 아빠, 엄마가 빚이 너무 많아. 많아도 너무 많아. 다 그 새끼가 만들어놓은 거야."

"……알았어."

수연에게 전화를 넣었지만 신호만 갈 뿐 받지 않았다. 술에 취해 받지 않겠지라고 생각하면서도 자꾸 걱정이 되었다. 그건 박 교수가 했던 말과 충양경찰서에 갔을 때 팀장의 말 때문이다. 인천과 경기 지역에서 여성실종사건이 연쇄적으로 나고 있고 특히 노래방 도우미들이 사라지고 있다고 했었다. 최근에도 났었다고. 계속해서 그 말이 귓속을 맴돌았다.

지영은 엄마의 위치가 편의점 맞은편으로 나온다고 연락해왔다. 엄마 걱정에 위치앱을 깔아놓은 게 다행이었다. 수업이 끝나면 자기도 곧 출발할 거라고 했다. 그냥 집으로 가라고 해도 지영은 말을 듣지 않았다. 지영은 엄마와의 전화통화 때 소리를 질렀던 남자의 목소리를 잊을 수가 없었다. 남자는 엄마에게 듣기 힘든 쌍욕을 하고 있었다. 엄마가 제발 무사히 그곳에 있기를.

차는 거침없이 만원동으로 들어갔다. 편의점 앞에 차를 주차하고 건너편을 보자 2층에 노래방이 있었다. 밖에서도 노랫소리가 시끄럽게 들려왔다. 계단을 뛰어올라 안으로 들어가자 카운터에서 여사장이 태석을 반겼다.

"어서 오세요. 몇 분이세요?"

태석은 대꾸도 하지 않고 안으로 들어갔다. 방마다 손님들이 가득했다. 문을 열고 태석은 일일이 사람들을 확인했다.

"뭐야! 시발놈아!"

"……"

술에 취해 노래를 부르던 남자들은 갑작스런 태석의 등장에 짜증을 냈다. 태석은 수연이 없는 것을 확인하고 그냥 문을 닫았다. 여기에 없으면 안 되는데. 욕을 들어가면서 일일이 방문을 열었다.

"왜 그래요? 누구 찾아요? 이거 영업방해야!"

"……"

"당신이 뭔데 그래? 왜 그러는 거냐고?"

"……"

"아니 왜 그러냐니까?"

"경찰이야."

성난 태석의 얼굴에 여사장은 기가 눌리면서도 따지고 들려 했다. 그러나 경찰이라고 밝히자 서둘러 도우미들을 밖으로 빼기 시작했다. 방마다 남자 손님들은 도우미를 불러놓았고 테이블에는 술병이 가득했다. 끝 방에는 손님이 없는지 아무 소리도 들려오지 않았다. 그곳으로 가려고 할 때 방문이 열리며 건장한 남자가 나왔다. 얼굴은 구겨져 있었고 입모양은 욕설을 하고 있다는 것을 알 수 있었다. 그는 건넛방으로 들어갔다. 남자가 나온 방문을 태석이 열었다. 구석에 여자가 쓰러져 있었다. 짧은 스커트에 하얀 다리가 눈에 들어왔다. 가까이 다가가 얼굴을 살폈다. 화장기 가득한 얼굴이 누구에게 맞았는지 부어 있었다. 입가에는 피까지 흘리고 있으면서 술 냄새가 진동했다. 몸을 가누지 못하고 취해 있는 그녀는 아내 수연이었다. 2년 만에 보는 아내의 모습이 너무 초라하고 불쌍해 보였다. 항상 도도하고 세련되었던 아내의 모습은 어디에서도 찾을 수가 없었다. 그렇게 자존심 강하던 여자는 그냥 술에 만취해 몸을 가누지 못하는 아줌마가 돼 있었다. 아내를 일으켜 세우기 위해 그녀의 어깨에 손을 올렸다.

"사장님, 팁 좀 주세요. 사장님, 제가 맞아도 가만히 있었잖아요."

"지영이 엄마! 수연아! 수연아! 너 왜 그래?"

"사장님! 팁 좀. 제가 잘해드렸잖아요. 만 원만 주세요."

"수연아!"

아내의 가슴은 풀어져 있었다. 바닥에서 그녀를 일으켜 의자에 앉히고 태석은 잠바를 벗어 그녀의 풀어진 가슴을 덮었다. 참을 수 없는 분노가 끓어올랐다. 참아야 하는데라는 생각조차 들지 않았다. 태석을 보고 있던 여사장이 눈이 돌아간 태석의 모습에 벽에 붙어 몸을 피했다. 곧바로 남자가 들어간 방으로 갔다. 문을 열자 조금 전 보았던 남자가 친구 두 명과 도우미를 끼고 춤을 추고 있었다. 왜 그랬냐고 묻지도 않고 먼저 주먹이 날아갔다. 큰 덩치에도 놈은 바닥에 나가떨어졌다. 도우미들이 비명을 지르며 밖으로 뛰어나갔고 일행들이 태석을 말려보았지만 오히려 태석에 밀려 바닥에 쓰러졌다.

"도우미가 돈에 미쳐 있길래 내가 좀 때렸다 왜?"

"니가 그렇게 쉽게 건들 여자가 아니야. 개새끼야!"

"왜 그래. 시발! 당신이 뭔데 그래?"

"내가 남편이다. 내가 저 여자 남편이라고!"

태석의 분노에 대항을 하려던 남자는 힘과 덩치에 완전히 기가 죽어 다시 한번 바닥에 널브러졌다. 그래도 태석은 남자를 죽일 듯 달려들었고 일행과 여사장은 필사적으로 말려보았지만 힘에 부쳤다.

"여보! 뭐 하는 거야!"

노래방이 찢어질 듯한 목소리에 사람들은 일제히 문 앞에 서 있는 수연을 쳐다보았다. 그녀는 정신을 차리고 방으로 돌아와 태석을 보고 소리를 질렀다. 태석이 주먹질을 멈추고 일어나자 손님들은 그대로 도망치듯 빠져나갔다.

"시발, 마누라 간수 똑바로 해, 개새끼야. 이런 데 나와서 일하게 하는 주제에. 시발 좆같네."

"뭐야! 개새끼야!"

태석에게 두들겨 맞은 남자가 억울한지 욕설을 하며 나갔다. 남자도 자기가 한 행동 때문에 어떻게 할 수 있는 상황이 되지 못했다. 남자의 빈정거림에 태석이 쫓아가려고 하자 수연이 막아섰다.

"그만해! 시발! 왜 여기 와서 깽판이야? 왜!"

"……"

"누가 나서서 나 지켜달래? 지켜달라고 했냐고!"

"지켜주지 않아도 될 만큼 잘 살든가. 왜 이 모양으로 살고 있어!"

"내가 이러고 살든 저러고 살든 너하고 무슨 상관인데, 시발!"

수연은 비틀거리면서도 돌아보지 않고 나갔다. 태석이 잡아주려 하자 팔을 뿌리쳤다. 계단을 내려가 길을 걷다가 힘이 드는지 편의점 의자에 앉았다. 태석은 편의점으로 들어가 술 깨는 음료와 물을 사와 수연 앞에 놓았다. 수연은 입술 안이 터졌는지 물을 마시며 인상을 찌푸렸다. 태석의 난리에 술이 깼는지 그녀는 편의점으로 들어가 맥주캔을 사들고 나왔다. 먹지 말라고 말려도 소용이 없었다. 그녀는 맥주를 몇 모금 마시고 담배를 꺼내 물었다. 담배까지 배운 모양이다. 그 모습을 태석은 측은하게 바라보았다. 왜 이렇게 망가진 거니. 누가 널 그렇게 만든 거야. 태석의 눈이 묻고 있었다.

"왜? 내가 불쌍해? 내가 처량해 보이니? 전 마누라가 이러고 사니까 한심해?"

"……"

"그렇지? 그렇게 보이지?"

"……"

"대답을 해? 그렇게 쳐다보기만 하지 말고! 시발, 불쌍하냐고?"

"그래!"

"시발! 그럴 줄 알았어. 그러니까 뭐 하러 오냐고!"

그녀는 울기 시작했다. 눈물은 하염없이 흘러내렸고 소리 내어 오열하기 시작했다. 태석을 보자 참고 있던 설움이 한꺼번에 터져나왔다. 지금은 그래도 될 것 같았다. 담배 연기가 그녀의 속으로 들어가 힘들었던 지난 세월을 끄집어냈다.

"그 새끼 사기죄로 교도소에 갔어. 반년도 넘었어. 내 인생이 왜 이렇게 됐는데. 그 새끼가 내 앞으로 대출받은 게 삼억이 넘어. 그 새끼 앞으로는 오억이야. 아마 더 될 거야. 내가 갚지 않으면 지영이가 갚아야 돼. 나 그거 어떻게 갚아. 이렇게라도 해야지. 이게 다 누구 때문인데. 누구 때문이냐고. 하태석이 너 때문이잖아!"

그렇게 말하고 또 울었다. 태석을 만나고 결혼하고 지영을 낳아 기를 때 보았던 그 당당하던 아내의 모습은 어디에도 없었다. 돈에 찌들어 힘들어하는 허약한 아줌마일 뿐이었다.

"취했다. 데려다줄게."

"왜? 남편 교도소 갔다니까 니가 진짜 남편인 줄 아니? 너 이혼했어, 나하고. 남이라고."

"지영이 아빠야. 니 남편은 아니지만. 넌 지영이 엄마고."

"그래서 내 딸 아빠노릇 좀 하려고?"

"그래, 못했던 아빠노릇, 남편노릇 좀 잠깐 해보려고 그런다. 그러니까 가만히 있어. 그냥 내가 하라는 대로 좀 하라고!"

태석이 감정이 끓어올라 소리를 질렀다.

"왜 소리를 지르고 그래! 성질은 내가 났구만."

"그러니까 그냥 하라는 대로 하라고."

"시발! 그럼 좀 이쁠 때 오지. 개꼴을 하고 있을 때 오냐."

그녀는 작은 목소리로 그렇게 말했다. 둘은 차에 올랐다. 그러나 서로 말이 없었다. 먼저 말을 꺼낸 것은 수연이었다.

"그래도 시발, 전남편이라고 고맙기는 하네. 옛날 마누라 처맞으니까 도와주고. 고마워."

"됐어."

"이렇게 된 거 다시 나랑 살아주라."

"무슨 말이야?"

"다시 같이 살면 안 되냐고?"

"술 깨면 이야기해. 지금은 취했어."

"술 깨면 이야기 안 할 건데. 술 취했을 때 그냥 받어."

"……"

"못 받겠지? 너도 빚에 쪼들린 내가 우습기만 하지? 노래방이나 다니고 사내놈들한테 처맞기나 하는 여자를 보니까 한심하지? 됐다, 됐어. 돈 갚아달라고 안 한다, 치사해서. 근데 지영이 성인 돼도 양육비는 계속 줄 거지? 시집 갈 때까지는 줘야지."

그녀는 창밖을 바라보며 말을 흘려보냈다. 태석도 흐르는 말을 흘러가는 그대로 두었다. 차창을 지나는 바람 소리와 함께 그녀의 말이 사라졌다. 대꾸할 말은 많았지만 하는 게 미안했다. 지영에게 전화를 걸었다. 엄마를 만났으니 오지 말고 그냥 집으로 가라고. 그런데 전화기가 꺼져 있었다.

"전화기 꺼져 있네?"

"집으로 갔나?"

시계를 보니 자정을 넘기고 있었다. 학원 끝나고 집으로 갈 시간이다.

집에 가 있을 거라고 생각하고 둘은 집으로 향했다. 연립주택에 살고 있는 모녀의 집에 도착한 시간은 새벽 1시가 안 되었다. 큰길에서 한참을 들어가야 나오는, 30년은 족히 넘는 낡은 연립이다. 수연은 뛰어서 집으로 들어갔다. 집에 들어가면서도 불이 꺼진 게 이상했다. 엄마가 올 때까지 불을 끌 리 없었다. 열 평 남짓의 집은 텅 비어 있었다. 두 사람은 다시 학원가로 향했다.

"지영아! 우리 지영이 어디 간 거야!"

수연은 다시 울기 시작했고 태석의 차는 더 속도를 높였다. 학원가까지 왔지만 지영이 다니고 있는 학원이 어디인지 알지 못했고, 이미 모두 문도 닫은 상태였다. 어쩔 수 없이 주변을 뒤지고 다녔다.

"학교 친구들 연락처 없어?"

"학교 친구들은 서울에 있는 애들이지."

"여기는?"

"여기? 지영이 학교에 안 다녀. 검정고시로 졸업했어."

"뭐?"

"지영이가 결정한 거야. 나는 가라고 했지. 지가 안 간다는데 내가 어떻게 해."

"학교까지 그만둔다는 게 말이 돼?"

"적성에 맞지 않으면 그만두는 거지."

"당신 빚 때문에 그런 거겠지."

태석은 학교조차 가지 못했던 지영이 너무 불쌍했다. 시간이 새벽 2시를 넘기고 있었다.

"여보세요? 저희 딸이 수능을 준비하는 학생인데 연락이 되지 않고 있어요. 10시까지는 연락이 되었던 것 같은데요. 지금은 휴대전화도 꺼져 있고 확인이 안 돼요."

수연의 신고에 지구대 순찰차 두 대가 왔다. 순찰차에서 내린 경찰관들은 서둘러 달려와 지영의 인적사항을 확인하고 어디론가 급히 연락을 취했다. 여학생이라는 것을 확인하자 경찰관의 얼굴은 더 초조해 보였다. 이어서 경찰 차량들이 줄을 지어 도착을 했다. 형사 차량이 들어오고 이어서 실종전담팀 차량과 112 타격대까지 버스를 이용해 도착했고 관할 밖의 지구대에서도 지원을 나왔다.

"고등학교 3학년이라고요? 마지막 연락이 된 게 언제입니까?"

실종전담팀장이 다가와 물었다. 그의 얼굴은 심각해 보였다.

"잠시만요. 잠깐 이야기 좀 하시죠."

태석은 팀장을 끌고 옆으로 갔다. 박 교수가 말했던 연쇄적으로 일어나고 있는 여성실종사건과 연관이 있다면 아내 수연에게는 충격일 수 있었다. 그녀는 단순히 길을 잃었거나 친구를 만나고 있을 거라고 생각하고 있었다.

"저도 직원입니다. 혹시 인천 지역 실종사건 때문에 이렇게 많이 출동을 한 겁니까? 사건에 대해 제가 좀 알아도 될까요?"

"어디?"

"서울청 미제사건 팀장입니다."

"네, 어쩌면 저희하고도 연관이 있겠네요. 저희도 10년째 미제로 남아 있는 사건들이 있으니까요. 수사본부에서 지금까지 확인된 것만 총 열세 명의 여자들이 실종되었습니다. 그중에 세 건이 최근에 폭발적으로 발생했고요. 단순가출이기를 바라지만요."

실종팀장은 지영이 연쇄실종사건의 피해자일 수도 있다는 취지로 답을 했다. 수연을 바라보는 태석의 얼굴이 굳어졌다. 출동한 경찰들은 지영의 사진을 휴대폰으로 받아 주변 일대를 뒤지기 시작했다. 갑자기 늘어난 백 명에 가까운 경찰관들이 주변을 확인하기 시작하자 여기저기서 무전이 들려왔다. 가장 먼저 연락이 온 곳은 학원이었다. 태석은 곧바로 학원으로 달려갔다. 5층에 위치한 학원은 문을 닫기 직전이었다. 갑작스런 경찰관의 출현에 젊은 남자 강사는 깜짝 놀랐다. 경찰에 놀라고 이어서 지영이 실종되었다는 말에 더 놀랐다.

"지영이가 언제 나갔죠?"

"원래 청소를 하고 가야 하는데 오늘은 엄마 때문에 일이 있다고 안절부절못해하길래 제가 일찍 보냈습니다."

"청소를요?"

"네, 학원비를 반만 내는 대신에 학원 청소를 하고 있습니다. 지영이가 가정형편이 좋지 않잖아요. 편의점 세 군데서 알바도 하는 걸로 알고 있는데요. 학원 끝나고 버스정류장 근처 편의점에서도 일을 하고 들어가요. 지영이가 열심히 일도 하고 공부도 해서 우리는 어떻게든 도와주려고 하죠. 얼마나 기특한 학생인데요. 그런데 한 번도 연락이 안 된 적은 없는데……"

그 말에 태석은 가슴이 더 아팠다. 두 시간이나 전에 나갔는데 지영은 어디를 간 것일까. 정말로 누군가에 의해 납치가 된 것일까. 태석의 머리는 텅 빈 공황상태가 돼버렸다. 뭘 어떻게 해야 할지도 알 수가 없었다. 이번엔 편의점에서 관련자를 찾았다는 무전이 나왔고 태석은 그곳으로 갔다. 학원가에서 조금 떨어진 외진 곳에 편의점이 있었고 그곳에서 지영의 친구가 아르바이트를 마무리하고 있었다.

"지영이 친구니? 지영이 어디 간 줄 알아?"

"한 시간 반쯤 전에 저한테 택시비를 얻어서 갔어요. 엄마한테 간다구요. 엄청 급한 것 같았는데요. 그런 모습 처음 봤어요."

경찰들은 CCTV를 돌려 가게에서 나가는 지영이의 모습을 찍어 휴대폰으로 전송을 했다. 아이의 직전 모습이 확인되었다. 경찰들은 계속해서 탐문을 이어갔고 형사들은 수색을 타격대에 맡기고 사무실로 돌아갔다. 태석과 수연은 간단한 진술을 받기 위해 경찰서로 향했다. 경찰서로 가자 실종사건을 전담하기 위해 강력팀과 여청수사팀이 전담팀을 꾸려 활동을 하고 있었고, 경기청과 인천청의 합동수사본부에서도 직원들이 나왔다.

"우리 지영이 어떡해, 우리 지영이. 지영아 어디를 간 거야."

수연은 계속해서 울었다. 수색을 하는 동안에도 울었고 경찰서로 오는 동안에도 눈물이 끊이지 않았다. 자기 때문에 없어진 것이라고 힘들어했고 그러다가 일이 생기면 어떻게 하느냐고 또 울었다. 힘들어하는 수연에게 관련 내용을 진술하도록 하고 태석은 수사본부 팀장을 찾아갔다. 그는 충양경찰서에서 만났던 주상국 팀장이었다. 그는 실종자가 태석의 딸이라는 데 걱정과 놀라움을 드러냈다.

"어디까지 확인이 됐습니까?"

"현장에서 연락이 오기를 마지막 편의점에서 나와 도로 쪽으로 약 오십 미터쯤 걸어가는 모습이 전부랍니다. 아마 친구에게 돈을 빌려 택시를 잡기 위해 위쪽에 있는 버스정류장으로 이동을 한 것 같습니다."

"그쪽으로는 CCTV가 없습니까?"

"안타깝게도 그곳은 없습니다. 편의점 가기 전까지는 곳곳에 설치가 되어 있는데 거기는 없습니다."

"따님의 휴대폰의 마지막 위치가 북원동입니다. 거기로 갈 이유가 있습니까?"

"아니요. 집은 신원동이고 택시를 탔다면 만원동 쪽으로 오는 길인데 거기와는 상관이 없습니다. 완전 다른 방향입니다."

"시간상으로 보아서, 차량을 타고 이동을 한 것 같구요. 그쪽에서 마지막 확인이 되는 것을 보면요."

지영의 휴대전화 최종 위치가 확인된 곳은 아무 연고도 없는 곳이다. 거기까지 가려면 반드시 차량을 이용해야 그 시간에 도달할 수 있는 위치였다. 그렇다면 지영이는 택시를 탔거나 아니면 다른 누군가의 차량을 탄 것이다. 택시회사에는 이미 지영의 사진이 전송되어 모든 택시기사에게 확인이 들어갔다. 지영이를 태운 택시기사가 있다면 연락이 올 것이다. 1분 1초가 1년 10년처럼 지나가고 있었다.

"저희가 실종 때문에 택시기사들과는 확실히 확인이 될 수 있도록 조치를 해놓았습니다. 연락이 없는 걸로 봐서는 택시를 타지는 않은 것 같습니다. 그래서 따님이 실종된 시간으로 추정되는 시간대 이동한 차량들을 모두 분석할 예정입니다."

"몇 대나 됩니까?"

"좀 많습니다. 현재 확인된 것만 3만 대가 조금 넘습니다. 지금 번호를 모두 뽑아서 분석 중에 있습니다. 죄송한데 로비에 가시면 대기실이 있습니다. 그곳에서 대기해주시겠습니까?"

주상국 팀장은 안심시키기 위해 노력을 하는 것 같았다. 태석은 밖으로 나올 수밖에 없었다. 여기서 태석은 경찰관이 아니라 실종자의 가족일 뿐이었다. 수사에 방해가 되어서는 안 되었다. 무엇을 해야 할까. 뭐를 할 수 있을까. 머릿속은 생각을 해야 하는데 자꾸 지영의 얼굴만 떠오를 뿐 어떻게 해야 할지가 떠오르지 않았다. 딸이 없어졌다고 생각하자 머릿속의 생각회로가 모두 뭉개져버린 것 같았다. 아내 수연이 조사를 마치고 밖으로 나왔다. 얼마나 울었는지 충혈된 눈이 파랗게 보이기까지 했다.

"여기서 뭐 하고 있어?"

"응?"

"여기서 뭐 하고 있냐고? 딸이 없어졌는데 당신은 여기서 한가하게 앉아 있냐고. 뭐든지 해야 할 것 아니야. 당신 딸이 없어진 거라고. 우리 지영이가!"

"내가 지금 뭐를 해야지? 여보, 나 뭐 해야 돼?"

"여보, 정신 차려. 당신이 정신을 차려야 우리 지영이를 찾지. 정신 차리라고! 정신! 왜 그래 당신까지. 어? 지영이 아빠!"

수연은 태석의 목을 잡고 또다시 오열했다. 그제야 정신이 번쩍 들었다. 납치사건의 골든타임은 열두 시간이다. 그것도 생존해 있을 시간은 일곱 시간 정도가 정설이다. 그런데 이미 두 시간 반이 소모되었다. 다섯 시간 정도가 남았을 뿐이다. 아침이 되면 지영이는 세상에 없을지도 모르는데 여기에 그대로 앉아 있다니.

지영이가 아무 차나 올라탈 이유가 없다. 왜 알지 못하는 사람의 차를 탔을까. 태석은 밖에 주차된 낡은 코란도 차량을 쳐다보고는 곧바로 전담팀 사무실로 뛰어 들어갔다.

"죄송합니다. 가족은 좀 나가주십시오."

"잠시만요. 팀장님, 지금 차량을 분석하고 있습니까?"

"그런데요?"

주상국 팀장이 태석을 막고 있던 팀원에게 들여보내라는 신호를 보냈다.

"전에 사건이 열 건이 넘는다고 했죠? 당시 통과 차량이 데이터로 저장돼 있겠죠. 그렇죠? 오늘도 차량으로 납치되었을 가능성이 높습니다. 차량을 이용하지 않고는 절대로 범행이 불가능합니다. 기존 사건과 동일한 번호의 차량이 몇 대나 나옵니까?"

"최근 세 건에 대해서만 오백 대가 넘습니다. 따님 것하고 겹치는 것은 이백 대 정도입니다. 지금 그중에 승합차 위주로 확인을 하고 있습니다. 백 대가 조금 못 됩니다."

"왜 승합차죠?"

"프로파일러들이 승합차나 화물차로 분석을 했습니다. 가장 가능성이 높다구요. 지금 시간이 없기 때문에 그 차량들 위주로 확인을 하려고 합니다."

주상국 팀장은 믿음에 찬 대답을 했다.

"아닙니다. 지금 모두 확인하는 건 불가능합니다. 새벽 2시가 넘었잖습니까. 납치가 되었을 때 생존할 가능성은 최대 열두 시간입니다. 유효한 시간은 일곱 시간 미만이라고 보면 맞을 겁니다. 이미 두 시간이 흘렀습니다. 이제 남은 골든타임은 다섯 시간입니다. 이백 대를 어떻게 확인할 겁니까? 그것도 승합차만요. 다섯 시간 안에 그건 불가능합니다. 피해자 아버지로서 부탁을 드립니다. K사에서 나온 9시리즈 차량을 확인해주십시오."

"그 차량을 왜?"

"저희 딸이 아무 차량에나 올라타지는 않았을 겁니다. 차에 탔다면 그 차에 탔을 겁니다."

*

엄마는 계속해서 전화를 넣어도 받지 않았다. 수업 중에 거의 밖으로 나오지 않는데 강사의 눈치를 보며 지영은 밖으로 나왔다. 그리고 다시 전화를 했다. 이렇게 전화를 받지 않은 날이 없었는데. 엄마가 노래방 도우미로 나가는 것을 안 것은 얼마 되지 않았다. 엄마가 술에 취해 들어오는 날이 많았고 매일 늦었다. 피우지 않던 담배도 피우기 시작했고 옷도 야한 옷을 입고 들어왔다. 엄마는 새아빠를 그 새끼라고 불렀다. 그래서 지영에게도 그 새끼였다. 그 새끼는 재산을 다 말아먹고도 엄마에게 삼억 원이라는 짐을 주고 떠났다. 정상적인 일을 해서는 절대로 갚을 수 없는 돈이 엄마 명의로 대출되어 있었다. 그 새끼가 만든 작품이다. 그 새끼는 수억 원의 빚을 지고도 여기저기 손을 벌려 상습사기로 구속이 되었다. 3년 형을 받았고 8개월째 복역 중이다. 엄마는 이혼 소송을 준비하기 위해 변호사를 찾았고 또다시 돈이 들어간다는 말에 그냥 돌아왔다. 인터넷을 뒤져 셀프소송을 진행했다. 전셋집을 빼서 일부를 갚아도 돈은 이자를 먹고 다시 자라나 또 그만큼 되어 있었다. 그 새끼가 남겨놓은 빚은 시간만 기면 키져 있었다. 짐짐 집은 작고 외지고 불편한 곳으로 옮겨졌다. 엄마는 정상적인 일로는 빚을 갚아나갈 수 없다는 것을 깨달았다. 그래서 짧은 시간에 많은 돈을 벌 수 있는 일을 택했다.

첫날 일을 다녀와 엄마는 아침까지 울었다. 지영은 왜 우는 거냐고 물어도 대답해주지 않았다. 그냥 그 새끼 욕을 하면서 울기만 했다. 그날 이후로 엄마는 밤이면 밖으로 나갔다. 엄마의 옷을 세탁할 때 주머니에서 노래방 명함이 여러 장 나왔다.

"엄마, 어디 일 다녀?"

"야간 공장에."

"어디에 있는데?"

"있어. 너는 공부나 열심히 해."

엄마 몰래 휴대전화에 위치공유 앱을 깔았다. 그리고 엄마가 일을 나가고 머무르는 곳마다 위치를 확인해 인터넷으로 로드뷰를 보았을 때 그곳은 모두 노래방이었다. 엄마는 밤새 네다섯 곳의 노래방을 여기저기 왔다갔다했다.

"엄마, 그거 하지 마!"

"……"

엄마는 못 들은 척했다. 지영의 말투에서 자기가 무슨 일을 하는지 이미 알고 있구나라는 것을 느꼈다.

"그거 하지 말라고!"

"엄마 늦으니까 일찍 자."

"하지 말라니까!"

"이거라도 하지 않으면 어떻게 할려고. 빚이 삼억이야. 니가 학원에 어떻게 다니는데."

"학원 안 다니면 되지."

"쓸데없는 소리하고 있네. 너는 공부 열심히 해서 학교 가. 엄마는 니 뒷바라지 할 테니까."

"그 뒷바라지가 왜 노래방이냐고!"

"그만큼 돈 주는 데가 없으니까 그렇지! 엄마가 할 줄 아는 게 뭐가 있어. 아무것도 없어. 할 줄 아는 게 아무것도 없다고."

엄마는 울었다.

"아빠한테 도와달라고 해."

"안 해."

"왜?"

"내가 쫓아낸 사람이야. 엄마 그 정도 바닥 아니야."

"아빠잖아. 내 아빠잖아! 엄마 남편 아니고 내 아빠라고. 그래도 안 돼?"

"안 돼. 다녀올게. 너도 말하지 마. 엄마 죽는 꼴 보지 않으려면. 확 죽어버릴 거니까."

"말할 거야."

"진짜 죽어. 다시는 엄마 못 볼 거야."

"그놈의 자존심이 뭐가 중요한데!"

엄마는 끝내 대답을 하지 않았다. 그것은 마지막 자존심인 것 같았다. 오늘은 몸이 더 좋지 않아 보였다. 감기 기운이 있다고 했는데 약국에서 파는 알약 몇 알을 먹고 나갔다. 소리를 질렀던 게 미안했다. 그래서 미안하다고 말을 하려고 하는데 엄마는 전화를 받지 않았다.

메시지를 보내도 확인하지 않아 더 걱정이 되었다. 학원에 내일 일찍 나와 청소를 하기로 하고 빨리 나왔고 알바를 하는 편의점에서 한 번은 통화가 되었다. 그것 때문에 더 걱정이 되었던 게 사실이다. 잠깐 받은 전화기에서 화가 난 남자는 엄마에게 욕을 하고 있었고 엄마는 죄송하다는 말만 할 뿐이었다. 그 뒤로 전화기는 끊어졌다. 계속 전화를 해도 안 되었다. 신호가 가다가 안내 음성으로 넘어갔다. 그래서 아빠에게 전화를 넣었다. 아르바이트 교대가 올 때까지 지영은 계속해서 안절부절 못해했다.

"무슨 일 있니? 왜 앞에 나와 있어?"

편의점 입구에서 교대를 하러 오는 은주를 기다리고 있었다.

"내가 보고 싶어서 문 앞에서 이렇게 기다린 거야?"

"아니, 은주야. 나 삼만 원만 빌려줄래? 지금 엄마한테 가봐야 하는데 돈이 없어."

"내가 그런 돈이 어디 있어. 이만 원은 있는데."

"그럼, 그거라도."

"사장님에게 말하고 현금함에서 가져가면 되지."

"아니야. 아빠가 와 있을 거야."

은주에게서 돈을 받자마자 지영은 곧바로 대로변으로 달려 나갔다. 그런데 택시를 잡으려고 하는데 오지 않았다. 조금이라도 빨리 엄마에게 가려는 마음에 길을 따라 계속 걸어가고 있었다. 가는데 택시는 한 대도 오지 않았다. 있더라도 모두 손님이 탄 차들이었다. 시계를 보니 엄마가 더 걱정되었다. 누구에게 맞고 있는 것은 아닐까. 발을 동동 구르고 있을 때 아빠가 타기를 바랐던 그 차가 다가오고 있었다.

*

　개장 아래에서 썩어가고 있을 여자들의 냄새가 땅 위로 올라오는 것 같았다. 여기에 우리가 있다고 절규라도 하듯 냄새는 스멀스멀 기어나오려 했다. 남자는 그 절규를 들으려 하지 않았다. 똥으로 덮으려 개들에게 사료를 주었다. 사료를 받고도 개들은 꼬리를 다리 사이에 넣고 낑낑거리다 남자가 멀어지자 허겁지겁 먹었다. 구석에 한 마리가 먹지 않고 바닥에 널브러져 있었다. 일어나지 못하는 걸 보니 죽을 때가 되었다. 남자는 전처럼 녀석을 끌어내어 토막을 쳤다. 피를 보고 나면 남자의 가운데 물건은 고개를 쳐들고 그 흥분을 감추기 힘들었다. 도시로 나오자 놈은 살아 있는 듯 꿈틀거리며 여자를 찾았다. CCTV가 없는 곳에 차를 정차하고 지나는 여자들을 바라보았다. 아랫도리에 손을 넣고 녀석을 주물렀다. 곧 딱딱하게 달아올라 어서 빨리 여자를 잡으라고 아우성을 치는 것 같았다. 남자는 사냥을 원했다. 잡아온 짐승이 살려달라고 비명을 지르는 것이 얼마나 달콤하고 매력적인지, 그 쾌감에 중독되어 있다고 남자는 스스로 인정했다. 짐승에게서 솟아오르는 뜨거운 피가 얼굴에 끼얹어졌을 때 느껴지는 비릿함을 상상하며 남자는 입술을 혀로 닦아냈다.

　차는 서서히 출발해 사냥감을 찾았다. 나이가 든 것보다는 어린 학생이 그래도 쉽게 차에 올랐다. 예전에도 그랬었다. 그 아이에게 따뜻한 아빠처럼 했더니 차에 올랐다. 오늘도 그런 아이가 걸려들기를 기대했다. 한 번에 성공을 해야 한다. 그렇지 않으면 신고가 들어갈지도 모른다. 이상한 사람이 여자를 차에 태우려 한다고. 신고를 하고 차량번호를 넘겨주면 남자는 끝이었다. 그래서 남자는 신중하게 차를 움직였다. 시내보다 조금 떨어진 곳이 좋을 것 같았고, 급하게 택시를 타려고 하는 모습이면 더 좋았다. 건너편에 학생으로 보이는 여자아이가 택시가 지나갈 때마다 손을 흔들며 차도까지 내려왔다. 반대편에 지나는 택시에까지 손을 흔들었다. 저곳에서 저렇게 바쁘게 택시를 타려고 한다면 가까운 거리는 아니다. 이 도로를 계속 따라가면 어디지? 만원동? 남자는 결정을 해야 했다. 최대한 친절하게 그리고 그의 호의를 거부하는 것을 미안해하게 만들어야 한다. 그래야 차에 태울 수 있다.

남자의 차가 서서히 여자의 앞으로 미끄러져 들어갔다. 그리고 실내가 보일 수 있도록 창문을 최대한 내리고 가족사진과 개 사진을 볼 수 있게 실내등까지 켰다. 남자의 얼굴도 환하게 최대한 미소를 지었다. 학생이 가족사진을 본 것 같다. 이제 말을 붙일 시간이다.

"학생, 조금 전에 빨간 옷 입은 아줌마 못 봤어?"

"빨간색요? 못 봤는데요."

"우리 집사람인데 여기서 만나기로 했는데. 만원동에 함께 가자고. 먼저 가버렸나?"

"만원동요?"

"응, 거기서 가족들끼리 만나기로 했는데 전화를 받지 않네. 이상하게. 잠깐만."

남자는 주머니에서 전화기를 꺼내 귀에 가져다댔다.

"응, 여보. 벌써 갔다고. 애들은 거기서 만났어? 연지하고 연아도 같이 있어? 이 사람이 전화를 했어야지. 그래 알았어. 지금 만원동으로 갈게."

남자는 아내에게서 전화를 받은 시늉을 하면서 학생을 힐끔 쳐다보았다.

"학생, 고마워. 지금 바로 만원동으로 가야 할 것 같아. 그런데 학생은 어디까지 가?"

"네?"

"애들하고 애들 엄마 만나러 만원동으로 가는데 혹시나 해서. 택시를 기다리고 있길래."

남자는 회심의 한마디를 던졌다. 지영은 고개를 숙여 차 안을 다시 살폈다. 남자는 아빠 나이였다. 아빠가 저런 차에 엄마와 자기가 함께 찍은 사진을 걸어놓고 다니기를 바랐었다. 딱 그런 아저씨다. 인상도 너무 좋았다. 아빠가 다른 일을 했더라면 저런 아저씨 같은 포근한 인상을 가지고 있었을지도 모른다. 거기다 아빠가 타기를 바랐던 그 차다. 그 차는 모두 친절한 사람들이 있을 거라고 생각했던 게 맞았다. 이 아저씨가 그 친절한 사람이다. 만원동까지 가는 데 택시비가 모자라기도 했다. 지영은 차를 한 번 더 쳐다보고 조심스럽게 뒷자리에 올랐다. 앞자리로 가려다가 그래도 최소한의 안전은 생각해야 했다.

"고맙습니다. 저도 사실 엄마를 만나러 가거든요. 만원동으로요."

"택시가 잘 안 잡히지?"

"네, 빨리 가고 싶은데 더 안 오는 것 같아요. 그래도 아저씨 같은 분을 만나서 다행이에요."

간단히 고맙다는 인사를 나누었다. 차는 서서히 출발했다. 밖은 서늘했는데 차 속은 약간 더울 정도로 포근했다.

"학생이지? 수능 공부하느라고 바쁠 텐데. 영양제 하나 먹을 거야?"

"아니요. 괜찮아요."

남자가 영양드링크를 뒤로 건네려 하자 지영이 사양을 했다. 한 번 더 권했지만 지영은 받지 않았다.

"그럼 같이 하나씩 먹을까? 학생 주려던 것은 내가 먹고 학생은 이거 새거 먹어."

남자는 뚜껑을 따서 주려던 것을 자기가 마시고 새것을 다시 지영에게 건넸다. 이것도 거부하는 것은 예의가 아닌 것 같아 지영은 그것을 받아 손에 들었다. 하지만 마시지는 않았다. 남자는 백미러를 통해 지영의 행동을 지켜보았다. 얼마쯤 달리다가 주변에 차들이 없자 남자는 도로 갓길에 차를 세웠다. 지영은 그때쯤 남자의 가족사진 속 아이들을 눈여겨보고 있었다. 모두 남자아이였다. 아까 아이들 이름을 부를 때 모두 여자 이름이었는데. 잠시 불길한 생각이 들었다.

"잠깐 뒷자리에서 확인할 게 있어서 그래. 잠깐만."

남자는 차에서 내려 차 뒤로 돌아가 조수석 뒷자리 문을 열었다. 그러고는 지영이 가지고 있던 드링크를 빼앗듯 가져갔다.

"시발, 처먹으라고 했잖아. 왜 안 처먹는 거야!"

지영이 깜짝 놀라 남자를 바라보자 그는 주먹을 들이밀었다. 지영이 주먹에 얼굴을 맞고 그 자리에 쓰러져도 남자의 주먹은 멈추지 않았다.

"처먹으라고 했잖아. 시발년아! 어른이 주면 좀 처먹으라고! 아구 좆 같은 년! 맞을 짓을 해. 맞을 짓을. 그냥 받아 처먹으면 되는걸."

＊

태석이 지목한 차량은 총 여덟 대가 나왔다. 그 여덟 대의 인적사항을 받아들고 확인하기 시작했다. 어느새 형사들은 태석의 주위로 몰려들었고 그의 지시가 떨어지기를 기다렸다. 여덟 대 정도라면 새벽 시간이라도 찾아가 확인이 가능했다.

"이 사람들은 직접 대면하고 확인한 사람들입니까? 겹치는 차량들은 모두 확인을 했을 것 같은데요."

태석은 차량 운전자에 대해 조사가 마무리되고 있을 걸로 생각했다.

"일부는 확인했고 일부는 하지 않았습니다. 저번 세 차례에 걸쳐 겹치는 차량이 오백 대가 넘으니까요."

"그럼 이 여덟 대는 모두 확인이 된 것입니까?"

주상국 팀장은 해당 직원들을 불렀다. 그리고 여덟 대의 K사 차량이 확인되었는지를 물었다. 직원은 두 대만 확인이 되었을 뿐 나머지 여섯 대는 아직 확인 전이라고 했다. 그 차들은 소유자가 여성 운전자이거나 고령 운전자들이라 제외되었었다. 여섯 대 중에 있을까. 태석은 확신하지 못했다. 지금까지 몇 년 동안 수사를 했으면서도 확인하지 못했던 차량을 단 몇 시간 만에 확인하는 게 가능할까. 태석이 지목했던 차량이 아니라면 수사는 완전히 벗어나고 만다. 그것은 지영의 안전을 확보하지 못할 수도 있다는 결론이었다. 시간은 새벽 3시에 가까워지고 있었다. 현장에서는 여전히 아무 소식도 전해오지 않았다. 결정을 해야 했다. 여섯 대를 제외한 나머지 모든 차량은 포기를 했다. 모두를 확인하는 건 물리적으로 불가능했다.

"지금 이 여섯 대를 확인해주시죠. 시간이 없습니다. 다른 차량까지 확인하다가는 시간이 늦어버립니다. 골든타임을 놓칠 수 있어요."

"그럼 팀장님이 말씀하신 여섯 대부터 우선 확인하겠습니다. 이후는 저희도 책임을 질 수 없습니다. 뭘 의미하는지 아시죠?"

"네, 각오하고 결정한 겁니다."

실종자의 가족이 원하는 수사이기 때문에 결과가 어떻게 나오더라도 우리를 원망해서는 안 된다고 일단 선을 그었다. 주상국 팀장은 한 번 더 신중하게 물었고 태석은 어쩔 수 없는 결정이라는 듯 고개를 끄덕였다.

각 팀들이 차량을 확인하기 위해 모두 출동을 했다. 여섯 개 팀으로 나뉘어 새벽 시간이라도 모두 대면을 해 확인하기로 한 것이다. 삼십 분이 지나자 무전이 들려오기 시작했다. 이상이 없다는 무전이 계속되었다.

여청수사팀 세 명으로 꾸려진 팀은 경기도 평택으로 이동하고 있었다. 다행히 새벽이라 길에 차들이 드물어 빠른 속도로 달려갔다.

"김옥순씨 나이가 좀 있어요. 74세면 본인이 타는 것 같지는 않은데 누가 탈까요?"

"가족들 명단까지 있잖아. 아들 중 누가 타고 있지 않을까?"

"그럼 가도 없는 거잖아요."

"같이 살지 않으면 없겠지? 시골집인 것으로 보아서는 없을 확률이 더 많은데 물어봐야지."

"그 피해자 아버지도 경찰관이라면서요?"

"응, 얼마 전에 뉴스에서 한참 떠들었던 그 직원이잖아. 다행히 사건을 해결해서 징계를 피한 것 같더라고. 다행인 거지. 언론이 반대로 잠잠해져서."

"완전히 반전이었잖아요. 피해자라고 했던 사람이 7년 전에 아이들을 죽였다는 게 밝혀졌으니까요."

"다행히 해결해서 살아났는데 이번에는 딸이 사라졌어. 참 힘들게 사시는 분이네."

그들은 태석을 동정했다.

"그래도 차량 여섯 대만 빨리 확인을 하면 되니까 그나마 낫다. 새벽에 우리가 할 수 있는 게 별로 없잖아. 다른 사람 같으면 차량 다 확인하고 CCTV부터 확인하라고 난리일 텐데. 그런 것 없이 먼저 차 여섯 대만 먼저 확인해달라고 하니까."

"아버지가 모험을 하는 거지. 어차피 시간이 없으니까. 지금까지 실종된 사람 아무도 돌아오지 않았어. 대부분 죽었을 것이라고 생각하잖아. 저번에 간담회 했던 여자 교수도 성폭행을 목적으로 했을 것이고 최대 열두 시간을 넘기지 못했을 것이라고 하잖아. 그 아버지가 말은 침착하게 했어도 속은 썩어가고 있을 거야. 서류를 들고 있는데 손을 계속 떨더라고."

"저도 봤어요. 다리도 떨고 있던데요. 숨도 잘 못 쉬는 것 같고."

"안타깝지만 이미 죽은 건 아닐까요?"

"그럴 수도 있지."

차량이 마을로 들어섰다. 마을회관에 차를 세워두고 주변을 살폈지만 찾는 차량은 없었다. 곧장 김옥순씨의 주소지로 향했다. 낡은 대문이 잠겨 있고 집주인도 잠들어 있는 것 같았다.

"계세요? 김옥순씨!

형사의 부름에 마을 개들이 일제히 짖기 시작했고 마당에 있던 발바리가 가장 크게 짖기 시작했다. 몇 번을 더 부르자 방 안에 불이 들어왔다. 마당에도 불이 켜지며 방문이 열렸다.

"누구요?"

"경찰입니다. 밤늦게 죄송한데 잠시만 확인할 게 있어서요."

"뭔 경찰이 새벽에 찾아와. 미쳤는갑네."

노파는 관절이 좋지 않은지 발을 절면서 대문으로 나왔다. 그리고 플래시를 대문 사이로 비추어 얼굴을 확인하려고 했다. 팀장이 신분증을 들어 대문 사이로 보여주었다.

"경찰 맞아요."

"그런데 뭔 난리가 났가니 새벽에 찾아와."

노파는 신분증을 보지도 않고 경찰이라는 말에 대문을 열었다.

"할머니 차 누가 타요?"

"차? 나 차 없는디."

노파는 차를 기억해내지 못했다.

"검은색 세단 있잖아요. 그거 누가 타요? 아드님이 타요?"

"응? 그거 아들이 타제."

"누구요? 큰아들요, 작은 아들요? 한기송인가요, 한기철인가요?"

형사들은 서류를 빼 아들의 이름을 불러가며 누가 타는지를 물었다. 노파가 불러주는 대로 이제 아들들을 찾아가 확인을 할 예정이었다.

"근디, 그것을 왜 묻는 거여?"

"그 차에 사람이 납치되었다고 신고가 들어왔어요."

"뭐? 납치?"

"네, 그러니까 사실대로 말을 해야 돼요. 빨리 확인해야 하니까요."

납치신고라는 말에 노파의 얼굴이 일그러졌다. 아들이라고 말하면 즉시 여기를 떠나 아들을 찾아갈 것이 분명해 보였다.

"할머니 누가 타냐니까요?"

"……"

"할머니!"

노파는 바로 대답하지 못했다. 형사들은 이상한 낌새를 느끼기 시작했다.

"아드님이 안 타죠? 누구예요? 빨리요."

"할머니, 공범으로 체포될 수도 있어요!"

체포될 수도 있다는 말에 노파의 얼굴은 더 일그러졌다.

"나도 몰라. 그냥 정류장에서 만난 양반인디 차를 해주면 백만 원을 준다고 하니까 그냥 해준 거여. 나는 그 차를 모르지."

"그럼 누가 타고 다니는지 몰라요?"

"잉, 몰라."

"몇 대나 해주었어요?"

"네 대인거 같은디."

"과태료 같은 거 날아오죠? 그런 거 어디에 있어요?"

대포차로 타고 다니고 있다면 분명 과태료 쪽지가 날아올 것이다. 형사들이 급한 마음에 집 안으로 들어갔다. 그리고 할머니가 모아놓은 과태료납부고지서를 들고 나왔다. 차를 해달라고 하던 6년 전부터 가지고 있었다. 차는 그때부터 2년에 한 번씩 해주었고 과태료는 어쩌다 한 번 찾아와 납부를 했었다.

"보험증서 있을 것 같은데."

노파는 서류를 모두 버리지 않고 가지고 있는 것을 보고 보험증서도 배달이 되어 있을 것 같았다. 형사들은 상자 안에 쌓아놓은 서류를 모두 바닥에 뿌려놓고 찾기 시작했다. 한참을 뒤져 운전자 보험증서 한 장을 찾아냈다. 5년 전의 것이다.

"이름이 강영식, 72년 3월 5일생인데요. 뒷번호는 모르고. 할머니 맞아요?"

"맞아. 가여. 가."

즉시 전담팀 사무실에 전화를 넣었다. 그리고 이름과 생년월일만이 확인된 인적사항을 확인시켜주었다. 곧바로 사무실에서 같은 인적사항으로 조회를 하기 시작했다. 72년생 강영식이 전국에 몇 명이나 있을까. 그중에서도 경기도와 인천에 주소지를 가지고 있는 사람.

"팀장님, 여덟 명이 있습니다."

"그거 전과를 모두 확인해봐."

"성범죄 전과를 가지고 있는 사람이 없는데요."

전산을 통해 성범죄를 조회를 해보자 여덟 명 모두 성범죄는 깨끗했다. 박 교수는 부녀자를 납치해 성폭행을 목적했을 것이라고 성폭력 관련 전력이 있을 것이라고 했다.

"조회를 다시 한번 해주시겠습니까. 모든 사건으로 확장을 해서 합의로 끝나 공소권 없음이나 내사 종결되었던 사건들까지요."

태석의 지적에 전산담당자는 다시 조회를 시작했다. 그의 빠른 손놀림에 신속하게 프린트가 이루어졌다. 프린터로 뺀 서류를 집어든 주상국 팀장은 태석과 눈을 마주치며 서류를 건넸다. 거기에는 강간 전력이 세 개인 강영식이 끼어 있었다. 피해자와 합의로 마무리가 되는 바람에 전과에 오르지 않았다. 성범죄 친고죄가 적용되던 때에 저지른 사건들이었기에 전산조회에 현출되지 않은 것이다. 더구나 그는 자동차관리법

256

과 방화살인으로 조사를 받은 전력까지 추가로 있었다. 태석은 낯설지 않은 그 이름에 고개를 갸웃거렸다. 누구지? 어디서 본 이름인데.

"지금 바로 강영식의 주소지로 모두 출발해. CCTV를 확인해서 놈의 차량이 이동한 위치를 모두 확인하고. 놈 명의로 휴대전화가 있는지도 확인해서 위치값도 찾아봐."

위성지도를 통해 놈의 주소지를 확인하고, 차량으로 접근한 후 집을 포위해 들어가자는 작전이 세워졌다. 전담팀원 모두가 차량에 올랐다. 태석도 함께 현장으로 이동을 하려고 하자 주상국 팀장이 거부를 했다.

"팀장님이 경찰관이라는 것을 잘 알고 있습니다. 현재 수사도 하시고 저희를 도왔던 것도 맞습니다. 그렇지만 지금 현재는 피해자의 가족입니다. 불상사가 발생할 수도 있으니 서에서 대기를 해주시죠."

태석도 그의 말에 동의했다. 하지만 놈과 지영이 같이 있을 수도 있다. 빠른 구출이 필요하고 구출 후에는 안정이 무엇보다 중요하다. 태석은 그 부분을 주상국 팀장에게 설명하고 동행을 요구했다. 주 팀장은 잠시 본부장과 상의를 하더니 동행을 허락했다. 태석은 아내 수연과 함께 차를 몰고 대열에 합류하여 따라갔다. 놈의 주거지로 가는 도중에 경찰 특공대의 인질 구출팀이 합류했다. 수사본부에서는 최대한 많은 자원을 지원받아 사건을 해결하려 했고 본청에서도 즉시 지원을 했다. 놈의 주거지에 지영이 감금되어 있다면 이는 특공대가 하는 것이 안전을 보장할 수가 있다고 결론을 내렸다. 언론에 나갈 기사에도 그게 그림이 더 좋았다.

놈의 주소지는 그리 멀지 않았다. 차량으로 약 이십 분 정도를 이동하여 도시 외곽 끝이었다. 주택들이 계속 이어지다가 마지막 집이다. 골목

257

길이 넓지 않았고 차들이 주차가 되어 있어 버스는 들어가지 못하고 승용차들만 줄을 지어 선두를 따랐다. 주소지를 백 미터 앞에 두고 차들이 일제히 멈추었다. 직원들은 무장을 하고 차에서 내렸고 이어서 경찰특공대 대원들이 빠른 걸음으로 앞으로 나가 집 주변을 둘러쌌다. 주택가에 개들이 짖어대는 소리가 울려퍼졌다. 새벽 4시가 넘어가고 있었다. 아직 골든타임을 넘기지 않았다.

23

　미친년이 고분고분하게 음료를 마셨으면 이렇게 힘을 쓸 일도 없었다. 처음 것은 먹지 않을 것을 알고 약을 타지 않은 것을 권했었고 다음 것은 약이 들어 있었다. 권했던 것을 자기가 먹으면 여자가 안심을 하고 먹을 줄 알았는데 그러지 않았다. 의도한 대로 그것을 먹었으면 온전하게 집까지 데려와서 침대로 옮겨놓았을 것이다. 괜찮은 상태로 봤어야 하는 건데. 미친년 얼굴이 많이 망가져버렸다.

　"처먹어, 시발년아!"

　"으으으."

　친절할 줄 알았던 남자는 악마였다. 지영은 스스로 악마가 쳐놓은 덫에 들어가 앉은 거였다. 남자가 때린 주먹에 얼굴이 내려앉아도 아픈 것조차 느끼지 못했다. 지영은 입이 벌려진 채 억지로 약을 삼켰고 침을 질질 흘려가며 잠이 들었다.

　길을 따라 오르자 개들이 짖기 시작했다. 개들은 잡아 죽여도 멍청하게 짖어댔다. 차를 집 앞 현관까지 들어가 주차를 했다. 무거운 고깃덩이를 내려야 하니까.

약에 취한 지영은 잠에 빠져 깨어날 줄 몰랐다. 침대 위에 올리고 뺨을 때려도 정신이 들지 않았다. 침을 질질 흘렸고 오줌까지 지려 냄새가 났다.

"아이 시발, 움직여! 움직이라고!"

남자는 지영의 뺨을 계속해서 때리며 움직이기를 바랐다. 약이 독해 몸의 신경이 모두 죽어버린 것 같았다. 약을 어떻게 탄 거지? 너무 독했나?

남자는 기다렸다. 시계를 보니 새벽 4시를 넘어가고 있었다. CCTV에 걸리지 않으려면 이렇게 오래도록 돌아서 와야 했다. 기다리다보면 움직이겠지. 남자는 움직이지 않는 여자를 더 이상 건드리지 않았다. 사냥감은 비명을 지르고 살려달라고 소리를 질러야 한다. 그걸 보려고 하는데 시체가 되어 움직이지 않는다면 데려올 필요가 없었다. 어쩔 수 없이 깨어날 때까지 기다리기로 했다. 깨어나 도망갈지도 몰라 손과 발을 묶고 방문을 잠갔다. 예전에 묶어두지 않아 도망간 여자가 있었다. 비가 오던 날 서울까지 올라가 끌고 왔던 대학생이었다. 남자는 방심하지 말자고 다짐했다. 여자가 깨어나지 않자 남자는 밖으로 나가 개장으로 갔다. 그가 개장으로 가자 개들은 신음소리만 낼 뿐 짖지 않았다. 남자는 마음에 들었다. 이제야 개들이 그의 말을 듣는 것 같았다. 여자를 묻을 곳을 준비해야겠다. 남자는 구덩이 팔 곳을 찾았고 그곳으로 빈 개장을 끌어다 옮겨놓았다. 여자를 묻고 그 위에 개장을 올리고 개를 넣으면 되었다. 당분간 그놈에게는 사료와 물을 많이 줄 것이다.

*

 대원들은 대장의 신호가 떨어지기를 기다렸다. 담을 타고 넘을 준비를 했고 넘어간 대원이 문을 열면 일제히 안으로 진입할 예정이다.

"팀장님, 들어가도 될까요?"

"네, 들어가시죠."

 주상국 팀장에게서 들어가도 된다는 무전이 나오자 곧바로 작전이 시작되었다. 특공대원들은 훈련한 대로 인질 구출을 위해 담을 넘고 마당을 지나 현관으로 이동을 했다. 그리고 현관문과 거실 창문이 닫힌 것을 확인하고는 지체 없이 유리창을 박살냈다.

 작전이 수행되는 동안 태석은 차에서 내려 주변을 살폈다. 놈의 집은 이웃과 달라붙어 있어 여자를 데려와 성폭행을 하기에는 부적합했다. 주변에 개들을 많이 키워 여자가 비명을 지른다면 개들이 짖어대어 노출이 될 염려도 많았다. 거기다 골목에 놈의 차가 없었다. 그런데도 무작정 진입을 하다니.

 창문 깨지는 소리가 들리고 이어서 여자의 비명소리가 들려왔다. 지영이 소리를 지르는 것 같아 태석은 주택으로 달렸다. 특공대가 밀고 들어간 그곳으로 형사들도 일제히 달려 들어갔다.

"누구요? 누군데 이 밤에 남의 집을 쳐들어와!"

"아악!"

 비명을 지른 사람은 오십 대 부부의 아내였다. 잠옷 차림으로 놀라 거실로 나온 두 사람은 놀라면서두 학가 나 소리를 칠렀다.

"경찰입니다."

"경찰이면 다야? 이게 뭔 짓이야!"

"빨리 수색해!"

"왜 그러냐고? 신발을 다 신고 방으로 들어오게. 빨리 나가, 빨리! 곱게 초인종 누르고 들어오면 누가 문을 안 열어준대? 어디를 들어가! 신발 벗으라고!"

형사 몇이 안방으로 들어가 확인을 하려고 하자 버럭 소리를 질렀다. 그곳은 평범한 부부가 사는 집일 뿐이었다. 주방과 창고까지 모두 뒤졌지만 놈은 보이지 않았다. 강영식에 대하여 묻자 그들은 알지 못했다. 집은 3년째 살고 있으며 1년에 단 한 번 주인을 만나 월세로 계산해서 보증금 없이 연 사백팔십만 원을 현금으로 준다고 했다. 계약서는 없었다. 주인의 얼굴을 알고 있냐고 하자 모자를 쓰고 와서 잘 모르겠다고 했고 강영식의 사진을 보여주어도 고개를 갸웃거렸다. 맞는 것 같기도 하고. 부부가 말했다.

"팀장님, 사무실에서 연락이 왔는데요. 놈 명의로 된 휴대전화가 없답니다. 그리고 차량이 마지막으로 확인된 곳은 99번 국도랍니다. 여기하고는 반대입니다. 국도 길이가 이백 킬로가 넘습니다."

시간이 새벽 5시를 향해가고 있었다. 태석은 허탈하게 차로 돌아왔다. 차에서 수연이 울고 있었다. 태석은 휴대폰 액정에 떠 있는 호프집에서 나란히 앉아 잠이 들었던 지영을 내려다보았다. 어디에 있는 거니. 아빠에게 알려줄 수 없겠니? 할 수 있는 게 없었다. 놈을 어디에서 찾아야 할까. 침착해야 한다고 계속 되뇌어도 머릿속은 다시 멍하기만 했다. 지영이가 엄마에게 오겠다는 마지막 말만 자꾸 떠올랐다. 그러다 문득 다시 그 이름이 떠올랐다. 강영식, 강영식 계속해서 놈의 이름을 생각했다. 낯설지 않은 이름이다. 생각이 날 듯 말 듯 계속해서 머릿속을 이리 저리 떠다니는 이름이었다. 그 이름을 떠올리기 위해 골몰하는 동안 전 담팀은 현장을 철수하기 시작했다. 차량이 떠나면서 태석에게 아무 말 이 없었다. 성과 없는 것을 상의할 필요는 없었다.

'강영식, 강영식!'

계속해서 혼잣말로 그 이름을 불렀다. 분명 본 이름이다.

'강영식! 그 새끼!'

그 이름을 어디서 봤는지 떠올랐을 때 태석은 놈의 이름을 큰소리로 불렀다. 드디어 그 이름을 어디서 보았는지 알 것 같았다. 그건 최우석 변호사가 변론을 했던 사람이며 그에게 약을 제공해 김동수를 살해하 는 데 용의할 수 있게 도와준 사람이었다. 최우석의 변론 내역을 확인할 때 거기에 놈이 있었고 약의 출처에 대해 그에게서 받았다고 설명했다. 그때 놈을 수사했어야 했다. 그대로 마약수사대에 첩보만 넘겨준 것이 후회되었다. 방화살인으로 조사를 받았고 최우석 변호사의 도움으로 무 죄를 받았던 놈이다. 태석의 차는 서울구치소로 향했다.

"교수님, 하태석 팀장입니다. 밤늦게 죄송합니다. 저희 딸이 실종되었 습니다. 인천에서요. 무슨 말씀을 하려는지 아시죠? 지금 바로 서울구치 소로 와주실 수 있을까요?"

잠을 자고 있던 교수는 시간을 보고 깜짝 놀랐다. 그러다가 태석의 딸 이 실종되었다는 말에 더 놀랐다.

"몇 시간이 지났죠?"

"네 시간이 조금 더 지났습니다."

"벌써요? 최대한 빨리 가겠습니다. 그런데 거기는 왜 가는 거죠?"

"와보시면 압니다. 법최면을 해주셔야 할지도 모릅니다."

태석은 전화를 끊고 곧바로 구치소로 향했다. 지영의 목숨을 잡고 늘어지고 있는 시간은 이제 새벽 5시에 가까워지고 있었다. 정문에 도착을 하자 문은 굳게 닫혀 있었다. 안내소로 갔을 때 머리가 희끗한 직원은 잠에서 덜 깬 얼굴로 태석을 바라보았다.

"지금 바로 접견을 해야 합니다."

"새벽 5시도 안 됐는데 접견이라니요. 9시 넘어서 오세요."

"납치사건입니다. 안에 유력한 참고인이 있어요. 골든타임이 얼마 남지 않았습니다. 세 시간밖에 없어요."

"뭐가 없어요?"

직원은 이상한 소리를 한다는 얼굴로 태석을 바라보았다.

"납치 피해자가 사망할 가능성의 시간요. 살아 있을 시간이 그것밖에 없다는 말입니다. 빨리 면회를 해야 한다구요?"

"누가 죽어요?"

"납치 피해자요! 하지영!"

태석은 답답한 마음에 소리를 질렀다.

"전화를 좀 넣어보구요. 어디서 왔어요?"

태석은 신분증을 내밀었고 빨리 확인을 해달라고 요구를 했다. 직원은 태석의 다급한 목소리에 놀라 서둘러 사무실 안으로 전화를 넣었다. 그리고 최우석 변호사와 지금 바로 접견을 해야 할 상황인 것 같다고 설명했고 지금 접견을 하지 않으면 피해자가 사망을 할지도 모른다고 태석의 말을 그대로 전했다. 잠시 기다리라는 말이 있고 허락이 떨어지기를 기다렸다. 다시 시간은 괴물이 되어 태석을 물어뜯었다.

"좀 더 신원확인이 필요하다는데요. 이런 경우가 처음이라서."

"경기청 수사본부에서 확인을 해주면 될까요?"

태석은 수사본부장에게 전화를 걸었다. 그리고 강영식과 관련해 최우석 변호사와 접견이 필요하다고 설명을 했다. 수사본부장은 즉시 법무부로 긴급공문을 넣도록 지시했다. 피해자 아버지의 부탁을 무시할 수는 없었다.

"어디서 전화를 받았는지 모르지만 심야시간에는 접견이 불가능한데 특수상황이라고 들어주네요. 어서 들어가쇼."

"잠시 후에 서울대학의 박주민 교수가 올 겁니다. 통과시켜주십시오."

태석은 서둘러 건물 안으로 들어갔다. 야간 당직자가 현관에서 나와 태석을 접견실로 안내했다. 그도 이렇게 예외적으로 새벽에 형사가 들어온 것은 처음이라고 했다. 접견실로 들어가 잠시 있자 곧 최우석 변호사가 들어왔다. 그는 잠을 자고 있지 않았다. 구치소로 들어온 후 계속해서 불면증에 시달리고 있었다.

"무슨 일이시죠. 새벽에?"

벽시계가 새벽 5시를 가리키고 있었다.

"강영식을 기억하시죠?"

"강영식요?"

태석은 의자에 앉자마자 그에게 물었다.

"강영식이라."

최 변호사는 안경을 끌어올리며 강영식을 떠올렸다.

"변호사님이 변호를 했던 사람입니다. 방화살인 혐의로요."

"음, 기억납니다. 그런데요?"

"변호사님이 김동수 그 악마의 제안을 받아들인 이후에도 같은 제안을 받아들인 적이 있다고 했었죠? 강영식이 같은 제안을 하지 않았습니까?"

"……"

태석의 질문에 최 변호사는 말이 멈추었다. 그때도 지역에 지부를 만드는 데 큰돈이 필요했었다. 놈의 의도를 알면서도 그가 제시한 금액을 거부하지 못했다. 한번 눈을 감기 시작하자 다시 눈을 감는 것은 그리 어렵지 않았다.

"그놈이 납치범입니다. 지금 경기도에 나고 있는 여성 납치범요. 변호사님의 따님도 그놈과 관련 있을 수 있습니다."

"그럴 리가요. 제 딸은 서울에서 없어졌습니다."

"그래도 경기도까지 무연고 사체가 발견되면 찾아가시잖아요."

"……"

최 변호사는 아무 말도 하지 못했다.

"그런데요?"

"놈이 실제 거주하는 곳을 모릅니다. 놈의 변호를 하셨다면 혹시 주거지를 알고 있지 않을까요. 변론 기간이 짧지 않았을 것입니다. 살인이잖습니까. 경찰이 벌떼처럼 달려들었을 텐데 변론을 하려면 준비를 많이 하셨을 거고, 자주 만났을 것 같은데요."

"변호사는 고객의 정보를 알려줄 수 없습니다."

도덕적이지 못한 어리석은 변론을 한 것 같다는 비아냥거림이 들어 있는 것 같아 우선 방어막을 쳤다.

"고객! 그 새끼가 고객입니까? 변호사님의 딸을 그놈이 납치했을 가능성이 높다는 말입니다. 어떻게 그 새끼가 변호사님을 찾아왔겠어요. 어떻게든 연관이 있으니까 찾아왔겠죠? 따님을 통해서 알고 왔을 수도 있다고요. 거주하는 데가 어디입니까?"

"……"

딸과 연관이 되었을 가능성이 높다는 태석의 말에 최 변호사가 멈칫했다.

"나도 어디인지 잘 몰라요. 한번 가보기는 했지만 그때 약에 취해 있었으니까요. 약을 놈에게서 얻었다는 것을 알 텐데요. 그때 약에 취해 있었고 너무 오래됐습니다."

그가 기억을 떠올려주기를 원했지만 그의 기억은 한계가 있었다. 잠시 후 문이 열리며 박 교수가 직원의 안내를 받아 안으로 들어왔다.

"교수님, 법최면이 가능할까요? 여기 최 변호사님이 그 장소로 갈 때 약에 취해 있었답니다. 도착해서 잠시 이야기를 나누고 나왔는데 기억이 없답니다."

"최 변호사님, 수사를 도우실 의향이 확실히 있으신가요? 방어기제나 거부감이 강하면 최면으로 확인하기가 어렵습니다."

박 교수는 최 변호사를 측은하게 바라보았다. 그의 딸도 연관이 되어 있을 가능성이 높은 사건이기 때문이다.

"변호사님, 도와주십시오. 제 딸이 납치되었습니다."

태석은 좀처럼 마음을 움직이지 않는 최 변호사에게 지영의 납치 사실을 알렸다.

"지금 나섯 시간이 흘렀습니다. 어디에 있는지도 모릅니다. 경기청과 인천청 직원들이 모두 찾고 있지만 시간이 너무 없습니다. 제발요. 따님도 관련이 있다고요. 기억을 짚어보면 어디선가 따님과 강영식의 연관을 알 수도 있습니다."

태석은 최 변호사에게 고개를 깊이 숙였고 눈은 애써 눈물을 참아내고 있었다.

"제가 어떻게 하면 되죠? 블랙아웃 상태였던 것 같은데요."

"시도를 해보죠. 당시 상황으로 돌아가 잠재된 기억을 꺼내보겠습니다. 변호사님은 저의 지시에 따라주시기만 하면 됩니다. 시간이 없으니 지금 바로 하겠습니다."

최 변호사가 승낙을 하자 곧바로 다음으로 넘어갔다. 접견실에 책상을 치우고 소파에 눕도록 했다. 그리고 마음을 최대한 편안하게 하게 한후 최면을 시도했다. 박 교수의 음성은 차분히 최 변호사를 최면 상태로이끌었다. 그의 몸은 점점 아래로 빠져들어갔다. 깊은 심해로 끌려들어가듯 그의 몸은 아래로 던져졌고 얼마 후 빛이 보이기 시작했다.

"강영식을 만나던 때로 가봅니다. 어디인가요?"

"차 안에 있습니다."

"왜 차 안에 있죠?"

"사무실 앞으로 찾아왔습니다. 선물을 줄 게 있다고요."

"차에 올랐나요?"

"차가 밀려 어쩔 수 없이 탔습니다. 일부러 그렇게 한 것 같아요."

"차에서 무엇을 하고 있습니까?"

"음료를 주었어요. 강영식이 먼저 먹고 나를 주었습니다."

"먹었나요?"

"네, 먹었어요. 잠이 와요."

"잠에서 깼나요?"

"깨어나려고 하는데 잘 깨어나지 않습니다."

"다시 깨어나보세요."

"깨어났습니다."

"어디죠?"

"강영식의 집인 것 같습니다."

"주변에 뭐가 보이나요?"

"산 아래예요. 은행나무가 큰 게 있어요. 아주 커요. 그 아래 테이블도 있고. 철창 속에 개들이 많아요. 오물 냄새가 심하게 납니다. 강영식이 가까이 가니까 개들이 울어요. 낑낑대면서."

"개는 무슨 종이죠?"

"도사견하고 시베리안 허스키. 모두 대형견들입니다."

"집 안으로 가볼 수 있나요?"

"화장실을 쓰자고 해서 들어갔어요. 예전에 카페였던 것 같아요. 홀이 넓어요."

"주변을 둘러보세요. 뭐가 보이나요?"

"주방이 있고 작은 방들이 있어요. 거기에는…… 으으으."

갑자기 최 변호사가 오열하기 시작했다. 왜 우는지 물어도 그는 대답을 하지 못하고 꺽꺽 소리까지 내며 울었다. 박 교수는 그 이유를 찾아내기 위해 그의 울음을 기다려주었다. 한동안을 울고서야 그의 울음이 진정되었다.

"왜 우는 거죠?"

"가방……"

"가방이 있나요? 누구 거죠?"

"민지 겁니다."

"민지요?"

"우리 딸, 최민지! 내가 사준 가방이에요. 대학교 입학 선물로."

"따님의 것이 맞나요?"

"맞아요. 이탈리아에 갔을 때 사온 겁니다. 우리나라에는 없어요. 한 정판이었거든요. 개새끼! 죽여버릴 거야!"

최 변호사가 갑자기 욕을 해대기 시작했다. 최면에서 빠져나올 정도로 그의 욕은 눈물을 뚫고 빠져나왔다.

"명함! 우리 딸 가방에 명함이 있어요. 아빠 자랑을 하겠다며 명함을 몇 장 가져갔는데 그걸 그 새끼가 가지고 온 거예요. 민지가 가지고 있던 걸 가지고 나를 찾아왔어요. 개새끼!"

최 변호사는 최면에서 깨어났다. 그러고 나서도 그는 한참을 더 자책을 하며 울었다. 그때 왜 알아보지 못했을까. 딸을 잃은 아비의 눈물이 주체하지 못하고 흘러내렸다. 태석은 최 변호사가 기억해낸 장소를 주상국 팀장에게 알렸다. 그들은 아직도 놈의 위치를 전혀 파악하지 못하고 있었다.

"팀장님, 마지막 위치가 국도라고 하셨죠? 그 주변 일대로 해서 확인을 해주시죠. 은행나무가 큰 것이 있고 개를 많이 키운다고 합니다. 대형견입니다. 그리고 카페가 있었는데 영업은 하지 않고 집으로 쓰고 있습니다. 오래전에 카페가 운영되었을지도 모릅니다."

태석이 전화를 마치고 다시 접견실로 들어왔다. 최 변호사는 최면에 깨어났으면서도 여전히 거실에서 딸의 가방을 지켜보고 있었다. 그리고 가방을 끌어안고 울었다. 한동안 그곳에서 빠져나오기는 어려워 보였다.

"그런데 왜 거기로 변호사님을 데려간 거죠?"

"잘 모르겠습니다."

놈은 아리송한 말을 남겼었다. 최 변호사가 가장 원하는 것을 해주겠다고. 그래서 그곳에 데려다준 것일까. 고마워해야 할까 아니면 농락을 당한 것일까.

"하 팀장님, 부탁합니다. 놈을 꼭 잡아주십쇼. 놈이 아직 우리 딸을 데리고 있을 수 있습니다."

"……"

"하 팀장님!"

태석이 대답이 없자 최 변호사는 더 간곡히 매달렸다.

"최 변호사님, 그때 그놈이 진실로 무죄였습니까?"

"네?"

"진실로 무죄였냐는 말입니다. 아니면 최 변호사님의 변론으로 유죄를 벗어난 겁니까?"

"그건……"

대답이 없자 태석은 그를 노려보았다.

"그때 최 변호사님이 사건의 진실을 있는 그대로 변론을 했더라면 그 이후로 여자들이 납치되지 않아도 되었을 겁니다. 제 딸을 포함해서요."

"미안합니다."

"제 딸이 잘못되기라도 한다면 변호사님을 용서할 수가 없을 것 같네요. 이건 김동수하고 전혀 다르잖습니까? 돈 때문에 변호사의 양심을 판 거니까요."

심장을 찌르는 말을 남기고 태석은 구치소를 빠져나왔다. 박 교수에게 고맙다는 인사도 변변하게 하지 못한 게 미안했다. 다행히 그녀는 빨리 딸을 찾으라는 말을 하고 그의 등을 밀었다. 1분 1초가 다급하다는 것을 그녀도 알고 있었다. 차는 다시 수사본부로 향했다. 시간이 6시가 되어가고 있었다.

복수

COLD CASE 15

일시 및 장소
2011. 10. 12. 23:50경 서울 강남구 버스정류장

실종자
최민지(21세, 여, 대학생)

용의자
신상수(23세, 남, 대학생)

개요
실종자는 보호자인 아버지에게 남자친구와 헤어지게 되었다는
말과 함께 집에 들어가겠다고 한 후 사라짐. 휴대전화가 경기도
남양주에서 한 번 켜졌다가 꺼짐. 마지막 휴대전화 기지국 주변
일제히 수색했으나 발견하지 못함. 범죄 연관 가능성 농후

기타
실종자의 아버지가 전직 부장검사, 현재 부성로펌 변호사

종결
2012. 6월 미제사건으로 종결, 2013. 6월 재수사 후 6개월 뒤
종결. 2015. 10월 재수사 후 종결 등 다섯 차례 수사진행

담당경찰서 및 검찰청
인천 · 경기청 실종사건수사본부, 수원지검

24

사냥감을 찾다보니 서울까지 올라오고 말았다. 남자는 자신이 대견 하면서도 무모한 것이 아닌지 걱정이 되고 초조하기도 했다. 그 초조함 이 남자를 더 흥분시키고 희열을 느끼게 해주었다. 비가 내리기 시작했 다. 사람들이 서둘러 귀가를 하자 남자는 성과 없이 집으로 돌아갈까봐 마음이 더 급해졌다. 사냥감을 살피고 있을 때 멀리서 여자가 비를 맞고 있었다. 술에 취해 비틀거리기도 했다. 택시를 타려고 하지도 않았고 버 스를 기다리는 것도 아니었다. 시간을 보니 12시가 다 되어가고 있었다. 대학생인 듯 보였고 가방을 보니 가난한 집 아이는 아니다. 부모가 돈이 좀 있는 집 아이가 분명했다. 고급스러운 사냥감에 남자의 눈빛은 빛났 다. 그녀를 오늘의 사냥감으로 결정했다. 저런 여자아이를 어떻게 차에 태울 수 있을까. 단순히 태워주겠다고 해서 탈 리가 없었다. 남자는 차 에서 내려 그녀의 옆으로 다가갔다. 먼저 주변에 CCTV가 있는지 눈알 을 돌려보자 다행히 없었다. 그곳은 여자를 사냥하기에 최적의 장소였 다. 근처로 다가가도 인기척을 느끼지 못했고 상당히 떨어져 있는데도 술 냄새가 났다. 술에 취했다는 것은 방어막이 허술하다는 것이다. 여자가 칠칠맞기는. 오늘은 너다.

"아빠! 나 헤어졌어. 이제 어떻게 해? 나는 좋은데. 오빠 잡을 수 없을까? 여기 동성빌딩 앞에 버스 정류장. 택시도 없어. 알았어. 기다릴게."

아빠와 사이가 꽤 좋은 아이인 것 같았다. 그래서 더 끌렸다. 아빠와 사이가 좋은 아이는 어떤 모습일까. 남자는 차로 돌아갔다. 그러고는 서서히 차를 운전해 여자의 옆으로 다가가 섰다. 그리고 차에서 내려 일부러 비를 맞으며 여자를 불렀다. 비는 남자를 도왔다.

"아빠가 보냈는데!"

"아빠가요?"

"응, 아빠가 오기 힘들다면서 동성빌딩 앞으로 빨리 가보라구."

"그래요? 잠깐만요. 아빠한테 전화 좀 해보구요."

"전화는 차에서 하면 되지. 비가 많이 오잖아. 그래도 되지 않을까?"

다정해 보이는 아저씨는 비를 맞으면서도 미소를 보였다. 하얀 이가 드러나게 웃는 모습으로 우산도 쓰지 않은 채 비를 맞고 서 있었다. 민지는 미안했다. 오래 서 있을수록 다정한 아저씨가 더 비를 맞을 것 같았다. 남자의 다정한 웃음과 선해 보이는 미소에 민지의 방어막은 걷히고 말았다. 남자의 말대로 차에서 전화를 걸면 되었다. 아빠가 아는 사람 같은데 계속 비를 맞게 하는 것은 예의가 아니었다.

"죄송합니다. 아빠가 오셔도 되는데. 사무실에서 같이 일하시는 분인가보죠?"

"응, 그런 것 같은데."

민지가 차로 다가오자 남자는 뒷문을 열어 타도록 했다. 남자의 인사

가 이상하다는 생각에 잠시 망설였다가 그의 어깨가 비에 흠뻑 젖어 있
는 것을 보고 의심을 거두었다. 민지는 고맙다는 인사를 하고 뒷자리로
들어가 앉았다. 빠져나올 수 없는 남자의 포획틀 속으로 민지는 들어가
고 말았다. 남자의 미소는 여전히 친절했다.

"전화기 어디 있지?"

"여기 있는데 왜요? 악!"

남자의 주먹이 휴대전화를 들어 보이는 민지의 얼굴을 뭉개버렸다.
민지가 쓰러지자 남자는 바닥에 떨어진 휴대전화를 주워들었다. 그리고
최근 통화에서 아빠를 찾아 메시지를 보냈다.

— 아빠 오빠가 와서 만나고 갈게요.

남자는 곧바로 전원을 껐다. 차는 서둘러 집으로 향했다. 신고가 되더
라도 시간은 더 지나야 할 것이고 그때쯤이면 서울을 빠져나가 집에 가
있을 것이다. 비가 남자의 흔적을 모두 지워주는 것 같아 좋았다. 집으
로 가는 동안 비는 계속해서 내렸다. 라디오에서 흘러나오는 우울한 음
악이 날씨와 맞아 기분이 좋았다. 뒤에 누운 수확물에도 기분이 괜찮았
다. 그런데 움직임이 있는 것 같아 뒤를 돌아보았을 때 깜짝 놀랐다. 여
자가 휴대전화를 가져가 전원을 켜고 있었다. 서둘러 차를 옆으로 대고
문을 열고 반항하는 그녀의 얼굴에 다시 주먹을 집어넣었다. 다행히 전
원만 켜지고 전화는 걸지 못했다. 전화기를 빼앗아 길바닥에 돌을 들어
박살냈다. 그러고는 산으로 던져버렸다. 휴대전화 위치가 뜰 텐데. 남자
는 다시 길을 돌고 돌아 집으로 갔다. 더 잔인하게 널 죽여주마. 일에는

책임이 따르는 거야. 남자는 쓰러진 여자에게 중얼거렸다.

차는 마을 앞을 지나 좁은 산길로 올랐다. 개들이 짖어대다가 남자가 차에서 내리자 꼬리를 내리고 낑낑대기만 했다. 차에서 여자를 끌어내는 것을 개들은 꼬리를 접은 채 바라보았다. 여자를 침대에 뉘고 깨어나기를 기다렸다. 남자는 죽은 사냥감은 먹지 않았다. 아침이 밝아올 쯤 민지가 깨어났다. 눈을 뜨고 손을 움직일 수 있게 되자 남자는 사냥감을 물어뜯기 시작했다. 살려주세요. 제발요. 민지는 알몸으로 벗겨진 채 남자를 모두 받아낼 수밖에 없었다. 남자의 욕정이 끝나고 그는 배가 고프다며 주방으로 가 밥을 먹고 돌아왔다. 그동안 여자는 손발이 묶인 채로 침대에 쓰러져 있었다. 창고 안에서 여자가 할 수 있는 것이라고는 천장을 바라보는 것뿐이었다. 아래는 불덩이가 떨어져 타들어가는 듯 뜨겁게 고통스러웠다. 죽을 것을 예감한 듯 눈물조차 나오지 않았다. 남자가 다시 들어왔다.

"좋았지? 한 번 더 해줄게."

남자는 사과를 깎아먹으며 웃음을 보였다. 사과즙이 새어나와 손등으로 닦아냈다.

"뭐가 좋아, 개새끼야. 너는 우리 아빠한테 죽었어."

민지는 체념에서 오기로 바뀌었다. 어차피 여기에서 빠져나갈 방법은 없어 보였다.

"아빠가 누군데?"

"변호사야. 전에는 검사였고. 너는 깜방에서 평생 썩을 줄 알아."

입에 피까지 머금어가며 남자를 비난했다. 어떻게 그런 용기가 생겨났는지 민지는 알지 못했다. 붉게 뭉개져버린 아래를 보자 욕이라도 해줘야 죽더라도 억울하지 않을 것 같았다. 남자는 그녀의 가방을 들고 와 안에서 변호사 명함을 꺼내 들었다.

"최우석 변호사, 이 사람이 니 아빠야?"

"……"

민지는 고개를 끄덕였다. 조금 전 냈던 용기가 갑자기 사라지고 놈을 자극한 것에 겁이 났다. 어쩌면 변호사라는 말에 살려줄지도 모른다.

"니 아빠가 너를 찾을 수 있을까? 넌 여기가 어디인지 아니? 아무도 몰라. 넌 여기서 죽어. 너를 찾지도 못해! 어떻게 찾아, 여기를."

"찾을 수 있어요. 아빠는 저를 꼭 찾을 거라구요. 그러니까 제발 저를 보내주세요. 제가 아무 말 하지 않을게요. 그냥 친구 집에서 자고 왔다고 할게요. 진짜예요. 아저씨! 살려주세요. 지금 보내주시면 아무 일 없을 거예요. 병원에도 가지 않을게요. 신고도 안 해요. 아무 일도 없었던 것처럼 집에 들어갈게요. 제발요."

"이런 어떡하지. 난 너를 죽이려고 데려온 거야. 너 죽어. 모르겠냐?"

"아저씨, 제발요. 저를 살려주시면 아빠보고 변호도 해달라고 할게요. 우리 아빠가 아저씨가 나쁜 짓 한 거 다 변호해줄 거예요. 제가 말하면 무슨 일이든 들어주시거든요. 도와줄 거라구요. 그러니까 제발요. 제가 전화를 할까요?"

"내가 찾아가면 도와줄까?"

"그럼요. 우리 아빠는 제 부탁이라면 분명히 도와줄 거예요."

"그럼 무릎 꿇고 빌어봐."

묶어놓은 민지의 발을 풀어주었다. 민지는 몸을 일으켜 양손이 묶인 채 무릎을 꿇고 남자에게 머리를 조아리며 빌었다.

"알았어. 그렇게 비니까 아저씨가 한번 찾아가볼게. 도움받을 일이 있을지도 모르지. 그렇다고 니가 안 죽는 거는 아니야. 어차피 너는 죽기로 했잖아."

"빌었는데 왜?"

"내가 니 아빠를 한번 찾아가본다고 했지. 너를 살려준다고 한 건 아니야. 아, 대신 내가 도움받을 일이 있어서 니 아빠를 찾아가면 니가 여기 있었다고 한 번 보여주기는 할게. 그 정도 해주면 되겠지? 아저씨 약속은 잘 지켜."

"미친 새끼!"

남자는 먹던 사과를 버리고 부엌으로 가서 칼을 가지고 돌아왔다. 쉽게 목을 긋거나 찌르면 되는 거였다. 피가 좀 날까? 아니면 개들처럼 목을 조여 죽이고 나서 토막을 낼까. 그런데 그사이 여자가 사라지고 없었다. 도망을 가버리다니. 조금만 방심하면 도망을 간다니까. 남자는 반성했다. 다음에는 그러지 말아야지. 창문을 보니 여자는 입구로 도망치려다 그곳에 매어놓은 커다란 도사견에 놀라 뒷산으로 도망치고 있었다. 산으로 들어가는 것을 보자 남자는 오히려 웃으며 밖으로 나갔다. 빨리 달리려 하지도 않았다. 어차피 산으로 가면 잡목으로 길이 좁아지면서 '그곳'을 지나야 한다. 그곳은 남자가 이런 일을 대비해 만들어놓은 곳이다. 남자가 예상한 것처럼 비명소리가 들려왔다. 남자는 느긋하게 걸어서 그곳으로 갔다. 여자는 깊은 구덩이에 빠져 울고 있었다. 깊은 그곳 안에서 부러진 다리를 붙잡고 있다가 위에서 내려다보는 남자를 보자 다시 비명을 질렀다. 남자는 쪼그리고 앉아 아래를 내려다보았다.

"쉿! 조용히 해."

"아!"

"쉬! 쉿! 진짜 시끄럽네. 사람들이 듣잖아. 동네 어르신들이 잠자다가 놀란다고."

조용히 하라고 해도 여자는 더 소리를 질렀다. 말을 듣지 않는 아이였다. 아래에서 비명을 듣고 개들이 일제히 짖어댔다. 이번엔 개 짖는 소리가 맘에 들었다. 비명소리가 개 소리에 묻혀 들리지 않았다. 남자는 돌을 들어 민지에게 던졌다. 작은 것도 던졌다가 머리만큼 큰 것을 던지기도 했다. 민지가 피하는 것이 즐거운지 게임을 하듯 돌을 모아 던졌다. 돌에 맞았을 때 웃었고 피했을 때는 안타까워했다. 돌덩이와 살이 부딪히는 소리가 구덩이 안에서 들려왔다. 그러다 어느 순간부터 민지는 더 이상 소리를 내지도 움직이지도 않았다.

'내가 죽는다고 했잖아.'

남자가 원하던 대로 조용해졌다. 주변 나뭇가지를 모아 구덩이를 숨겼다. 다음에 누가 또 도망칠지 모른다. 일을 마친 남자는 명함을 다시 들여다보았다. 아버지가 검사였다는 말에 더 이상 서울에는 가지 않기로 했다.

25.

　순찰차가 은행나무 앞에 섰다. 남자는 산길로 올라오는 순찰차를 지켜보고 있었다. 여자 때문일까. 아니면 전처럼 커피를 얻어먹으려고 그럴까. 차가 멈추고 경찰들이 차에서 내리자 개들은 더 크게 짖어댔다. 개들도 경찰을 보자 살려달라고 소리를 지르는 듯했다. 집에서 나온 남자가 묵직한 쇠파이프를 들어 개장을 두들겼다. 쇠파이프 정도면 경찰도 한 방에 죽일 수 있을 것이다. 개들이 꼬리를 감추고 오줌을 지리며 조용해졌다.

　"강 사장, 너무 일찍인가?"

　"아니요. 개밥을 주느라고 일찍 일어났습니다."

　"이놈들 개밥을 벌써 다 먹었나. 밥이 하나도 없네."

　나이 든 경찰관이 밥그릇에 밥이 없는 것을 보고 말했다. 주지 않은 밥이 있을 리 없었다. 병신들은 오늘도 그냥 올라온 것이다. 여자 때문인 줄 알았다가 마음이 놓였다. 소장에게 말해 앞으로는 오지 못하게 해야겠다. 순찰차에 개들이 놀라 새끼를 유산했다고.

"파출소로 들어가기 전에 모닝커피 한 잔 주면 안 될까? 마을에 들렀다가 생각나서 올라왔어. 우리가 한 번이라도 들러서 순찰을 해줘야지. 저번에 밥도 얻어먹었는데."

"당연히 드려야죠. 저기에 앉아 계세요."

남자는 은행나무 아래를 가리켰다.

"내가 20년 전에 발령받고 왔을 때는 여기가 카페였거든. 그때 생각이 자주 나. 여사장님이 우리가 들를 때마다 커피를 타줬거든."

"여사장만큼 잘 타보겠습니다. 잠깐만 기다리셔요."

남자는 서두르는 척 건물로 들어갔다. 커피포트에 물을 받아 올려놓고 나서 방으로 갔다. 지영은 여전히 잠들어 있었다. 가슴을 누르자 몸을 뒤척였다.

남자는 지영의 입을 벌리고 수건을 집어넣었다. 끈으로 입을 막고 머리 뒤로 묶어 소리를 지를 수 없게 했다. 컵 두 개에 믹스커피를 넣고 뜨거운 물을 부었다. 그리고 가래침을 양쪽에 뱉고 휘휘 저어 섞어 넣었다.

'좆같은 새끼들이 아침부터 찾아와가지고. 그냥 다 죽여버릴까.'

쟁반에 컵을 올리고 다시 선량한 얼굴이 되어 밖으로 나갔다. 좆같은 경찰관 둘은 은행나무 아래에서 농담을 하고 있었다.

"커피가 맛이 있을는지 모르겠네요. 그 예전 카페 여사장님을 따라갈 수 없겠죠."

"아이고, 우리 강 사장이 타주는 것이 더 맛있어. 안 그래, 김 경사?"

"아주 좋은데요. 역시 커피는 아침을 먹기 전 빈속에 먹어야 맛이 더 있는 것 같아요."

"다른 일 때문에 온 건 아니시죠?"

남자는 혹시나 하고 물었다.

"강 사장 이거 점쟁이 빤스구만. 점쟁이 빤스여. 어떻게 알았대?"

"네?"

"요번 연말에 지역 주민들에게 경찰서장 감사장을 줄라고 하는디 마을 어르신들이 모두 강 사장을 추천하더라고. 인사성 좋고 예의바른 사람이라고 말이여."

"반대가 하나도 없어요. 마을 사람들이 전부 다. 어떻게 한 거래요?"

"저는 그냥 마을 어르신들이니까. 늘 하던 대로 했죠. 다른 사람 주세요. 저는 필요 없어요."

"아니여. 이미 올렸어. 아무튼 그렇게 알어. 그런 평은 하루아침에 생기는 것이 아니여."

두 경찰관은 커피를 홀짝이며 자기들이 감사장을 받는 것처럼 흐뭇해했다. 부담스러워하는 남자 모습을 보자 찾아오길 잘했다는 표정이다. 그러다가 건물에서 무슨 소리를 들었다. 두들기는 소리 같기도 했고 우는 소리 같기도 했다.

"집 안에 누가 있는가? 뭔 소리가 나는디."

"예에."

소리가 난다는 말에도 남자는 당황하지 않았다. 고개를 돌려 집을 살피고 웃음까지 보였다.

"어제부터 우리 해피가 몸이 좋지 않아서요. 설사를 자꾸 하네요. 집 안에 넣어놓았더니 밖으로 나올려고 난리네요. 괜찮으니까 그냥 두셔요."

"어디가 얼마나 아픈디? 내가 개 좀 볼지 아는디. 한번 볼까?"

의자에 앉아 있던 나이 든 박 경위가 개를 보겠다고 일어나 집으로 걸어가자 남자의 얼굴에 있던 여유가 한꺼번에 사라졌다.

"괜찮아요. 조금 전에 약을 먹였으니까요."

"설사가 약으로 되가니. 내가 병원을 가야 할까 말까 봐줄게."

박 경위는 현관에까지 다가가 안을 살폈다. 남자는 이제 경찰관 두 명을 죽여야 하나 고민이 시작되었다. 은행나무 옆에 세워둔 쇠파이프에 시선이 갔다. 늙은 놈이 안으로 들어가고 나면 앞에 있는 젊은 놈의 머리를 때려 죽이고, 다음으로 집 안에서 나이 든 놈을 죽이면 된다. 시체는 개장 밑에 여자들하고 같이 묻을까. 아니면 불을 지를까? 경찰차는 어떻게 하지? 남자의 손은 점점 쇠파이프 가까이 가고 있었다. 박 경위는 창문을 통해 안을 살폈지만 어두워서 잘 보이지 않았다. 분명 이상한 소리가 나는데. 현관문을 밀었다.

"삼둘하나, 삼둘하나, 어디세요?"

젊은 경찰의 어깨에 찬 무전기에서 두 사람을 찾았다.

"여기 금월리 강 사장네 개농장."

이런, 멍청한 경찰이 여기가 어디인지 말해버렸다. 죽이기도 힘들게 되었다. 말하기 전에 죽여버렸어야 하는 건데. 그래도 어쩔 수 없지. 우선 죽이고 봐야지.

"무슨 일 있나요?"

"강우리 마을 앞 도로에 개가 죽어 있다고 치워달래요. 통행에 방해된다고."

"그걸 왜 우리가 치워. 그거는 우리 소관이 아닌데."

"그거는 따로 소관 기관에 따지시고 신고 들어왔으니까 빨리 가봐요.

사고 날 것 같대요. 개가 엄청 큰가봐요."

"알았어요. 형님! 형님!"

문을 밀고 안으로 들어가려는 박 경위를 김 경사가 불러세웠다. 고개를 안으로 넣으려다가 멈추었고 쇠파이프에 힘을 주었던 남자도 멈추었다.

"왜?"

"거기 있는 개가 문제가 아니에요. 그 개는 살아 있지만 강우리 앞에 개는 죽어버렸어요. 교통사고가 날 것 같다고 치워달래요."

"뭔, 아침부터 재수 없게 죽은 개 얘기여. 어이, 개가 설사하면 겁나게 안 좋은 거여. 동물병원에 데리고 가야 혀. 내가 다음에 한번 봐줄게. 오늘은 가봐야겠구만."

"아니, 한번 봐주신다면서. 언제 봐줄라구요? 지금 봐줘요."

"지금이 몇 시여? 안 되겠네. 빨리 개나 치우고 퇴근 준비 해야 된게."

남자는 안으로 들어가라고 손을 내밀어 안내까지 했지만 경찰관들은 그대로 순찰차로 향했다.

"그럼 다음에 꼭 봐주세요."

"그려, 이 사람아. 내가 꼭 봐줄게. 다음에 식사라도 한번하게. 번번이 얻어먹기만 해서 우리가 한번 사야지."

"겨우 밥 한 끼 가지고 그러세요."

순찰차는 서둘러 농장을 빠져나갔다. 아래 도로로 내려가 보이지 않자 남자는 뒤로 돌아 집을 바라보았다. 여자가 깨어났구나. 경찰까지 죽였어야 하는 일이 생길 뻔했다. 책임을 그년에게 물어야겠다. 수년 동안 들키지 않았던 일을 저년 때문에 좆 될 뻔했다.

*

차는 미친 듯 도로를 달렸다. 시간이 오전 7시가 넘어가고 있었다. 지영이 사라진 지 벌써 일곱 시간이 지났다. 아직까지 살아 있다는 것을 장담할 수 없는 시간이 원망스러웠다. 이전 사건으로 보았을 때 놈에게서 연락이 올 리는 없었다. 박 교수의 분석대로라면 놈은 성폭행과 살인을 목적으로 하고 있지 금전을 바라는 놈이 아니다. 그렇더라도 제발 지영이 버텨주기를 바라며 태석은 수사본부 사무실로 뛰어 들어갔다. 직원들은 파출소와 지구대에 태석으로부터 받은 내용을 정리해서 내려보내고 있었다. 공문은 한 장으로 작성이 되었다. 놈의 사진과 함께 커다란 은행나무가 있고 개들을 키우고 있으며 이전에 카페를 했던 건물을 알고 있는 직원들로부터 연락을 바란다는 내용이었다. 모든 정보망을 가동해 놈의 휴대전화와 신용카드, 의료보험가입내역 등 단서가 될 만한 것을 죄다 뒤져봤지만 놈의 흔적은 발견되지 않았다. 놈은 철저하게 신분을 감추고 있었다. 마치 실체가 없는 유령인 듯.

"하 팀장님, 자료를 경기도와 인천의 모든 경찰서와 파출소, 지구대에 내려보냈습니다. 그런데 어떻게 획득한 자료입니까? 서울구치소에 다녀오셨던데요. 새벽에 접견을 하셨다고."

"최우석 변호사가 7년 전에 놈의 집을 다녀온 적이 있습니다."

"그럼 어디인지 알지 않을까요?"

"불행하게도 약에 취한 상태로 그곳에 갔습니다. 놈이 쉽게 자기를 노출했을 리 없습니다. 팀장님, 99번 국도 주변을 관할하는 지구대, 파출소에 한 번 더 확인해주시겠습니까?"

"네, 다시 확인해보겠습니다."

팀장은 팩스를 한 번씩 더 넣으라고 지시했고 전화로도 일일이 확인을 해보라고 했다. 이제 연락이 오기를 기다려야 한다. 상황실에서도 위성지도를 통해 큰 은행나무와 개들을 키우는 집을 찾기 시작했다. 그러나 범위가 워낙 광범위해 단시간에 찾아내기란 힘겨워 보였다.

"형님!"

"팀장님!"

사무실 문이 열리며 전담팀 직원들이 들어왔다. 소식을 듣고 어떻게든 태석을 돕고 싶었다.

"빨리 연락을 좀 하시지 그랬어요."

"그럴 경황이 없었어. 고맙다. 최우석 변호사에게 약물을 넘겼던 놈이 범인인 것 같은데 소재를 확인할 수가 없어."

"그거 마약수사대에 넘겼잖아요?"

"응, 거기는 아직 수사에 착수도 하지 않았어. 별로 바랄 게 없다."

복도로 나온 태석은 초조한 듯 손까지 떨어가며 담배를 물었다. 연기로라도 답답한 마음을 달래야 숨을 쉴 수 있을 것 같았다. 차 안에서 여전히 울고 있는 수연이 보였다. 태석과 눈이 마주치고는 더 울었다. 태석도 뭐라 답을 해줄 수 없었다.

"형님, 저희가 도울 게 있을까요?"

"여기가 경기도 관할이라 할 수 있는 게 없다. 부탁을 하는 수밖에. 혹시 직원들이 위치를 확인하게 되면 지영이를 찾으러 갈 때 같이 가면 될 것 같다. 나도 지금 할 수 있는 게 없어. 뭘 어떻게 해야 할지……"

"형님."

"팀장님 기운 내세요. 괜찮을 거예요."

그 말밖에 할 수 있는 게 없었다. 태석은 담뱃불이 꺼지자 다시 하나를 꺼내 연달아 피우기 시작했다. 손을 덜덜 떨어가며 담배를 무는 모습에 은하는 눈물을 보였다. 그가 얼마나 불안한 마음상태인지 알 수가 있었다. 여태껏 팀원들은 그런 태석의 모습을 본 적이 없었다. 징계를 당한다고 할 때도 그는 당당했었다. 그러나 지금은 완전히 겁에 질린 모습으로 온몸을 떨고 있었다. 딸의 죽음을 앞둔 넋이 나간 아버지의 모습이었다. 8시가 넘어서도 파출소와 지구대 직원들은 끝내 그 위치를 알아내지 못하고 있었다. 기다려야 한다고 생각을 하면서도 한계를 느끼기 시작했다. 째깍째깍 지나가는 시계 소리가 지영의 비명소리 같았다.

"팀장님, 한 번 더 독려를 해주십시오. 이렇게 못 찾을 수가 없잖아요. 이게 뭡니까. 차도 찾아줬고 그놈이 있을 만한 곳까지 알려줬으면 찾아줘야 할 것 아닙니까! 전담팀을 만들어놓고 지금까지 한 게 뭐가 있습니까!"

"우리가 지금 놀고 있는 것으로 보입니까? 팀장님의 다급한 심정은 알겠지만 지금 저희도 최선을 다하고 있습니다."

"최선을 다한 게 뭐야! 아무것도 찾아내지 못하고 있잖아! 시발!"

"왜 그러세요. 그냥 밖에 나가 계세요. 방해하지 마시구요."

"시발! 빨리 찾으라고. 빨리!"

"형님, 진정하세요."

"진정이 안 돼, 정수야! 진정이 안 된다고. 숨이 잘 안 쉬어져. 숨이…… 헉헉……"

정수기 옆에서 태석을 말렸다. 점점 이성을 잃어가는 태석이 안타까웠다. 숨을 몰아쉬며 호흡을 가다듬었다. 숨조차 제대로 쉬어지지 않았다. 그를 지켜보고 있던 은하는 안타까움에 마음이 아팠다. 지영을 자랑하던 태석의 모습이 떠올랐고 그때 얼굴은 행복해 보였었다.

그때 사무실 구석에서 전화벨이 울렸다. 태석의 시선이 그쪽으로 향하고 여직원이 전화를 받았다. 전화 벨소리에도 감정이 있는 듯 다급한 비명소리 같았다.

"어디라구요? 동성파출소요? 거기는 99번 국도가 아니잖아요."

*

죽은 개는 주인이 없는 떠돌이 개였다. 차에 치인 개는 현장에서 바로 죽었다. 아마 한 번 치였다가 다른 차에 한 번 더 치인 것 같다고 주민은 말했다. 어떻게 치워야 할까 난감해하고 있을 때 감나무에 거름으로 주겠다고 경운기를 몰고 가던 마을 이장이 개를 싣고 갔다.

"아침부터 재수가 없을라고 그러나요. 개가 큰 놈도 죽어가지고."

"그러게. 맛나게 모닝커피 먹고 피를 봐버렸네."

파출소로 들어간 둘은 퇴근 준비를 하면서도 계속해서 죽은 개 얘기를 했다. 인수인계를 하기 위해 팩스 들어온 것을 정리하던 김 경사는 조금 전에 들어온 팩스 한 장에 눈길이 갔다. 거기에는 강 사장의 사진이 있었다. 흑백이기는 하지만 나이와 얼굴이 같았다. 그런데 이름이 아니었다. 강 사장은 강상중인데 서류에는 강영식으로 기재되어 있었다. 납치 용의자라고 쓰여 있고 그의 차도 함께 CCTV에 찍힌 모습이 들어 있었다. 그리고 은행나무가 큰 것이 있으며 개를 키우고 오래전에 카페를 했을 것으로 추정된다는 말까지 있었다. 김 경사가 박 경위에게 팩스를 넘겼다.

"형님, 이거 저기 강 사장 아니여요?"

"옴마, 그런디. 강 사장인디. 왜 이런 게 왔지?"

"글쎄요. 뭔가 오해가 있는 것 같은데요. 여기 이름이 다르잖아요. 강 사장은 강상중인데. 영식이가 아니라. 그리고 강 사장이 그럴 사람도 아니구요."

"그렇지. 선량한 사람이 그렇게 오해를 받아선 안 돼. 경찰이 욕을 먹어. 확인을 해서 우리가 잘못된 것이라고 빨리 알려줘야겠구만. 잠깐 내가 먼저 강 사장한테 확인을 해볼게."

"그려요. 빨리 해보셔요. 우리가 바로잡아줘야죠. 지금 감사장을 받을 사람을 이상한 사람으로 보게 생겼네요."

박 경위가 팩스를 손에 들고 전화번호를 찾았다. 그러다 소장이 출근을 하는 것을 보고 대충 인사를 하고 옆으로 비켜섰다. 그러면서 손에 든 팩스를 소장에게 건넸다.

"소장님, 제가 강 사장한테 확인을 해보고 있구만요. 잠깐이면 됩니다."

"뭔데 그래?"

"강 사장이 오해를 받고 있구만요. 빨리 해결을 해줘야죠."

박 경위는 관내 주민 전화번호부를 뒤지기 시작했다. 빨리 찾지 못한다고 김 경사까지 끼어서 번호를 찾아주었다. 그리고 번호를 눌렀다. 신호가 여러 번 가고 나서 전화를 받았다.

"어이, 강 사장이여? 뭐 좀 물어볼라고. 어, 그게 뭐냐면 말이여."

나이 든 경찰관은 팩스 내용을 설명하려고 했다. 그러다 공문을 다 읽은 소장의 얼굴이 갑자기 붉어지면서 빠르게 손짓했다.

"잠깐, 잠깐!"

소장은 큰일이라도 난 듯 끼어들어 전화를 바꿔달라고 했다. 박 경위는 우물쭈물하며 전화기를 넘기지 않고 망설였다.

"잠깐만 소장님이 좀 바꿔달라고 하는구만."

박 경위는 전화기를 손으로 가리고 소장에게 물었다.

"제가 확인을 하면 되는데요. 그냥 물어볼게요."

"아니, 빨리 달라고!"

소장은 화를 내면서 전화를 빼앗았다. 박 경위는 서운한 듯 입을 삐쭉거렸다. 자기가 말하려고 했는데 소장이 생색을 내려고 하는 것 같아 기분이 나빴다. 소장은 손가락으로 입을 가리며 조용히 하라고 지시했다.

"어이, 강 사장인가? 저번에 점심 맛나게 잘 묵었네. 괜찮다는데도 왜 자꾸 밥을 사는 거여, 부담스럽게. 그래서 그런데 오늘 점심때 어쩐가. 내가 한번 밥을 살라고 허는데. 아이고, 시간 좀 내줘. 나도 밥을 사야 헐 거 아니여. 맨날 얻어먹을 수만 있나. 그려, 그럼 그렇게 허세. 어디서 볼까? 옥천산장? 거기 좋네. 그럼 내가 거기다 예약을 할 테니까 12시까지 오소. 그려, 그럼 거기서 보세."

소장은 수화기를 내려놓을 때까지도 긴장한 듯 인상을 썼다. 전화기가 끊어지자 잠시 안심한 표정을 곧 불같이 화를 냈다.

"이 사람아! 확인을 하려면 팩스를 내려보낸 데다가 확인을 해야지. 왜 강 사장한테 먼저 확인을 해? 만약에 강 사장이 맞으면 우리가 수사 사항을 알려준 꼴이잖아. 이름이 틀린 걸 왜 그놈한테 확인을 해? 수사본부에 물어야지. 여자들 실종사건으로 난리라는 거 몰라! 우리 모가지 날릴라고 작정을 한 거여. 뭐여? 왜 이렇게 생각이 없어, 생각이! 빨리 수사본부에 전화 넣어봐. 여기 일치하는 장소와 사람이 있는데 무슨 일인지. 빨리!"

그제야 두 사람은 수사본부에 전화를 넣었다.

"거기 수사본부죠? 여기에 강 사장이라고 내려보내준 팩스하고 얼굴이 똑같은 사람이 있습니다. 은행나무하고 개 키우는 것도 같구요. 카페도 맞죠. 우리 관내입니다."

*

눈을 떴을 때 그곳은 따뜻한 차 안이었다. 운전하는 사람은 아빠였다. 편히 자라고 아빠는 잔잔한 음악에 히터를 덥지 않게 틀어주었고, 편안히 잠을 자는지 몇 번을 뒤돌아보며 확인을 했다. 아빠가 새로 산 차는 지영이가 말했던 바로 그 차였다. 아빠가 운전하는 차는 생각했던 것보다 더 편안했다. 엄마와 이혼하지 않고 이렇게 살았으면 얼마나 좋았을까. 새아빠는 엄마를 너무 힘들게 했다. 아빠라고 부르라는 말조차 하지 않았고 이름조차 불러주지 않았다. 그 사람이 엄마를 사랑하기는 했을까. 사랑이라고 했던 사람에게 빚을 지우고 그는 감옥에 갔다. 면회를 갈 때마다 엄마는 울었다. 그가 안타까워 우는 게 아닌 건 확실했다. 엄마는 아빠를 떠나보낸 걸 후회해서 울었다. 하지만 엄마는 자존심이 센 여자였다. 아빠 앞에서 무너질까봐, 초라하게 보일까봐, 그래서 아빠를 더 멀리했다. 지영은 다시 잠이 들었다. 얼마를 잤는지 모르겠다. 하루를 꼬박 잔 것 같기도 하고 잠깐 잔 것 같기도 했다. 그런데 얼굴이 너무 아팠고 눈이 잘 떠지지 않았다. 간신히 실눈을 하고 주위를 살폈을 때 거기는 방이었다. 침대 위였고 손은 묶여 있었다. 일어나려고 해도 꼼짝할 수조차 없었고, 소리를 지르고 싶어도 입에는 재갈이 물려 있었다. 왜 그렇지? 부서졌던 기억이 조금씩 살아나기 시작했다. 아내를 만나러 가는 인상 좋은 아저씨의 차에 탔었다. 그런데 그 아저씨가 뒷좌석으로 와서 무엇을 찾는다고 했었는데. 분명한 것은 이곳이 절대 안전한 곳이 아니며 도망을 쳐야 한다는 것이었다. 간신히 몸을 일으켰다. 손목과 발목에 끈이 묶여 기어서 문으로 갔다. 문은 잠겨 있었다. 벌어진 문틈 사이로 밖을 보았다. 창문 밖 멀리 경찰관 두 명이 있었다. 그들 옆으로 차를 태워주었던 그놈이 하얀 이를 드러내며 웃고 있었다. 놈이 친절하지 않다는 것을 경찰관들은 모르는 것 같았다. 그래도 놈에게 납치를 당한 것을 안다면 구해줄 것이다. 문을 머리로 두드렸다. 그리고 소리를 질렀다. 웅웅거릴 뿐이어도 계속해서 소리를 질렀다. 그 소리를 듣고 구해주길 간절히 바랐다. 다행히 나이 든 경찰관이 건물 쪽을 보고 천천히 걸어왔다. 거실 창문에 얼굴을 대고 안을 보려고 하자 지영은 머리를 더 세게 부딪히고 소리를 더 크게 내었다. 살려주세요라고 계속해서 불러도 나이 든 경찰관은 소리를 듣지 못하는지 고개만 갸웃거렸다. 그러나 그는 뒤돌아 차로 가버렸고 순찰차는 후진해 사라져갔다. 이제 둘뿐이다. 그가 건물을 바라보며 서 있었다. 이제 너는 내가 죽여줄게. 감히 경찰에게 신호를 보내? 남자는 그렇게 말하고 있었다. 그가 현관문을 열고 들어왔다. 한 걸음 한 걸음 바닥에서 들려오는 발소리가 마치 바닥을 도끼로 찍어대는 것 같았다. 도끼 소리는 문 앞에서 멈추었다. 바닥에 주저앉은 지영은 공포에 떨며 울었다. 한참이 지나도 인기척이 없자 용기를 내 문틈으로 밖으로 보았다. 문틈 사이에 눈을 붙이고 밖을 살피자 남자가 그 사이로 지영을 바라고 보고 있었다. 눈과 눈이 마주치자 지영은 뒤로 넘어지며 비명을 질렀다. 놈은 문틈 사이로 웃었다.

"ㅎㅎㅎ!"

지영은 뒤로 물러나 벽에 붙었다. 방 안에는 침대 하나가 있을 뿐 남자를 막아줄 것은 아무것도 없었다. 창문조차 없는 카페 창고는 여자를 감금해놓기 좋은 장소였다.

"그렇게 부르면 경찰관이 올 줄 알았어? 너 때문에 경찰관 두 명이 죽을 뻔했잖아. 쇠파이프로 머리를 찍을 뻔했다고. 다행히 내가 달래서 돌려보내기는 했지. 또 기회가 있을지는 모르겠지만 다시는 그러지 마. 알겠지? 너만 죽으면 되잖아. 다른 사람들까지 죽일 필요는 없으니까. 그럼 나쁜 사람이야."

"으으으!"

"배고프니? 나는 밥을 좀 먹어야겠다. 조금만 기다려. 경찰 놈들을 봤더니 배가 고프네. 너도 좀 먹을래?"

"으으으!"

"싫다고? 밥맛이 없어도 좀 먹어봐. 죽기 전에 배는 채워야지. 불쌍하잖니."

문 앞에서 놈은 친절한 말투로 말했다. 마치 딸에게 말을 하는 아빠처럼 그랬다. 주방 쪽에서 요리를 하는 소리가 들렸다. 그릇이 부딪는 소리가 나고 기름에 계란이 익어가는 소리가 났다. 이어서 휘파람 소리가 났다. 마치 사람을 죽이기 위해 칼을 가는 소리 같았다.

'아빠가 온다. 아빠가 온다. 날 구하러 온다. 아빠가 온다.'

주문을 외우듯 아빠를 불러야 덜 무서웠다. 눈물이 멈추지 않았다.

주방에서 나던 휘파람 소리가 들리지 않았다. 소리가 날 때가 그래도 나았는데. 놈이 떨어져 있다는 것을 알고 있으면 그나마 안심이 되었었다. 소리가 나지 않자 문으로 가보려다가 멈추었다. 그가 거기에 또 있을지도 모른다.

쿵쿵쿵쿵.

지영이 문 앞으로 다가올 줄 알았는데 기다려도 오지 않자 화가 난 남자는 문을 사정없이 두들겼다. 1분 가까이 울리던 소리가 순간 사라지고 삐거덕 문이 열렸다. 옷을 모두 벗은 알몸으로 다정한 미소를 지으며 남자가 들어왔다. 손에는 계란 프라이가 들려 있었다.

"문 앞에 와서 쳐다봐야지. 기다렸잖아. 옷도 벗었는데."

"으으으."

그는 벽에 붙어 있는 지영의 얼굴에 얼굴을 들이밀었다. 고개를 옆으로 돌려 피해도 놈의 얼굴은 달라붙어 떨어지지 않았다. 그러고는 콧소리를 내면서 지영의 냄새를 들이마셨다.

"죽기 전에 나는 냄새다. 살이 썩기 전 냄새지."

그가 귀에 속삭이자 지영은 움찔했다. 오줌이 새어나와 바닥을 적셨다.

"호호."

남자는 그 모양이 맘에 드는지 웃었다. 여자들은 자주 그랬다.

"이것 좀 먹을래? 내가 밥을 줘본 건 처음인데. 그놈의 경찰 새끼들이 오는 바람에 밥시간이 넘어버렸잖아. 보통은 내가 일을 보고 밥을 먹거든. 배고프면 중간에 먹기도 하고. 일정하지는 않아. 사과를 먹기도 하는데. 꼭 그렇다는 게 아니라는 말이지."

그가 말하는 일은 여자를 죽이고 구덩이에 묻는 것까지였다. 경찰이 오지 않았다면 일을 모두 처리하고 밥을 먹었을 것이다. 남자는 계란 프라이를 지영의 얼굴 앞에 들이밀었다. 지영이 얼굴을 돌려 피하자 남자는 노른자위를 후루룩 빨아먹었다. 입가에 끈적거리는 것을 손등으로 닦고 지영을 침대로 밀었다. 묶었던 끈을 풀고 손을 머리 위 침대에 묶었다. 마지막으로 입에 재갈을 풀자 지영이 비명을 질렀다.

"아악!"

남자의 주먹이 지영의 얼굴을 뭉갰다. 힘을 잃고 흐느적거리자 놈은 옷을 벗겨냈다. 그러고는 발정난 짐승이 되어 지영을 괴롭히기 시작했다. 아무리 발버둥을 쳐도 짐승은 끈적거리는 주둥이로 지영을 갉아먹기 시작했다. 온몸을 물어뜯는 고통이 밀려와도 움직이지 못했고, 아래를 불이 붙은 집게로 후벼파도 반항하지 못했다. 아빠가 온다, 아빠가 구하러 온다…… 계속해서 아빠를 불러도 아빠는 오지 않았다. 정신을 잃지 않으려 아빠를 더 찾았고 더 길게 주문을 외웠다. 제발, 아빠……

놈의 게걸스러움이 드디어 멈추었다. 멈추고 나면 죽는 것일까. 멈추는 것을 멈추지 말라고 해야 하나. 살아 있다는 것이 더 이상 살아 있는 것이 아니었다. 끝내 아빠는 오지 않았다. 남자는 붉어진 그곳에 사정을 하고서야 멈추었다. 지영은 혼절했다.

거실에서 전화가 울렸다. 남자는 피로 범벅이 된 알몸으로 일어나 거실로 갔다. 번호를 보자 비열했던 얼굴이 사라지고 웃음기 가득한 얼굴로 바뀌었다.

"네, 소장님. 점심이요? 아이고, 제가 사야죠. 무슨 말씀이십니까. 언제나 저와 저희 마을을 지켜주시는데요. 그러시면 어쩔 수 없죠. 어디서 하실까요? 네, 점심시간에 그곳으로 가겠습니다. 네, 그럼 이따 뵙겠습니다."

바보 같은 소장이다. 서둘러 여자를 묻고 개장까지 올려놓으면 얼추 점심시간을 맞출 것 같았다. 귀찮기도 한 전화지만 경찰의 의심을 피할 수도 있고 정보도 얻을 수가 있어 좋았다. 남자는 화장실로 가 몸에 물을 뿌렸다. 샤워기 물을 따라 붉은 피가 하수구로 몰려 빠져나갔다. 남자는 살아 있는 것을 죽이는 것이 좋았다. 이제 죽일 시간이다. 주방에 들러 사과를 입에 물고 씹었다. 입 밖으로 흘러나온 사과즙을 손으로 닦으며 방으로 갔을 때 여자아이가 없었다. 분명 정신을 잃었는데. 도망을 간 것일까. 밖에서 개가 짖지도 않았다. 밖으로 나간 게 아닌데. 남자는 다시 창고로 들어갔다. 아마 침대 뒤에 몸을 숨기고 있겠지. 고개를 넘겨보았을 때 거기에 여자는 없었다. 문 뒤에 있나. 뒤로 돌았을 때 지영이 남자에게 달려들었다.

"으아악!"

있는 힘껏 소리를 지르며 어깨로 몸을 밀어붙이자 남자는 쓰러지면서 머리를 바닥에 부딪쳤다. 곧바로 일어나려 하자 지영은 다시 남자를 벽으로 밀어붙였다. 또다시 벽으로 던져진 남자는 머리를 벽에 박고 일어날 수가 없었다. 힘이 좋은 게 분명 아빠를 닮았다. 지영은 속옷만 간신히 차려입고 밖으로 뛰어나갔다. 나가면서 창고 열쇠고리를 옆으로 밀어 잠그고 달렸다. 밖으로 뛰어나오자 개들이 일제히 짖어댔고, 입구에 큰 개는 몸을 일으켜 앞발을 세우고 짖었다. 그 소리에 놀라 개가 없는 집 뒤로 뛰기 시작했다. 뒤로 뛰자 개들이 더 크게 짖어댔다. 그쪽은 위험한 곳이니 입구로 도망쳐야 살 수 있다고 알려주는 듯이.

남자는 정신을 차리고 일어나 잠긴 문을 발로 걷어찼다. 장석이 떨어져 나가며 문이 쓰러졌다. 곧장 옷을 챙겨 입고 부엌에서 가장 크고 날카로운 칼을 꺼냈다. 칼은 은빛을 발하며 살기를 띠었다. 개들에 놀라 산으로 갔을 것이다. 남자는 '그곳'으로 향했다. 이번엔 돌을 던질 게 아니라 구덩이 아래로 내려가 죽여야겠다. 칼을 더 세게 움켜쥐었다.

지영은 산을 오르면서 발이 찢어져 피가 나고 있다는 것도 알지 못했다. 신발을 신어야 한다는 생각조차 할 시간이 없었다. 무조건 여기서 멀리 도망을 쳐야 했다. 산으로 가는 길이 점점 좁아졌다. 사람들이 다닌 흔적이 없었고 잡목들은 앞을 가로막아 중앙을 향하게 했다. 뒤는 무서워 돌아보지도 못했다. 남자를 보게 된다면 발에 힘이 풀릴 것 같아 더 그랬다. 잡목으로 좁혀지는 그곳만 지나면 숲이 넓어졌다. 넓은 숲으로 들어서려고 할 때 좁혀진 그곳의 땅이 갑자기 꺼져버렸다. 바닥으로 쑥 꺼지더니 발이 아래로 빨려들어갔다. 다행히 빨려들어가기 직전 손을 뻗어 바닥에 나무뿌리를 붙잡았다. 두 발이 구덩이에 빠지지 않고 대롱대롱 매달렸다. 발을 디딜 곳이 없어 허공에서 허우적거렸다. 짚을 곳을 찾으려고 고개를 내려 아래를 보았을 때 거기에 사람의 유골이 있었다. 머리카락이 긴 여자였다.

"으으으!"

떨어지면 그 속이 지옥일 것이다. 여자도 도망을 치다 지옥으로 떨어져 빠져나오지 못하고 죽은 거였다 유골에 돌이 박혀 있는 것을 보면 왜 그렇게 되었는지 알 것 같았다. 지영은 힘껏 몸을 들어올리려 했다.

그러나 힘이 빠지며 더 아래로 떨어져 내리고 있었다.

'제발, 제발!'

손과 발에 힘을 주며 안간힘을 썼다. 그러나 점점 빠져드는 몸을 이겨내기 힘들었다. 그러다 발이 바닥에 닿는 느낌이 들었다. 발에 힘을 주어 몸을 일으켰고 나무줄기를 잡아당겼다. 몸을 좌우로 비틀며 안간힘을 써 구덩이 입구에 골반을 걸치고 드디어 발이 밖으로 빠져나왔다. 숨을 몰아쉬고 구덩이 아래를 보았을 때 유골은 바닥에 누워 있었다. 뭐를 딛고 올라온 거지. 저 언니가 도와주었을까. 빠지면 죽는 거라고. 나는 죽었지만 너는 살라고.

남자는 거침없이 산을 오르기 시작했다. 숲이 좁아지는 그곳에 여자아이가 빠져 있을 것이다. 멀리서 보자 구덩이 위 나뭇가지와 수풀이 무너져 있었다. 그 아래로 내려가 칼로 찌를 것이다. 그렇게 생각하자 마음이 좀 편안해졌다. 그런데 비명소리가 들려야 하는데 아무 소리도 들리지 않았다. 그럴 리 없는데. 아래에는 전에 죽인 여자만 있었다.

"시발! 어디 갔어! 이 미친년!"

남자는 돌을 들어 구덩이 아래 백골에 힘껏 던졌다. 또다시 돌이 백골에 박혔다. 이제 산을 올라가야 한다. 힘을 내 빨리 달려가면 잡을 수 있다. 남자는 달리기 시작했다.

멀리서 남자가 쫓아오고 있다는 것을 느꼈다. 발바닥에서 피가 나던 것이 이제는 발목에서 허벅지에서 옆구리에서도 흘러나왔다. 살갗을 스치는 풀과 나뭇가지는 칼과 같았다. 속옷만 입고 있는 지영에게 그것들은 달려들어 상처를 내기 시작했다. 그런 꼴로는 산을 절대 빠져나갈 수 없다고 비웃는 것 같았다. 그래도 도망쳤다. 발에도 팔에도 아무 감각이 없었다. 몸이 마취가 된 듯 고통은 어디에서도 느낄 수 없었다.

"야! 아저씨랑 내려가자! 힘들지. 내가 봐줄게. 진짜야!"

"아아아!"

놈의 모습이 멀리서 보이자 지영이 낼 수 있는 것은 답변이 아니라 비명뿐이었다.

"야이 시발년아! 넌 죽었어. 개 같은 년, 내가 얼마나 잘해줬는데. 내가 아침밥도 해서 줬는데. 미친년이 밥도 안 먹고 고맙다는 말도 안 하고 도망을 가!"

놈과 점점 가까워지는 것을 느꼈다. 큰 바위가 있는데 뒤에 숨어 있으면 될까.

산중턱에 큰 바위가 가로막고 있었고 여자의 숨소리가 바위 너머에서 들려왔다. 바위 뒤로 돌아가면 나뭇가지 하나 정도 들고 싸우겠다고 덤빌 것이 빤했다. 바위에 달라붙어 돌아갈까 하다가 생각을 바꾸었다. 위에서 내려다보면 되었다. 미친년이 옆에만 보고 있다가 위에서 내려보고 있다는 것을 알면 놀라겠지? 다시 기분이 좋아졌다. 조심히 그리고 조용히 바위 꼭대기에 올랐다. 생각했던 것처럼 여자아이는 나뭇가지 하나를 들고 바위에 붙어 옆을 살피고 있었다. 멍청한 년! 웃음이 나왔다. 꼭대기에 오르니 공기도 상쾌하고 기분이 좋았다. 고개를 들어 하늘을 올려다보고 깊이 숨을 빨아들였다. 그런데 아래에서 개들이 유난히 짖어댔다.

'뭐지?'

"여보세요? 수사본부입니다. 어디요? 평동시에 동성파출소요? 거기는 99번 국도 관할이 아니잖아요. 아무튼 그런데요. 강영식이 아니고 강상중이라구요? 이름은 그렇더라도 얼굴은 맞나요? 맞는 것 같다구요?"

수사본부 직원들의 시선이 일제히 그 전화로 쏠렸다.

"거기에 은행나무가 있구요. 개도 많아요? 카페 자리. 네, 카페 건물인데 오래되어 가정집으로 사용하는 집이요. 네. 어디신데요? 거기 주소가요? 금월리 마을에서 산으로 약 일 킬로미터요. 산 아래에 있다는 말이죠? 갈마산요? 네네. 알겠습니다. 감사합니다. 동성파출소로 출발하면서 저희가 연락을 하겠습니다."

수사본부 직원들이 일제히 환호를 질렀다. 수사본부장과 직원들이 봉고차에 올라 선두에 섰고 뒤이어 특공대와 기동대가 출발했다. 태석도 수연과 함께 차에 올라 뒤를 따랐고 팀원들도 동행을 했다. 차는 국도를 따라 일제히 앞으로 나갔고 순찰차와 교통순찰대 오토바이가 사이렌을 울리며 길을 열었다. 기동순찰대 오토바이가 앞으로 가 교차로를 차단하고 대열이 빠져나가도록 했다. 최대한 빨리 현장으로 가기 위해 노력했다. 이제부터는 시간과의 싸움이 시작되었다. 얼마나 빨리 도착을 하느냐가 지영의 생존을 좌우했다. 지영이 납치된 지 여덟 시간이 넘었다.

도로에는 동성파출소 직원들뿐만 아니라 평동경찰서 강력팀과 실종수사팀 직원들까지 미리 와 대기하고 있었다. 수사본부장과 팀장이 파출소장에게 사진을 보여주며 맞는지를 확인했다.

"이 사람이 확실합니다. 오늘 아침에도 보았습니다."

"아침에도요?"

박 경위가 끼어들어 사진을 보고 대답을 했다. 시선이 그에게 향했다.

"네, 커피를 먹으러 갔죠."

"이상한 점 없었나요?"

"이상한 것보다 그 사람은 그런 사람이 아닙니다. 동네에서도 좋은 사람이라고 소문이 났고 서장님 감사장을 추천받을 정도로 성실한 사람입니다. 뭔가 착오가 있으신 것 같은데요."

"좋은 사람이라구요?"

"그럼요. 사람을 납치하고 할 사람이 아닙니다. 잘못 알고 계신 게 아닌가 해서요."

박 경위에 이어서 김 경사도 편을 들었다.

"무슨 근거로 그런 말을 하는 겁니까? 그놈은 연쇄납치범이라구요!"

"네? 아니……"

"시간이 없으니 두 사람의 진술은 나중에 따져보죠."

주상국 팀장은 두 경찰관의 말에 버럭 화를 냈다. 뒤에 있던 태석이 차에서 내려 강영식이 확실하다는 말에 차로 달려갔다. 지금 이렇게 이야기를 들어줄 시간이 없었다. 조금이라도 빨리 가야 지영이를 구할 수가 있다. 태석의 차가 출발하려고 하자 주상국 팀장이 앞을 막았다.

"팀장님은 빠져주시죠. 가족이 나섰다가 일이 잘못될 수도 있습니다. 지금 곧바로 갈 테니까요. 먼저 특공대에서 인질 구출팀이 앞질러 갔습니다. 바로 구출할 테니 기다려주십시오."

"시간이 없다구요. 제발, 빨리요!"

"네, 최대한 빨리 가도록 하겠습니다."

태석은 차량을 멈추고 절규했다. 제발요, 제발. 지금일지도 모르고 이미 늦었을지도 모릅니다. 지영의 숨소리가 들리지 않는 것 같았다. 어쩔 수 없이 그들을 믿을 수밖에 없었다. 다시 차량들이 빠른 속도로 출발을 했다. 그리고 먼저 앞서간 특공대 대원들에게 진입을 하라고 지시했다. 마을 아래에 도착해 있던 대원들이 차량에서 내려 일제히 도보로 움직였다. 열 명으로 이루어진 구조팀이 신속하게 농장으로 다가갔다.

컹컹컹. 개 한 마리가 짖자 삼십여 마리의 개들이 일제히 따라 짖어대기 시작했다. 그 소리에 특공대원들이 놀라 그 자리에서 멈추었다. 놈이 안에서 알아차렸을 것이 분명했다.

"진입!"

"진입!"

어쩔 수 없이 빠르게 안으로 들어갔다. 현관문을 열고 거실로 들어가 방마다 확인을 했다. 집을 모두 뒤져도 사람은 보이지 않았다. 그중에 문이 부서져 있는 창고 안에는 침대가 놓여 있었고 핏자국이 가득했다.

"사람은 아무도 없습니다."

"다시 잘 찾아봐. 집 전체를 모두 수색해!"

특공대가 수색하는 동안 수사본부 차량이 마을 앞을 지나 산길을 따라 올라갔다. 태석도 전담팀에 방해되지 않게 뒤를 따랐다.

*

바위 꼭대기에서 남자는 고개를 아래로 돌렸다. 개 짖는 소리에 멀리 집을 쳐다보다 깜짝 놀라 그대로 멈추었다. 경찰차들이 줄을 지어 올라오고 있었고 검은색 복장을 한 경찰들이 집 안팎을 돌아다니고 있었다.

'씨발!'

경찰들을 보고 다시 아래 여자를 보았다. 여자아이는 여전히 나뭇가지를 들고 놈이 나타나기를 기다리고 있었다. 저년을 데려오지 말았어야 했다. 경찰 새끼들은 어떻게 알았을까. 방범카메라를 일일이 체크해가며 돌아왔었고 목격을 할 사람도 없었는데. 남자는 자신의 완전범죄가 무너진 것이 억울했다. 경찰들은 시체를 찾으려고 할 것이다. 시체를 찾지 못하면 살인도 확인되지 않는 것이 아닐까. 그러나 그러길 바라는 것은 시간문제일 뿐 바보짓이라는 것을 남자는 알았다. 자수를 할까? 이대로 내려가 내가 죽였다고 할까? 어차피 종신형인데. 죽이지는 않는 거잖아. 때리지도 않을 거고. 그 안에서 지내는 것도 그리 나쁘지 않을 것 같은데. 아니, 중국으로 가자. 거기로 가면 되지. 마지막으로 저년을 죽이고 내려갈까. 살려두면 정상참작이라도 될까. 죽일 수 있었는데 죽이지 않았다고. 그런데 저년에게 당한 굴욕은 참을 수가 없었다.

지영은 바위 뒤로 돌아갔다. 이제 도망가는 것은 불가능했다. 날카로운 나뭇가지가 발등을 뚫고 솟아 있었다. 발에서 그것을 빼내는데 비명을 지르지 않은 건 정말 미친 짓이었다. 피가 분수처럼 솟아났고 살점이 뜯겨져 나왔다. 손으로 입을 가리고 터져나오는 비명을 간신히 참았다. 도망을 가려 발을 디뎌봤지만 한 발자국도 나갈 수가 없었다. 야구방망이만 한 크기의 부러진 나뭇가지를 손에 쥐었다. 그걸로 바위를 돌아오는 놈의 얼굴을 때릴 것이다. 그러나 그러기 전에 먼저 쓰러질 것 같았다. 발에서 피가 계속 솟구쳤고 놈이 후벼놓은 아래에서 피가 더져 고통이 밀려왔다. 왜 이런 일이 생겼지. 정신이 혼미해져 앞이 잘 보이지 않고 소리도 잘 들리지 않았다. 그런데 놈이 다가온다. 나뭇가지를 잡은 손에 힘을 주었다. 놈이 다 왔다. 바위 뒤에서 검은 그림자가 나타나 지영을 잡으려고 했다. 다행히 놈은 빈틈이 많았다. 지영은 그 틈을 놓치지 않고 나뭇가지를 힘껏 휘둘러 놈의 머리통을 날려버렸다. 그런데 놈은 그것을 맞고도 꿈쩍하지 않았다. 이마가 찢어져 피가 터져 나오는데도 놈은 더 필사적으로 달라붙었다. 붙잡아 죽이려고 발악을 하는 것처럼.

"놔! 놔! 놓으라고!"

"지영아! 지영아! 괜찮아. 아빠야!"

"놔! 놔! 미친놈아 놓으라고!"

"지영아, 아빠라고. 아빠야, 아빠. 이제 됐어. 이제 되었다고. 가만히 있어."

"놔줘! 제발 나를 놓으라고! 제발!"

지영은 비명을 지르며 태석의 품에서 빠져나가려고 발버둥쳤다. 아무리 아빠라고 해도 지영은 알아듣지 못하는 것 같았다. 더 붙잡고 더 끌어안고 더 가까이 귀에 대고 소리를 질렀다.

"제발 진정해 지영아! 아빠가 왔어. 이제 그만해도 돼. 제발…… 제발……"

"아빠……"

드디어 지영이 태석을 알아보았다. 태석은 이마가 터져 계속해서 피가 솟아나는데도 알아차리지 못하고 지영을 끌어안았다.

"아빠! 아빠가 왔어. 우리 아빠. 난 아빠가 올지 알았어. 이제 안 무서워. 하나도 안 무서워. 아빠…… 왜 이제 왔어……"

지영은 더 이상 무서워하지 않아도 되었다. 아빠가 왔다는 것만으로 딸의 맘은 그랬다.

"아빠…… 너무 아파. 아파 죽을 것 같애."

"그래, 괜찮아. 아빠가 왔으니까. 괜찮아질 거야. 빨리 병원에 가면 돼. 조금만 치료하면 나을 거야. 아무것도 아니야."

태석은 고개를 내려 지영의 모습을 바라보았다. 도망쳐 나오느라 간신히 속옷밖에 입지 못했고 그것마저 피가 흥건하게 젖어 흘러내리고 있었다. 아래에 심각한 문제가 있는 게 분명했다. 더구나 발등에는 살점이 떨어져 나갔고 피가 솟아나고 있었다.

"아무것도 아니야. 병원에 가면 금방 나아."

"아빠는 괜찮아? 아빠 미안해. 아빠인지 모르고."

자기 몸이 어떻게 된 줄도 모르고 지영은 태석을 걱정했다. 잠바를 벗어 가슴과 아래를 덮고 지영을 업었다. 빨리 병원에 가지 않으면 큰일이 날 것 같았다. 딸의 상태가 너무 심각했다.

"아빠, 난 괜찮아. 걸어갈 수 있어. 아빠 머리에 피가 많이 나."

"지영아, 아빠 괜찮으니까. 그냥 가만히 있어. 가만히. 움직이지 말고 그냥 아빠가 하는 대로 가만히 있어."

"아니야, 아빠가 아프잖아. 나 걸어갈 수 있다고. 내려줘, 아빠. 아빠 머리에 피가 많이 나."

아픈 지영은 자기보다 아빠가 더 걱정이다. 아빠 힘드니까 내려달라고.

"그러지마, 제발 지영아. 그냥 가만히 있어. 여기요! 여기 있어요! 여기 좀 도와줘요! 빨리!"

태석은 소리를 지르다가 전화기를 꺼내 정수에게 전화를 넣었다.

"정수야! 앰뷸런스! 119 좀 불러줘. 빨리! 제발. 우리 지영이가 아파.
너무 많이 아파."

참았던 눈물을 흘리며 소리를 지르다가 피와 침이 함께 튀었다. 등에
업힌 지영은 태석의 벌어진 이마를 손으로 붙잡았다. 피가 나지 말라고.
아빠에게 미안했다.

"아빠 괜찮아. 지영아, 그냥 가만히 있어!"

"아빠가 나 때문에 아프잖아."

"아니야. 니가 더 아파. 그러니까 가만히 있어. 그러면 니가 더 아프다
고!"

"아빠가 아픈데 어떻게 해. 피나잖아."

아픈 두 사람이 서로 아프지 말라고 울며 소리질렀다. 그러다 태석의
이마를 붙잡고 있던 지영의 손이 아래로 떨어졌다.

"지영아!"

산속에서 태석의 울부짖는 소리가 아래까지 들려왔다. 그 소리에 수
연도 산 위로 뛰었다.

26

　강영식의 농장에 과학수사 현장감식 버스 두 대가 들어왔고, 감식요원들이 대대적으로 투입이 되었다. 놈의 오래된 카페부터 농장 주변까지 넓게 폴리스라인이 설치되고 수사본부 천막도 농장 안에 마련되었다. 먼저 주거지에 대한 감식이 이루어졌다. 방 안에서 나온 혈흔은 한 명의 것이 아니었다. 최소한 다섯 명 이상일 거라고 했다. 여러 명의 것으로 확인되는 혈흔이 곳곳에서 발견되었고 여자의 옷과 소지품도 여러 개가 나왔다. 모두 이전에 실종되었던 여성들이 입고 있었던 옷들이었다. 혈액반응은 칼에서도 곡괭이에서도 삽에서도 나왔다. 그가 사람을 죽이고 훼손할 때 사용한 도구는 한두 가지가 아니었다. 그런데 가장 중요한 피해자들의 시체를 찾아내지 못했다. 창고를 뒤지던 감식요원이 흙이 잔뜩 묻은 삽을 발견했다. 그것으로 사체를 훼손했을 가능성이 높았고 땅에 묻었을 것이다. 그런데 어디에 묻었다는 것일까. 감식요원들이 주변을 돌아다닐 때마다 개들은 필사적으로 짖어댔나. 개늘이 살려주세요라고 비명을 지르고 있다는 것을 사람들은 알아채기 시작했다. 우선 개들부터 치우고 감식을 하는 게 맞겠다고 판단한 수사팀은 동물구호단체의 협조를 받아 개들을 모두 이동시켰다. 구호단체 회원들은 현장으로 와서 개들을 보고 고개를 흔들었다. 대형견들이 먹지 못해 뼈가 앙상했고 피부병 같은 질병에 시달리고 있었다. 무엇보다도 가장 보기 힘들었던 것은 누군가로부터 계속된 학대를 당했다는 것이다. 뼈가 부러지고 살점이 떨어져 나가거나 터진 개들도 있었다. 더구나 마당 한가운데서 개를 죽여 도살한 흔적을 보고 회원들은 분노했다. 개들은 사람들을 경계하며 짖는 것을 멈추지 않았다. 녀석들이 살려달라고 울부짖고 있는 거라고 구호단체 회원들은 말했다.

개들이 모두 빠져나가자 주변이 조용해졌다. 어느새 밤이 되었고 포클레인이 라이트를 켜고 마당 가운데를 조심히 파기 시작했다. 가장 쉽게 사체를 유기하기 위해 마당을 이용했을 것으로 예상이 되었다. 그러나 바닥을 깊이 파보아도 사체는 발견되지 않았다. 다시 집 주변으로 위치를 옮겨봤지만 마찬가지였다. 그러다가 산 아래 구덩이에서 백골 사체가 발견되었다. 머리카락과 골반의 크기로 보아 여자의 사체일 가능성이 높았다. 유골에는 여러 개의 돌덩이가 박혀 있었다. 감식을 한 요원은 여자를 돌로 때려죽인 것으로 보인다며 구덩이 밖에서 피해자를 향해 돌을 던졌을 것이라고 추정했다. 그리고 당시에 살아 있었을 가능성도 배제하지 못한다고 했다. 얼마 걸리지 않아 피해자가 확인되었다. 서울에서 실종된 21세, 여자, 최민지였다.

단 한 구의 시체만 확인되었을 뿐 나머지 시체를 찾을 수가 없었다. 새벽이 넘어 수색견을 투입했다. 오랜 훈련을 통해 사체를 찾아내는 데 특화된 수색견들은 핸들러들의 지시에 따라 수색을 시작했다. 그런데 산으로 올라갈 줄 알았던 수색견들은 농장 주변을 돌아다니다가 개들이 갇혀 있던 철창 옆을 맴돌기 시작했다. 그러고는 곧바로 시체가 있다고 짖어댔다.

"여기 개들이 있던 철창이 수상한데요. 개들을 가두어놓은 저 뜬장 아래요. 똥들이 쌓여 있는 저 밑 말입니다. 시체를 묻고 그 위에 철창을 가져다놓은 건 아닐까요?"

일명 뜬장이라고 불리는 철창에서 개들은 먹고 배설하기를 반복했고, 한 번도 치워지지 않은 개똥이 산을 만들어 쌓여 있었다.

"철창을 당장 치워!"

수사본부장이 지시를 하자 직원들이 달려들어 철창을 들어올렸다. 곧이어 포클레인이 삽을 들어 똥을 걷어내고 아래를 파자 그 아래에 파묻혀 있던 사체가 드러났다. 사체는 모두 철창 아래 암매장되어 있었다. 나머지 철창도 아래를 팔 때마다 사체는 계속 발견되었다. 모두 열여덟 구의 사체가 거기에 있었다. 실종신고가 되지 않은 시체도 있다는 말이었다. 8년 전 서울에서 사라진 최민지부터 5년 전에 수학 학원을 나와 사라진 윤영서 학생과 최근 사라진 노래방 도우미 권미정, 강선주, 양선우 등 연고가 확인된 사체는 열세 구였다.

*

놈의 전단지가 빠르게 찍혀 검문소마다 배포되었고 휴대전화로도 사진이 전달되었다. 특공대가 조금 더 일찍 진입을 했다면 잡을 수 있었을 것이라는 의견이 있는가 하면, 너무 빨리 경찰이 노출되는 바람에 도망을 가게 했다는 자조 섞인 목소리도 나왔다. 어떻게 되었든 경찰이 놈의 집에 진입했을 때 놈은 집에 없었고, 산 위에 있었다. 수사본부는 우선 놈에 대한 공개수배를 미루었다. 섣불리 공개했다가 다 잡은 놈을 놓친 사실에 대한 비난이 일 우려가 있었고, 또 하나는 놈이 자살할 가능성 때문이었다. 전에도 납치사건 용의자를 공개수배 했다가 하루 만에 시체로 나온 사실이 있었다는 것이 공개를 망설이게 했다.

산 위에서 위태롭게 내려오던 태석과 지영을 구급대원들은 신속하게 이동을 시켰다. 수연은 딸의 모습을 보자 살아 있음에 감사했다가 심각한 모습에 오열했다. 지영이 응급차에 오르고 수연도 따라 병원으로 향했다. 태석도 머리에 응급치료를 받아야 할 상황이었다.

"당신이 먼저 가서 지영이 좀 보고 있어. 나는 곧 따라갈 테니까."

"같이 가요. 당신도 다쳤는데."

"그 새끼 잡고 가야지. 내가 죽여버릴 거야."

"여보…… 지영이 아빠, 그냥 나랑 병원으로 가."

"어서 가. 지영이 치료 잘하고. 금방 따라갈게."

수연이 우는 소리로 말해도 태석은 단호했다. 지금 당장 놈의 목을 비틀어놓을 기세였다. 특공대는 놈이 산을 넘어 도망갔을 것으로 예상하고 수색견을 대동해 뒤를 쫓았고, 기동대는 산악지대에 숨어 있을 가능성에 일대를 샅샅이 뒤지기 시작했다. 산길을 포함해 인근 도로에도 모두 검문이 실시되었다. 차들이 길게 늘어서서 바리케이드를 친 검문소를 통과했다. 경찰은 일일이 운전자와 동승자를 확인하고 트렁크까지 열어 확인했다. 오전부터 실시되던 검문과 산악 수색은 야간이 되어도 멈추지 않았다. 경찰 헬기 두 대가 산 위를 날아다니며 놈의 이동을 찾으려 했지만 보이지 않았다. 심야 시간에 가까워지자 검문선을 넘어서 도망을 한 것으로 추정하기 시작했다. 놈의 농장에 설치된 수사본부 천막 안에서는 철수 논의가 오고갔다.

"아직 하루도 안 됐는데 철수라니요?"

태석은 현장철수라는 말에 목소리를 높였다.

"하 팀장의 심정은 알겠지만 반경 오 킬로미터 이내를 모두 뒤졌어. 수색견까지 풀고 헬기까지 동원했잖아. 그런데 없다면 이미 여기를 벗어났다고 보는 게 합리적이야."

"동의할 수 없습니다. 놈은 이곳에서 오랫동안 생활한 놈입니다. 산에 함정까지 파놓을 정도라구요. 그렇다면 이 일대 지형에 대해 속속들이 많이 알고 있을 겁니다."

수사본부장은 피해자의 가족인 태석의 말을 무시할 수 없었다. 그러나 그의 말에 끌려가는 것도 문제가 있었다. 놈을 특정해 잡는 데에 공이 있기는 하지만 엄연히 놈에 대한 수사는 태석이 하는 것이 아니었다.

"하 팀장, 우선 이곳은 우리에게 맡기고 병원을 가보는 게 어떻겠어?"

"그래요, 하 팀장님. 놈을 잡고 싶어하는 심정은 충분히 이해를 하지만 우선 팀장님 몸도 그렇고, 따님도 치료 중인데 가족 옆에 있어야 할 거 아닙니까."

수사본부장과 주상국 팀장이 태석의 상태를 보고 만류를 했다. 태석의 심정은 이해를 하지만 다친 정도가 심각해 보였다.

"그래요, 형님. 형님은 병원으로 가구요. 저희가 남아서 놈을 찾아보겠습니다. 일이 있으면 바로 연락을 할 테니까. 너무 걱정하지 마셔요."

"그렇게 하시죠, 팀장님."

정수와 은하까지 나서서 태석을 말렸다. 어쩔 수 없이 태석은 정수와 진욱에게 부탁을 하고 병원으로 향했다. 놈을 잡아 지영이 받았던 고통만큼 돌려주고 싶었지만 사실은 병원에 있는 지영이 더 걱정되었다. 차에 올라타고 병원으로 향하자 그제야 머리가 아픈 게 느껴졌다. 응급치료를 받기는 했어도 머리에서 계속 피가 흘러나오고 있었다.

수연은 수술실 앞에 앉아 울고 있었다. 모두 자기 잘못인 것 같았다. 그 시간에 집에 있었다면 지영은 만원동에 오겠다고 하지 않았을 것이고, 놈의 차에도 올라타지 않았을 것이다. 내가 미친년이지, 내가 미친년이야. 자조석인 혼잣말을 계속해서 뱉어냈다.

"언제 올 거야?"

기다려도 태석이 오지 않자 전화를 걸었다.

"그 새끼를 잡아야 가지!"

"당신 말고는 잡을 사람이 없어?"

"내가 아빠잖아!"

"왜 화를 내고 그래. 지영이가 수술실에 들어갈 때 아빠를 찾았단 말이야. 내가 찾는 게 아니고 지영이가 찾았다고."

"……"

수연은 태석이 힘들어하고 있다는 것을 누구보다 잘 알고 있었다. 전화를 끊고 괜히 그 말을 한 것 같아 후회가 되었다. 딸에게만은 지극했던 태석이다. 그래서 태석이 찾아오는 것을 막지 않았다. 수술실 앞에 나타난 태석은 머리에서 아직도 피가 나고 있었다.

"괜찮아?"

"응, 당신은?"

"나는 괜찮아. 지영이는 어떤 것 같아?"

"의사들이 들어갈 때 아무 말도 하지 않아가지고. 지금 들어간 지가 여덟 시간이 지났는데도 나오지 않네. 당신부터 좀 치료를 받어."

"괜찮다니까."

"그런 꼴로 지영이 볼 거야?"

수연은 태석을 끌고 응급실로 가 외과 진료를 보게 했다. 젊은 의사는 응급실 간이수술실에서 머리에 붕대를 벗겨냈다. 붕대를 벗겨내자 응급 처치로 봉합했던 피부가 모두 벌어져 근육이 비치고 있었다. 머리를 감 쌌던 붕대의 묵직함에 의사는 놀랐다.

"아니, 이런 꼴로 치료도 받지 않고 뭐를 하신 거죠?"

"빨리 해주십시오."

"이건 잠깐 가지고는 안 됩니다. 수술실로 가서 정교하게 치료를 해야 합니다."

"제가 시간이 없습니다."

"그러다가 큰일납니다. 빨리 가시죠."

어쩔 수 없이 태석은 수술실로 향했다. 머리에 수술보가 올라가고 찢 어진 왼쪽 이마를 꿰매기 시작했다. 근육이 수축되면서 노출된 내피가 점점 늘어났었다. 수술용 실로 벌어진 표피를 잡아당겨 틈이 보이지 않 도록 꿰맸다. 태석의 껌뻑이는 눈은 계속 시계를 바라보고 있었다.

젊은 의사는 봉합이 끝나고 붕대를 삼 일간 떼지 말라고 지시했다. 그 러나 태석은 약국으로 가 항생제를 받고는 붕대를 떼고 반창고를 붙였 다. 붕대가 감겨진 머리로는 놈을 잡으러 나가기가 거추장스러웠다.

"여보, 어디야? 지영이 나왔어. 의사선생님이 면담을 좀 하자는데."

"수술 끝났어?"

"응."

"잘 되었대?"

"잘 됐다고는 하는데. 모르겠어."

"알았어. 바로 갈게."

수술이 잘 되었다는 말에 태석은 안심이 되었다.

"언제 나왔어? 지영이 봤어? 얼굴 좋아 보여? 괜찮던가?"

"응."

응이라는 대답이 왠지 불길한 일을 알고 있으면서도 답하지 않는 느낌이 들었다.

"하지영 양 부모님 되시죠?"

"네, 수술은 잘 되었습니까?"

태석은 먼저 그것부터 물어보았다.

"네, 수술은 잘 되었습니다. 그런데 아버님, 지영이가 무슨 수술을 받았는지 알고 계십니까?"

"아니요? 그거는. 발이 좀 찢어지지 않았습니까. 그리고……"

태석이 대답을 망설였다. 여자로서 감춰주고 싶은 부분이었다.

"성폭행을 말씀하시는 거죠?"

"네, 그렇습니다."

"우선, 다행인 건 발바닥을 뚫고 올라온 부분은 신경과 뼈를 건드리지 않아 크게 걱정하지 않으셔도 됩니다. 눈뼈와 코뼈가 부러진 것도 시간이 지나면 나을 테니까요. 지금 부모님이 걱정해야 할 부분은 조금 전말씀하셨던 성폭행 부분입니다. 너무 충격을 받지 마시고 들어주시기 바랍니다. 생식기와 항문이 모두 손상되었습니다. 아래 부분 근육이 모두 심각한 상해를 입었다고 보시면 맞을 겁니다. 아마도 성기가 아닌 다른 도구를 사용한 것 같습니다. 아직 성숙하지 못한데다가 상대가 변태 성욕을 가지고 있었던 걸로 보입니다. 육체는 물론이고 정신적 충격이 굉장히 클 겁니다. 정신과 치료도 꾸준히 병행해야 할 겁니다.”

“선생님 뭐라구요? 다시 쉽게 말씀해주세요.”

수연이 터져나오는 울음을 간신히 참고 물었다.

“여자로서의 생식기능을 상실했고 항문의 근육을 재생하는 수술을 해야 합니다. 어쩌면 스스로 배변을 볼 수 없을 가능성이 높습니다.”

그 말을 듣자마자 태석은 숨을 쉴 수가 없었다. 코와 입이 꽉 막혀 숨이 들어가지도 들어간 숨이 나오지도 못했다. 심호흡을 해도 도저히 숨이 쉬어지지 않았고 들어간 숨에 심장이 터져버릴 것 같았다. 태석은 고꾸라지듯 몸을 앞으로 깊이 숙였다가 바닥에 주저앉았다. 그렇게라도 해야 숨을 쉴 수가 있을 것 같았다.

“어어…… 어어……”

“여보! 여보! 지영이 아빠! 정신 차려봐! 왜 그래, 엉엉엉!”

“어어…… 어어……”

목에 막혔던 숨은 돌아오지 않았고 꺾인 허리는 세워지지 않았다. 눈물에 앞이 보이지도 아무 소리도 들려오지 않았다. 그 상태가 한동안 계속되었다.

*

사흘이 지나도 놈은 잡히지 않았고 지영도 깨어나지 못했다. 뉴스에서는 고3생들이 수능을 끝내고 해방감에 거리로 몰려나왔다는 소식을 전했다. 저 속에 지영이가 있어야 하는데. 수연은 뉴스를 보다 눈물을 훔쳤다. 차라리 깨어나지 못하는 게 나을지도 모른다고 생각했다. 이제 곧 대학생이 되어야 하는데 깨어나서 알게 될 몸 상태에 놀라지 않을까 걱정되었다. 수연은 지영의 손을 잡고 잠이 들었다가 깨어났다를 반복했다. 현실이 현실이 아니기를 간절히 바라다가 현실에 놀라 깨어났다. 손을 놓을 수가 없었다. 지켜주지 못한 죄책감에 숨조차 쉬기가 어려웠다. 태석은 최우석 변호사와 임춘석 그리고 미로 아버지가 했던 행동들이 이해되었다. 모든 범죄 피해자 가족들이 겪었을 스트레스가 얼마나 엄청난 것인가를 묵직하게 느낄 수가 있었다. 미숙이 일을 당했을 때도 이렇게까지 숨 쉴 수 없을 정도로 고통스럽진 않았다. 내 아이가 이렇게 아픈데, 숨을 쉬고 배가 고프다는 게 죄스러웠다. 쉽게 소변과 대변을 본다는 것도 참을 수 없는 미안함이었다. 잠이 오는 것이 혐오스러웠고 지영을 바라보는 눈이 차라리 멀어버리기를 바랐다. 놈이 지영의 몸에 새겨놓은 불행을 그대로 지켜볼 수가 없었다. 놈을 잡아 똑같이 해줄 것이다. 지영이가 느꼈던 것보다 더 잔인하고 처절한 공포와 고통을 놈이 느끼게 해줄 것이다. 놈이 아직까지 잡히지 않은 것이 오히려 다행인지도 모른다. 병실에 누워 있는 지영과 수연을 남겨놓고 태석은 밖으로 나왔다.

수사본부는 여전히 놈의 소재를 확인하지 못한 채 수사를 진행하고 있었고, 지휘부는 공개수배 여부를 끊임없이 고심하고 있었다. 그것은 어떤 모양새로 놈이 언론에 나가야 경찰 수사가 욕을 먹지 않고 빛을 낼 수 있는지를 저울질하는 과정이었다. 지금 당장 공개수사로 전환하고 놈을 전국 단위 공개수배를 해야 한다는 의견도 있었지만, 놈을 잡아 포토라인에 세우는 게 좀 더 효과적이라는 것이 중론이었다. 지휘부는 예전에 탈주범을 섣불리 공개했다가 잡지 못해 2년이 넘는 기간 동안 언론의 공격을 당했던 기억을 잊지 않고 있었다. 놈이 최초 사건부터 현재까지 10년이 넘게 잡히지 않고 있었던 만큼 체포가 결코 만만치 않을 것이라는 데 모두의 의견이 일치했다. 놈의 소재에 대해선 농장 야산 뒤에 오랫동안 차량이 주차되어 있었던 것을 마을 주민을 통해 확인한 것이 전부였다. 검은색 승용차라는 것 외에는 아는 것이 없었다. 결국은 비공개상태에서 최대한 신속하게 놈을 체포한 후에 공개하기로 했다.

태석이 수사본부 사무실로 들어갔을 때 그곳 직원들의 시선은 전과 달랐다. 놈의 차량을 특정할 수 있게 한 것은 물론, 위치를 확인할 수 있도록 정보를 제공한 것도 태석이었지만, 그곳에서 태석은 여전히 이방인이고 걸림돌이었다.

"하 팀장님, 지금까지 도움을 주신 것에 대해 감사를 표합니다. 다행히 저희 직원들이 신속히 대처를 해서 따님의 목숨을 구할 수 있었습니다. 이제 하 팀장님은 수사보다는 따님의 상태를 살피는 게 맞을 듯합니다."

주상국 수사팀장은 태석을 위로하는 듯하면서 그를 수사에서 배제하려 하고 있었다. 그로서는 태석이 계속 수사에 접근하는 것이 부담이었다. 수사팀에서 몇 년째 놈을 특정하기는커녕 차량조차 알아내지 못했던 것은 더 큰 부담으로 다가왔다. 지휘부에 차량을 어떻게 특정을 했는지에 대해서도 정확한 보고조차 올리지 못했다. 태석이 끼어들수록 수사본부가 무능하게 보일 수 있었고, 그들의 공은 모두 사라지고 말 것이라는 데 위기감을 느꼈다. 몇 년째 팀 전체가 고생한 보람이 모두 태석에게 가는 것을 용납하기 힘들었다. 적어도 놈에 대한 체포만은 그들이 해야 했다. 그렇기 위해서는 태석을 더 이상 수사에 끼어들지 못하게 할수밖에 없었다.

"제 딸은 제가 돌봅니다. 그런데 왜 아직까지 공개수사를 진행하지 않고 있습니까? 빨리 전국의 경찰과 시민들에게 놈을 공개해 검거를 해야하지 않습니까. 저희만 쫓기에는 놈이 너무 빠릅니다. 10년 동안 한 번도 수사선상에 올라본 적이 없지 않습니까?"

"그건 아직 고려 중에 있습니다. 수사본부장님과 지휘부가 상의를 하고 있으니까 곧 결정이 날 겁니다."

"제가 본부장님을 만나보겠습니다."

"그러지 마시구요. 놈이 특정되었으니까 검거는 우리에게 맡기시고 팀장님은 더 이상 개입하지 마시란 말입니다. 따님을 돌보시라구요. 팀장님은 피해자 가족이지 수사담당자가 아닙니다. 수사에 계속 개입할 권한이 있는 것도 아니지 않습니까. 벌써 몇 차례 설명을 했을 텐데요. 그런데 계속 끼어들려고 하지 않습니까."

태석은 갑자기 말문이 막혔다. 당장 놈을 잡을 수 있도록 도와달라고 해도 지영이 때문에 힘들 것 같다고 답을 해야 하는데 오히려 선을 그어 아예 빠지라고 하다니.

"팀장님 말씀이 맞습니다. 저는 수사관이기 전에 피해자의 아버지입니다. 하지만 그 정도면 충분히 사건의 당사자라고 볼 수 있을 것 같은데요."

"그 말씀 잘 알겠지만 이제 저희에게 맡기시고 따님에게 돌아가십시오."

"뭐요! 돌아가라니요! 놈이 어디 있는지 같이 수사를 해도 잡을지 말지 모르는데 돌아가라니요? 우리 딸이 놈에게 어떤 고통을 당했는지 알면서 돌아가라구요!"

참아야 한다고 계속 되뇌었었다. 어차피 놈을 잡으려면 이들의 도움을 받아야 했다. 그런데 그들은 태석을 밀어내고 있었다. 수년간의 수사에 드디어 결과물이 떨어지자 그들은 수사본부의 체면을 생각하지 않을 수 없었다.

"돌아가십시오. 저희가 잡아드릴 테니까요."

"잠깐만, 내가 잡겠다는 게 아니고 같이 수사를 하자는 겁니다. 저는 피해자 가족이라구요!"

"피해자 가족이라고 수사를 할 수 있는 권한을 주는 건 아니잖아요. 검거 후에 연락드리겠습니다. 그리고 팀장님도 치료를 더 받으세요. 몸이 좋아 보이지 않습니다."

태석의 목소리에 모두 합심을 한 듯 태석을 밀어냈다. 그들은 한 팀이었다. 복도에 선 채로 그들이 사무실로 들어가는 모습을 지켜볼 수밖에 없었다. 아무리 저들의 입장에서 생각하려고 해도 납득이 되지 않았다. 저들의 말대로 병원으로 돌아가야 할까. 밖으로 나오는데 머리가 어지러웠다. 수사를 할 수 없다고 해도 놈을 그대로 둘 수는 없었다.

27

강영식의 농장에는 아직 폴리스라인이 길게 쳐져 출입금지를 알리고 있었고, 동성파출소에서는 순찰차를 세워놓고 타인의 출입을 막기 위해 근무 중에 있었다. 태석이 농장으로 다가오자 순찰차 조수석에 앉아 있던 박 경위가 따라서 내렸다.

"무슨 일로 오셨소?"

"서울청 미제전담팀 하태석 팀장입니다. 확인할 게 있어서요."

"아직 감식이 끝나지 않았대요. 오후에 또 오기로 했으니까 조심히 들어가쇼. 물건은 손대지 말고. 오늘은 피해자들 물건을 더 확인한다고 했으니까."

"이 농장은 언제부터 있었습니까? 그동안 이상한 점은 없었구요?"

"오래되었죠. 이상한 게 한두 가지가 아니었지. 우리가 계속 이상하다 이상하다 했던 농장이니까. 개들도 이상하고 주인도 이상하고. 안 그래, 김 경사?"

"내가 그랬잖아요. 형님이 안 믿어서 그렇지. 빨리 확인하고 나오세요."

그들은 정반대로 바뀌어 있었다. 폴리스라인을 넘어 안으로 들어갔다. 그곳은 마치 폭탄을 맞은 듯 마당 곳곳이 파헤쳐져 있었고, 개들이 있던 철창들은 한쪽으로 치워져 쌓여 있었다. 철창 바닥 구덩이에 시체들이 있었다고 했다. 그곳에서 찾아낸 시체가 열일곱 구였고 산 아래 구덩이에 한 구가 더 있었다. 모두 국과수에 긴급 유전자 감식을 보내 그 결과를 받아냈고 실종자 가족들의 유전자와 비교했다. 실종신고가 된 열세 건의 사체가 나왔고 확인되지 않은 다섯 건도 있었다. 신고조차 되지 않은 피해자가 다섯 명이 있는 것이다. 태석은 실종자 가족을 생각했다. 그들은 그동안 어떻게 살아왔을까.

현관 앞에는 폴리스라인이 한 번 더 설치되어 있었다. 놈은 여자들을 납치해 이곳으로 끌고 와 성폭행을 한 후 살해했다. 그리고 그 시체를 개장 아래 묻었다. 놈의 성폭행은 단순하지 않았다. 매우 가학적이고 고문에 가까웠다. 지영이 얼마나 고통스럽고 두려워했을지 창고 안을 보자 알 수 있었다. 침대에는 비닐 커버가 덮여 있었다고 했다. 놈은 여자들을 성폭행하고 살해할 때 피가 튈 것에 대비해 비닐을 깔아놓았다. 비닐 커버를 넘어 날아간 피는 벽에 여기저기 튀어 있었다. 사체 중에 여러 명의 여성이 이빨이 부러져나간 상태로 발견되었고, 몸의 관절 여기저기에 골절이 있었다. 놈은 악마였고 이곳은 지옥이었다. 만약 놈이 잡히지 않았더라면 어떻게 되었을까. 지영이가 희생자였다는 것이 억울하면서도 그래도 살아남았다는 사실에 차라리 가슴을 쓸어내렸다.

부엌은 지극히 평범한 사람의 일상 공간이었다. 냉장고에는 반찬들이 깔끔하게 열을 맞추어 정리 정돈되어 있었고, 과일 칸에는 사과가 줄을 지어 있었다. 방으로 갔을 때도 마찬가지였다. 놈의 옷장은 전문가에 버금갈 만큼 정갈하게 정리돼 있었다. 다른 방으로 넘어가보았다. 거기도 옷들이 정리되어 있고 가방이 여러 개 있었다. 모두 피해자들의 것이다. 그중에 최 변호사가 최면 중에 말했던 그 가방이 있었다. 그는 열린 문으로 보였던 그 가방을 알아채지 못했다가 최면 상태에 들어가서야 그게 뭔지 알아차렸다. 가방은 옷걸이에 걸려 있었고 먼지가 쌓여 있었다. 오랫동안 사용하지 않았던 모양이다. 가방 안을 열자 화장품과 생리대가 들어 있었다. 최 변호사의 딸은 생리 중이었다는 말인데. 개새끼! 다시 한번 욕이 튀어나왔다. 그리고 최 변호사의 명함이 여러 장이 있었다. 딸이 친구들에게 자랑을 하겠다고 명함을 여러 장 가져갔다고 했었다. 그녀에게 최우석은 자랑스러운 아빠였을 것이다. 놈은 이 명함을 들고 최 변호사를 찾아가 변호를 부탁했고 약을 전해주기도 했다. 놈이 지금 연락을 한다면 누구와 할까. 태석은 명함 한 장을 빼들고 가방을 다시 걸어놓았다.

"정수야, 사무실이지?"

"네, 형님. 무슨 일이세요? 저희도 돕고 싶은데 어떻게 해야 할지 모르겠네요."

팀원들은 태석을 도울 수 없었다. 관할도 없으며 공조 요청을 받은 사안도 아니었다.

"정수야, 사건 접수해. 서울에서 발생한 최우석 변호사의 딸은 우리 관할이야. 놈을 내가 잡아야겠다."

"괜찮겠어요. 형님? 수사본부에서 가만있을까요?"

"최초 발생은 서울청 관할이야. 강남에서 납치가 되었어. 휴대전화가 경기도에서 한 번 확인이 되어서 그쪽에서 진행하고 있던 거지. 우리에게도 수사 권한이 있다고."

"그럼, 바로 접수하겠습니다."

정수는 곧바로 사건시스템에 들어가 사건 접수를 했다. 피해자에 최우석 변호사의 딸을 넣었고 참고인으로 최우석 변호사를 넣었다. 이제 태석과 팀원들이 수사할 수 있는 권한이 생겼다.

"정수야, 지금 바로 구치소에 공문을 보내서 최 변호사 접견 요청해. 그리고 하나 더, 최 변호사를 우리와 동행해 현장을 확인할 수 있도록 해달라고 해."

"형님, 구치소에 수감된 피의자를 데리고 나오는 건데요. 그건 지금 신병을 관리하고 있는 검찰 쪽에 허락이 있어야 하잖아요. 절대 허락할 리가 없어요."

"우선 공문부터 보내. 그건 내가 알아서 할 테니까."

검찰로 송치된 구속 피의자를 현장검증을 하겠다고 데리고 나오는 것이 가능할지 정수는 고개를 갸웃거렸다. 지금까지 그렇게 했다는 사례를 들어본 적이 없었기 때문이다. 그래도 우선 공문을 만들어 검찰로 발송했다.

＊

언젠가는 경찰이 집으로 들이닥치리라는 것을 예상하고 있었다. 다만, 적어도 몇 년은 더 걸릴 거라고 자신했었는데, 그 여자아이 때문에 망쳤다. 어디에서 잘못된 것일까. 이미 늦어버린 반성이지만 다음에는 더 조심해야겠다. 그런데 다음이 있을까. 차라리 거기서 여자아이를 죽이고 자수할걸 그랬나. 어차피 열여덟 명을 죽이나 열아홉 명을 죽이나 별 차이가 없는데.

차를 산 뒤에 숨겨놓은 건 신의 한 수였다. 트렁크 안에는 신발과 함께 옷가지를 넣어놓았다. 남자는 깔끔한 신사복 차림에 갈색 구두를 신었다. 운전석에 앉아 검은 테 안경까지 쓰고 나자 만족스러운 모습이 되었다. 차량 조수석 글러브박스에는 비상금으로 현금 천만 원을 넣어놓았다. 이럴 줄 알았으면 더 큰돈을 넣어놓았어야 했다. 은행에 넣어놓는 게 아니었다. 경찰들이 계좌까지 모두 확인했을 텐데. 은행 계좌는 왜 다른 사람 명의로 해놓지 않았을까. 남자는 하나 더 반성했다. 박스 안에는 대포폰도 두 대 들어 있었다. 도망을 하려면 휴대전화가 반드시 필요했다. 승용차를 타고 빠져나갈 때 여러 대의 경찰차들이 분주하게 뒤로 지나갔다. 바보들이다. 바로 옆을 지나가고 있는데 알아보지 못하다니. 점심도 먹지 않은 채로 달리기만 했다. 사과라도 하나 먹어야 하는데. 혼자 있을 때는 밥맛이 없다가도 여자들을 옆에 놓고 있으면 그렇게 배가 고팠다. 남자는 서울로 가던 길에 골목에 위치한 식당으로 들어가 백반을 시키고 텔레비전을 켰다. 아직까지 뉴스에는 아무것도 나오지 않았다. 시간을 보니 세 시간 정도밖에 흐르지 않았다. 아직 기자들이 덤벼들기에는 이른 시간이다. 정신없이 밥을 먹었다. 그년을 쫓느라 배 속은 텅 비어 밥은 채워도 채워도 끝이 없는 것 같았다. 식당을 나와 서울로 향했다. 차를 주택가에 외진 곳에 버리고 검은색 백팩을 메고 지하철을 탔다. 검은 양복에 검은 가방이 어울렸다. 아무 역이나 내려서 모텔로 들어갔다. 밥을 많이 먹었더니 잠이 왔다. 벌써 해가 지는 걸 보니 하루가 다 지난 모양이다. 종업원이 내어준 키를 받아 들고 2층으로 올랐다. 문을 열고 들어가자 방 안이 따뜻했다. 씻지도 않고 그대로 침대에 누워 잠을 잤다. 앞으로 어떻게 해야 할지는 한숨 자고 해야겠다. 잠이 들었다가 새벽에 깼었다. 옆방에서 들려오는 남녀의 신음소리에 깨어날 수밖에 없었다. 가서 두 사람을 죽여버릴까. 잠깐 고민을 했다. 아침이 되자 다시 배가 고팠다. 모텔을 나와 근처에 있는 해장국집에서 밥을 먹고 들어왔다. 여관 주인에게 일주일 묵을 거라고 얘기하고 방값을 모두 계산해주었다. 방은 치우지 않아도 된다고 당부했다. 방에 설치된 컴퓨터에 인터넷 창을 열어 중국으로 밀항하는 방법을 조사했다. 밀항이라고 치자 여러 사이트가 나왔다. 그런데 아무런 상관이 없는 자동차 매매사이트가 함께 떴다. 뭐지? 남자는 사이트로 들어가 대화방의 글을 읽어보았다. 차량을 매매하는 글들이 아니라 중국으로 넘어가고 싶다는 글이 심심치 않게 올라와 있었고, 댓글에는 전화번호가 남겨져 있었다. 남자는 댓글에 달린 전화번호로 메시지를 보냈다.

— 중국으로 가고 싶습니다. 얼마면 될까요.

메시지를 보내고 한동안 답장이 없었다. 전화기를 만지작거려봤지만 응답이 없었다. 개새끼가 장난을 친 건가.

— 오천만원입니다. 2명이면 천만원씩 깎아 8천만원이구요.

한 시간이 넘어서 답변이 왔다. 오, 진짜 있는데.

— 언제 갈 수 있습니까?

— 가장 빠른 게 다음 주 월요일 새벽 2시에 출발합니다. 그거는 육천만원입니다.

— 왜죠?

— 예약자를 밀어내려면 돈을 더 줘야죠.

— 그걸로 하겠습니다.

— 금액은 모두 현찰입니다. 선불 삼천만원에 현장에서 삼천만원입니다.

— 그런데 어떻게 믿죠?

— 사진을 보내드리죠.

잠시 후 영상이 들어왔다. 얼굴을 모두 가린 영상에는 한국 배에서 중국 배로 오르는 사람들이 있었고 다시 중국 땅에 내리는 모습이 있었다. 누가 보아도 중국에 밀입국을 하는 모습이었다. 남자는 영상을 보고 마음을 굳혔다.

— 주소를 알려주면 돈을 받으러 퀵이 갈겁니다. 그리고 월요일 새벽 1시에 연안부두 앞에 상하이반점앞에서 만납시다. 시동이 걸린 검정색 봉고차입니다.

일이 쉽게 풀릴 것 같았다. 돈만 준비하면 되는데 그게 문제였다. 은행에 몰래 가볼까. 그러나 경찰들이 이미 은행에서 돈을 찾기를 기다리고 있을 것이다. 남자는 고민을 하다가 전화를 걸었다. 그는 돈을 줄 것이다. 주지 않는다면 협박을 하면 된다. 그때 건네준 드링크를 향정신성의약품 또는 마약이라고 부른다는 것을 아느냐고. 그런데 몇 번을 했는데도 전원이 꺼졌다고 나왔다. 왜지? 전화기를 바꾸었나. 남자는 로펌에 전화를 넣었다.

"최 변호사님이요. 사정으로 인하여 잠시 쉬고 계십니다. 무슨 일이시죠?"

"전에 쓰던 연락처로 연락을 받지 않아서요."

"그건 저희도 잘 모르겠습니다."

구속되어 수감 중이라는 말 대신 로펌은 그렇게 답을 해주었다. 남자는 점점 초조해졌다. 메시지를 남겨놓기도 했고 음성을 남기기도 했다. 그가 전화를 받으면 해결이 되는데. 남자는 시간이 지날수록 불안하고 초조해졌다. 돈을 빌려줄 사람이 최 변호사 말고는 없었다.

*

태석의 차가 구치소로 들어섰다. 면회실로 들어가자 안내 직원이 공문을 받았다며 태석을 접견실로 안내했다. 접견실 안으로 들어가 잠시 기다리는 동안 정수를 비롯해 직원들 모두 구치소 앞에 도착했다는 메시지가 들어왔다. 그리고 검찰로부터 최 변호사의 출감은 거부되었다고 덧붙였다. 시계를 보니 오후 2시가 넘어가고 있었다. 접견실에 도착해서 십 분이 지났는데도 최 변호사가 오지 않았다. 구치소 직원에게 물어보자 면회 중이라고 했다. 초조하게 기다리자 그가 면회를 마치고 접견실 안으로 들어왔다. 그의 표정은 밝지 않았다.

"어떠신가요?"

"그 새끼는 어떻게 됐습니까?"

예상한 대로 최 변호사는 분노에 차 있었다. 딸의 유골은 찾았으나 아직 놈을 검거하지는 못했다는 말을 들었기 때문이다.

"아직입니다. 따님 소식은 들으셨습니까?"

"네……"

잠시 말이 멈췄다. 태석은 그가 얼마나 딸을 찾고 싶어했는지 알고 있었기에 그의 침묵을 기다려주었다. 죽었을 거라고 예상은 하고 있었지만 유골이 발견됐다는 말에는 슬픔을 참을 수가 없었다. 딸의 죽음을 확인한 그의 얼굴도 이미 죽은 사람처럼 창백했다.

"유골이 발견됐다고 하더군요."

"아마도 도망을 치다가 놈이 파놓은 구덩이에 빠졌던 모양입니다. 그곳에서 그대로 사망을 한 것 같구요."

"어떻게 죽인 겁니까?"

"예측을 해보자면 아마도 도망을 치다 구덩이에 빠진 따님에게 돌을 던져 죽인 것 같습니다."

"……"

최 변호사는 눈을 감았다. 감정을 드러내지 않으려 최대한 애를 쓰고 있음을 알 수 있었다. 눈이 떨렸고 숨소리가 고르지 않았다. 주먹을 꽉 쥔 손이 부르르 떨었다. 지금 그는 구덩이 안에 들어가 돌을 맞고 있었다. 태석은 그가 감정을 조절할 수 있을 때까지 최대한 기다렸다. 잠시 후 숨소리가 잦아들었고 눈물이 멈췄다.

"가방 안에 있던 것을 가져왔습니다. 변호사님이 기억해냈던 가방이 거기에 있었습니다. 이거 맞으시죠?"

촬영한 사진을 보여주자 최 변호사는 멍하니 내려다보며 눈물을 떨어뜨렸다.

"가방은 수사본부에서 변사처리를 한 후에 가져다줄 겁니다. 제가 담당자가 아니라서 가져올 수는 없었습니다."

대신 명함을 내밀었다. 다시 그의 목에서 신음소리가 들려왔다. 그것은 딸을 그리워하는 것이 아니라 자신을 원망하는 소리였다. 놈이 들고 온 그 명함을 왜 알아보지 못했을까라는 자학이었다. 한동안 명함에서 눈을 떼지 못했다.

"그런데 찾아온 이유가 무엇입니까?"

"놈이 도망 중입니다."

"그건 알고 있습니다."

"변호사님이 놈을 잡는 걸 도와주십시오."

"제가 어떻게……"

어떻게 구치소 안에서 놈을 잡는 것을 돕는다는 말입니까, 최 변호사는 눈으로 물었다.

"놈이 변호사님께 연락을 할 겁니다. 분명히. 놈은 변호사님이 여기에 들어와 있다는 것을 모를 테니까요."

"그런데 어떻게 저에게 연락을 한다는 말이죠?"

이때 접견실 문이 열리며 구치소 직원이 소지품으로 맡겨져 있던 최 변호사의 휴대전화를 가지고 왔다. 봉인된 봉투에서 휴대전화를 꺼냈다. 최 변호사의 소지품이 가족에게 인계되지 않았다. 그것을 받을 가족이 없었다.

"놈은 분명 변호사님한테 도움을 요청할 겁니다. 도피를 하려면 돈이 필요할 테니까요."

"그런데, 딸을 죽인 살인범이라는 걸 제가 알고 있단 걸 정말 모를까요? 그렇다 하더라도 제가 도울 수 있는 일이……"

"그놈이 상식적이라면 변호사님을 찾아왔을까요?"

믿지 못하겠다는 듯 최 변호사는 고개를 갸웃거렸다. 태석이 휴대전화 전원을 켰다. 화면이 들어오자마자 신호음과 함께 메시지와 부재중 통화 횟수가 올라갔다. 모르는 번호 하나로 십여 통의 전화와 메시지가 와 있었다.

─ 최 변호사님 강영식입니다. 상의할 일이 있으니 연락주시기 바랍니다.

─ 최 변호사님 여러 차례 전화를 드렸는데 연락이 없네요.

─ 최 변호사님 전화가 계속 꺼져 있습니다. 연락주십시오.

놈이 맞았다. 확인을 하던 중에도 전화가 울렸다. 태석은 휴대전화를 최 변호사에게 넘겨주지 않았다.

"변호사님, 놈과 통화를 하고 놈의 요구를 들어보십시오. 그리고 들어주겠다고 하세요. 아마 놈은 아직 민지 양을 살해한 걸 변호사님이 모르고 있을 거라고 생각할 겁니다. 놈은 돈을 요구할 것이고, 그러면 만나서 주겠다고 하시면 됩니다."

"놈을 속이려면 약속 장소에 같이 가야 하지 않을까요?"

"그래서 검찰에 공문을 넣어놓았습니다. 변호사님을 출감시켜달라구요. 그런데 거절당했습니다. 그걸 변호사님이 풀어주시면 됩니다."

태석이 자신 있어하던 이유가 여기에 있었다. 아직까지 검찰에 인맥이 남아 있는 그였다. 최 변호사는 물끄러미 태석을 바라보다가 결심을 한 듯 태석에게서 자신의 휴대전화기를 받아들었다. 그러고는 전화번호 하나를 찾아 통화버튼을 눌렀다.

"나 최 변호사야. 놀라지 말고. 내 부탁을 들어주었으면 하는데. 경찰에서 나를 출감시켜달라고 공문을 보냈을 거야. 그거 승인을 좀 해주지."

최 변호사의 후배인 남부지검 차장검사는 놀라는 눈치였다. 그가 구치소에 들어가 있다는 것을 모르지 않았다. 검찰 쪽에서도 그의 범행은 충격이었다. 그리고 그가 김동수를 살해한 이유에 대해서도 잘 알고 있었다. 그의 옛 동료들은 그를 비난하기보다 동정을 하고 있었다.

"경찰이 우리 딸을 죽인 놈을 잡으려고 해. 내가 그 사람들을 도와줘야 할 것 같아. 물론 경찰이 계속 동행을 할 것이고. 내 신병에 대해서는 걱정하지 않아도 되네. 놈만 잡히면 그대로 다시 들어올 거니까."

후배 차장검사는 잠시 후에 다시 전화를 주겠다고 했다. 혼자서 결정할 일이 아니었다. 전례가 없는데다 직접 당사자인 최 변호사에게 전화를 받자 당황했다. 지검장이라고 하더라도 혼자서 결정하기는 어려웠다. 게다가 실제 경찰에서 협조를 요청한 사실이 있는지도 확인을 해야 했다. 계속해서 강영식에게서 전화가 걸려왔다. 그러나 검찰로부터 승인이 날 때까지는 전화를 받지 않았다. 침묵 속에서 십 분 정도의 시간이 흐르자 전화가 왔다. 선배님이라는 호칭을 사용한 그는 승인처리했다고 알려왔다. 그리고 몸 건강하라는 말도 덕담으로 전했다. 곧 태석의 전화에두 메시지가 들어왔다.

— 형님 검찰이 승인을 했습니다.

이제 놈의 전화를 받으면 된다. 태석은 놈에게서 전화가 오면 절대 딸에 대한 사실을 말하지 않아야 놈과 접촉이 가능할 것이라고 충고를 했다. 전화를 받다가 최 변호사가 흥분할 가능이 있었기에 그 점을 대비해야 했다. 또다시 전화가 왔다.

"여보세요?"

"최 변호사님, 저 강영식입니다."

"네, 그런데요?"

"전화가 계속 꺼져 있더라구요. 무슨 일이 있으신가 걱정했습니다."

"우리가 서로를 걱정할 사이는 아닌 것 같은데요."

딸을 죽인 놈과 대화를 해야 한다는 것은 참을 수 없는 치욕이었다. 그러나 놈을 잡을 수 있을 거라는 생각에 최대한 감정을 절제했다.

"그러긴 하죠. 그런데 전에 가져가신 약은 잘 쓰셨습니까? 변호사님 같은 분이 그런 약을 쓴다는 게 좀 의아하기는 하지만요."

"그건 알 바 아니고. 용건을 말해요."

"왜 그렇게 딱딱하게 말씀을 하세요? 다른 사람처럼. 저는 변호사님이 전화를 계속 받지 않으셔서 걱정이 돼서 그렇죠."

"누차 말하지만 그런 걱정을 해줄 만한 사이는 아니요."

최 변호사는 감정 조절이 잘 되지 않아 계속 딱딱하게 나갔다.

"그런가요? 제가 약도 구해주면 뭐 좀 가까워진 거 아닌가요? 엄연히 불법인데."

"그래 용건이 뭐요?"

"돈을 좀 빌릴까 해서요."

"내가 왜 돈을 빌려줘야 하죠?"

"에이, 제가 약 준 거 있잖아요. 그런 사이면 돈을 좀 빌려줄 수 있지 않을까요? 마약인데. 변호사님 체면에 마약은 좀 아니죠."

"지금 협박하는 거요?"

"아니요. 누가 그런데요. 제가 돈이 필요하니 빌려달라는 거죠."

"얼마가 필요한 거요?"

"이억입니다. 더 빌려주셔도 되구요. 제가 변호사님 재단에 오억을 보태드렸잖아요."

"그건 수임료입니다. 또 그렇게 기부를 하기로 했고."

"사실 변호사님도 제가 죽였다는 거 알고 있었잖아요. 아무리 돈에 눈이 멀어 양심이 없다고 해도 어떻게 사람을 세 명씩이나 죽인 사람을 알고도 무죄를 만들어요. 그래서 제가 돈 많이 줬잖아요. 마약도 쓰시고 변호사의 양심도 파시고. 또 제가 변호사님 몰래 소원도 들어드린 게 있고. 모두 제가 입을 다무는 조건이면 될까요?"

"소원?"

"그런 게 있습니다."

그 소원이 딸이 죽은 곳에 나를 데리고 가는 거였냐? 최 변호사는 애써 묻지 않았다.

"주겠소. 어디서?"

"제가 변호사님 빌딩으로 갈까요? 1층 로비에서 보죠."

놈은 생각보다도 대범했다.

"아니요. 종로2가에 그린빌딩이 있소. 거기 10층 공실에서 봅시다. 시간은 내가 돈을 좀 찾아야 하니까 6시로 하고."

"네, 그럼 그렇게 하죠. 아, 그리고 변호사님, 모두 현금으로 준비하셔야 합니다. 오만원권."

"그럽시다."

최 변호사는 간신히 대답했다. 전화를 끊고 나서 다시 한동안 침묵이 흘렀다. 태석이 그를 노려보고 있었다. 정말로 사람을 죽였다는 걸 알고도 무죄를 받아낸 것인가.

"나를 비난하고 있다는 거 알고 있소. 비난해도 소용없소. 난 그때 내 딸 외에는 아무것도 보이지 않았으니까. 그때 협회를 만들고 내 딸을 찾기 위해 많은 비용이 들어갔습니다. 내 사재를 넣고 월급으로도 감당하기 힘들었으니까. 사무실 비용은 물론이고 직원들의 봉급과 활동비용을 모두 내가 감당했고. 경찰들이 아무것도 하지 못할 때 난 그렇게라도 해야 했으니까."

"그때 유죄를 받았다면 그 이후에 벌어졌던 납치사건은 벌어지지 않았을 겁니다. 우리 딸도 납치되었을 리 없다는 말입니다."

"……"

"변호사님의 양심 없는 변론 때문에 죄 없는 여성들이 납치되어 죽었습니다. 우리 딸도 그놈에게 농락을 당하고 병원에서 치료를 받고 있구요! 죄를 인정하고 반성을 하라고 했어야 하는 거 아닙니까!"

태석이 책상을 내리쳤다. 놈을 평생 교도소에 넣을 수 있었던 기회가 있었다는 데에 태석은 분노했다. 그가 자기 딸을 찾는 데 혈안이 돼 있던 동안 수많은 여성들이 희생되었고, 유족들이 안아야 할 대가 또한 너무 가혹했다. 최 변호사도 충격을 받은 듯 멍한 표정이었다.

"할 말이 없소. 미안합니다. 따님은 어떤가요?"

"……"

이번엔 태석이 말이 없어졌다.

"가시죠. 가서 놈을 잡아야죠. 잡고 난 후에 생각해보겠습니다."

태석은 최 변호사의 손목에 수갑을 채웠다. 그는 순순히 손목을 내주고 태석을 뒤따라 구치소 밖으로 나왔다. 밖에는 정수가 직원들과 함께 기다리고 있었다. 차에 두 사람이 오르자 봉고차는 출발을 했다. 시간은 3시를 넘어가고 있었다. 태석은 사무실에 남아 있는 오은하 형사에게 전화를 걸었다.

"오 형사, 지금 보내주는 번호 최대한 빨리 통신사에 위치추적 요청해. 긴급으로 최대한 빨리. 이 번호가 놈이 지금 사용하고 있는 휴대전화야. 어디에 있는지 최대한 빨리 알아내야 해."

"네, 팀장님. 아직 서툴기는 한데 바로 해보겠습니다. 그래도 시간이 좀 걸릴 텐데요."

"오 형사를 믿어. 무조건 빨리하라고."

아직 수사가 서툰 오은하는 태석이 시키는 대로 곧바로 통신수사 서류를 만들기 시작했다. 그러나 아무리 빨리해도 검찰과 법원을 거쳐야 하는 서류이기에 시간이 촉박했다. 오 형사가 서둘러 서류를 꾸려 검찰로 달려갈 때쯤, 태석이 고개를 돌려 최 변호사와 눈을 마주쳤다. 그러고는 그에게 휴대전화를 건넸다. 최 변호사는 무슨 뜻인지 알겠다는 듯 검찰청에 전화를 넣었다.

차는 구치소를 빠져나와 종로로 향했다. 가는 동안 놈의 위치는 확인되지 않았다. 다만 놈이 어디에 있든 약속 시간에 그곳에 나타나리란 건 확실했다. 태석은 수사본부에 전화를 했다. 놈을 확실히 잡기 위해선 네 명으로는 역부족일 수 있었다. 만약 잘못된다면 직원들이 피해를 입을 수도 있었다.

"주상국 팀장님, 하태석입니다."

"네, 무슨 일이시죠?"

"놈의 위치를 알았습니다. 지금 종로로 이동하고 있습니다."

"네? 놈의 위치를 알아냈어요?"

"지금 바로 종로로 와주십시오. 저희 팀도 그쪽으로 가고 있습니다."

"잠시만요. 어떻게 놈의 위치를……"

전화를 받아든 주상국 팀장은 이해하기 힘들다는 말투였다.

"하 팀장님, 저희 팀이 도착하기 전까지 절대 놈을 검거해서는 안 됩니다. 잘못했다가 놓치면 큰일이니까요. 저희도 바로 그곳으로 출발하겠습니다."

주 팀장은 마음이 급해졌다. 태석이 수사본부보다 먼저 잡아서는 안 되었다.

*

강영식은 여관 밖을 거의 나가지 않았다. 새벽에 잠깐 산책하러 나간 것이 전부였다. 답답한 마음에 편의점에 가서 술을 사와 방 안에서 홀짝이며 시간을 보냈다. 연락을 받아야 할 최 변호사가 전화를 받지 않고 있었다. 그 바람에 어제 새벽에 타기로 했던 배를 놓치고 말았다. 계획대로 됐다면 지금쯤 중국 땅을 밟고 상하이에서 마오타이에 마오롱

샤를 먹고 있었을 것이다. 밀항을 준비해준 놈에게 몇 번을 전화했는지 모른다. 웃돈까지 준다고 했다가 잘못되자 놈은 욕까지 해대며 나무랐고, 남자는 죽은 듯 사정했다. 곧 돈이 준비된다는 말로 그를 달랬다. 그러자 놈은 원래 타기로 했던 손님까지 놓쳤으니 우선 천만 원을 받아야 밀항을 시켜주겠다고 했다. 그 말에 우선 팔백만 원을 보내기로 했다. 장소를 알려주자마자 오토바이가 도착했고 그에게 현금을 넘겨주었다. 그 돈 덕분인지 반드시 일주일 안에 밀항을 시켜주겠다는 약속을 받아냈다. 이제 가장 중요한 잔금이 남았다. 그런데 돈줄이 되어야 할 최 변호사가 연락이 되지 않았다. 강영식은 초조해졌다. 첫날에는 맥주 두 병을, 다음날엔 소주 두 병을 비웠다. 그다음 날엔 소주와 맥주를 모두 두 병씩 섞어 마시고 점심때까지 잠들어 있었다. 하루 종일 뉴스를 켜놓았는데, 어디에서도 그와 관련 뉴스는 나오지 않았다. 그동안 일어난 엄청난 범죄에 경찰이 부담을 느끼고 있는 거였다. 자신이 경찰보다 한 수 위인 것 같아 괜히 우쭐해졌다.

— 내일 새벽 2시 연안부두 앞 상하이반점으로 나오기 바랍니다. 우선 800만원을 받았으니 현장에서 5천 200만원을 받는 것으로 하겠습니다.

— 모레로 하면 안 될까요. 아직 돈을 마련하지 못했습니다.

— 그럴 수는 없습니다. 다른 사람들이 있기때문에 배는 무조건 출항합니다. 모레는 갈 수 있는 배가 없습니다. 내일 가지 못하면 다시 일주일 정도 시간이 걸립니다.

— 어떻게든 마련해 보겠습니다. 문자드리죠.

계속해서 최 변호사에게 전화를 했다. 백 통도 넘게 한 것 같았다. 그러나 전화기가 꺼져 있다는 안내 메시지만 계속해서 들려오자 짜증이 머리끝까지 올라왔다.

"개새끼! 왜 이렇게 전화를 안 받아!"

그는 휴대전화로 바닥을 내리찍고 구석에 던져버렸다. 벽에 부딪힌 전화기에서 목소리가 들려온 것은 그때였다.

*

안치수 본부장은 최 변호사를 면회한 후 주차장에서 태석의 차가 출발하기를 기다렸다. 두 시간 전에 최 변호사가 면회를 요청한다는 연락을 구치소 직원으로부터 받았다. 연락을 받자마자 달려가 면회를 하고 나온 그는 회원들에게 단체 메시지를 보냈다.

— 놈의 위치가 확인되었습니다.

— 제가 함께 하겠습니다.

— 감사합니다.

— 몸만 가면 되나요?

— 무기는 어떻게 해야 할지 고민해보겠습니다.

— 저도 함께하겠습니다.

— 어디로 가면 되나요?

— 종로2가 그린빌딩입니다.

— 우리 아이 장례를 치르기 전에 해결할 수 있어 다행이네요.

― 차를 주차하고 저희 차로 오시죠. 함께 하시게요.

다섯 명으로부터 동참하겠다는 메시지가 왔다. 모두 장례 준비에 바쁠 텐데 그들은 기꺼이 안치수 본부장과 함께하기로 했다. 메시지가 사라지자 바탕화면에 사진이 떠올랐다. 조카인 영서가 해맑게 웃고 있었다. 사진 속 영서는 아직도 어린아이였다. 벌써 5년 전이다. 영서를 찾기 위해 전국을 돌아다녔다. 그러다 범죄피해실종자협회에 들어가 최 변호사를 만났다. 그는 자기 딸도 범죄로 실종이 되었다며 함께 일해달라고 청했고, 안 본부장은 받아들였다. 영서가 아니더라도 다른 사람들이 가족을 찾는 것을 위안으로 삼으며 일했다. 그러다가 피해자 유족들의 사적 복수를 최 변호사가 돕고 있다는 것을 알았다. 그도 돕겠다고 했다. 그때 최 변호사는 만약 영서에 대한 복수를 하게 될 기회가 생긴다면 그때 기회를 주겠다고 했다. 그것이 바로 오늘이다. 사라진 영서는 백골이 되어 돌아왔다. 산 아래 농장에서 얼마나 무섭고 고통스러웠을지 현장을 보고 오열했다. 납치가 아니라 가출이기를 바랐고 차라리 생사불명의 실종상태가 나았다. 그렇게라도 살아 있기를 바랐지만 끝내 영서는 죽어서야 돌아왔다. 누나에게는 말도 꺼내지 못했다. 영서를 찾아다니던 누나는 1년 전부터 허언증에 시달리더니 치매가 찾아왔다. 영서가 학교에서 오고 있다고 마중을 나가기 시작했고 도시락을 준비하기도 했다. 어쩌면 그게 나을지도 모른다. 그렇게라도 누나의 머릿속에 영서가 살아 있으니. 이대로 놈이 잡혀 교도소에서 보호를 받으며 생활할 것을 생각하자 그대로 있을 수가 없었다. 놈이 살을 찌우고 햇빛을 쐬며 살인을 추억할 것을 생각하면 온몸에 소름이 돋았다. 최 변호사는 복수의 기회를 만들어주었고 함께할 사람들에게도 모두 마찬가지였다. 잠시 뒤 최 변호사가 태석과 함께 밖으로 나와 승합차에 올랐다. 안치수 본부장은 그 뒤를 따라 조심스럽게 움직였다.

*

차는 종로로 들어서고 있었다. 러시아워에 차들이 늘어나기 시작했다.

"제가 현장으로 나갈까요?"

창밖을 바라보며 최 변호사는 물었다.

"아닙니다. 우선 놈과 연락을 취해보구요. 바로 체포할 수 있을 것 같으면 굳이 나가지 않으셔도 됩니다. 하지만 놈이 눈치를 채고 이동을 하게 되면 그때는 놈과 대면을 할 수도 있을 겁니다. 놈을 끌어내는 게 중요하니까요."

태석은 최 변호사의 속마음을 짐작했다. 그가 지금까지 저지른 범죄가 어떤 것이었는지 잘 알고 있기에 그의 심정이 선명하게 만져졌다.

"만약 평소의 최 변호사님은 오늘 같은 일이 있었다면 어떻게 하셨을까요?"

밖을 바라보던 시선이 차 안으로 들어와 태석을 향했다. 내 속마음을 알고 있구나라는 눈빛이다. 수갑을 채운 그의 손에 땀이 나고 있었다.

"죽였겠죠. 죽일 수 있다면. 팀장님의 지금 심정도 그렇지 않습니까? 저와 다르지 않을 것 같은데요."

"……"

최 변호사가 창밖으로 시선을 던지며 무심한 듯 말했다. 태석은 아무 대꾸도 하지 못했다.

약속 장소인 그린빌딩에 도착을 했다. 빌딩 입구 도로에 차를 정차하고 정수와 기원이 밖으로 나가 주변을 살폈다. 섣불리 약속 장소인 10층에 오를 수도 없었다. 두 사람은 우선 관리실로 들어가 CCTV를 확인하기로 했다. 들어오는 입구가 건물 앞뒤 좌우로 되어 있어서 네 곳의 CCTV를 모두 지켜보았다. 놈으로 의심되는 사람은 발견하지 못했다.

"팀장님, 아직 도착하지 않은 것 같은데요. 10층으로 올라가볼까요?"

"거기 사무실이 사용 중인지 알아보고 와. 위층은 어떤지도."

잠시 후 두 사람이 차로 돌아와 보고했다.

"10층에 세 곳을 사용 중이고 나머지와 그 이상은 모두 빈 사무실이라는데요. 경기가 좋지 않아서 다 비었답니다. 위로 올라가는 엘리베이터는 모두 일곱 개인데요. 여섯 개는 중앙에 있고, 한 개는 직원전용으로 뒤쪽 구석진 데에 있습니다."

"변호사님은 이 건물 10층을 어떻게 알고 거기로 하신 겁니까?"

"놈을 확실히 잡으려면 한정된 공간이 낫지 않겠습니까? 예전에 사무실로 쓰던 곳이라 잘 알고 있는 곳입니다."

로펌에 들어가기 전 처음 사무실을 냈던 곳이었다. 아내와 민지가 아빠를 보겠다고 자주 놀러 오던 곳이기도 했다.

길가에 차를 오래 세워두면 놈의 눈에 띌 수 있어 옮기려 할 때 검은색 승합차 세 대가 다가와 섰다. 주상국 팀장이 차에서 내렸다. 이렇게 빨리 달려올 줄은 몰랐다.

"하 팀장님, 이 건물입니까?"

"네, 그런데 아직 위치가 확인이 되지 않았습니다. 눈에 띌지도 모르니까 차를 옮기죠."

검은색 차량 네 대가 나란히 세워져 있는 건 경찰임을 표시하는 꼴이었다. 차들은 모두 뒷골목으로 들어갔다. 주상국 팀장은 건물에 직원들을 위장해 곳곳에 배치시키고 놈이 나타나면 언제든 체포할 수 있게 준비했다. 태석의 팀은 내리지 않고 최 변호사와 함께 대기했다.

"팀장님, 놈의 위치가 확인되면 공유하시죠?"

"네, 팀장님의 휴대전화로 위치가 확인되면 바로 문자로 넣도록 했습니다. 저희는 주변을 살필 테니 팀장님이 검거하십시오. 놈이 사용하고 있는 휴대전화 전화번호가 이겁니다."

주상국 팀장은 태석이 강영식의 위치정보를 가지고 있다는 게 신경 쓰였다. 놈을 잡는 데 위치 확인만큼 중요한 것이 없었다. 그의 속을 읽은 태석은 그에게 놈의 위치와 휴대전화 번호 모두를 공유했다.

"아무래도 저희가 인원도 많고 추적하는 데 용이하니까 저희가 하는 게 낫죠."

차로 돌아가는 주상국 팀장의 어깨에 힘이 들어가 있었다. 비록 태석의 도움을 받아 놈을 검거하는 것이지만 과정보다는 결과가 중요했다. 수사본부가 차려지고 수년간 고생했던 결과가 곧 성과로 이루어질 수 있게 되었다. 수사본부장은 절대로 서울청에 공을 빼앗겨서는 안 된다고 전화로 수차례 당부했다.

약속 시간이 가까워오자 초조해지기 시작했다. 놈은 아직 건물에 나타나지 않았고 연락도 되지 않았다. 더구나 놈의 위치를 확인하도록 지시했던 오은하에게서 아무 연락이 없었다.

— 장소에 거의 도착했는데 어디쯤에 있나요.

최 변호사에게 메시지를 넣도록 했다. 놈의 위치를 대략이라도 확인을 하고 싶었다.

— 곧 도착합니다. 잠시만 기다려주시죠.

차를 타고 오는지, 지하철을 타고 걸어오는 것인지도 알 수 없었다. 6시가 거의 다 되어서 오은하로부터 위치가 전송될 거라고 연락이 왔다. 태석은 위치를 주상국 팀장에게도 공유하도록 했다. 놈이 자기와 마주치지 않고 그들이 먼저 잡아주기를 바랐다. 드디어 놈의 위치가 휴대전화로 전송이 되었고, 이 근처로 확인이 되었다.
"가까운 데 있어!"
차량 안에서 일제히 주변을 둘러보기 시작했다. 어딘가에 놈이 이동하고 있을 것으로 보였다.
"10층으로 올라가겠다고 하십시오."
최 변호사는 받아든 전화기로 놈에게 메시지를 전송했다.

— 저는 아직 도착하지 않았습니다. 도착하면 바로 올라가겠습니다.

놈의 위치를 주상국 팀장도 공유하고 있었기에 건물 입구 쪽에 대기하던 직원들의 고개가 사방으로 돌아가며 놈을 찾았다. 삼시 후 놈에게서 메시지가 도착했다.

— 돈은 모두 준비가 되었습니까?

— 가지고 기다리고 있소.

— 돈이 확실히 준비가 된 게 맞습니까?

— 가지고 있다니까요.

— 지금 어디입니까?

— 10층 남쪽 복도 끝 창문이요.

— 거짓말. 내가 10층에 와 있는데.

최 변호사가 10층을 올려다보며 말했다.

"놈이 벌써 10층에 와 있답니다."

태석은 주상국 팀장에게 전화를 걸어 그 말을 전했다. 그러자 1층에 있던 직원들이 일제히 10층으로 달렸고, 승합차 안에 있던 주상국 팀장도 직원들과 차에서 내려 뛰기 시작했다.

"팀장님, 저희는?"

"그냥 이대로 있자. 놈이 잡혀 내려오겠지."

"저희가 잡아야죠?"

"수사본부 직원이면 충분해."

"형님……"

정수는 태석이 왜 직접 체포를 하려 하지 않는지 알 것 같았다. 놈과 마주쳤을 때 폭발하는 감정을 주체하지 못할 것을 알기에 태석은 스스로 체포를 포기한 것이었다. 그대로 차 안에서 놈이 잡혀 내려오기를 기다렸다. 그런데 올라가던 직원들이 일제히 뛰어 옆 건물로 이동하기 시작했다. 태석이 휴대전화 위치를 보자 놈이 이동 중인 것이 보였다. 어떻게 건물을 빠져나왔지? 놈의 위치는 계속 이동 중이었고 수사본부 직원들은 그를 찾기 위해 옆 건물로 몰려들었다.

"팀장님, 놈이 이동했나본데요. 직원들이 빠르게 옆 건물로 들어갔습니다. 저 건물로 간 것 같은데요. 건물 밖으로 나온 적이 없는데 지하가 이어져 있을까요?"

"지하?"

"지하가 아니면 이동할 수가 없잖아요."

기원이 차문을 열고 빠르게 관리실로 뛰어가서 확인했다. 그러나 지하가 연결된 통로는 없었다. 무전기가 요란하게 울려댔다. 옆 건물은 쇼핑몰이었기에 여기저기에서 놈을 확인할 수 없다는 무전만 계속해서 들려왔다. 각 층마다 흩어진 형사들은 혼란에 빠졌다. 태석도 나가서 찾아봐야 할까 망설였다. 지금 놓친다면 영원히 놓쳐버릴 것 같았다. 정수와 진욱도 빨리 밖으로 나가서 놈을 쫓자고 했다. 태석의 휴대전화로 들어오는 이동경로가 점점 멀어지고 있었다. 놈이 경찰의 위치를 파악하고 이동하는 것 같았다.

태석이 밖으로 나갈까 말까를 망설이고 있을 때 한 무더기의 사람들이 건물로 뛰어 들어가는 것을 볼 수 있었다. 누구지? 경찰관은 아닌데. 안치수? 저 사람이 갑자기 왜?

"최 변호사님! 전화기 주세요!"

그러자 최 변호사는 전화기를 빼앗기지 않으려고 필사적으로 몸을 움츠렸다.

*

　안치수 본부장의 연락을 받고 모인 사람은 모두 다섯 명이었다. 그들 모두 가족을 잃은 사람들이다. 실종자협회 회원을 수년째 같이했었고 유골을 찾았다는 말에 함께 농장을 방문했었다. 함께 울며 다짐을 했다. 그것은 위로였고 위안이었다. 오늘 살인을 하게 될 것이라는 것을 그들은 알고 있었다. 놈이 죽을 때까지 가족을 잃은 상처는 치유되지 않는다는 것을 그들은 잘 알고 있었다. 우리 아이가 죽은 것처럼 아내가 죽은 것처럼 놈이 죽었다는 말을 듣기 전까지 고통은 계속될 것이다. 그래서 그들은 그 선택을 할 수밖에 없었다.

　"윤영서의 유골이 맞습니다. 제출하셨던 영서 어머니의 DNA와 정확히 일치합니다. 삼가 고인의 명복을 빕니다."

　안치수 본부장은 수사본부로 출석해 조카 윤영서의 유골을 확인했다. 마치 자기가 영서를 죽인 것 같아 숨을 쉴 수 없었고 끓어오르는 분노를 주체할 수 없었다. 영서가 어학연수를 가서 좀 있다 온다고 치매에 걸린 누나를 달래기도 했었는데 희망이 끊어져버렸다.

　"그 새끼는 지금 저기 그린빌딩에 있습니다. 변호사님이 놈을 그쪽으로 유인했고, 곧 경찰들을 밖으로 또 유인할 겁니다. 경찰이 빠지면 우리가 올라가 그놈을 처단하면 됩니다."

　"유경명씨, 괜찮아요?"

　아르바이트생 유지연의 아버지는 경찰로부터 딸의 유골을 찾았다는 연락을 받고 출석을 했다. 편의점 아르바이트 때 입었던 유니폼의 명찰을 보여주었다. 사체는 많이 훼손되어 직접 얼굴을 확인하는 것은 어려

울 것이라고 했다. 아무리 흉해도 딸아이를 보지 않고 보내는 것은 죄
같아 영안실로 가서 확인을 했다. 뭉개진 얼굴에 팔다리는 골절되어 꺾
여 있었다. 그때 놈이 도망쳤다는 말을 들었다. 그게 오히려 다행이라고
생각했다.

— 지금 11층으로 올라가. 놈이 거기에 있어.

경찰들이 건물에서 빠져나오자 최 변호사로부터 기다리던 메시지가
들어왔다. 메시지를 받자마자 사람들에게 11층에 악마가 있음을 알렸
다. 본부장이 고개를 끄덕이며 건투를 빌었고, 나머지들도 모두 반드시
놈을 처단하겠다는 각오로 고개를 끄덕였다. 차문이 열리며 일제히 사
람들이 튀어나갔다. 그들은 곧장 건물 안으로 뛰어 들어가 엘리베이터
를 잡아타고 11층으로 올랐다. 그곳에서 악마를 처단할 것이다.

*

"최 변호사님, 전화기를 주세요. 빨리요. 무슨 짓을 한 겁니까?"
"……"
허리를 숙이고 수갑을 찬 두 손은 휴대전화를 붙잡고 놓지 않았다. 정
수와 진욱이 달려들어 그의 허리를 세우고 휴대전화를 간신히 빼앗았다.
"그대로 둬! 그놈을 죽여야 한다고!"
"뭐요?"
최 변호사의 휴대전화 메시지를 열었다. 그는 안치수와 몰래 계속 문

자를 주고받고 있었고 결국 11층으로 가서 놈을 죽이라고 지시를 했다. 그런데 놈은 건물을 나갔고 수사본부 직원들이 모두 옆 건물로 이동해 놈을 쫓고 있었다. 왜 11층으로 가라고 하는 거지. 태석은 다른 메시지를 열었을 때 그 이유를 알았다. 최 변호사는 강영식과도 문자를 주고받고 있었다.

— 당신을 잡기 위해 경찰들이 모였소.

— 그걸 왜 알려주는 겁니까. 그대로 두면 잡힐 텐데.

— 우리 딸아이를 왜 죽였는지 당신에게 직접 듣고 싶기 때문이오. 경찰이 없이.

— 그거야 쉽지만 경찰을 어떻게 할 거요.

— 당신 휴대전화 위치가 계속 경찰에게 전송되고 있소. 조금 전에 택배기사가 그 건물로 들어갔소. 당신 휴대전화를 그 사람에게 보내시오. 그러면 경찰은 택배기사를 따라갈 거요. 그리고 11층에서 봅시다.

그러고는 메시지가 끊겼다. 이어서 다른 번호로 메시지가 들어왔다. 놈에게는 휴대전화가 한 대 더 있었다. 조금 전까지 연락을 주고받았던 전화기는 택배기사의 손수레에 실려 밖으로 나갔다. 창문으로 아래를 내려다보자 한 무더기의 사람들이 옆 건물로 이동하는 것이 보였다.

— 경찰들이 옆 건물로 가고 있군. 빨리 만나 해결을 합시다. 당신 딸을 왜 죽였는지 알려줄 테니 돈을 가져오시오.

— 지금 11층으로 가겠소.

그 메시지를 보내고 안치수에게 그를 죽이라고 지시를 한 것이다. 건물 11층을 올려다보았다. 저기에 강영식이 있다. 태석은 주상국 팀장에게 전화를 걸었다. 즉시 그린빌딩으로 돌아와 놈을 체포하라고. 그러나 신호가 가도 팀장은 전화를 받지 않았다. 시간이 없지만 다시 걸었다. 그제야 팀장은 전화를 받았다.

"팀장님, 다시 그린빌딩으로 오십시오. 놈이 거기에 그대로 있습니다."

"팀장님, 걱정하지 마세요. 놈의 위치가 멈추었습니다. 다 잡았어요. 야, 저 택배기사로 위장한 저놈을 체포해!"

주상국 팀장이 무슨 일을 하고 있는지 보지 않아도 알 것 같았다. 그는 지금 놈이 택배기사의 손수레에 집어넣은 휴대전화를 쫓고 있는 거였다. 놈이 실종자 가족들에 의해 살해되는 것을 그대로 지켜보지 않으려면 태석이 나서야 했다. 그린빌딩으로 들어가며 최 변호사의 전화기에 통화버튼을 눌렀다. 그러자 놈이 바로 전화를 받았다.

"강영식!"

"누구지?"

"나는 서울청에 하태석 팀장이다. 당신을 죽이기 위해 가족들이 11층으로 올라가고 있어. 지금 피하지 않으면 당신은 죽어."

"무슨 말이야?"

"최 변호사는 당신을 죽이려고 하는 거였어. 살고 싶으면 15층으로 올라와. 내가 경찰관이니까 당신을 체포해서 온전히 데려갈 테니까."

"무슨 말을 하는 거야. 가족은 뭐고 경찰은 뭐야? 그런데 그걸 어떻게 믿지?"

"믿지 않으면 죽는 수밖에 없지. 나는 지금 15층으로 올라가고 있다. 거기에서 나에게 체포되든가 아니면 11층에서 죽든가. 당신이 선택해."

그 말을 남기고 태석은 전화기를 끊었다. 놈이 살해되는지 아니면 자신에게 체포가 되는지 이제 알 수 없는 상태가 되었다.

엘리베이터 15층을 눌렀다. 문이 열리면 그가 있을지 아니면 도망을 쳤을지 모른다. 그러나 밖에 경찰이 깔려 있다는 것을 놈이 모르지 않을 것이다. 층수가 올라갈수록 태석은 긴장하기 시작했다. 11층을 지나고 15층에 엘리베이터가 멈추었다. 문이 열리고 밖으로 나왔을 때 아무도 없었다. 15층도 비어 있었다. 복도를 지나 휴게실이 있는 남쪽으로 터벅터벅 걸어갔다. 휴게실이라고 쓰여 있는 문을 열었다. 거기에 강영식이 창가에 붙어 건물 아래를 내려다보고 있었다. 경찰은 택배기사가 강영식이 아님을 알고 다시 그린빌딩으로 몰려들었다. 태석이 다가오자 그는 거리를 두라고 손바닥을 펴 보였다.

"정말 나를 죽이려고 사람들이 온 건가?"

"당신을 죽이고 싶어하는 사람이 한두 명일까? 아래층으로 내려가면 그들을 볼 수 있을걸. 내려가든가."

"아니, 그럴 필요는 없고. 이제 여기까진가. 돈 좀 받으러 왔다가 이게 무슨 꼴이야. 참 멋지게 살았는데. 드디어 경찰에게 잡히는구만. 그러면 당신이 내 담당자가 되는 건가? 이십 명을 죽인 살인마를 잡은 경찰관이라고 하면 특진 정도는 하겠어. 팀장이라면 내 덕에 과장은 되겠네. 아닌가?"

"이십 명?"

"두 명은 다른 곳에 있어. 처음에는 그냥 버렸거든. 산에."

두 명이 더 있었다니.

"최 변호사가 물어달라고 하던데. 자기 딸을 왜 죽였냐고?"

놈은 잠시 최 변호사의 딸을 생각했다.

"최 변호사를 많이 닮은 것 같아. 똑똑한 아가씨 같았거든. 다른 사람보다 반나절은 더 살았으니까. 아빠를 끌어들여서 협상도 할 줄 알고. 왜 죽였냐고? 다른 뜻은 없어. 내가 죽이려고 마음을 먹었으니까. 그게 대답이야. 죽이려고 했는데 죽여야지. 안 죽이는 게 더 골치 아프거든. 그게 다야. 무슨 심오한 이유라도 있을 줄 알았나? 그냥, 그냥이라고. 사람 죽이는 데 이유가 있어? 그런 거 없어. 아, 있다면 재미가 있었지. 그리고 그런 걸 자주 하다보면 뭐랄까, 나와의 약속? 그런 신념 같은 게 생겨. 일종의 사명감이나 책임감 같은 거야. 죽여야겠다, 그러면 그것을 지키려고 노력을 하지. 최대한 지키려고 했던 것 같아. 약속이니까."

"……"

태석은 대답을 하지 않았다. 다만 바라보기만 했다.

"너무 거창한 대답을 생각했었나보지? 당신은 그렇게 전하기만 하면 돼. 도움받아서 고마웠다고. 그래서 나도 큰맘 먹고 죽은 딸 보여주려고 농장에까지 데려온 거야. 고마운 줄도 모르지? 그래도 죽은 딸이 소개시켜준 변호사지만 그럭저럭 쓸 만했어. 그런데 돈을 너무 많이 받아갔어. 내가 어떻게 만든 돈인데, 시발!"

"며칠 전에 납치한 여자아이는 어떻게 차에 태운 거야?"

"제일 쉬웠어. 그렇게 공을 들이지 않은 것 같은데. 나는 안 탈 줄 알았거든. 그런데 차를 보더니 자기가 먼저 다가오더라고. 그리고 가족사진을 보더니 별로 고민하지 않고 타버리데. 그렇게 쉽게 타는 아이가 드문데. 그렇다고 내리라고 할 수는 없잖아."

차와 가족사진에 지영은 경계를 하지 않았구나. 태석의 숨이 가빠졌다.

"괜히 태웠어. 안 태웠으면 이렇게 안 되었을 건데. 후회되네."

놈은 정말로 후회되고 안타깝다는 표정을 지었다.

"그 여자아이가 지금까지 만난 여자들 중에 가장 용감했어. 나에게 덤벼들었으니까. 여자아이 아빠가 어떤 사람인지 궁금하구만. 경찰서에 가면 만나볼 수도 있겠네. 그놈도 나를 죽이겠다고 덤벼들겠지. 아빠노릇은 하려고 할 거 아니야. 꼴에. 그 정도는 경찰에서 좀 막아줄 수 있잖아? 경찰이니까 그렇게 해야지. 인권보호를 해야 할 거 아냐. 나도 인권이 있는데. 너무 심한 것은 못 참지, 나도."

"어떻게 하려고 했어?"

태석의 목소리가 갑자기 커지자 놈은 깜짝 놀라 고개를 뒤로 뺐다가 다시 앞으로 내밀었다.

"깜짝이야. 경찰관이 왜 이래? 죽이려고 했지. 참 야무졌어. 그렇게 덤비는 애가 없었으니까. 경찰이 들이닥치지만 않았으면 아마 돌로 쳐서 죽였을 거야. 발이 아파서 도망도 못 가고 있었으니까. 대가리를 박살을 냈을 텐데. 나를 힘들게 했으니까. 자, 이제 그만하고 갑시다. 나도 이제 여기서 끝내야지. 언젠가 이런 날이 올 것은 알고 있었으니까. 이제 교도소에 가서 좀 쉬어야겠어. 교도소 놈들에게 내 이야기도 좀 해주고. 좋아할걸. 재미있거든. 영화나 책으로 나오면 더 재미있어할 것 같은데. 안 그래? 빨리 가자고!"

강영식은 태석 앞으로 다가와 양손을 내밀었다. 그러다 다시 뒤로 물러섰다. 경찰관의 눈이 터져버릴 듯 붉게 충혈돼 있었고 온몸을 부들부들 떨고 있다는 것에 경계를 했다. 고개를 갸웃거리며 한 발 더 뒤로 물러났다. 보통 경찰관이라면 저렇게 눈알에 핏줄이 터질 듯 노려보지는 않는데. 놈의 등줄기에 식은땀이 흘렀다. 처음으로 자기를 죽일 수도 있는 사람이 있다는 것을 느꼈다. 침을 삼키는 소리가 천둥소리보다 컸다.

"혹시 니가 아빠야? 아니지?"

28

  지영은 중환자실에 있다가 일반 병실로 옮겨졌다. 다행히 병원에서는 환자의 특성을 생각해 1인실을 내주었다. 성폭행으로 인한 장애가 발생한 상황과 정신적 충격이 컸을 지영을 생각해 내린 병원 측의 배려였다. 잠에 빠져 있다가도 지영은 소리를 지르며 경기를 일으켰다. 수연이 옆을 계속 지키고 있어도 눈을 뜨면 사람을 무서워했고, 눈을 감으면 악몽에 시달려야 했다. 지영의 머릿속은 놈의 농장에서 빠져나오지 못했다. 잠에서 깨면 아빠를 찾았고, 아빠가 없다는 것을 알고 부들부들 떨었다. 사무실에 잠깐 나갔으니 곧 돌아올 거라고 해도 지영의 두려움은 계속되었다. 아침이 되어서야 태석은 초췌한 얼굴로 병실로 들어왔다. 하루 사이에 10년은 더 늙어서 돌아왔다. 그의 손에는 합격기원 초콜릿이 들려 있었다.

  "이걸 뭐 하러 사와요. 수능 끝난 지가 언젠데."

  "그냥. 사주고 싶어서."

  수연은 초콜릿을 받아들며 울먹였고 받아든 손이 너무 아팠다.

"왜 이렇게 늦었어요? 지영이가 얼마나 찾았는데. 그래도 당신이 아빠긴 아빠인가봐. 그렇게 무섭다고 하다가도 당신 곧 온다고 하면 얼굴이 편안해지는 걸 보면."

"그랬어? 다행이네."

"조금 전에 잠들었어요. 근데 왜 자기 몸에 주머니가 달려 있냐고 물어서 뭐라고 대답해야 할지 몰라 그냥 잠시 달아놓은 거라고 했는데."

"잘했어."

배변주머니는 지영의 몸에서 나와 침대 옆에 매달려 있었다. 이런 상태가 언제까지 계속될지는 알 수 없었다. 의사는 항문재생 수술을 언제 진행할 수 있을지 기약하지 못한다고 명확한 답변을 피했다. 놈이 지영에게 할퀴어놓고 간 상처는 너무나 컸다. 태석은 지영의 더 가늘어진 손을 꼭 잡았다. 주사바늘이 꽂힌 손목이 너무 얇아 보였다. 수능이 끝나 친구들과 놀러 갔어야 할 딸이 왜 여기에 있는 것일까. 늦게 집에 들어와 배가 고프다고 치킨을 시켜달라고 매달려야 할 지영은 누워만 있었다. 아이가 겪었을 고통을 생각하자 또다시 눈물이 흘렀다. 피가 가득했던 그 창고 안에 지영이 아직도 갇혀 있는 것 같았고, 비닐을 깔아놓았던 놈의 창고 냄새가 병실에서도 나고 있었다.

"아빠!"

자신을 부르는 목소리에 힘이 없었다.

"응. 지영이 깼어?"

"어디 갔었어. 내가 찾았잖아요. 어디 가지 말고 계속 나하고 있어요. 엄마하고도"

"그래, 알았어. 그런데 아빠 출근도 해야 하는데."

"그냥 쉬어. 나 퇴원할 때까지. 휴가 내면 되잖아."

"그럴까? 지영이가 그러라고 하면 그래야지."

"아빠, 내가 할 말이 있는데……"

지영은 마른침을 삼켰다.

"그 나쁜 아저씨를 내가 벽에 밀쳐서 넘어뜨렸어. 내가 아빠 닮아서 힘이 세다고 했지."

"그래, 아빠 닮아서 용감하네. 역시 아빠 딸이야. 잘했어."

"잘했지? 나 진짜 용감하지?"

"응, 용감해. 아빠 닮아서. 그런데 말하는 거 힘들지 않아?"

"힘들어. 근데 아빠 그 사람 잡았어?"

"응, 아빠가 잡았어. 그리고 아주 혼내주었어. 다시는 그러지 못하게."

"진짜?"

"응."

"고마워, 아빠. 이제 안 무섭겠다. 안 무서워, 이제."

놈을 잡았다는 말에 지영은 울기 시작했다. 잡히지 않았다는 말을 엄마에게 들었던 순간부터 두려움에 떨었다. 그가 여기로 오는 것이 아니냐고 문을 쳐다보고 묻고 또 물었다. 놈이 문 뒤에서 서서 그 틈 사이로 병실 안을 쳐다보고 있는 것 같아 문을 제일 무서워했다. 잡혔다는 말에 울면서도 아이처럼 좋아했다. 그리고 아빠가 잡았다고 더 좋아했다.

"그렇게 좋아?"

"아빠가 잡았잖아요. 그 사람 교도소에 가는 거지?"

"응, 영원히 못 나와."

"절대 못 나오지? 나오면 안 돼."

"절대로 나오지 못해."

"이제 안 무서워. 하나도 안 무서워."

"말하지 말고 어서 쉬어. 아빠 잠깐 사무실에 다녀올게."

"금방 와야 돼."

"알았어. 금방 올게. 그놈을 또 혼내주고 와야지."

태석은 지영을 잡았던 손을 빼려고 했다. 그러나 지영이 놓지 않았다. 지금 잡지 않으면 영원히 놓칠 수 있을 것 같다는 불안감이 몰려왔을까.

"나 잠들면 그때 가면 안 돼? 아빠 손 계속 잡고 있고 싶은데."

"그래, 알았어."

지영은 태석의 손을 놓지 않았다. 지금까지 잡지 못했던 손을 한꺼번에 잡고 싶은 모양이다. 손에 힘이 들어가 있어 다행이라고 생각했다. 잠들었다고 생각될 쯤 태석이 손을 놓았다. 손을 빼려 할 때 지영이 다시 손에 힘을 주었다.

"아빠!"

"응?"

"엄마랑 다시 살면 안 돼?"

"어?"

"엄마랑 다시 같이 살았으면 좋겠어. 그러면 이 손 놓아줄게."

"그래, 그럴게. 지영이가 원하는 건데. 엄마랑 아빠랑 우리 지영이랑 이렇게 같이 살자. 예전처럼. 이제는 아빠가 잘할게."

"고마워요, 아빠."

그제야 지영은 태석의 손을 놓아주었다. 그리고 몸을 돌려 잠이 들었다. 돌아누운 지영의 어깨가 좁아 보였다.

"여보, 밖에 경찰들이 찾아왔는데."

물을 뜨러 나갔던 수연이 안으로 들어와 이상하다는 듯 말했다. 면회를 온 경찰들은 아닌 것처럼 보였다. 그들은 병실을 살피더니 밖에서 태석이 나오기를 기다렸다. 수연이 들어가라고 해도 그들은 고개를 저으며 밖에서 기다리겠다고 했다. 태석도 들어오라는 말을 하지 않았다.

"여보, 나 잠깐 경찰서에 다녀올게. 지영이 잘 돌보고 있어. 기다리지 말고."

"방금 들어왔는데 왜 벌써 가요? 휴가를 내면 되지. 사무실에서 그런 것도 해주지 않는데?"

"수연아?"

"갑자기 왜 이름을 부른데. 왜 그래요?"

"우리 함께 살까?"

"그게 무슨 뚱딴지같은 소리래."

"그런가? 갑자기 말을 하고 싶어서. 지영이가 바라기도 하고."

"빨리 다녀오기나 해요. 알았으니까."

"진짜?"

"진짜."

그 말을 하면서 수연이 수줍어했고 며칠 사이 처음으로 미소를 띠었다. 그 말은 그녀가 먼저 원했던 말이었다.

"지영이가 아빠 찾으면 조금 늦을 거라고 해. 일이 좀 밀려서 할 게 많은가보다고. 당신도 그동안 잘 있고. 내가 많이 미안했어."

"이상하네. 왜 그래요?"

"……"

태석은 말을 잇지 못했다. 수연의 어깨를 두드리고 뒤로 돌았다. 그러다가 다시 수연에게 왔다. 그녀를 물끄러미 바라보다가 볼을 쓸어내렸다.

"한번 안아봐도 돼?"

"이상하네. 진짜. 알았어요. 안아봐요. 아니, 내가 안아줄게."

수연은 태석을 안아주었다. 얼마 만에 그를 안아보는 것일까.

"됐어. 갈게."

수연의 손을 놓고 밖으로 나갔다. 그리고 병실 문을 닫았다. 병실 문을 닫고도 바로 뒤를 돌지 못했다. 그의 어깨가 떨리고 있다는 것을 찾아온 경찰들은 충분히 이해를 한다며 기다려주었다. 한참을 그렇게 그대로 서 있었다.

"갑시다."

태석이 나가자 그 뒤를 찾아온 경찰들이 따랐다.

"여보!"

수연이 태석을 불렀다.

＊

경기청 수사국 브리핑실에 각 언론사들에서 취재를 하기 위해 모여들었다. 각 방송사들마다 생중계를 하기 위해 장비를 정비하고 기자는 송출할 내용을 대략 정리해 연습을 하기도 했다. 수사본부장이 단상에 오르자 여기저기서 카메라 플래시가 터졌다. 실종신고 되었던 여성 열세 명과 불상의 여성 다섯 명을 살해한 범인이 잡혔다는 소식은 뉴스

채널마다 속보로 메인 뉴스를 장식했다. 포털사이트에도 긴급속보로 나갔다. 그에 대한 브리핑이기에 언론사와 방송사는 앞다퉈 좋은 자리를 차지하기 위해 시작 서너 시간 전부터 자리를 하고 기다리고 있었다. 단상에 오른 수사본부장은 우선 물을 한 모금 마시고 기자들을 바라보았다. 아래로 향했던 시선이 기자들에게 가자 플래시가 번쩍거렸다.

"장기실종사건 수사본부장 마영철 총경입니다. 지금부터 서울 경기 인천 일대 실종여성 관련 범인 검거에 대한 브리핑을 시작하겠습니다."

시작한다는 말에 또다시 플래시가 번쩍거렸다.

"저희 경찰은 서울과 경기도, 인천 지역에서 연달아 발생한 총 열세 건의 여성 실종사건에 대하여 경기청에 전담팀을 설치를 하고 전담인력 총 삼십 명을 투입하여 4년 전부터 수사를 진행했습니다. 가출 등 비범죄를 빼고 실종 및 납치 등 범죄와 연관된 것으로 보여지는 최근 10년간의 실종사건을 집중적으로 수사를 진행하여 얼마 전 피의자를 특정했습니다. 특히, 마지막 피해자인 열아홉 살의 하모양이 실종된 것을 끈질긴 수사 끝에 피의자의 농장을 급습하여 피해자를 구출해냈습니다. 다행히 생명에는 지장이 없이 병원으로 이송하여 치료 중에 있습니다. 저희 경찰은 2011년 경기도 여주에서 실종된 사무직원 유모씨부터 최근 인천에서 실종된 노래방 도우미 양모씨까지 신원이 확인된 여성피해자 총 열세 명과 신원불상의 여성 다섯 명을 포함해 총 열여덟 명의 여성을 납치하여 살해한 나이 47세의 피의자 강영식을 검거했습니다. 강영식은 명의를 빌려줄 사람을 물색해 찾아낸 경기도의 74세 김모씨에게 백만 원을 주고 명의를 빌려 그녀 앞으로 고급승용차 네 대를 구입하여 이를 납치하는 데 이용을 했으며, 대포폰 다섯 대를 가지고 다니면서 전화번호를 수시로 바꾸는 수법으로 추적을 피해왔습니다. 그가 사용한 전화번호는 총 열여덟 개입니다. 1차 검거에는 경찰특공대를 비롯하여 기동대 육십 명과 지구대 파출소 직원 십여 명 등 총 백여 명이 강영식의 거주지를 급습하여 검거를 하려고 했으나 도주를 하는 바람에 실패했습니다. 그러다 2차에서 검거를 했습니다. 다만 체포 과정에서 불미스러운 일이 있었습니다."

"실종자들의 시신은 모두 찾았습니까?"

기자가 중간에 끼어들었다.

"실종자들의 사체 총 열여덟 구를 강영식의 농장에서 모두 찾아냈습니다. 강영식은 시체를 찾지 못하도록 개를 키우면서 철제 개장 아래 시체를 묻어두고 있었습니다. 그러니까 시체 썩는 냄새도 피하고 사람들의 의심도 피하기 위해 구덩이에 시체를 묻고 그 위에 개장을 올려놓고 개를 키운 것입니다. 또 도사견 등 대형견을 키움으로써 사람들이 찾아오는 것도 방지를 했습니다. 워낙 개가 크고 사납게 짖다보니까 마을 주민들조차 그곳을 방문한 사람이 없었습니다. 그런데 아이러니하게도 마을 주민들은 모두 강영식이 친절하고 예의가 바른 사람이라고 진술을 했습니다."

그의 엽기적인 행태에 기자들의 자판 두드리는 속도가 빨라졌다.

"검거에 대한 내용을 설명해주시죠. 불미스러운 일에 대해서요."

이제 어떻게 검거했는지를 설명할 차례였다. 마영칠 총경은 헛기침으로 목을 한 번 가다듬고는 말을 이었다.

"1차 검거 실패 후 2019년 11월 21일 18시 30분경 서울 종로구 그린빌딩에서 2차 검거 작전을 개시했습니다. 피의자가 중국으로 밀항을 하려고 지인에게 돈을 빌리기 위해 접선을 시도한다는 첩보를 입수하고 그의 위치를 확인하기 위해 노력했습니다."

"밀항이 실제 가능하다는 말씀입니까? 중국으로 도망칠 수 있었다는 말로 들리는데요."

그가 중국으로 도주했다면 영원히 피의자를 검거하지 못할 수도 있었다는 말이기도 했다. 다시 1차에서 검거하지 못한 것이 잘못되었다는 지적이 나왔다.

"밀항에 대하여 피의자가 접촉했던 관련자를 찾아 확인을 했습니다. 피의자는 이미 팔백만 원을 밀항 알선자에게 넘긴 상태였는데요. 확인을 해보니 밀항을 미끼로 돈만 받아 편취하는 사기였습니다. 피의자가 실제로 더 많은 돈을 주고 밀항을 하려고 했어도 돈만 보내고 갈 수는 없는 상황이 되었을 것입니다. 강영식의 돈을 편취한 사기피의자는 건외로 조사를 진행하고 있습니다. 35세 남자로 인천 연안부두 앞에서 중화요리 배달을 하는 자입니다. 이미 전에도 같은 내용으로 다섯 건의 사기를 벌여 실형까지 받았던 사람입니다."

"부인과 아이를 살해했다는 말이 있던데요. 이것도 수사를 진행하고 있나요?"

기자는 2012년에 발생했던 화재로 사망한 부인과 아이들에 대해 물었다.

"그 점도 재수사를 진행하고 있습니다. 오래되기는 했지만 피의자가 아이들을 학대했다는 이웃의 진술이 있고, 평소 가정폭력이 심해 경찰에 신고가 여러 차례 들어가기도 했습니다."

"그럼 당시에 아동학대와 가정폭력에 대해 수사를 진행했나요?"

"당시에는 지금과 같은 시스템이 작동할 때가 아니라서 사건처리보다는 중재를 주로 했던 것으로 보입니다."

"검거는 했나요? 어떻게 된 겁니까? 아직 피의자를 공개하지 않았는데요."

목이 타는지 수사본부장은 컵에 든 물을 한 모금 들이켜고 다시 설명을 시작했다.

"검거 과정을 설명드리겠습니다. 수사본부 인원 이십 명과 서울청 미제전담팀 네 명이 출동을 했습니다. 그러나 불행하게도 서울청 미제전담팀에서 강영식을 검거하는 과정에서 실수가 있었습니다."

"뭐죠?"

"강영식이 빌딩 15층에서 도망칠 곳을 찾다가 창문으로 뛰어내려 극단적 선택을 한 것으로 추정되고 있습니다. 정확한 사인은 조사가 진행 중입니다. 현재 강영식의 시신은 경찰병원 영안실에 보관 중에 있습니다."

"피의자가 사망했다는 거죠?"

"네."

"그런데 왜 서울청 미제팀에서 실종사건에 끼어든 거죠?"

갑자기 서울청 미제전담팀이 들어가자 의아하다는 듯 질문이 나왔다. 수사본부장은 그 질문이 나올 것을 예상하고 있었다는 듯 마이크를 당겨 말했다.

"8년 전 서울에서 발생한 여대생 실종사건에 대하여 미제전담팀에서 수사를 진행했고, 피의자를 특정하고 검거하는 데 일조했습니다. 다만 피의자가 투신하는 것을 막지 못한 것으로 확인되어 안타깝습니다."

그때 기자 한 명이 번쩍 손을 들었다.

"강영식이 스스로 뛰어내린 것 같지 않다는, 현장에 있던 사람들의 증언이 있다고 들었습니다. 마치 누군가에게 밀려 밖으로 던져진 것 같다고요. 그리고 그린빌딩에 경찰관 외에도 다른 사람들이 있었다고 들었습니다. 여기에 대해서도 설명해주시죠."

수사본부장은 창문으로 뛰어내렸다고 설명을 했지만 현장을 찾아가 주변 상가와 관리원들에게 당시 상황을 묻고 온 기자는 석연찮다는 표정이었다.

"조심스러운 질문이기는 합니다만, 질문이 나왔기에 답변을 드립니다. 우선, 강영식을 검거하려고 했던 경찰관은 현재 감찰조사 중에 있습니다. 결론이 나와봐야 알겠지만 범인과의 몸싸움에서 과실이 있었는지 여부를 따지고 있습니다. 강영식의 추락이 경찰관의 과실인지 아니면 고의인지를 확인 중에 있습니다. 그리고 현장에 다른 사람이 있었다는 것도 조사가 진행 중에 있습니다. 계속 수사 중이니까 더 정확한 내용은 추후 브리핑하겠습니다. 그럼 이만 마치고, 강영식이 사망했기 때문에 사건은 공소권 없음으로 마무리가 될 것입니다. 모든 수사가 완결이 된 후에 최종 브리핑을 다시 하도록 하겠습니다. 이상으로 중간 수사 결과 브리핑을 마치겠습니다."

수사본부장은 브리핑을 서둘러 마쳤고 직원들은 그를 둘러싸 밖으로 데리고 나갔다.

"고의가 있다면 경찰관이 그를 살해했다는 것으로 해석해도 되는 겁니까?"

"사건에 최우석 변호사가 관련이 되어 있다는 말도 있던데요?"

"납치 피해자의 아버지가 경찰관 아닌가요?"

"그가 강영식을 살해한 것입니까?"

기자들의 질문이 계속 쏟아졌지만 수사본부장은 대답 없이 브리핑장을 빠져나갔다.

에필로그

태석은 서울구치소 면회실에서 예약자 명단을 확인하고 순서가 되기를 기다렸다. 십여 분 후 안내를 따라 면회실로 이동해 자리에 앉았다. 곧이어 그가 나왔다.

"고맙습니다. 팀장님이 면회를 다 오시구요."

"다시 시골로 내려가게 되었습니다. 인사를 드리고 가고 싶어서요."

"징계를 받았나보네요."

"네, 잘 아시네요."

"팀장님 소식은 제가 귀를 기울여 듣고 있습니다."

태석은 허탈한 미소를 보였고 최 변호사도 그럴 줄 알았다는 듯 가볍게 웃었다.

"혼자 내려가는 겁니까?"

"아니요. 아내와 아이도 같이 내려갑니다. 딸아이 요양도 필요하고 병원 진료가 있을 때만 올라오기로 했습니다. 여기 있을까도 했는데 서울 집값이 너무 비싸더라고요. 있기가 힘들어서요."

태석은 농담을 던졌다.

"따님은 어떠신가요?"

"수술을 두 차례 정도 더 받아야 합니다. 다행히 결과가 처음 예상보다 좋다고 하고…… 앞으로 점점 좋아질 것 같습니다."

"병원비는 어떻습니까?"

"많은 분들이 도움을 주셔서요. 괜찮습니다."

최 변호사는 잠시 망설이다가 운을 뗐다.

"기분 나쁘게 듣지 마십시오. 저희 재단에서 따님을 돕도록 하겠습니다. 최대한 도울 수 있게 허락을 해주십시오."

"저에게 미안해서 그럴 것은 없습니다. 이제 변호사님의 심정을 아니까요."

"제 심정을 이해하신다면 왜 도우려 하는지도 아시겠네요."

"압니다. 그런데 경찰청에서도 도움을 주고 있고 직원들도 도와주겠다고 하구요."

"하 팀장님, 도울 수 있게 해주십시오. 제가 왜 여기에 들어와 있는지 아시지 않습니까. 제가 후원을 하고 싶습니다."

"생각해보겠습니다."

"협회 때문에 그러신 것 같은데. 이제 복수를 위한 단체가 아니라 진정으로 남은 가족들을 위로하는 단체가 될 것입니다. 그러니 허락해주십시오."

최 변호사는 그의 선택이 또다른 고통을 주고 있다는 것을 이제 깨달았다. 안치수 본부장을 비롯한 다섯 명은 모두 살인혐의가 인정되어 실형을 선고받았다. 태석이 강영식을 체포하기 직전 15층으로 올라온 그들은 복수에 눈먼 야수가 되어 있었다. 그들은 복수를 할 수 있었지만, 남은 가족들은 살인자를 가족으로 두어야 하는 2차 고통을 감내해야 했다. 과연 민지와 영서는 강영식을 처단하고 이렇게 교도소의 차가운 바닥에 앉아 있는 아빠와 삼촌의 모습을 자랑스럽다고 할까. 아니면 자기 때문에 힘들어하는 그들의 모습에 더 마음 아파할까. 죽은 가족들이 그들의 복수에 박수를 치지 않을 거라는 것을 교도소 담 안에서 하늘을 올려다보며 깨달을 수 있었다. 아내에게도 민지에게도 이젠 미안했다.

"밖에 있었다면 소주라도 한잔 할 텐데요."

"별말씀을요. 건강하시구요. 다음에 또 뵙겠습니다. 혹시 모범수로 가석방이 되면 시골에 놀러 한번 오십시오."

"영한이랑 같이 가면 좋았을 텐데요."

"형님을 생각하면 너무 안타깝습니다. 변호사님은 절대 그런 생각하시면 안 됩니다."

태석은 영한이 교도소 안에서 자살을 했다는 게 아직도 믿기지 않았다.

"그놈은 가족들을 잘 만나고 있을 겁니다. 저보다 더 힘들어했고 간절했던 놈이니까요. 그리고 저는 걱정하지 않으셔도 됩니다. 협회의 피해자 가족들을 위해 제가 할 일이 많으니까요."

"그러셔야죠. 그럼 건강히 안녕히 계십시오."

"팀장님!"

태석은 인사를 남기고 뒤돌아서자 최 변호사가 불러세웠다.

"그때 저에게 휴대폰을 일부러 주신 겁니까? 제가 강영식과 연락을 주고 받도록요?"

"글쎄요."

복수를 할 수 있도록 도와주었느냐는 질문이었다. 태석은 답변을 피했다.

"그럼 15층에서 말리지 못한 겁니까, 말리지 않은 겁니까?"

"……말리지 못한 겁니다."

"그런데 왜 팀장님이 죽였다고 진술했습니까?"

"저는 그때 유미를 생각했습니다. 유미가 왜 그렇게 진술을 했었는지를요."

"이해합니다."

"건강하십시오."

"하 팀장님!"

"……?"

"고맙습니다."

*

태석은 유미에게로 차를 몰았다. 내려가기 전 그녀에게도 힘을 내라고 응원을 해주고 싶었다. 커피숍으로 들어가자 그녀는 주문을 받아 커피머신을 돌리고 있었다. 추운 날씨에 뜨거운 커피를 찾는 사람들이 많았다.

"어머, 아저씨 어서 오세요."

유미가 반갑게 인사를 했다. 훨씬 밝아진 모습이 보기 좋았다. 주문을 받으면서도 그녀의 얼굴에는 미소가 계속 남아 있었고, 그건 억지미소가 아니었다. 그녀는 힘든 일을 잊고 이제 안정을 찾아가고 있었다. 유영한이 범죄피해실종자협회에서 상담을 해준 건 유미였다. 그가 힘을 내라고 응원해준 덕분인것 같았다. 그는 유미에게서 나영이를 보았다. 스물여섯 해밖에 살지 못한 나영이를.

"유미야, 아저씨 커피 한 잔 줄래?"

"제가 맛있게 내려드릴게요. 그리고 이번은 제가 사는 거니까 카드는 집어넣으세요."

태석은 카드를 꺼냈다가 어쩔 수 없이 도로 넣었다. 유미는 카드를 받을 생각이 전혀 없어 보였다. 테이블에 앉아 유미가 커피머신을 이용해 에스프레소를 추출하는 모습을 지켜보았다. 손님들이 계속해서 들어와 계산을 하고 커피와 음료를 만드느라 분주해 보였다. 그러다 그 모습을 계속 지켜보던 태석의 얼굴이 점점 뜨거워졌다.

"한번 드셔보세요. 맛있을 거예요. 그런데 보시는 것처럼 손님이 많아서 제가 앉아 있을 수가 없어요. 죄송해요, 아저씨."

"아니야. 너 잘 있는 모습만 보고 가려고 왔어."

"저는 잘 있어요. 그렇게 보이지 않아요?"

"그렇게 보인다."

"이제 열심히 살려고요. 걱정하지 마세요."

유미의 밝은 얼굴은 더 행복해 보였다.

"선미야! 뭐 해? 빨리 와."

밀려드는 주문에 여사장이 유미를 불렀다.

"저, 가볼게요."

유미는 커피를 건네고 주방으로 들어가려 했다.

"유미야!"

"네?"

"몇 살이지?"

"그건 왜요? 저 스물여섯 살이요."

"왼손은 왜 그래?"

"커피머신에 힘을 쓰다가 데었어요. 계속 왼손만 쓰니까요."

"너……"

작가의말

'꽃은 그렇습니다'로 끝났던 미로의 시는 더 이상 존재하지 않는다. 봄이 되어 수줍게 미소를 보였을 미로는 그렇게 시들고 말았다. 다행히 그녀를 괴롭혔던 나비들은 n번방 사건으로 우리에게 알려졌으며 응당한 처벌을 받았다. 만약 해결되지 못한 채 콜드케이스로 남았다면 놈들은 지금도 연약한 미로들을 찾아 계속 사냥을 했을 것이다.

우리는 수많은 이웃들과 함께 공존하며 살아가고 있다. 대부분이 선량하고 도덕적이며 따뜻한 정을 가진 사람들이다. 그러나 그중에는 우리의 약점을 노리는 범죄자들도 함께 공존한다는 것을 인식해야 한다. n번방과 같이 평범한 대학생의 얼굴을 하고 있기도 하고 착한 이웃집 아저씨의 얼굴로 접근하기도 한다. 조주빈이 그랬고 유영철과 정남규 그리고 강호순이 그랬다. 그들은 여전히 반성하지 않고 자신의 죄를 자랑삼아 떠벌이며 교도소 담장 안에서 인권을 내세워 대접받기를 바라고 있다. 더구나 아동성범죄자 조두순이 피해자의 주변에서 이웃이 되어 살고 있다는 것은 심각하게 생각해볼 문제이다.

그럼에도 사회는 점점 더 안전해지고 있다. 경찰 장비의 현대화와 과학수사의 발달은 물론이며 높아진 시민의식과 곳곳에 설치된 CCTV와 블랙박스 등 사회안전망은 범죄로부터 시민들을 보호하고 있다. 그 결과 더 이상 연쇄살인마라는 이름이 붙은 범죄자는 나타나지 않고 있으며 영원한 콜드케이스로 남을 줄 알았던 화성연쇄살인사건도 해결이 되었다. 그래도 여전히 범죄는 존재하고 어린 꽃들을 찾아 달려드는 나비들은 무수히 많다.

이 소설을 쓰는 동안 살인자들의 행위 속에 깊이 빠져 헤어나오기가 너무 힘들었다. 그들의 시선을 따라 그들의 손과 발이 하는 행동을 그대로 지켜보는 것은 실로 역겨운 일이 아닐 수 없었다. 생각만으로도 토악질이 나오는 일을 그들은 평범한 일상을 보내듯 너무 쉽게 사람을 죽이고 훼손하고 있었다. 그들로 인해 가족이 해체되고 그리움에 병들어가는 장면을 써내려갈 때는 그 비통함에 눈물이 나기도 했다.

이 이야기는 피해자들에 대한 것이기도 하지만 남은 가족들의 이야기로 보는 게 더 맞을 것이다. 우리의 아버지는, 우리의 어머니는 그리고 우리의 가족들은 모두 같은 심정으로 그러했을 것이다. 남은 가족들이 다시 아픔을 딛고 일어나 행복을 찾아가기를 기원한다. 또한 더 이상 대한민국에 불행한 콜드케이스가 존재하지 않기를 바란다. 마지막으로 희생자들의 명복을 빌며 아픈 상처가 덧나지 않기를 간절히 바란다.

2022년 5월
시골 경찰서 사무실에서
박영광

소녀가 사라지던 밤 2

1판 1쇄 발행 2022년 6월 10일

지은이 · 박영광
펴낸이 · 주연선

(주)은행나무
04035 서울특별시 마포구 양화로11길 54
전화 · 02)3143-0651~3 | 팩스 · 02)3143-0654
신고번호 · 제 1997-000168호(1997. 12. 12)
www.ehbook.co.kr
ehbook@ehbook.co.kr

ISBN 979-11-6737-182-9 (04810)
        979-11-6737-180-5 (세트)

• 이 책의 판권은 지은이와 은행나무에 있습니다. 이 책 내용의 일부 또는 전부를
재사용하려면 반드시 양측의 서면 동의를 받아야 합니다.

• 잘못된 책은 구입처에서 바꿔드립니다.

• 매드픽션(Mystery And Drama Fiction)은 문학성과 대중성을 함께 갖춘 작품을 소개하는
은행나무출판사의 장르문학 브랜드입니다.